Elogios ao livro A Socialite:

"Inteligente, instigante e sedutor, *A Socialite*, de J'nell Ciesielski, leva o leitor a um passeio emocionante pela tenebrosa Paris ocupada pelos nazistas, na Segunda Guerra Mundial. Pintando um retrato vibrante dos excessos das camadas superiores da máquina de guerra nazista, o brilho e glamour da elite gera faíscas de tensão nas imagens vívidas de J'nell Ciesielski e nas experiências cruas daqueles que resistem a seus opressores, enquanto tentam sobreviver em seu mundo. Criando equilíbrio entre uma corajosa heroína e um herói (ela, a ingênua e elegante Kat, que contra a vontade se torna parceira do audaz membro da Resistência, Barrett), a jornada febril em *A Socialite* deixa o leitor sem fôlego até a última página. Este livro brilha mais que a Cidade Luz!"

Kristy Cambron, autora premiada da série *The Lost Castle* e do *best-seller* de estreia *The Butterfly and the Violin*

"Na mesma linha de Ariel Lawhon e Kate Quinn, *A Socialite* mergulha os leitores no glamour e na devastação da Paris ocupada pelos nazistas. Apresentando duas irmãs cujas angústias e triunfos lembram a história cinematográfica verídica da família Mitford, este livro é um portal para um mundo às vezes opulento e mortal, em que duas pessoas ligadas pela consciência navegam nas águas pardas da Cidade Luz, em suas horas mais sombrias de escuridão. Um retrato perfeito da Paris do início dos anos 1940, fruto de uma pesquisa impecável, esta história de amor em tempos de guerra destaca-se entre as inúmeras obras de ficção ambientadas na Segunda Guerra Mundial, com uma narrativa cristalina e original, e um herói e uma heroína inesquecíveis."

Rachel McMillan, autora de *The London Restoration* e *Murder in the City of Liberty*

"Com uma trama dramática e uma história de amor inspiradora, *A Socialite* vai deliciar os fãs de romances ambientados na Segunda Guerra Mundial. Personagens únicos, um enredo fascinante e uma prosa magistral dão vida à Paris dos anos 1940. Bem escrito e muito bem recomendado."

Carrie Turansky, autora premiada de
No Ocean Too Wide e *Across the Blue*

A Socialite

J’nell Ciesielski

A Socialite

Tradução
Denise de Carvalho Rocha

JANGADA

Título do original: *The Socialite.*

Publicado mediante acordo com Thomas Nelson, uma divisão da Harper Collins Christian Publishing, Inc.

1ª edição 2022.

Editor: Adilson Silva Ramachandra

Gerente editorial: Roseli de S. Ferraz

Gerente de produção editorial: Indiara Faria Kayo

Editoração eletrônica: Ponto Inicial Design Gráfico

Revisão: Luciane H. Gomide

Dados Internacionais de Catalogação na Publicação (CIP)
(Câmara Brasileira do Livro, SP, Brasil)

Ciesielski, J'nell
A socialite / J'nell Ciesielski ; tradução Denise de Carvalho Rocha. -- São Paulo : Editora Jangada, 2022.

Título original: The socialite
ISBN 978-65-5622-030-7

1. Literatura 2. Guerra Mundial, 1939-1945 - Ficção 3. Ficção inglesa I. Rocha, Denise de Carvalho. II. Título.

22-106647 CDD-823

Índices para catálogo sistemático:
1. Ficção : Literatura inglesa 823
Maria Alice Ferreira - Bibliotecária - CRB-8/7964

Jangada é um selo editorial da Pensamento-Cultrix Ltda.
Direitos de tradução para o Brasil adquiridos com exclusividade pela EDITORA PENSAMENTO-CULTRIX LTDA., que se reserva a propriedade literária desta tradução.
Rua Dr. Mário Vicente, 368 — 04270-000 — São Paulo, SP — Fone: (11) 2066-9000
http://www.editorajangada.com.br
E-mail: atendimento@editorajangada.com.br
Foi feito o depósito legal.

Para minha mãe. Nós chegamos lá.

Capítulo 1

PARIS

1941

— Droga de batom! — Kathleen Whitford tirou um lenço da bolsa e esfregou o lábio para limpar a linha irregular vermelho-sangue. Inclinando o espelho compacto dourado para captar melhor a iluminação da rua, ela passou o batom vermelho novamente. — Não posso encontrar os nazistas com os lábios borrados.

Deslizando o espelho de volta ao seu lugar, ela levantou a mão trêmula para puxar o lenço de seda da cabeça e enfiá-lo no fundo da bolsa. Olhou para o prédio de tijolos brancos imaculados, posando como a grande dama da Rue de l'Université. Luz, risos e música derramavam-se pelas janelas abertas do último andar, gelando-a até os ossos, apesar do ar quente de final de julho.

— Relaxe. É só uma festa. Você já esteve em milhões.

Sua voz inexpressiva ricocheteou nas portas de carvalho reluzentes e golpeou seu rosto com ironia. Sim, milhões de festas cheias de duques, lordes, duquesas e até mesmo o rei, na ocasião em que foi apresentada à corte inglesa. Curvar-se em reverência à Sua Majestade tinha sido moleza em comparação àquilo. O Palácio de Buckingham não estava repleto de oficiais alemães. Ou suas amantes.

O coração dela se contraiu, pesaroso. Ellie.

Jogando os ombros para trás, Kat encobriu a dor com um sorriso, fechou e abriu os olhos com doçura, assim como a mãe lhe ensinara, e marchou para dentro. Os saltos das sandálias de veludo preto, marcando seus passos através do saguão de mármore cinza, abafavam o coração martelando no peito enquanto ela subia a escadaria até o último andar.

Seguindo a música até a porta à direita, ela respirou fundo e ergueu a mão para bater. Antes disso, a porta se escancarou. Um soldado alemão uniformizado saiu abraçado com uma mulher de vestido cor de ouro.

— *Entschuldigen uns.* — O homem riu, segurando a mulher pela cintura, antes que ela escorregasse para o chão.

O batom vermelho se destacava nos lábios da mulher quando ela virou a cabeça e sorriu para Kat, enfiando uma garrafa de champanhe pela metade embaixo do nariz dela.

— *Vouloir quelque?*

Kat afastou a garrafa e balançou a cabeça.

— *Non, merci.*

— *Ce est bien.* — A mulher sacudiu a garrafa, fazendo o líquido dourado e borbulhante se derramar sobre o vestido.

Kat se encolheu para escapar dos borrifos de gotas de champanhe.

— *Non!* Eu prefiro água.

— Água? — A mulher torceu o nariz por um segundo antes de arregalar os olhos embotados pelo álcool. — Ah, você só pode estar brincando! — Ela girou o corpo, voltando-se para o homem e roçando os lábios vermelhos contra o pescoço dele. — Ouviu isso, *cherie?* Ela prefere água.

— Sim, ouvi — ele respondeu num francês áspero. — Só pode ser piada, ninguém toma água na França. Vamos, *schatz.* Vamos continuar nossa noite em outro lugar.

Com seu comitê de boas-vindas tropeçando escada abaixo, Kat entrou no apartamento. A tentação de dar meia-volta e correr dali a atingiu como uma parede de gelo. Um amontoado de soldados alemães em uniformes cinzentos, na companhia de mulheres em seus melhores trajes de noite, ia de uma parede creme à outra. No teto, um lustre de cristais gotejantes refletia os espelhos e molduras douradas que revestiam as paredes, enquanto o brocado das cortinas azul-cobalto cobria com drapeados as janelas do chão ao teto e vasos Ming cheios de lírios brancos decoravam cada canto da sala espaçosa.

— Madame? — Um garçom apareceu ao lado dela, oferecendo uma bandeja com taças de champanhe, vinho e conhaque.

Kat recusou com a cabeça e se desviou dele. A última coisa que seu estômago revirado precisava era de álcool. Os pés afundavam no tapete espesso enquanto ela se esquivava dos casais dançando ao som das melodias de Édith Piaf, vindas de um gramofone. Com os cotovelos rígidos, os dedos esmagados sob outros pés e champanhe salpicando no vestido de cetim vermelho, ela conseguiu atravessar a sala. Apoiou as costas contra o arco que dividia a sala de estar da sala de jantar abarrotada de pratos requintados e observou os convidados através da névoa da fumaça dos cigarros.

Suas unhas cravaram no acabamento branco brilhante da porta. Se Ellie não fosse sua irmã caçula, não haveria poder sobre a Terra que a arrastasse voluntariamente para uma sala cheia de nazistas. Pensando bem, se Ellie tivesse aprendido a controlar seus impulsos, ela própria não precisaria estar naquela situação deplorável, deixando para Kat a ingrata tarefa de pôr ordem no caos.

Como sempre.

Outro garçom apareceu na frente dela com uma bandeja de canapés. Os olhos dele pousaram nas mãos crispadas de Kat.

— Madame? Gostaria de um lugar para se sentar?

Seus bons modos vieram em seu auxílio. Afastando-se da parede, ela levantou as mãos e sorriu.

— *Non*, estou apenas procurando a anfitriã. Você a viu?

— Madame Eleanor? — Ele franziu a testa enquanto corria os olhos pela sala cheia de fumaça. — Ela tinha ido buscar discos novos.

Um barulho de bandejas ecoou atrás das portas duplas, nos fundos da sala de jantar. As portas se abriram e uma loira pequena saiu dali em meio a uma nuvem de fumaça de cigarro.

— Só varra tudo e me traga outros discos — ela disse por cima do ombro, num francês cheio de sotaque. — Charles Trenet ou Rina Ketty. Alguém que anime o ambiente. A última coisa de que preciso é que esta festa seja um fiasco por causa da música entediante.

Os pedregulhos que chacoalhavam no estômago de Kat desde que ela pisara em solo ocupado agora se transformavam numa rocha compacta. Já se fora a menina inocente que ela conhecia, substituída por uma mulher irreconhecível. Uma mulher que irradiava felicidade, não sofrimento, como ela esperava. O ar ficou preso em sua garganta.

— Ellie!

A irmã parou a meio passo, a longa piteira de prata pendurada entre os dedos. A boca vermelho-cereja formou um *O* de surpresa. Segundos se arrastaram enquanto Kat esperava que mãos alemãs a agarrassem e a jogassem porta afora. Aquilo tinha sido um erro. Ela deveria ter esperado até a manhã seguinte para arrastar a irmã rebelde de volta através do Canal, sem ter todo o Terceiro Reich como testemunha. Ela deveria ter...

Os pés de Ellie se moveram afinal, a alegria brotando dos olhos azuis-esverdeados. Ela se lançou sobre a irmã.

— Kitty Kat!

Kat mal conseguiu segurar a irmã mais nova antes que as duas desabassem sobre uma pilha de torradas, *foie gras* e queijos requintados, servidos na reluzente mesa de jantar em mogno.

— Ah, Kat, você está aqui! Está de fato! Mal posso acreditar.

Passando os braços em volta da irmã, Kat a apertou com força enquanto uma onda de alívio levava embora meses de preocupação. Ellie estava bem.

— Não estou conseguindo respirar! — Ellie tossiu, dando um tapinha nas costas da irmã.

As bochechas de Kat ficaram rosadas enquanto ela dava um passo para trás.

— Desculpe.

— Tire um pé da ilha e, de repente, toda sisudez vai embora. — Ellie riu e alisou um vinco no vestido de Kat. Seu sorriso brilhante vacilou. — Mas o que *você* está fazendo aqui? Nada de ruim aconteceu, não é?

Além de você fugir para a França ocupada, para se tornar secretária social dos nazistas?

— Eu preciso de um motivo ruim para sentir falta da minha irmã? — Kat sorriu, numa tentativa de capturar a fugitiva com mel em vez do vinagre que a corroía por dentro. Um movimento em falso e a irmã saltaria como um cervo diante da mira de uma arma. Ela pousou a mão na bochecha vermelha de Ellie. — Faz quase um ano desde que nos vimos pela última vez. Mas você parece muito bem.

Ellie sorriu e estendeu a mão para tocar o pente de diamantes que prendia seus cachos loiros de um lado da cabeça. A independência irradiava de cada movimento dela.

— Sim, realmente acho que os ares franceses me fazem bem.

O sorriso de Kat ganhou um ar debochado. Não eram mais franceses. Os alemães patrulhavam o Louvre e a Champs Élysées como se estivessem marchando na Renânia. Se a guerra continuasse, logo estariam marchando pela Piccadilly Square. Ela respirou fundo para acalmar a bile que lhe queimava o estômago e agora subia até a garganta. Os alemães não eram sua prioridade. Ela tinha viajado até ali para levar a irmã de volta. Só esperava que, para isso, não tivesse que amarrá-la, amordaçá-la e jogá-la no porta-malas de um carro esperando com o motor ligado.

— Achei que seria difícil encontrar você quando chegasse aqui, já que nunca nos enviou um endereço.

— Você não imagina como ando ocupada, e a correspondência demora muito mais para chegar hoje em dia. — Ellie deu uma longa tragada no cigarro. A fumaça saiu do canto de sua boca. — Como foi que me encontrou?

O tom de cautela na voz de Ellie pairou no ar como uma cortina de ferro. A resposta errada (ou qualquer resposta envolvendo o pai delas) e Kat poria tudo a perder. O braço de *sir* Alfred Whitford era longo, mas seu dinheiro e seus contatos não conheciam limites. Ele chegara até a apelar para seus amigos da universidade que trabalhavam na Scotland Yard, pedindo que rastreassem a filha caçula.

— Perguntei ao *concierge* do hotel qual era a festa mais badalada da cidade. Quem diria que seria na casa de uma britânica? — A garganta de Kat doeu com a risada forçada. Virando-se, ela lançou um olhar admirado pela sala. — E num lugar tão sofisticado, bem no coração do 7º *arrondissement*! *Trés chic.*

Uma mulher de cabelo loiro platinado passou perto delas enquanto tentava dançar um tango com uma garrafa de *sauvignon*. Um garçom assustado a seguia com uma rolha na mão.

— Eric não aceita nada menos que o melhor — disse Ellie, indiferente à ameaça aos seus tapetes brancos. — O bairro já foi um dia considerado *le Faubourg*, um subúrbio, então é apropriado que o reivindiquemos para nós, a nova nobreza de um novo mundo.

Eric. O nome falado com tanta intimidade foi como uma sirene na cabeça de Kat. Sua irmãzinha, morando com um homem. A situação lhe dava náuseas, na melhor das hipóteses. Como sempre, em vez de ouvir os avisos de todos ao seu redor, a irmã tinha corrido direto para a fantasia que havia conjurado para si mesma. Só que, em vez de garotos, salões de baile e gim barato, ela tinha se jogado nos braços de uma ideologia vil e de um homem de quem ela nada sabia, além do fato de ele ter lhe oferecido uma fuga do controle rígido dos pais.

Enganchando seu braço no da irmã, Ellie a guiou de volta para a multidão de convidados. A aglomeração se abriu para ela passar, como Moisés no Mar Vermelho.

— Como a nova rainha de Paris, quero apresentá-la a todos os meus amigos. Você vai amá-los.

Pode apostar.

— Não sei se vou conseguir ouvir as apresentações com todo este barulho. — Kat apontou para o gramofone agora tocando "*C'est si bom*".

— O quê? Ah, não. Estes não são os meus amigos. A maioria é de Eric. — Ellie deu outra longa tragada no cigarro antes de bater alguns centímetros de cinzas no vaso Ming mais próximo. — Eu converso com eles, claro, mas meus amigos mais queridos não puderam vir essa noite.

Muito ocupados assistindo à queima de livros? O medo se enrodilhou no estômago de Kat antes que ela ousasse fazer a pergunta em voz alta.

— Quem é esse misterioso Eric?

Os olhos de Ellie brilharam e seus lábios se curvaram num sorriso sonhador.

— O homem mais maravilhoso do mundo, com os olhos azuis mais lindos que você já viu. Aonde quer que a gente vá, os homens competem para apertar a mão dele e as mulheres imploram pela sua atenção. Mas ele pertence a mim. — Os olhos dela se anuviaram por um instante. — Ou pelo menos pertencerá em breve.

Kat puxou a irmã para trás de um sofá azul-claro. Do outro lado, acontecia um jogo de empilhar taças, já na sua etapa final.

— O que você quer dizer com isso?

— Nada demais. Querida, onde você está hospedada?

Kat mordeu a língua. Tentar descobrir mais sobre o caráter de Eric não traria nada de bom. Ela já estava com uma enorme dor de cabeça.

— No San Regis.

— Não está mais. Você vai ficar aqui comigo e ficaremos acordadas a noite toda conversando, como costumávamos fazer. — Uma lágrima brilhou no olho de Ellie. Ela mordeu o canto do lábio. — Senti sua falta, Kat.

Um bolo se formou na garganta de Kat.

— Eu também senti sua falta. Nós todos sentimos.

— Nós? — Ellie piscou para conter a lágrima. Tirando outro cigarro do corpete do vestido, ela o prendeu na piteira e o acendeu. — É por isso que você está aqui, não é? A Família Real mandou você me arrastar de volta. Bem, eu não vou. Vou ficar aqui e você desperdiçou a viagem.

— Eu vim porque não a via nem tinha notícias suas há mais de um ano.

— Como pode ver, não há nada com que se preocupar, porque estou muito bem aqui. Livre para fazer o que eu quiser pela primeira vez na vida.

— Eu não sabia disso enquanto estava na velha e alegre Inglaterra. — *Onde você me deixou.*

Kat respirou fundo, reprimindo a punhalada de traição. Mesmo diferentes como o dia e a noite, elas ainda eram irmãs. Contavam segredos uma para a outra, riam até altas horas, patinavam no gelo e faziam compras juntas. As lembranças das duas se confundiam na infância compartilhada, mas nem sempre tinha sido fácil. Kat sempre aderia às regras enquanto Ellie fazia questão de quebrá-las. Kat seguira o caminho pavimentado que a família traçara para ela, enquanto Ellie atravessara o gramado sem olhar para trás, abandonando-a.

Irmãs não deveriam abandonar uma à outra.

Qualquer sentimento de traição que tivesse irradiado do coração de Kat não parecia reverberar no rosto perfeito da irmã. Apesar do ar adulto de Ellie, o ano anterior não tinha lhe ensinado a considerar o efeito das suas ações sobre as outras pessoas. Mas agora não era o momento de abrir velhas feridas e isso nem seria algo que uma dama da alta sociedade faria. Se havia algo que Kat sabia muito bem eram as lições de etiqueta que recebera a vida toda.

— Que tal oferecer uma taça daquele famoso champanhe francês para sua querida irmã morta de sede?

Ellie ergueu uma sobrancelha delgada.

— Sede de champanhe?! E eu achando que chá preto fosse a única coisa que corria em suas veias.

— Quando estiver em Roma... Ou, neste caso, em Paris...

— Kathleen Whitford, o prodígio do dever em carne e osso, baixa seus padrões para compactuar com os pecadores. Milagres acontecem!

— Você, mais do que ninguém, sabe que não sou nenhuma santa.

— Claro, e eu tenho um par de asas pendurado no armário. — Sem saber guardar rancor, Ellie bufou e acenou para um garçom. Pegou duas taças da bandeja e entregou uma a Kat. — Vamos brindar a Paris.

Levantando a taça, Kat fez o cristal tilintar batendo-o na taça de Ellie.

— À saúde das irmãs e das suas asas de anjo. Ou da falta delas.

A cabeça de um homenzarrão com um avental branco e gotas de suor umedecendo a testa apareceu por trás da parede da sala de jantar. Depois de esquadrinhar o cômodo com os olhos, eles se detiveram em Ellie.

— *Miz* Eleanor.

— Aqueles *macaroons* estão prontos, Pierre? — Ellie secou a taça de champanhe de um só gole.

— *Oui*, mas não é com os *macaroons* que precisa se preocupar. — Com a ponta do avental, ele enxugou o suor que escorria para a orelha. — Jean-Claude entregou as ostras e, bem, *Miz*, elas são bem menores do que o previsto.

— Como assim?

Mais suor brotou na cabeça do cozinheiro.

— Elas são deste tamanho. — Ele mostrou o polegar e o indicador separados por uns três centímetros.

— Ah, pelo amor de Deus! Eu disse a ele ontem para... Não importa, já está feito. — Ela colocou a taça numa prateleira ao lado de *Os Miseráveis*, de Victor Hugo, e a última moda de Chanel em 1936. — Kat, você pode me dar licença? Tome outra bebida e socialize. A maioria não sabe inglês, mas o francês deles é aceitável. *Oui, oui*, Pierre. *Je viens*.

Socialize. O medo percorreu a espinha de Kat enquanto uniformes cinza dançavam diante dos seus olhos como um caleidoscópio de pálido horror. Jogar-se num poço cheio de víboras seria mais suportável. Pegando outra taça de champanhe borbulhante, ela contornou os dançarinos e atravessou as portas duplas até a varanda.

O aroma doce das frésias se misturava com a suave brisa da noite. Kat segurou o corrimão de ferro da varanda, o metal frio um alívio contra as mãos quentes, e baixou a cabeça. Se não tivesse que manter as aparências, ela encostaria a bochecha no ferro liso para descansar por um breve instante da folia abominável ali atrás, enquanto o povo francês se encolhia numa terrível submissão aos seus opressores. E a irmã dela no meio de tudo aquilo.

Sentiu uma pontada no coração. Como estava errada ao imaginar uma Ellie chorosa, caindo em seus braços com um apelo desesperado para levá-la de volta para casa. Estaria de volta na terça-feira, não foi isso que dissera aos pais enquanto acenavam para ela da plataforma do trem, na manhã do sábado anterior? Sua ingenuidade tinha ficado evidente diante do olhar radiante de Ellie. A irmã estava em puro êxtase, como uma corça totalmente alheia aos lobos rondando.

Kat sentiu um nó no estômago. O pai ficaria furioso se ela desistisse, deixando o nome da família chapinhando na lama alemã. Ele nunca mais confiaria nela outra vez, para cumprir seus propósitos.

Respirando fundo, Kat ergueu a cabeça. Ela sonhava em visitar a Cidade Luz, com suas alamedas arborizadas, museus e cafés enfumaçados, mas naquela noite a magia tinha se apagado sob as cortinas blecaute. Exceto a de Ellie, é claro. Um eclipse não poderia obscurecer o brilho da irmã. Era uma característica que Kat não conseguiu entender quando comparada à responsabilidade dos deveres familiares, mas que lhe provocava certa inveja. Talvez, quando a guerra finalmente acabasse e Ellie estivesse segura em casa, ela poderia voltar e aproveitar a cidade no seu próprio ritmo. Sem regras e sem ninguém decidindo em quais parques deveria passear ou quantos crepes não deveria comer. Puro êxtase.

O metal vibrou sob as suas mãos.

Kat olhou por cima do corrimão para a rua vazia mais abaixo. A rua de paralelepípedos cinzentos estava deserta, com todas as janelas e portas fechadas e bem trancadas. Até os ratos sucumbiam ao domínio nazista depois de escurecer.

Um barulho. Mais metal vibrando, como algo pesado batendo contra uma parede.

Kat se inclinou mais sobre o corrimão e foi andando ao longo da mureta da varanda, enquanto o barulho se aproximava. Seu pulso disparou. E se um daqueles ratos de esgoto lendários estivesse por ali, em busca da sua ceia? Como o queijo *brie* envelhecido em caves e servido na beirada da mesa do bufê de Ellie.

Ela mexeu os dedos dos pés. As sandálias de veludo Ferragamo eram o calçado errado para enfrentar um roedor.

— Talvez seja melhor você ficar mais para trás.

Kat deu um pulo.

— Quem está aí?

Uma grande sombra moveu-se por sobre a mureta da varanda e caiu ao lado dela. Ela soltou um grito.

— Shh! Vai acordar os vizinhos.

Um segundo grito ficou preso na garganta, enquanto ela recuava aos tropeços, segurando no corrimão. A sombra saltou para a frente, segurando-a pela cintura. A mão dela voou e bateu com força.

— Ai! — A dor percorreu os dedos dela.

— Cuidado com os botões, moça. Eles vão deixar seus dedos doloridos.

Com o pulso acelerado, ela empurrou a massa escura à sua frente.

— Me solte agora, seu... seu gatuno.

— Gatuno? — A palavra saiu da boca do homem com um sotaque que acelerou o pulso dela de uma forma completamente inesperada. Os braços que a seguravam caíram com uma gargalhada ruidosa. — Até parece.

— Quem é você? O que está fazendo aqui? — Ela se afastou, esticando ainda mais os dedos, na esperança de encontrar uma barra de ferro ou uma taça de champanhe esquecida, para golpeá-lo na cabeça. — Se é dinheiro que você quer, saiba que só tenho um lenço e um batom na bolsa, e os convidados lá dentro devem ter perdido todos os seus trocados na névoa da embriaguez.

Ele transferiu seu peso para a outra perna, bloqueando a visão dela dos convidados lá dentro. E a visão que *eles* tinham dela.

— Receio que você esteja me confundindo com outra pessoa.

— Quem mais senão um homem com intenções sinistras rondaria os telhados no meio da noite, assustando mulheres solitárias? — Os dedos dela roçaram num vaso de gerânios.

— Já me chamaram de muitas coisas, mas "sinistro" é novidade. Além disso, se eu tivesse saído para roubar, teria usado algo mais confortável. — Ele ficou sob o brilho raso da arandela, perto das portas. Alto, com os cabelos escuros penteados para o lado e um rosto barbeado e de mandíbula angulosa, ele vestia um *smoking* preto que destacava seus ombros lagos. Ele apontou para a gravata-borboleta no pescoço. — Viu?

O coração dela disparou. Paletós finos e camisas brancas engomadas não eram nada mais do que um uniforme obrigatório em seu círculo social, mas aquele homem os usava com uma postura perigosa e displicente. Como se não se encaixassem em sua figura.

Os dedos de Kat se curvaram sobre a borda do vaso.

— Uma nova raça de ladrões. Desliza facilmente entre os convidados enquanto vasculha seus bolsos.

— Moça, acho que você está aqui no escuro há tempo demais. Sua imaginação está fazendo com que veja coisas onde não existem.

Quando ele estendeu o braço na direção da porta, ela agarrou o vaso e atirou. Ele se abaixou e o objeto passou a dois centímetros da sua cabeça, se espatifando contra a parede.

Ele se voltou para ela, as sobrancelhas escuras erguidas e os olhos arregalados.

— Que diabos pensa que está fazendo? Não escalei a lateral de um edifício para ser derrubado com um vaso.

— Ou você escala a parede outra vez e volta para o lugar de onde veio ou eu grito para chamar a polícia. Ali dentro há perto de uns quarenta oficiais alemães que adorariam... — Ela olhou além do ombro dele, para a festa que seguia a todo vapor, e toda sua esperança de resgate se esvaiu. — ... ignorar os meus gritos de socorro enquanto dançam sua valsa embriagados.

— Sim, posso ver. — Ele espanou uma poeira do ombro e indicou com a cabeça dois homens uniformizados do lado de dentro, balançando uma mulher sorridente para a frente e para trás, num ritmo animado. — Eu, pessoalmente, não acho que você precise da ajuda deles. Sua mira já é letal por si só. Pena que está sem munição.

Ignorando o sorriso debochado na voz dele, ela dobrou o joelho e levantou o pé para trás, pensando em agarrar uma sandália de veludo.

— Não conte com isso.

— Antes que pegue uma sandália, um grampo de cabelo ou aquela cadeira ali para me agredir, deixe que eu me apresente. Meu nome é Barrett Anderson, sou dono do bar Blue Stag. Ele fez uma breve reverência. — Portanto, veja bem, sou dono de um estabelecimento comercial, por que eu roubaria os bolsos dos alemães se eles podem vir até o meu bar e me entregar seu dinheiro de bom grado?

— Quer dizer que é dono de um bar! — O pânico que crescia dentro dela diminuiu um pouco. Ela baixou o pé. — Está um pouquinho longe de casa, não está, sr. Anderson?

— Um pouquinho mais longe que Berkshire, com certeza. — Uma sobrancelha escura se ergueu em reconhecimento. — A mesma cidade natal da nossa anfitriã.

— Que coincidência.

— Seria coincidência se vocês não fossem irmãs... — Ao ver o olhar de pânico estampado no rosto de Kat, ele soltou uma risada. — Vocês são parecidas, o mesmo sotaque esnobe.

Não adiantava negar. Metade da Gestapo parisiense estava ali dentro.

— Então você já conhece Eleanor?

— De passagem. Duvido que ela se lembre de mim. Foi numa festa de Ano Novo.

— Tinha champanhe?

— Claro.

— Então, não, ela não se lembra. — Kat pressionou as pontas dos dedos sobre a têmpora latejante. A noite tinha passado de horrível para excruciante e agora aquele homem estava tornando tudo mais difícil desnecessariamente. — Como você subiu até aqui?

— Pela calha. Eu teria entrado pela porta, mas uma mulher estava vomitando no vaso de flores na entrada do prédio. Achei melhor não interromper.

Ela olhou por cima do corrimão para avaliar a façanha impressionante. Que outras surpresas aquele homem misterioso teria na manga?

— Muito gentil da sua parte. Posso perguntar o que você está fazendo aqui? A maioria dos britânicos já fez as malas e partiu da cidade há muito tempo.

Ele se inclinou mais para a frente e a luz da claraboia iluminou seus olhos azul-escuros.

— Eu poderia perguntar o mesmo para você.

Um calor subiu pelo pescoço dela, enquanto o azul-profundo sondava os segredos que ela queria manter guardados. Sem mencionar seu coração e as dores que ele carregava.

— Talvez seja melhor cada um cuidar da própria vida.

— Você quem sabe. — Ele encolheu os ombros, um sorriso torto enviesando seus lábios cheios. — Quanto a mim, vou entrar antes que todas as bebidas acabem e não sobre mais nada, a não ser o uísque barato que um dos garçons arranjou no mercado negro. Quer se juntar a mim?

Ela juntou as mãos, recusando o braço oferecido, e balançou a cabeça. Ela precisava de mais alguns minutos para recolocar a armadura antes de pular de volta na cova dos leões, e de preferência sem aquele homem observando cada movimento dela.

— Volto para a festa daqui a pouco.

A música se misturou a uma gargalhada quando ele abriu a porta.

— Aproveite a noite, srta. Whitford.

Aquela mulher certamente não sabia o que poderia acontecer a ela. Os alemães iriam farejá-la em questão de dias, se não horas, e matá-la por suspeita de espionagem. Ou pior, colocá-la num daqueles trens cheios de judeus e outros indesejáveis e enviá-la para fora do país. Provavelmente para os campos de trabalho ou para as fábricas cujas verdadeiras intenções os nazistas sabiam tão bem esconder do público, atrás de falsas manchetes sobre a vitória alemã. Talvez ela fosse direto para Berlim. A filha de *sir* Alfred Whitford devia ser um prêmio valioso.

Barrett se afastou da parede quando sentiu a quina espetando suas vértebras. Ele tinha sido um idiota ao concordar com o pedido de Whitford, pelas costas da Agência Britânica de Inteligência. Um tolo desesperado, que ansiava pelo polpudo cheque que iria receber ao cumprir sua parte no acordo paralelo. Com aquela quantia, ele poderia finalmente recomeçar sua vida em seus próprios termos.

— Champanhe?

Ele balançou a cabeça para o garçom de luvas brancas e sua bandeja. Se era para beber, que fosse uma dose de uísque de puro malte no final de um dia longo e satisfatório. Aquele dia tinha sido longo, mas nada satisfatório. Não com outra *socialite* inglesa se colocando à mercê dos nazistas. No que aquela moça rica e petulante estava pensando, vindo a Paris sozinha? Ela esperava mesmo que a leviana da irmã largasse o glamour das altas rodas e aquele oficial nazista que ela idolatrava e voltasse para casa sem pensar duas vezes? Ela teria um rude despertar se acreditava mesmo nisso.

Mudando de posição para ver por cima da escória se divertindo, ele observou Kathleen Whitford tentando se fundir à parede. Se ela empurrasse um pouco mais, viraria uma imagem bidimensional. Uma bela foto, pelo menos. O cabelo loiro levemente cacheado e uma pele macia que nunca tinha visto um dia de trabalho ao ar livre. Se não conseguia suportar uma simples festa, deveria ter ficado em seus salões de baile e sofás de cores pastéis. O que ela faria quando fosse a hora de conhecer aquele verme do Eric e seus amigos da SS? Desmaiaria aos pés deles, muito provavelmente.

Ele se aprumou, esticando o paletó justo nas costas. Deveria estar no bar, treinando os novos recrutas da Resistência, mas em vez disso estava ali, correndo atrás de uma garota por toda Paris, porque *sir* Alfred era covarde demais para vir, ele mesmo, atrás da filha fugitiva. Que tipo de homem permitia que as filhas cruzassem centenas de quilômetros de solo ocupado e depois pagava outra pessoa para levá-las de volta?

Kathleen tinha se aproximado de um vaso de plantas. Sem dúvida, para arremessá-lo na próxima dançarina que ousasse valsar sobre os seus sapatos elegantes. Mas, por mais assustada que ela estivesse, estava ali. Por mais que ele discordasse disso, tinha que dar os parabéns a ela por cruzar o Canal como aqueles bravos soldados.

Mas, ao contrário dos soldados, ela não tinha sido treinada para combate. E era ali que ele entrava... Mas não por enquanto. Aquela noite ele deixaria que ela tentasse do seu próprio jeito fazer Eleanor ouvir a voz da razão e, quando isso não funcionasse, ele entraria em cena. *Sir* Alfred tinha prometido pagá-lo muito bem por isso.

Capítulo 2

— Por que está tão claro aqui?

Kat virou a página do jornal.

— Porque já passou do meio-dia. É uma da tarde, para ser mais exata.

Ellie ergueu a mão para proteger os olhos do sol e foi para a varanda com seus chinelos cor-de-rosa felpudos. Ela se atirou na cadeira da mesinha redonda e gemeu.

— Parece que acabei de ir para a cama.

— Mas você de fato acabou de ir para a cama... há quatro horas apenas.

— Então por que Sylvie me acordou?

— Porque eu mandei. — Ah, que maravilha era ser Ellie... Sem nenhuma preocupação, nenhuma responsabilidade pesando sobre seus ombros jovens, a não ser escolher sapatos novos. Que gostinho teria aquele tipo de liberdade?

Kat virou uma página e segurou a língua para não fazer nenhum comentário mordaz sobre a foto desproporcional de Helmut Knochen, comandante sênior alemão da polícia de segurança pública de Paris. De acordo com o jornal britânico que ela tinha lido antes de chegar a Paris, ele tinha arrebanhado mais de cem judeus na semana anterior, numa única investida, e os enviado para campos de concentração. Os jornais britânicos só tinham manchetes sobre os horrores da guerra, mas, para engolir as notícias francesas, era preciso acreditar que Paris era a mais pura festa sob a ocupação alemã.

Seus dedos esmagaram o jornal sobre o rosto feio do homem.

— Encontrei sua agenda e vi que você tem um compromisso às três horas com o diretor de uma orquestra.

A máscara de dormir de Ellie deslizou para o alto da testa quando ela franziu as sobrancelhas, numa expressão concentrada.

— Ah, sim. Temos que repassar a lista de músicas para a estreia do novo filme de Goebbels. — Ela girou na cadeira. — Pierre! Café, *tout de suit*!

Kat estranhou.

— Vocês não estão racionando comida?

Ellie se voltou para a irmã e fez um gesto com a mão de unhas perfeitas, descartando a ideia.

— Eric é ministro da Cultura e do Movimento Social. Ele tem algumas licenças, como a maioria dos altos funcionários do governo alemão.

E as licenças de Eric, transferidas para Ellie. Kat sentiu a acidez do estômago na garganta. Sua irmãzinha, amante de um nazista. Quando a vida delas tinha se desviado até chegar àquele ponto?

Dobrando o jornal ao meio, ela o pousou sobre a mesa e deu uma mordidinha na sua torrada com manteiga. Um verdadeiro luxo. Na casa delas, só tinham permissão para consumir um pedacinho de manteiga por dia, o suficiente para passar uma camada bem fina no pão. Os parisienses deveriam ter a mesma cota ou será que viviam festejando, assim como seus invasores?

— Quando vou encontrar o misterioso Eric?

O rosto de Ellie adquiriu uma expressão sombria.

— Provavelmente amanhã. As... obrigações dele o mantêm bem ocupado.

Uma vida inteira compartilhando segredos, trançando o cabelo uma da outra, depois que as luzes se apagavam, e se escondendo juntas da governanta agitou as emoções de Kat. Ela ansiava por estender a mão e segurar a da irmã, como costumava fazer quando o último namorado partia o coração da caçula. Em vez disso, Kat fechou o punho, cravando as unhas na palma da mão. Os namoradinhos não eram soldados nazistas.

— Ele tem muitas obrigações?

— Inúmeras, agora que Paris está totalmente sob o domínio do Terceiro Reich. Ele foi encarregado pessoalmente pelo *Führer* de supervisionar todos os museus, parques, teatros e galerias, e introduzir as influências alemãs.

Kat sacudiu as migalhas dos dedos, espalhando-as no chão, depois juntou-as sob os dedos do pé.

— Encarregado por *Herr* Hitler em pessoa! Impressionante...

— A família dele tem amizade com a de Eric há anos. Eles são convidados do Berghof todo verão e Eric deve me levar junto com ele mês que vem.

Berghof. O refúgio particular de Hitler nos Alpes da Baviera. Era preciso ser um membro do Partido Nazista para ter acesso às cidades vizinhas. Se Kat conseguisse cumprir sua missão, elas estariam de volta, em segurança, muito antes de Ellie se aproximar daquele lugar atroz. Um contato aguardava em Calais para colocá-las clandestinamente a bordo de um navio da Cruz Vermelha, que deveria zarpar para a Inglaterra na semana seguinte. De bom grado ou esperneando, Ellie entraria naquele navio com Kat.

Para tirar o gosto agora amargo da torrada, Kat tomou um gole do chá.

— Muito importante, esse homem que você agarrou. Como o conheceu?

— Na Ópera Garnier, numa apresentação de *Salomé*. Ele se sentou no camarote ao lado do meu, mas ficou a noite toda me observando em vez de olhar para o palco. Ele se apresentou no intervalo e nós nos tornamos inseparáveis desde então. Bem, quase inseparáveis. Pierre! Onde está meu café?

Pierre correu para a mesa e depositou uma bandeja de prata com uma xícara fumegante de café e um prato de *croissants* na frente de Ellie. Círculos pretos rodeavam seus olhos quando ele piscava lentamente, como uma coruja insone, depois da hora de dormir. O homem provavelmente nem tinha visto o travesseiro na noite anterior.

— *Excusez moi*. Eu não conseguia encontrar a cafeteira esta manhã. Um dos convidados a deixou na prateleira mais alta da estante da sala.

Recostando-se na cadeira, Ellie acendeu um cigarro e deu uma baforada entre os goles de café. Fechou os olhos e inclinou o rosto para o sol quente. Sem toda a maquiagem pesada da noite anterior, ela parecia a mesma irmã de anos atrás.

Quantos dias, na infância, elas tinham passado deitadas nos campos mais distantes da propriedade, olhando para o céu azul e competindo para ver quem conseguia encontrar as nuvens mais brancas e fofas? Kat sempre deixava Ellie vencer. Difícil acreditar que tinham sido tão jovens e inocentes um dia.

A nostalgia se transformou em tristeza. Kat tinha crescido e aceitado os deveres da vida adulta, mas Ellie ainda continuava contemplando nuvens. Só que dessa vez elas levavam a marca de uma suástica.

Um chinelo felpudo pendia do pé de Ellie, enquanto ela balançava a perna cruzada sobre a outra.

— O dia está bonito demais para ficar trancada dentro de uma sala, escolhendo listas de músicas com um homem que fica tão suado que deixa marcas de suor no paletó. — Os olhos dela se arregalaram enquanto um sorriso aparecia em seus lábios. — Vamos aos Jardins de Luxemburgo. É lindo nesta época do ano e há um café maravilhoso para bebericar um vinho e ouvir música.

Kat tocou com o dedo a crosta de manteiga sobre a torrada mordida. Ela não tinha vontade nenhuma de passear pelos jardins, beber vinho ou ouvir música. Não ali e com certeza não naquele momento, quando só se tocava "Lili Marlene", a musa dos soldados alemães. Ela só queria ir para casa sã e salva, levando a irmã, de livre e espontânea vontade ou não. Ela esmagou a ponta da torrada com o polegar. Mas como? Uma palavra ou um movimento errado e Ellie a jogaria porta afora.

— Prometi a mamãe e papai que avisaria assim que eu chegasse aqui. Você sabe como eles se preocupam. — Com o coração acelerado, ela esfregou os dedos para tirar as migalhas. — Tenho certeza de que gostariam de receber um recado seu.

A perna de Ellie balançou mais rápido. Ela deu uma longa tragada e soprou a fumaça para longe.

— Duvido muito.

Kat resistiu à vontade de arrancar o cigarro do beicinho de Ellie e enfiá-lo pela sua goela ingrata. Será que ela não via a dor que infligia a toda a família por causa dos seus caprichos egoístas? Será que, pelo menos dessa vez, a irmã não poderia se responsabilizar pela situação em que tinha colocado toda a família, em vez de deixar que Kat resolvesse tudo, como sempre? — Você os deixou sem dizer uma palavra e eles ficaram loucos de preocupação. Eu também. Nós merecemos um pouco mais de consideração.

— Quando é que eles demonstraram ter consideração por nós? Nós não passávamos de soldadinhos do papai, prontos a obedecer a todas as suas ordens, enquanto mamãe desfilava conosco como éguas premiadas, em busca da próxima família abastada na qual pudesse nos arranjar um noivo. E você ainda pergunta por que eu fui embora?

— Goste ou não, eles ainda são nossos pais.

— Você nem sempre tem que fazer o que eles mandam, sabia? Pare de deixar que a forcem a entrar em situações em que você não passa de uma escrava para a fria roda de poder dos Whitford. Viva um pouco, Kat. Diga não.

As palavras de Ellie tocaram um ponto sensível que Kat tentava reprimir, com a justificativa de que se tratava de obrigações e deveres de família. Por ser a filha mais velha, os pais tinham expectativas com relação a ela, embora ultimamente estivessem mais exigentes. Se não fossem tantas convenções sociais, talvez ela pudesse se dar ao luxo de não carregar mais aquele fardo que a família lhe impunha. Viver como Ellie, do jeito que bem queria.

Ouviram uma batida na porta da frente. A voz abafada de Pierre soou da sala, em resposta.

Sacudindo a cabeça para afastar os pensamentos de inveja, Kat se inclinou para a frente, desesperada para manter a atenção da irmã antes que o mordomo voltasse e novamente interrompesse a conversa.

— Prometi que você escreveria uma ou duas linhas. Significa muito para eles.

— Significa muito para quem? — Uma voz com um pesado sotaque alemão cortou o fio de esperança que Kat havia lançado. Na porta, estava um homem alto e esguio, com os cabelos loiros penteados para trás e um uniforme cinza perfeitamente passado. Os olhos azuis estavam fixos em Kat.

— Eric, querido! — Ellie pegou a mão dele e o puxou para o lado dela. — Que surpresa vê-lo aqui. Achei que não pudesse vir hoje.

— Eu tinha alguns minutos de intervalo entre os compromissos e queria saber como foi a festa ontem à noite. — Soltando a mão de Ellie, ele se inclinou e puxou o robe de seda dela para cobrir seu joelho nu. — Não sabia que você tinha visita.

— Minha irmã, Kathleen, mas você pode chamá-la de Kat. Ela chegou de surpresa a noite passada. Você acredita? — Ellie olhou para ele antes de abrir um sorriso radiante na direção de Kat. — Ele não é um sonho? Eu simplesmente adoro homens de uniforme.

Eric bateu as botas pretas brilhantes uma na outra, como se fosse prestar continência, e fez uma breve reverência.

— Major Eric von Schlegel, a seu serviço.

O chá morno que Kat havia tomado ameaçou voltar das suas entranhas e emporcalhar aquelas botas desprezíveis.

— Kathleen Whitford, irmã mais velha de Ellie.

— Claro, irmãs. Você tem a mesma expressão graciosa e... Como vocês chamam isso? A mesma tez rosa-inglesa. — Ele sorriu, mas a fria reserva não deixou seus olhos.

Kat retribuiu o sorriso sem emoção.

— A obscuridade natural da Inglaterra oferece a sombra perfeita, ao contrário daqui do continente.

— Tenho certeza de que Eleanor está encantada em vê-la depois de tanto tempo, mas é bem inesperado que apareça sem avisar. Especialmente em Paris.

O tom de Eric cortou o ar sufocante como uma tesoura. Kat não vacilou. Se ele pensava que iria intimidá-la com o poderoso braço da agência de segurança alemã em seus países ocupados, estava redondamente enganado. A mãe delas já havia lhe instruído passo a passo nos peçonhentos tribunais de Londres. Um oficial militar pretensioso não chegava a ser um desafio. No entanto, um oficial alemão armado com uma pistola Luger era uma história bem diferente.

— Senti falta da minha querida Ellie e teria ido até Timbuktu para ter uma chance de vê-la. — Ela sorriu para a irmã, do outro lado da mesa. — Felizmente, só tive de vir até Paris.

— E como chegou aqui?

— Tenho certeza de que ela lhe contou um pouquinho sobre o nosso pai. — Ele piscou. É claro que ela tinha contado. Ellie não sabia guardar segredos. — Ele tem contatos muito influentes. Não me interesso em saber quais são, contanto que possam me levar aonde quero ir. E desta vez foi Paris.

Kat se recostou na cadeira e cruzou as pernas. *Engula essa, camaradinha.*

Os dedos de Eric se contraíram na aba do quepe que ele segurava sob o braço. Apesar do sol refletindo nas janelas altas do outro lado da rua, os olhos azul-claros não piscaram.

— Você planeja ficar muito tempo?

Dando de ombros, ela tomou um gole do seu chá aguado.

— Ainda não pensei nisso. Temos assuntos de um ano inteiro para pôr em dia. Não é mesmo, Ellie?

— Um ano e dois meses. — Ellie estendeu a mão até a lateral da mesa, pronta para bater as cinzas do cigarro. — Onde está o vaso de planta que ficava aqui? Aquele com a flor vermelha?

Kat olhou em volta e localizou os cacos do vaso do outro lado da porta. Na noite anterior, era para ele atingir a cabeça de um homem. Um escocês que havia subido até o apartamento pela calha, trajando um *smoking*. Se estava tão desesperado para entrar na festa, por que mal falou com ninguém e passou o resto da noite observando-a do outro lado da sala?

Ellie seguiu o olhar da irmã.

— O que aconteceu ali? Oh, céus! Eric, querido, você vai ter que me dar outra flor, pois alguém quebrou o vaso que você me deu. Talvez um lírio desta vez.

Kat deu um sorrisinho. Qualquer arrependimento que ela tivesse por ter esmagado a pobre planta desapareceu quando ela soube que tinha sido um presente do Soldadinho Alemão ali.

— O que você quiser, *schatz*. — Eric baixou a mão até o ombro de Ellie, passando as pontas dos dedos na parte de trás do pescoço dela, só um pouco abaixo da gola do robe. Seus olhos frios se ergueram para Kat em desafio.

Reunindo cada fragmento de repulsa, Kat a engoliu junto com a saliva, esfregando os dedos dos pés no chão até parecer que o chão da varanda estava prestes a ruir embaixo dela.

— Ellie me disse que você é responsável pelos museus. Um trabalho bem tranquilo. — Ela estava de parabéns. Se houvesse um prêmio de Melhor Atriz Fingindo não Odiar o Pretendente Nazista da Irmã, ele seria dela. Se ao menos ela pudesse enfiá-lo pela goela dele depois...

— Tranquilo? *Nein*, nem tanto. É um trabalho muito difícil reunir todas as pinturas, músicas, exposições e palestras para mostrar a maravilha e o poder da Alemanha. — Ele estufou o peito, empurrando os botões de prata do paletó. — O *Führer* tem muito orgulho do que o mundo verá de nós, e eu também. Você deveria ver por si mesma. Acho que ficaria muito impressionada.

— Hoje não, querido. — Ellie deu uma longa tragada, deixando a fumaça serpentear em seu lábio. — Vamos aos Jardins de Luxemburgo ver as fontes e tomar um pouco de ar fresco. Essa festa me deixou muito tempo confinada aqui dentro.

O sorriso insípido dele desapareceu e seus lábios se contraíram numa linha rígida.

— Você tem uma reunião hoje às três horas com *Herr* Graeber.

Ellie fez um gesto de descaso com a mão, espalhando cinzas pela mesa.

— Ele pode escolher as músicas sozinho. Ou melhor ainda, usar a lista que escolhemos na última semana.

— Seu trabalho é supervisionar cada pequeno detalhe com perfeição absoluta: selecionando músicas, garantindo a segurança dos locais, organizando listas de convidados e convites. Eu garanti pessoalmente ao dr. Goebbels que você seria capaz de executar todas as tarefas com maestria. Você não está levando os seus deveres a sério.

— Claro que estou, exceto quando é desnecessário. Além disso, meus deveres com a minha irmã não deveriam vir em primeiro lugar?

— Nada é mais importante do que servir ao *Führer*.

— Isso é porque ele não gosta das irmãs. — Ellie piscou do outro lado da mesa, arrancando um sorriso de Kat, como ela sempre fazia.

Um tom vermelho inundou as bochechas de Eric. Pegando Ellie pelo cotovelo, ele a fez se levantar da cadeira.

— Posso falar com você em particular, *schatz*?

Kat também ficou de pé e se agarrou ao corrimão para não ir atrás deles. Ellie já estava bem crescidinha. Tinha arrumado aquele otário e agora teria que dar um jeito de se livrar dele. Só que Eric não parecia o tipo de homem de quem uma mulher se livra facilmente.

Na rua lá embaixo táxis rodavam, misturando fumaça de escapamento ao aroma de pão quente da *boulangerie* da esquina. Uma fila de moradores fazia fila ao redor do quarteirão, com impaciência e olhos submissos. Os clientes que saíam do estabelecimento não olhavam nem para a esquerda nem para a direita. Mantinham a cabeça baixa e se afastavam apressados, com embrulhos mirrados embaixo do braço. Levavam com eles sua cota do dia para alimentar a família inteira. Por outro lado, o *buffet* da festa de

Ellie, da noite anterior, teria sido o suficiente para alimentar o quarteirão inteiro pelo resto da semana. Ostras, canapés e bolos não consumidos esperavam no lixo para serem retirados, sem a mínima consciência do desperdício de comida.

— Bem, sinto muito, querido, mas ela é minha irmã e vai ficar aqui.

As orelhas de Kat formigaram enquanto a conversa particular acabava.

— E quando posso vir ver você? — O tom áspero de Eric terminou num lamento.

— Você está me vendo agora. Ah, não me venha com essa cara. Ainda teremos muitas horas só para nós dois e talvez, se você se comportar, eu possa usar aquela combinação de renda que você me comprou na semana passada.

O calor subiu pelo pescoço de Kat. Ela puxou a gola da blusa.

— Sim, sim. Vou compensar, *Herr* Graeber. Claro que quero vê-lo feliz e estou fazendo o meu melhor, Eric, realmente estou.

— Então, seria melhor não se sentar do lado de fora, onde todos os homens podem vê-la de camisola.

As unhas de Kat espetaram a palma da sua mão enquanto as vozes voltavam a ficar menos ríspidas.

A porta da frente se fechou. A respiração rápida de Kat sibilou entre seus dentes cerrados.

Ellie deu meia-volta e foi novamente para a varanda, o robe de cetim bem fechado sobre o peito e o pescoço.

— Vamos?

Capítulo 3

Barrett jogou o pacote já aguado de gelo sobre a mesa do escritório, no andar de cima do Blue Stag, e girou cuidadosamente o braço para testar a dor. Estava melhor, mas ele ainda sofreria por alguns dias com aquele golpe no ombro. Ainda bem que Anton pesava só uns 50 quilos ou ele teria uma clavícula quebrada em vez de um hematoma.

Embaralhando os cartões-postais já gastos de Coney Island, Nova York e Washington, DC, ele os devolveu cuidadosamente à pequena caixa entalhada, no canto da mesa. Logo não seria apenas um sonho. Ele poderia deixar seu passado negro para trás e recomeçar, com um nome que não carregasse o fardo de velhos fantasmas.

Notas de trompete subiam pelas tábuas do assoalho, prenunciando uma nova banda. Ele checou o relógio de pulso. Nove horas em ponto. Greenwich poderia acertar seus relógios pelos de Sam. Infelizmente, isso também significava que ele não teria mais tempo para ficar em seu esconderijo aquela noite.

Estremecendo de dor ao vestir a jaqueta, ele lançou um olhar ansioso para a garrafa de Ballantine na prateleira lateral.

— Em breve, meu velho amigo Sam, você e eu vamos tomar uma dose de uísque, mas agora é hora de enfrentar os chacais.

Trancando a porta do escritório atrás de si, ele desceu com pressa as escadas até a área dos fundos, que servia para a lavagem de pratos, estoque de mercadorias e descanso dos garçons antes que as portas do bar se abrissem. No momento, o lugar estava agitado como uma colmeia de abelhas nervosas.

— Limpe este chão molhado antes que alguém escorregue — ele disse, apontando para uma poça d'água ao lado da pia. — Aquela caixa de conhaque já chegou? E a encomenda de copos?

Corbin, seu segundo homem no comando, inclinou a cabeça, exasperado.

— *Oui*, *Patron*. Tudo aqui está sob controle como sempre, então não entendo por que você sempre pergunta.

— Porque preciso ter algo para fazer enquanto você se encarrega de todo o trabalho. — Barrett deu um tapinha nas costas dele, despenteando o homem franzino, de jaqueta preta engomada. — Não há ninguém em quem eu confie mais para manter meu navio singrando os mares.

— Por que fala de navios ao se referir a mim? Por acaso tenho cara de peixe? — Corbin murmurou, alisando as costas da jaqueta.

— Se preciso me misturar com os porcos, por que não variar um pouco e ter um peixe ao meu lado?

— Então saiba que um chiqueiro inteiro está à sua espera lá fora. Boa caça, *Patron*.

Se ao menos ele pudesse caçá-los... Estufando o peito, Barrett empurrou a porta de vaivém. Diante dele surgiu um salão amplo, com painéis de nogueira escura nas paredes e um assoalho de bordo arranhado. Um longo balcão, com um espelho e prateleiras cheias de garrafas tomavam uma parede. Mesas fixas com longos bancos estofados se alinhavam na outra parede, com mesas redondas e cadeiras espalhadas entre elas. Se tudo não fosse uma farsa, ele bem que podia se orgulhar daquele lugar. Não era todo dia que se via um órfão briguento dos becos de Glasgow dirigindo um estabelecimento como aquele.

No canto de trás de um tablado, rodeado por cortinas pesadas verde-escuras, Sam liderava a banda de seis integrantes, tocando seu mais novo arranjo de "Sempre Haverá uma Inglaterra". Felizmente, os alemães tinham um ouvido ruim demais para reconhecer a canção popular. Berlim havia decretado que deveriam tocar apenas música alemã em terras ocupadas. Alguém que fosse pego tocando ou ouvindo qualquer outra coisa seria imediatamente preso e enviado a uma das fábricas de trabalho ao longo da fronteira polonesa, que manufaturavam projéteis e tanques para a máquina de guerra alemã. Mas os parisienses sempre encontravam uma maneira de se revoltar artisticamente por meio de arranjos musicais que enganavam seus captores. E Sam era um mestre entre os artistas. Não havia melodia que aquele homem talentoso não soubesse reproduzir com um trompete, mas ninguém em Paris o contratava depois da invasão dos nazistas. Ninguém se arriscava a contratar um judeu. Barrett só precisou aplicar um teste de dez segundos para contratá-lo. Nos meses que se seguiram, Sam provou ser um jogador de xadrez profissional, um amante das citações de Shakespeare e um grande defensor do otimismo. Ele também era o mais perto que Barrett já tinha chegado de ter um amigo.

Um rapaz nervoso apareceu na frente dele.

— Senhor, eu queria me desculpar novamente por ter derrubado o senhor daquele jeito. Sei que o objetivo era só obstruir a passagem, mas posso melhorar. Eu *vou* melhorar da próxima vez.

Barrett deu meio passo para trás, evitando que seu mais novo garçom lançasse perdigotos em seu rosto.

— Claro que vai. É por isso que praticamos várias vezes, até que se torne tão natural quanto respirar.

— *Oui*, senhor.

— Você foi bem hoje. Pode se orgulhar. — O garoto sorriu e se virou para começar a se afastar, mas Barrett o chamou de volta. — E Anton, de agora em diante, vamos manter os deveres do dia fora do alcance dos ouvidos dos nossos clientes.

Um tom vermelho se espalhou pelo rosto oval de Anton.

— *Oui*, senhor.

Seus clientes. Barrett cerrou os dentes. Eles se espalhavam pelo seu bar como uma peste, trajando uniformes cinza com botões brilhantes, colarinhos engomados e suásticas no braço. Ali eles se atreviam a se sentar, rindo, bebendo e batendo suas botas polidas ao som de *swings* não alemães proibidos. Se ele não tivesse uma operação em curso no porão, trancaria as portas e acenderia um fósforo. Ou cinquenta fósforos.

Ele se virou para o bar.

— Como está a noite, Henri?

O *barman* contornou seus funcionários e foi até a extremidade do balcão entregar a Barrett o copo d'água que tinha na mão.

— Estamos indo. Sam está mantendo todo mundo animado, então a cerveja está fluindo. Eu disse a ele para começar a tocar algo mais lento daqui a pouco, para que comecem a pedir vinho.

Barrett tocou a borda do copo suado.

— Aquele lote horrível que caiu da traseira de um caminhão na semana passada?

Henri concordou com a cabeça.

— Os alemães vão estar tão bêbados que não vão nem reparar.

— Não admira que você seja o melhor *barman* da cidade.

Passando um pano sobre o balcão impecavelmente limpo, Henri pousou o cotovelo na madeira e sorriu com malícia.

— Eu poderia ser o melhor da França, se você me deixasse pingar algumas gotas de veneno nas canecas de cerveja...

— A Gestapo cairia sobre nós mais rápido do que um carrapato num cervo, e eu não me imagino trancado numa sala de interrogatório com um moleque que só conseguiu uma patente porque o pai subornou alguém. Sempre se sentindo inferiorizado, como se precisasse provar sua competência.

— Não é muita coisa por uma patente militar, não é, *Patron*?

Tomando um longo gole de água, Barrett balançou a cabeça.

— É por isso que me puseram aqui com vocês.

— E eu pensando que era porque você amava a vida noturna parisiense e seu povo, a ponto de deixar suas amadas colinas escocesas para vir abrir um bar.

Barrett estremeceu ao pensar na história do seu disfarce. Não era a pior que ele já tinha ouvido e evitava que os alemães ficassem farejando muito por ali. Por ora.

Mudando de posição para enxergar o palco, ele chamou a atenção de Sam e lhe deu sinal para que tocasse algo menos agitado. Eles precisavam tirar aquele vinho ruim do estoque antes que um novo carregamento chegasse pela manhã. Os revendedores do mercado negro reclamavam quando não havia espaço suficiente para suas entregas e aumentavam os preços no pedido seguinte.

Sam acenou com a cabeça e levou os outros membros da banda a tocarem uma melodia mais lenta. O alvoroço de vozes diminuiu entre o tilintar suave de copos e as notas elegantes do trompete. A fumaça de cigarro brotou sobre as mesas como cogumelos. O cheiro acre se sobrepunha ao odor forte dos painéis de madeira, o solo terroso das plantas recém-envasadas na porta da frente e o calor das arandelas de latão, que tremeluziam ao longo das paredes. A primeira coisa que ele fazia pela manhã era abrir as janelas da frente para arejar o ambiente e deixar a brisa levar as toxinas sufocantes.

Barrett tomou outro gole de água e rolou o copo entre as mãos. Engraçado como o lugar se tornara uma casa para ele. Quatro anos antes, ele estava confinado na mesma cervejaria que o pai, quando uma briga num beco com o filho ranhoso de um político mudou sua vida.

Foi então que lhe disseram: ou você passa alguns anos atrás das grades ou vai trabalhar para o governo. Ele não precisou pensar duas vezes. Agora, ali estava ele em Paris, treinando membros da Resistência para o Serviço Secreto de Inteligência, no porão de um bar com uma clientela nazista. Assim que cumprisse sua pena, ele entraria no primeiro navio que cruzasse o Atlântico, com o pagamento de Alfred Whitford no bolso, para começar uma nova vida longe de tudo aquilo, sem obrigações que não fossem consigo mesmo.

A repulsa lhe revirou o estômago enquanto seus olhos percorriam as cabeças impregnadas de brilhantina dos oficiais e os cachos macios das suas acompanhantes. Que mulher com respeito por si mesma sairia com nazistas? As mulheres faziam todo tipo de coisa por amor ou pelo que tolamente pensavam ser amor. Não havia sentimento mais imprevidente.

Sua indignação só aumentou quando as duas loiras que ele aguardava ansiosamente cruzaram a porta da frente, com um homem alto marchando atrás delas. Suas duas novas incumbências. A mensagem de *sir* Alfred era bem clara: "Tire minhas filhas a salvo de Paris e traga-as de volta em segurança para a Inglaterra. Pagamento na entrega". Tarefa simples. Que dificuldade poderiam representar duas *socialites*?

— Prepare o champanhe. — Ele entregou a Henri seu copo de água vazio. — O melhor.

Henri piscou.

— O mais caro.

— O que mais?

Conforme tinha sido instruído, Corbin conduziu o trio até a área das mesas, para o melhor lugar da casa. Na frente da banda, mas reservado o suficiente para permitir que a conversa discorresse sem ser abafada pelas notas do trompete e do baixo.

Filetes de fumaça de cigarro se enrodilhavam em torno da cabeça de Eleanor, enquanto ela ria e acenava para pessoas de uma mesa próxima. Linda como uma borboleta e tão volúvel quanto. Que confusão ela tinha causado para todo mundo. O homem ao lado dela, o tal de Eric von Schlegel, sentava-se empertigado, como se tivesse um pedaço de cano enfiado nas costas, sob o paletó. E então havia Kathleen. Elegante e descontraída em seu traje azul de verão. Só o que revelava seu nervosismo era o pé sacudindo embaixo da mesa e as olhadelas que dava por sobre o ombro esbelto.

Atendidos os pedidos iniciais, Corbin passou pelo bar e foi para os fundos.

— São todos seus, *Patron*.

Respirando fundo para acalmar o coração acelerado, Barrett assumiu seu ar mais simpático e dirigiu-se à mesa das estrelas.

— Você conseguiu, afinal.

Eleanor virou a cabeça para trás e seus lábios vermelhos se separaram num largo sorriso.

— Claro que sim! Depois de sua insistência na noite passada, nós simplesmente tivemos que vir e ver com nossos próprios olhos a razão de tanta fama.

— Como você provou ser uma anfitriã maravilhosa, só espero poder retribuir a hospitalidade esta noite. — Seu olhar deslizou para a nuca de Kathleen. — Embora a minha vista não se compare com a que encontrei na sua varanda.

Com os ombros rígidos, a cabeça de Kathleen se ergueu. Os olhos azul-esverdeados se fixaram nos dele. Eles eram mais vibrantes do que lhe parecera na noite anterior.

— Sr. Anderson. Que bom vê-lo no nível do chão.

— A ocasião exige uma base sólida esta noite.

Eleanor se inclinou para a frente no seu assento, a piteira de prata pendendo da mão bem cuidada.

— Vocês dois se conhecem?

Kathleen balançou a cabeça, jogando os cachos dourados sobre o ombro.

— Nós nos encontramos brevemente na noite passada. Embora eu não tivesse ideia de que estaríamos desfrutando das delícias do seu estabelecimento tão cedo.

Batendo as cinzas no cinzeiro, Eleanor revirou os olhos para Barrett.

— Você vai ter que perdoar minha irmã. Ela não sabe mais o que é se divertir. Espero que o ar noturno francês a deixe um pouquinho mais aberta.

Barrett cerrou os dentes de trás. A garota estava mais delirante do que ele pensava. O ar francês não tinha a mesma leveza desde que os homens de Hitler tinham pisado na Champs Élysées no ano anterior.

— Se isso falhar, tenho uma garrafa de champanhe que pode resolver.

Von Schlegel mudou de posição na cadeira, anunciando que se ressentia da falta de atenção.

Barrett cerrou a mandíbula esboçando um ar de contrariedade, mas forçou um sorriso acolhedor.

— Desculpe, senhor. Sou Barrett Anderson, proprietário do Blue Stag.

A lustrosa cabeça loira se inclinou em reconhecimento.

— Major Eric von Schlegel. Ministro da Cultura e do Movimento Social na França.

— Um título e tanto.

— Uma grande responsabilidade.

— Tenho certeza. Não deve ser fácil promover filmes e músicas quando se tenta apaziguar as massas.

As narinas do alemão dilataram-se em desdém.

— Minha missão não é apaziguar, mas informar. A única dificuldade é limpar a podridão que imperava antes de mim.

— Sim, notei algumas tábuas do assoalho estragando da última vez que estive no Bobino's. A sta. Baker era conhecida por deixar cair cascas de banana durante suas apresentações, o que provavelmente contribuiu para o problema.

A confusão cintilou nos frios olhos azuis. Em seguida, foi surgindo um lento reconhecimento que se transformou em repulsa.

— A sta. Baker, se é que se pode chamá-la de "senhorita", não terá mais vez nos nossos palcos. Ela e outros de sua espécie indesejável vão ser expurgados de seus casebres para dar lugar aos artistas puros da Pátria.

Exatamente do que o cenário mundial precisava. Homens de joelhos ossudos e calças de couro saltando ao som animado de um acordeão. Logo a Ópera Garnier estaria cheirando a chucrute.

A notas do trompete de Sam ondularam pela sala como uma brisa quente, acalmando a raiva que crescia no peito de Barrett. Sam era o músico mais talentoso que ele já conhecera, além de ser um amigo leal. Por ser um bom cristão, mesmo com apenas dois centavos no bolso, ele tiraria a camisa para dar a quem precisasse. E aos olhos do Terceiro Reich, ele era considerado um indesejável por causa do sangue que corria em suas veias e nas dos seus antepassados.

Antes que ele pudesse deixar seu punho impresso no rosto daquele palhaço do Eric, Corbin o salvou com uma garrafa de champanhe. Dispensando o seu homem, Barrett prendeu a garrafa debaixo do braço e abriu a rolha. A espuma dourada derramou-se pela boca da garrafa, espirrando no chão. Duas gotas caíram nas botas brilhantes de von Schlegel. O lábio de Kathleen se curvou num sorriso debochado quando ela percebeu. Se ele mesmo não estivesse sorrindo por dentro, satisfeito, Barrett a teria puxado de lado para uma breve lição sobre como controlar melhor suas expressões faciais.

Depois de servir três taças, ele colocou a garrafa num balde de gelo. Kathleen estendeu a mão, roçando na dele ao pegar a taça borbulhante. Os dedos dela estavam gelados, apesar da temperatura de mais de trinta graus do lado de fora. Pobre moça. Seus nervos iriam denunciá-la muito antes do que ele pensava.

Pegando a rolha do chão, Barrett enfiou-a no bolso.

— Aproveitem e não hesitem em pedir mais.

— Ah não! Você precisa se juntar a nós. — Para desgosto dos seus companheiros de mesa, Eleanor apontou para o espaço ao lado dela. — Eu insisto, de um anfitrião espetacular para outro.

Pegando uma cadeira vazia da mesa ao lado, ele se acomodou entre as irmãs. Nem se tivesse planejado, conseguiria uma aproximação tão natural do ninho da víbora. — Quem sou eu para recusar tal pedido? Espero que não se importe em dividir comigo a companhia dessas lindas damas, von Schlegel.

— Evidente que não, contanto que saiba que uma delas é comprometida. — Seus longos dedos se fecharam sobre a mão de Eleanor. — E é *Major*. Nós oficiais conquistamos o direito de que nos chamem pela nossa patente.

— Eric, você é tão chato às vezes! — Eleanor riu em meio a uma baforada de fumaça. — Como posso estar cercada de tamanhos rabugentos? Ah, meu caro, você não tem uma taça.

Barrett fez um gesto, descartando a taça que ela tentou empurrar para ele.

— Não, obrigado. Prefiro manter a cabeça no lugar durante o expediente de trabalho. Nunca se sabe quando vou ter que resolver algum imprevisto.

Kathleen girou a haste da taça entre os dedos, fazendo o líquido borbulhante se agitar num minúsculo redemoinho.

— Como ficar sem copos limpos?

Uma risada arranhou a garganta dele. Então existia algum senso de humor por trás daquela aparência austera, afinal.

— Mais como apartar brigas de bêbados ou examinar livros contábeis madrugada adentro. É uma vida monótona esta que eu levo, mas prefiro assim.

As sobrancelhas claras de Kat se ergueram.

— E como alguém entra nessa profissão de dono de bar? Era um sonho que você acalentava ou um profundo conhecimento de cervejas que simplesmente tinha que dividir com o resto do mundo?

— Meu pai era mestre cervejeiro, então esperava que eu seguisse os passos dele de alguma forma, mas receber ordens de outro homem não é vida para mim. Se tenho uma vida inteira de trabalho pela frente, prefiro ser meu próprio patrão.

Uma sombra escura obscureceu o rosto de Kat. Ela piscou antes que ele tivesse tempo de decifrá-la.

— E por que está tão longe de casa?

— Não sou muito benquisto em Glasgow. Vim para cá recomeçar, onde ninguém me conhece.

Von Schlegel bufou.

— Acha isso engraçado, Major?

— Não, só acho engraçado você pensar que ninguém o conhece aqui. Que chegou nesta cidade como um estranho. Eu sei tudo sobre você. — Von Schlegel sorveu o champanhe, a taça delicada se ajustando perfeitamente à sua mão magra e pálida.

O tom arrogante deixou Barrett irritado. Se não fosse a ameaça de prisão pairando sobre a sua cabeça, ficaria satisfeito em tirar aquela expressão ridícula da cara do alemão. Cruzando os braços sobre o peito, ele inclinou a cadeira para trás.

— Então me diga.

— Sua mãe é francesa. Seu pai, britânico.

— Escocês, na verdade.

Uma sobrancelha clara se ergueu.

— Não é a mesma coisa?

— Não para um escocês.

Kathleen mudou de posição na cadeira, batendo o pé agitado contra a perna de Barrett.

— É mais do que um insulto confundir um escocês com um inglês. Um erro que você não deve cometer duas vezes, Major.

O alemão descartou o aviso dela com um movimento da mão.

— São todos da mesma ilha, não vale a pena tentar decifrar essas pequenas diferenças.

Deixado de fora da própria conversa, Barrett inclinou-se de volta em sua cadeira enquanto o pé trêmulo de Kathleen desmentia seu rosto tranquilo.

— Grandes diferenças, especialmente quando os ingleses entraram marchando na Escócia, para tentar governar sem serem chamados.

— Eles levaram lei e ordem a uma terra de homens selvagens, que andavam praticamente nus pelas ruas. Foi melhor assim.

— Isso é o que os valentões sempre dizem.

— Valentões — zombou Von Schlegel. — Homens de visão.

— Duas maneiras de se referir a quem pega algo que não lhe pertence. E a quem nunca pertencerá. — Os olhos de Kathleen piscaram para a irmã e de volta para von Schlegel. Um sorriso perfeitamente educado apareceu no rosto dela. — Uma lição que devemos aprender com a História. Mas, infelizmente, algumas coisas nunca mudam.

Barrett cravou os dedos no joelho. Se não fosse pelo pagamento, ele torceria aquele lindo pescocinho dela. Aquele trabalho secundário que ele assumira já estava se revelando uma grande dor de cabeça. Ele estendeu os dedos e esfregou as mãos para aliviar a tensão.

— Calma aí, Kat. Não sou mais uma garotinha. — Eleanor lançou para a irmã um olhar rancoroso que lembrava mais uma criança de 6 anos do que a mulher elegante que pretendia ser. Ela se inclinou na direção do seu amante alemão e a mão dela tremulou possessiva sobre o braço dele. — Além disso, eu tenho Eric agora para defender minha honra. Certo, querido?

Os olhos de Von Schlegel desceram para a pele cremosa, exposta no decote em V de Eleanor. Entrelaçando os dedos nos dela, ele ergueu a mão delicada até os lábios.

— Nada me dá mais prazer. — Quando ele soltou a mão, abafou a paixão em seus olhos.

— Endireite-se, *schatz*. Seu vestido vai amassar.

Uma veia pulsou no pescoço de Kathleen.

— Que gentileza sua cuidar de Ellie enquanto eu não estava aqui, Major.

— Foi um prazer desde o momento em que nos conhecemos e vai continuar a ser bem depois que você já tiver partido. — Ele passou um braço ao redor das costas da cadeira de Eleanor e deslizou os dedos sobre os ombros dela.

— Ninguém pode tirar minha Eleanor de mim agora. Nunca mais.

Como uma rolha pronta para explodir de uma garrafa de champanhe, Kathleen saltou da cadeira. Seus longos dedos agarraram a bolsa de contas.

— Vocês me dão licença um minuto, por favor? Preciso retocar o batom.

Barrett levantou-se de um salto, mas von Schlegel permaneceu sentado com um sorriso presunçoso de vitória brincando nos lábios.

— Atrás daquelas cortinas. Segunda porta à esquerda.

Quando ela saiu apressada, Barrett pegou a garrafa de champanhe vazia e a enfiou debaixo do braço para não quebrá-la na cabeça do nazista.

— Isso me lembra de que tenho algumas coisas para verificar lá nos fundos, mas vou estar de volta em breve e com uma nova garrafa.

— O trabalho nunca acaba, hein?

— Não. Nunca.

Ao passar batom nos lábios, Kathleen se atrapalhou e acabou decepando a ponta cremosa do cosmético.

— Droga.

Ela colocou o precioso toco vermelho de volta no lugar. Não ficou perfeito, mas, com o racionamento, não estava disposta a desperdiçar sua maquiagem. Enrolando o batom remendado no seu lenço com borda de renda, ela o colocou de volta na bolsa e arriscou um olhar no seu espelhinho portátil. A cor normal voltara às suas bochechas. Amaldiçoou mentalmente aquele alemão por fazê-la perder a calma. Lágrimas surgiram em seus olhos. Ela piscou rápido. Não, nada de lágrimas até ela e Ellie estarem em segurança na Inglaterra, e para sempre. E depois seriam lágrimas de alegria por terem escapado das garras dos nazistas.

Girando o corpo, ela verificou a costura das meias. Felizmente ainda tinha uma gaveta cheia de meias de seda e não era obrigada a usar os pares de algodão que provocavam coceira nas pernas. Ou pior, a manchar as pernas com chá, como muitas moças faziam. Ela alisou uma ruga no vestido, perto do quadril, depois deixou a mão cair. Não ligava para vestidos amassados, mas hoje à noite sua opinião sobre isso estava mudando muito rápido.

O veneno ondulou em suas veias, solapando seu esforço para controlar a mente agitada. *Controle-se. Não vai ficar encolhida aqui como uma garotinha tola com medo de um valentão de pátio de escola. Você é filha de* sir *Alfred Whitford. Agora levante este narizinho arrebitado que Deus lhe deu.*

Empinando o nariz, ela empurrou a porta de vidro fosco e entrou no corredor ao som adorável de um piano e um violino. Assim que ela voltasse para a mesa, viraria as costas para aquele homem horrível e só ouviria a melodia do jazz...

— O que pensa que está fazendo? — Alguém agarrou o braço dela e a puxou para trás de um grande vaso onde estava plantada uma palmeira. Barrett Anderson se erguia sobre ela como um vulcão vomitando lavas incandescentes. — Tem alguma ideia do jogo em que está se metendo? Você perdeu o juízo?

Ela deu um tapa na mão dele.

— Pare de me abordar em lugares escuros.

— Então pare de pintar um alvo na própria testa.

— Do que está falando?

A impaciência ardia nos olhos azul-escuros dele.

— Aquele nazista. Se tem alguma esperança de levar sua irmã de volta, então é melhor aprender a sorrir de um jeito um pouco mais convincente.

Ela deu um passo vacilante para trás. Folhas de palmeira roçaram atrás dos joelhos dela.

— Não sei o que quer dizer.

— Não se faça de tonta. Isso não é nada atraente em mulheres da sua estirpe.

Ele sabe. O sangue latejava em suas têmporas. Os contatos do seu pai no MI6 tinham deixado em alerta espiões de todos os lugares. Com agentes treinados para seduzi-la ou cravar uma bala na sua cabeça, ela não deveria acreditar em ninguém. *Melhor* não complicar. *Basta repetir o que mandaram você dizer.*

— Estou aqui apenas para visitar Ellie.

— Com a intenção de arrastá-la de volta para a Inglaterra, pelos cabelos se preciso. — Ele respirou fundo, inflando o peito. A irritação começou a desaparecer lentamente dos olhos dele. — Por mais cômico que possa parecer, precisamos encontrar maneiras mais discretas de fazer isso. Maneiras que não farão com que a Gestapo siga nosso rastro.

— "*Nosso*"? Não, não, receio que você tenha cometido algum engano. — Ela deu outro passo para trás, batendo no vaso. Ah, Deus, por que ela não tinha pedido mais instruções sobre como enfrentar interrogatórios?

— Você a quer de volta e o Parlamento também, antes que sua irmãzinha conte tudo o que sabe para aquele namorado cabeça-dura.

Kat balançou a cabeça, dispersando o sangue acumulado ali.

— Ellie não sabe nada além de dar festas incríveis, e mesmo se soubesse, certamente não trairia seu país.

— Ela já traiu ao vir para cá.

— Você está enganado. — Assim que as palavras escaparam dos seus lábios, ela provou sua amarga falsidade.

O trompete sussurrava "Vamos nos Encontrar Novamente", enquanto um baixista dedilhava a harmonia. Ela tinha ouvido aquela música pela última vez uma noite antes de Ellie desaparecer. Elas tinham passado a noite inteira na festa de *lord* Melford, tentando encontrar parceiros de dança que não pisassem em seus pés. Quando Ellie lhe deu um abraço de boa-noite,

Kat nunca pensou que significasse um adeus. Sua querida irmãzinha tinha uma tendência para arranjar problemas, mas uma traidora, isso ela não era... Kat apertou a mão no ponto latejante acima dos olhos.

— Senhorita Whitford, sei que tinha a melhor das intenções ao vir para Paris. — Barrett mudou de posição, chamando a atenção dela. O cansaço era nítido no seu rosto bronzeado. — Mas suas melhores intenções não vão salvar sua irmã das águas infestadas de tubarões nas quais ela se jogou. Você precisa de alguém que já tenha nadado nessas águas antes.

— Ela nunca foi boa nadadora.

Uma cicatriz esbranquiçada brilhou acima do lábio superior dele, quando sua boca se inclinou num meio sorriso.

— Pelo menos você se lembrou do seu senso de humor. Vai ser útil para o que nós estamos prestes a fazer.

— Por que está se referindo a "nós" outra vez? — Kat endireitou os ombros. Ele estava falando com a irmã errada se pensava que iria intimidá-la. — Não me leve a mal, sr. Anderson, mas vou pedir que se abstenha de interferir em nossos assuntos particulares.

— No instante em que ela pisou em solo ocupado, o caso da sua irmã deixou de ser um assunto particular. É por isso que estou aqui. Vou levar você e sua irmã amante do Reno de volta à boa e velha Inglaterra, direto para os portões do Palácio de Buckingham, antes que ela tenha a chance de dançar uma valsa com Hitler.

Capítulo 4

As cortinas de veludo do bar estavam abertas, revelando as grandes janelas da frente, que deixavam entrar a brisa morna da manhã. A luz do sol se derramava sobre as mesas brilhantes e os painéis escuros, enquanto partículas de poeira dançavam ao redor da cabeça de Kat. Tudo muito diferente da última noite repleta de música e nazistas bêbados.

O salão estava vazio, exceto por um rapaz atrás do longo balcão, secando canecas. Seus lábios assobiavam uma melodia animada, enquanto ele se concentrava nas canecas na sua frente. Seus olhos, porém, saltavam para observá-la de vez em quando. Uma precaução caso ela tentasse escapar, sem dúvida.

Barrett entrou pela porta dos fundos. Calças castanho-escuras, sapatos gastos e uma camisa azul-clara com as mangas arregaçadas substituíam a aparência formal da noite anterior. Os olhos dele eram de um azul mais profundo agora e seu cabelo, de um tom mais avelã do que o que ela se lembrava. Na luz clara do dia, sem a distração da névoa do cigarro, ele era bem bonito. De um jeito displicente.

— Você veio.

— Você me ameaçou.

Um sorriso malicioso apareceu na boca de Barrett enquanto ele limpava o suor da testa.

— Ah, é verdade. Eu ameacei mesmo, não foi?

— Com todas as letras. — Após emboscá-la na frente do vaso de plantas, ele não tinha dado a ela outra escolha a não ser encontrá-lo na manhã seguinte. Ou ela concordava ou ele a mantinha refém, entre as garrafas de bebida ilícita, até que ela concordasse.

"*Você sempre tem de fazer o que mandam*?" As palavras de Ellie a assombraram quando ela percebeu que tinha sido forçada a tomar uma atitude sem que lhe deixassem muitas opções. Nenhuma vez ele pedira o consentimento ou a opinião dela sobre sua intrusão nos planos que ela já fizera. Alguém tinha decidido por ela o que era melhor.

— Agora, podemos ir direto a esse assunto que você insiste em tratar comigo para que eu possa voltar para assuntos mais importantes?

— Não me leve a mal, mas admiro uma mulher que vai direto ao ponto. — Ele gesticulou para a porta de onde tinha acabado de sair. — Vamos entrar?

Kat balançou a cabeça quando voltou a ouvir o alarme interior que ela tinha tentado manter desesperadamente sob controle durante toda manhã.

— Prefiro ouvir qualquer coisa que você tenha a dizer aqui fora.

— O que tenho a dizer não pode ser dito aqui fora. — Ele abaixou a mão e enfiou-a no bolso da calça. Um músculo ondulou em seu antebraço. — Você não confia em mim. Outra característica admirável na maioria das circunstâncias, mas neste caso é um grande erro.

Quando ela não se mexeu, ele se moveu na direção dela. A cordialidade diminuiu um pouco.

— Eu tive uma noite longa e duas brigas para apartar, então não torne isso mais difícil do que o necessário. Vou arrastá-la para dentro se for preciso.

— Mas que homem mais encantador!

— Não estou aqui para encantar você, apenas para mantê-la longe de encrencas.

Ela hesitou por um breve instante enquanto observava os lábios contraídos dele. Ela deveria ter contado a Ellie aonde ela estava indo de fato, para o caso de estar caindo numa armadilha. Tarde demais para mudar de ideia agora. Ela atravessou a porta que ele indicava.

— Se está querendo me fazer escalar uma parede por uma calha, deve saber que meu calçado não é o mais adequado.

Ele pegou um saco de juta protuberante e jogou-o sobre o ombro.

— Para sua sorte, nenhuma escalada ou esforço físico de qualquer espécie será necessário hoje. Se houver uma próxima vez, eu aviso para que use mocassins ou o que quer que as mulheres usem para deixar os pés confortáveis, porque tenho certeza de que o que você usa hoje é qualquer coisa menos confortável.

Kat olhou para seus *peep toes* vermelhos, com lacinhos no peito dos pés.

— Mal posso esperar.

Contornando máquinas de lavar louça, pilhas de copos limpos e torres de garrafas de vinho, eles passaram entre dois barris de cerveja e chegaram a uma pequena porta escondida num canto.

Barrett abriu a porta e desceu alguns degraus. Uma lâmpada brilhou sobre a sua cabeça.

— Por aqui.

Pela aparência das escadas, aquele era o lugar perfeito para servir de cativeiro.

O ar mofado encheu seus pulmões quando ela respirou fundo e deu um passo para segui-lo. E errou o degrau. Seu corpo se desequilibrou para a frente e, na velocidade de um raio, Barrett girou o corpo para trás. Os braços dele a envolveram como se a convidassem para uma dança.

— Cuidado, moça! Atire-se assim sobre um homem no escuro e ele pode pensar que está atrás de algo mais.

Os dedos dela se curvaram como ganchos nos ombros dele, enquanto o calor do seu corpo sólido pressionava o dela, envolvendo-a como um manto. Um jorro de sangue quente acelerou seu coração e inundou sua cabeça. Lentamente, ela abriu os dedos e com delicadeza se afastou do abraço protetor, dizendo:

— Eu garanto que, comigo, sua virtude continuará intacta.

— Puxa, que pena...

Endireitando-se, ela se segurou na parede e forçou a respiração a desacelerar, enquanto o calor arrefecia em sua pele. Depois estendeu os braços para se apoiar enquanto desciam as escadas estreitas até uma espécie de porão onde a escuridão era total.

— Pare aí mesmo. Não quero que tropece no último degrau e frature o crânio no meu estoque. — Barrett avançou tateando na frente dela. *Clique.* A luz inundou o cômodo. Ele pegou na mão dela. — Cuidado agora.

Kat piscou como se o sol tivesse iluminado o ambiente. Ela esperou enquanto manchas indistintas começavam a tomar forma lentamente e ela viu prateleiras altas com garrafas empoeiradas de champanhe e vinhos tintos, brancos, *rosés*. Segurando a mão de Barrett para se manter firme, ela esticou a perna para baixo, tentando calcular a distância do degrau até o chão. O calor da mão de Barrett atravessou a luva dela e Kat imediatamente largou a mão dele.

— Deve haver um século de vinho aqui embaixo. — Ela tocou um Merlot de 1869. O que a mãe dela não daria para exibir aquela coleção monumental. — Aposto que tem um gosto melhor do que aquela bebida que você serve lá no andar de cima.

— A lavagem é para os porcos. Estas belezinhas aqui vão celebrar a vitória dos Aliados. — Avançando para os fundos, ele encaixou o ombro sob uma prateleira alta e empurrou. Os músculos tensos dos seus antebraços se esticaram até que a prateleira se afastou, expondo uma porta baixa. — Aposto que não consegue adivinhar o que está acontecendo aqui.

— É uma câmara de tortura?

Dentes brancos brilharam no rosto bronzeado dele.

— Alguns podem chamá-la assim. Gostaria de descobrir?

O mesmo alarme de antes revirou o estômago dela como uma corda cheia de nós.

— Agora que já cheguei até aqui...

— É isso aí, garota!

Depois de um intrincado padrão de batidas na porta, ela rangeu e se abriu para Barrett, revelando um nariz bulboso e um rosto que parecia ter passado por um moedor de carne.

— *Se assurer.*

— *Aguente firme.* — Uma senha apropriada para o que quer que Barrett estivesse escondendo ali. Kat juntou as mãos e tentou não imaginar um homem mascarado com algemas, esperando por ela do outro lado da porta. Seus dedos roçaram o fundo da bolsa e ela se acalmou com o peso da volumosa corda náutica guardada ali dentro. Poderia não salvá-la, mas ela lutaria até o fim.

Mudando o saco de ombro, Barrett entrou e segurou a porta para ela.

— Cuidado agora. Estas portas foram feitas para gente de baixa estatura.

— Não homens grandes e robustos como você? — Kat se abaixou, mas a porta ainda assim empurrou seu chapéu de feltro vermelho para o lado. Ela cuspiu as fitinhas azul-marinho que balançavam na sua frente, entrando em sua boca.

— Eu disse para tomar cuidado com a cabeça. — Ele se afastou e gesticulou para o grande salão atrás dele. — Bem-vindo à Resistência Francesa.

O cômodo era um longo retângulo com paredes acolchoadas. Havia lâmpadas suspensas penduradas no teto abobadado e tapetes usados espalhados pelo chão encardido. Mesas e cadeiras estavam empilhadas ordenadamente num canto, rodeado por mapas da França e da Alemanha. Um campo de tiro tinha sido improvisado na parede de trás, onde estavam pendurados alvos pintados de forma grosseira e uma variedade de armas de fogo. Em grupos de dois e três, havia pelo menos vinte homens e três mulheres com os punhos levantados em postura de combate.

Ela poderia ouvir um alfinete cair quando todos pararam e olharam para ela.

— *Ce que vous cherchez à?* — As palavras ríspidas de Barrett encheram o porão. Seu sotaque escocês deixava seu francês mais arrastado. — Entre e fique à vontade. — Ele jogou o saco numa mesa de pernas bambas. Batatas assadas, ostras, pães e outros itens embrulhados em papel encerado se espalharam. Os ingredientes básicos das opulentas iguarias servidas aos clientes alemães na noite anterior.

Os homens e mulheres reunidos ali atacaram a comida como lobos famintos.

— Sobras do bar — disse Barrett se explicando.

— O Blue Stag recebe uma cota extra de comida e bebida para manter nossa clientela bêbada e bem alimentada. Eu consigo aumentar um pouco mais a quantidade de suprimentos pegando certos itens em mercados menos conhecidos.

— No mercado negro, você quer dizer.

— Não torça o nariz. É a única maneira de conseguir mercadorias de qualidade se você não é nazista, e meus combatentes dependem disso. Por causa do racionamento, a quantidade de comida a que os cidadãos têm direito é patética. Eles mal conseguem alimentar a família. Às vezes, essa é a única refeição que fazem no dia. São bravos guerreiros.

O café da manhã com torradas, ovos e nata que Kat consumira algumas horas antes ameaçou azedar em seu estômago, quando o véu da desilusão foi arrancado do seu olhar privilegiado. Seus próprios dilemas empalideceram em contraste com aqueles sofrimentos viscerais.

— Quem disse para pararem de praticar? — Barrett vociferou enquanto os lutadores varriam as últimas migalhas da mesa com os dedos e limpavam as bocas famintas. — Querem que os alemães estejam mais bem treinados do que vocês? Voltem já! *Tout de suite.*

Diante daquela dura realidade, até uma pluma poderia ter derrubado Kat. Ela tinha corrido para se manter à frente dos nazistas e caíra no colo da própria operação que lutava para derrotá-los.

— Nunca imaginei...

Barrett cruzou os braços sobre o peito, sorrindo com orgulho.

— Pensou que eu a estava levando para a sua merecida sentença. Surpresa?

— Para dizer o mínimo. — A mão de Kat corrigiu a posição do chapéu enviesado em sua cabeça. A mente corria para ligar os pontos. — Você não é realmente dono de um bar, não é?

— Sou, mas o bar é só um disfarce para isto. O SIS precisava de alguém que pudesse administrar um bar de sucesso, enquanto ensinava os resistentes a tirar sangue de narizes alemães.

Os olhos dela observaram a parede dos fundos cravejada de balas. Uma nova admiração surgia pelo homem misterioso ao seu lado.

— Parece que você faz um pouco mais do que isso.

— Meus recrutas são treinados para todas as necessidades. Fazer narizes sangrarem, fraturar crânios ou explodir pontes. Eles aprendem tudo aqui.

Ele se aprumou e ergueu o queixo com confiança. Um leve desnível no nariz indicava uma fratura antiga. Ou mais de uma. A cicatriz em cima do lábio brilhou quando ele abriu um sorriso, enquanto seus dedos grandes e fortes tamborilavam com impaciência a mesa, como se estivesse ansioso para participar da luta diante dele.

— Quem é você de verdade?

Ele encolheu os ombros, sem tirar os olhos dos golpes.

— Só um homem simples tentando acabar com esta guerra antes que estes jovens sucumbam à força alemã.

— Sr. Anderson, acredito que seja muitas coisas, mas um homem simples não é uma delas.

— Sei como me desviar de uma garrafa ou duas e me manter em pé numa briga. Um dia conheci as pessoas certas, ou melhor, elas me conheceram. Então me colocaram, durante alguns meses, num programa oficial para aperfeiçoar minhas habilidades e me incumbiram de treinar cidadãos franceses dispostos a lutar usando ataques de guerrilha.

Ela franziu as sobrancelhas.

— Um francês não seria uma escolha melhor? Como escocês, certamente você se destaca na multidão.

— Como sou um instrutor que trabalha na clandestinidade, suponho que estejam dispostos a deixar as regras de lado para obter um treinamento adequado. Ajudou o fato de eu ser francês por parte de mãe, embora isso não tenha feito muita diferença no final das contas. — Seus olhos azul-escuros piscaram para ela. — Mais recentemente, passei a servir de babá.

— Por que o governo britânico se preocupa com duas garotas? A guerra já não é preocupação suficiente?

Os olhos dele fitaram o chão.

— Basta dizer que vocês são importantes a ponto de precisarem de supervisão.

— Eu não preciso de uma babá.

— E eu certamente não preciso de duas garotas que não têm o bom senso de ficar longe do perigo quando meus esforços são tão necessários aqui, onde estou tentando manter pessoas bem vivas neste país, em vez de morrer por ele.

Durante meses, ela suportou as agruras da guerra, economizando maquiagem, usando a moda de dois anos antes e fazendo geleias em conserva no Instituto da Mulher da sua cidade. Sentiam-se tão grandiosas por fazerem a sua parte antes de deitar a cabeça no travesseiro à noite! Nem uma vez ela tinha pensado na ideia de pegar numa arma ou dedicar sua vida à pátria. Soldados faziam isso. Pessoas sem rosto que corajosamente corriam para a linha de fogo com a missão de proteger inocentes e salvar o mundo da tirania. *Ali* estavam aquelas pessoas. Ali estavam os rostos que ela não podia deixar de ver, que tão alegremente colocavam no chinelo os melhores esforços e toda a bravura dela. Restrições familiares, uma irmã rebelde... Aquilo não era nada em comparação com os horrores que aconteciam ali. Ela seria muito arrogante se pensasse de outra maneira.

Barrett esfregou o dedo do pé na ponta do tapete puído. Dois homens caíram na frente deles. O menor deslizou e prendeu o oponente, bem maior. Barrett acenou com a cabeça em aprovação.

— Só para descontrair, pode me dizer se tem algum plano para tirar você e sua irmã daqui? Entrar no país deve ter sido bem simples. Algum dia terá que me dizer como seu querido pai conseguiu mexer os pauzinhos. Mas, para tirá-las da França, vai ser um pouco mais complicado. Especialmente com aquele ministro da propaganda nazista com quem sua irmã se meteu. Ele não é bem o que parece.

— Me disseram que ninguém é nesta cidade.

— Nisso você está certa.

— E isso inclui você?

Ele piscou para ela.

— Principalmente.

Kat piscou e rapidamente desviou o olhar enquanto o calor subia em espiral até as bochechas dela. Os homens nunca flertavam com ela, pelo menos não sem a intenção de se aproximarem do pai dela na arena política. Homens como Marcus. Seu belo sorriso e boas maneiras a convenceram de que o amor viria com o tempo. Ela fez papel de idiota. Ele precisava da influência dos Whitford e o pai dela queria alguém de sangue azul. Quando ela descobriu que o pai é que tinha arranjado o noivado, a facada da traição a deixou sem chão. Ele não confiava na filha nem para escolher o homem certo para se casar!

Ela se afastou para examinar os mapas pendurados na parede. A umidade no ar atravessou sua pele, expulsando o calor ridículo que Barrett tinha provocado. Seu flerte não significava mais do que os outros, mas, como os outros homens que tinham aparecido antes dele, ele queria algo em troca. Cooperação.

— Agora que revelei meu segredo, é hora de você me contar o seu plano de fuga.

Ignorando a proximidade dele, às suas costas, ela continuou a olhar para as suásticas negras sobre o mapa francês.

— Pensei ter ouvido você dizer que eu não poderia fugir sem sua ajuda. Está em dúvida?

— Não, mas preciso saber com o que estou lidando. E até que ponto eu tenho que ir para colocá-la a par da realidade.

— Não confia muito na capacidade dos outros, não é?

— Descobri que a maioria das pessoas não tem o bom senso necessário para avaliar as próprias capacidades. — Ele deu a volta e ficou ao lado dela. Depois apoiou o quadril na mesa. Uma perna balançou para a frente e para trás como um pêndulo. — Mas algo me diz que você não se encaixa na mesma categoria que a maioria das pessoas.

Um sorriso irônico torceu a boca de Kat, em seguida desapareceu.

— Na verdade, não sei em qual categoria me encaixo. Quero simplesmente voltar com minha irmã ao solo inglês. E não me importo em fazer o que for preciso para que isso aconteça.

— Escolha as palavras com cuidado. Pode ser que a situação exija mais do que você está disposta a fazer.

Por fim, ela se virou para ele. Não adiantava mais esconder nada.

— A Cruz Vermelha Internacional montou um pequeno acampamento perto de Calais. Nós vamos encontrar um contato lá que nos guiará até...

— Não.

— Mas você nem me deixou terminar.

— Segundo relatos, algumas estações da Cruz Vermelha são controladas pelos nazistas. Coloque os pés lá e eles as levarão para campos de trabalho ou prendê-las por espionagem.

Cada palavra foi como um espinho na sua bolha de esperança. O pai dela tinha dito que cada possibilidade de retorno tinha uma chance em vinte de dar certo, sem que ocorressem contratempos. A maioria delas exigia um capuz e um punhal, ou cruzar a Linha Maginot na França de Vichy para navegar pela Espanha e pela costa fortificada da França. Depois de dias de conspiração e discussão, o pai e seus companheiros da Inteligência tinham decidido que aquele seria o melhor trajeto. Como ela poderia saber que não era uma boa ideia?

Ela baixou a cabeça enquanto imaginava a decepção do pai. Mais uma vez ela não conseguiria provar sua capacidade... ou a falta dela.

— Não é o que eu queria ouvir.

— Fatos são fatos. Esses burocratas tendem a pensar que sabem o que é melhor, embora nunca tenham visto um campo de batalha, além das marcas pretas no mapa pendurado atrás da sua escrivaninha elegante.

— Recebi instruções específicas desses "burocratas", que passam dias inteiros estudando relatórios da Inteligência vindos das principais agências. Relatórios muito secretos para olhos comuns como os meus ou os seus.

Um ruído de irritação saiu da garganta dele.

— Esses relatórios estão muitas vezes desatualizados quando chegam às mãozinhas suadas desses caras.

— Com mãos suadas ou não, tenho regras a seguir.

— E você sempre segue as regras, não é? Não importa quem as dite ou por que motivo. Meu palpite é que nem pergunta o motivo. Você simplesmente obedece. — Ele enfiou as mãos nos bolsos e olhou para ela como se pudesse ver o funcionamento interno da mente dela. — E se essas pessoas que você está tentando tanto agradar estiverem erradas?

Kat curvou os dedos dos pés quando a irritação explodiu dentro dela.

— É a melhor solução com as informações disponíveis. Até segunda ordem, este é o meu curso de ação.

— Então, até lá, vou simplesmente mentir e dizer que seu plano é brilhante.

— Nunca minta para mim.

— Não é um hábito que eu cultive. Mas tem sua utilidade neste campo de trabalho. — Ele gesticulou para sua câmara secreta, cheia de seus combatentes treinados. — Mas faça isso demais e as pessoas não confiarão em você. E confiança é a que leva aonde você quer chegar.

Confiança. Ali estava aquela palavra novamente. Mas em quem? Nos agentes da Inteligência, que passavam a vida toda analisando cada possibilidade e resultado ou num estranho especializado em socos e doses de uísque?

O ar se fechou em torno dela. O calor subiu pelo seu pescoço e no cabelo espesso, preso atrás das orelhas. Ela estendeu a mão para soltar os fios, mas Sylvie tinha usado grampos suficientes para mantê-los firmes até o Apocalipse.

— Senhorita Whitford, está tudo bem?

Ela olhou para o chão e sua aparência fria.

— Sim, claro.

— Você mente muito mal. — Barrett colocou a mão sob o cotovelo dela.

— Um cavalheiro nunca acusa uma dama de ser mentirosa.

— Já fui chamado de muitas coisas, mas "cavalheiro" geralmente não é uma delas. — Ele puxou o braço dela. — Venha cá.

De volta ao andar de cima, ele a fez se sentar numa mesa e trouxe um copo e uma jarra de água gelada. Sorvendo o frescor do líquido cristalino, ela pensou em ignorar seus bons modos e despejar a jarra inteira atrás do seu pescoço quente.

Barrett pegou a cadeira em frente a ela, girou-a e montou nela, com uma perna de cada lado. Surpresa, cautela e preocupação ondulavam nas profundezas azuis dos olhos dele.

— Melhor agora?

Ela acenou com a cabeça.

— Não comi muito no café da manhã e todas aquelas escadas... você entende. — Uma sobrancelha escura se ergueu em dúvida. Ruborizando, ela estendeu a mão para a jarra e se serviu de outro copo. — Não vai me repreender por causa disso?

A agitação se aquietou nos olhos dele.

— Talvez mais tarde.

Uma brisa suave soprou da janela aberta e refrescou a nuca de Kat. O cheiro de pão fresco e do escapamento dos táxis se misturava com o estranho aroma no ar que era exclusivamente de "cidade grande". Kat tirou as luvas de rede brancas e as colocou na mesa ao lado do copo.

— O que você sugere?

— Não tenho certeza.

— O meu plano não era bom o suficiente. Certamente você tem algum em mente. — Ela baixou a voz e se inclinou para a frente. — Um plano em que os alemães não se intrometam.

Passando os braços sobre o encosto da cadeira, ele batucou na mesa.

— Eu só descobri sobre você na semana passada. Vou precisar de mais alguns dias para avaliar sua coragem antes de decidir qual rota é a melhor.

Endireitando a coluna, Kat espalmou a mão sobre as luvas.

— Não entendo o que a minha coragem tem a ver com deixar a França.

— Porque, se eu mandar você rastejar na lama e atravessar cercas de arame farpado por quilômetros, passando por um ninho de atiradores, vou precisar ter certeza de que você vai fazer isso sem questionar.

— Contanto que eu possa tirar Ellie daqui, vou rastejar até sobre cacos de vidro.

— O que a faz pensar que ela vai concordar com você? Sua irmã parece muito feliz onde está e, pelo que posso ver, não tem intenção nenhuma de partir em breve.

— Isso você deixa comigo.

— Sua determinação é admirável, mas veremos como ela se comporta quando a coisa pegar fogo. Acredite ou não, há mais em jogo aqui do que a segurança da sua irmã. *Uma guerra*, caso você já não tenha ouvido falar. — Longos e robustos, os dedos dele tamborilaram na mesa, depois ficaram imóveis. — Até segunda ordem, sugiro que vá apreciar os pontos turísticos de Paris.

Sente-se, vá às compras, sorria e beba vinho, e deixe que os homens tracem seu caminho. Durante a vida toda, ela tinha se deixado levar pela mão persuasiva do pai. Sem titubear, ela o seguiu obedientemente na esperança de ganhar um mero sorriso de aprovação. Quando viu que seus poderes políticos não iam longe o suficiente para abarcar a França, ele telefonou para seus velhos camaradas de regimento no SIS, com instruções para ela. E agora Barrett. Um homem servindo-lhe uma taça de champanhe com uma mão e estrangulando o pescoço do inimigo com a outra.

Ela olhou para as próprias mãos sobre a mesa. Ninguém nunca veria a inquietação fazendo-as estremecer.

— Não há nada que eu queira mais, nas minhas lindas férias, do que passear pela Torre Eiffel e vê-la repleta de todas aquelas bandeirinhas vermelhas e negras, vigiadas por homens armados, mas o Major von Schlegel organizou uma tarde para visitarmos a última exposição que ele montou em honra da Pátria.

— Seja boazinha com ele. Esses oficiais são treinados para detectar rebeldia e esmagá-la no ato com o salto da bota. Na verdade, mostrar interesse pela Fraternidade Anglo-germânica ajudará a tirá-la da mira dele e dos outros. Mas só se você for convincente. — Ele franziu as sobrancelhas em dúvida. — Pensando bem, é melhor você se ater ao que sabe.

— Como, por exemplo, que o sr. Burgess e o sr. Philby se juntaram à Fraternidade Anglo-Germânica na esperança de disfarçar suas afiliações comunistas ou que John Macnamara se aliou à Juventude Hitlerista? — Ela colocou os dedos sobre a boca fingindo estar chocada. — Oh, céus. Eu não deveria saber disso? — Por que os homens presumiam que as mulheres nunca sabiam o que estava acontecendo em torno delas?

Os lábios cheios dele se contraíram.

— Vejo que você se sairá bem.

Risos anunciaram a chegada de cinco homens carregando grandes malas.

— Bom dia, chefe. — Os olhos deles se fixaram nela. — E amiga do chefe.

— Bom dia, rapazes. Esta é a srta. Whitford, uma amiga muito especial. E esta — Barrett estendeu o braço para indicar o quinteto — é a melhor banda de *swing* deste lado do Canal.

Kat sorriu.

— Vocês são formidáveis.

O mais baixo, com uma boca larga que acentuava seu nariz pequeno, deu alguns passos à frente e colocou a mala no chão, apoiando um pé em cima dela.

— *Bonjour, jolie dame.*

— Você é o trompetista.

A boca se alargou ainda mais num sorriso que se estendeu por todo o rosto.

— Ele mesmo. Sam, ao seu dispor. Eu me lembro da senhorita na noite passada. Seu rosto se iluminava toda vez que tocávamos Benny Goodman.

— É um dos meus favoritos.

— Mas não de um dos seus companheiros de mesa, suponho. — Os olhos de Sam se desviaram para Barrett e de volta para ela. — O cavalheiro talvez preferisse uma série inteira de Goebbels.

— Eu não acho que exista muita coisa que o faça sorrir. — *A não ser que tenha o rosto de Hitler estampado nele.* — Espero que continuem a tocar aqueles arranjos excepcionais. Sua interpretação é uma lufada de ar fresco nesta cidade.

— Nosso objetivo é agradar, não é, chefe?

Barrett acenou com a cabeça e deu um tapa no joelho de Sam.

— Não encontrei um público ainda que Sam não tenha conseguido encantar com esses dedos mágicos e esse bocão.

— Mamãe sempre dizia que eles seriam úteis para alguma coisa que não fosse apenas pegar moscas. — Como se fosse possível, Sam sorriu ainda mais, deixando à mostra os dentes brancos e tortos. — Podemos esperar vê-la novamente esta noite, *Mademoiselle* Whitford? Nunca há muitas mulheres bonitas por aqui, especialmente que elogiem meus arranjos de trompete.

— Não tenho certeza sobre esta noite, mas voltarei se prometer tocar "Moonlight Serenade".

— Pela senhorita, vou correr o risco de ser pego pela censura. — A loção pós-barba picante do músico fez cócegas no nariz dela quando ele se aproximou. — E depois a senhorita pode tomar uma taça de champanhe comigo em vez do chefe. Sou muito mais civilizado do que ele.

— Vá andando, agora. — Barrett chutou a mala debaixo do pé de Sam. — O trompete não toca sozinho.

Rindo, Sam pegou sua mala.

— Vamos jogar mais tarde, chefe?

— Vamos tentar as cartas desta vez. Estou cansado de perder para você no xadrez.

— Por que acha que eu gosto de xadrez? Você ainda me deve a última aposta.

— Eu sei, eu sei.

Ainda rindo, Sam caminhou para se juntar aos seus companheiros de banda no palco.

O baterista esguio se espremeu atrás do seu instrumento e arriscou uma batida enquanto os outros aqueciam suas cordas e boquilhas.

— É um estabelecimento bem interessante o que você dirige aqui.

Os dentes brancos de Barrett brilharam em contraste com sua pele bronzeada.

— Só mais um entre tantos.

— Não tem medo de ser descoberto?

— Eu seria um tolo se não tivesse, mas são ossos do ofício. O melhor que podemos fazer é seguir em frente.

— Bem, falando em seguir em frente... — Ela se levantou, pegando a bolsa e as luvas. — Tenho uma exposição para apreciar as glórias da pátria, tendo como guia justamente o homem a quem você me encarregou de ser simpática, embora eu só sinta desprezo por ele.

— É o melhor a fazer.

Ela calçou as luvas.

— É o que todo mundo fica me dizendo.

Capítulo 5

Os ouvidos de Kat se ressentiam com o abuso verborrágico de Eric. Ouvi-lo falar sem parar sobre grandes pintores e escultores dos quais ele sabia muito pouco era uma tortura cruel e incomum nos corredores sagrados do Museu Rodin, para o qual ele as levara numa excursão cultural. Na primeira hora, ela tentou corrigi-lo, mas, na segunda, já estava entorpecida demais para se importar. Além disso, Kat achava que a cabeça dele iria explodir se ela o interrompesse mais uma vez. Então ela se contentou em fitar, com ar ausente, a pintura diante dela. Quinze minutos era tempo mais do que suficiente para ele explicar por que o autorretrato do artista estava relacionado ao consumo de vinho.

— Você concorda?

O silêncio rugiu nos ouvidos dela. Estranho. Ele não deveria servir mais como um bálsamo em meio a toda aquela prolixidade sem fundamento? Com relutância, ela afastou os olhos do seu ponto fixo no quadro e eles se depararam com o rosto ansioso de Eric, esperando uma resposta dela.

Que diabos ele tinha dito mesmo?

— Ah, concordo plenamente.

As sobrancelhas claras dele relaxaram.

— Você acha aceitável que um artista se retrate bêbado?

Ela vasculhou freneticamente seu arquivo mental sobre aulas de arte e arrancou dali o comentário mais acessível sobre a bebida.

— Não há nada nesta pintura que indique embriaguez. O pintor pode estar brindando a um nascimento ou a um casamento ou ao pagamento da comissão. Como o Duque de Wellington e eu discutimos num jantar há alguns meses, na arte as taças costumam ser usadas como símbolos de alegria e de celebração. A Fraternidade Anglo-Germânica estava homenageando seu compromisso em servir a causas da extrema direita.

Ela sustentou o olhar de Eric com toda calma que conseguiu reunir. Quatro longos anos de treinamento e estudo com alguns dos mais fantásticos artistas e historiadores do mundo não seriam esmagados pela zombaria desdenhosa daquele homem.

Por fim, ele cedeu.

— Sua explicação faz sentido. Eu preciso de tempo para considerá-la. Entretanto, outras pinturas de Hans von Aachen darão a você uma perspectiva diferente.

— Por favor, mais uma não. — Sentada num banco no centro do salão, Ellie lixava suas unhas vermelhas. O ruído desagradável da lixa ecoava no salão vazio. — Eu gostaria de ver as esculturas no jardim e você está quase matando Kat de tédio. Olhe o rosto dela. Você provavelmente não disse uma única palavra que ela já não tivesse ouvido dos professores nas suas aulas na universidade.

Um músculo saltou no pescoço de Eric. Kat se apressou para acalmar o temperamento dele antes que entrasse em erupção.

— Estudamos muito pouco o maneirismo e é sempre interessante ouvir o que outras pessoas pensam sobre uma peça. Existem milhões de opiniões para cada obra.

A lixa de Ellie chegou a um canto irregular da unha.

— Bem, minha opinião é que sigamos em frente. Está bonito demais lá fora para passarmos o dia todo confinados aqui.

Do lado de fora, Eric pegou o braço de Ellie e a puxou para a escultura de *O Pensador*. Kat virou à direita. O cascalho rangia sob seus pés enquanto ela os deixava vagar para onde queriam. Uma brisa quente soprou na poda imaculada da topiaria e levantou a parte inferior do seu vestido de algodão floral. O odor da grama quente e de rosas desabrochando se misturava com um aroma agradável e fresco, enquanto abelhas roliças zumbiam de flor em flor. O ar fervilhava, vibrante, em comparação à quietude abafada lá dentro. Claro, Eric tendia a sugar a vida de tudo com que entrava em contato. Ele e seus colegas oficiais alemães, que passeavam de braço dado com suas amantes francesas por aqueles mesmos jardins, como se fossem donos do lugar.

Ela desviou novamente para a direita, na direção do muro leste. *Os Portões do Inferno*, de bronze maciço, surgiram diante dela. Uma multidão de condenados, contorcendo-se em agonia. Amor proibido, castigo, sofrimento e até mesmo amor maternal, tudo esculpido, representando todas as emoções humanas possíveis.

O caos da cena saltou da estrutura e pressionou o peito dela — as bocas se retorcendo em gritos de socorro, os rostos buscando compreensão –, mas ainda assim os portões permaneciam fechados em silêncio. O coração de Kat bateu mais forte contra o peso da obra. Eles continuaram sozinhos em sua penúria.

— Impressionante.

Kat teve um sobressalto ao se deparar com Barrett atrás dela. Ela engoliu a saliva, para que o coração voltasse ao seu lugar e não saltasse pela boca.

— O que você está fazendo aqui?

— Eu aprecio obras de arte tanto quanto qualquer pessoa.

— Você tem cabeças de animais empalhados penduradas nas paredes do seu bar.

— Um cervo com uma boa galhada é como um Renoir para alguns homens.

— Agora você me pegou. — Ela olhou mais de perto. As calças cinza-escuras, a camisa branca com as mangas enroladas até os cotovelos, o colete azul e o chapéu de feltro inclinado indicavam que ele tinha se vestido com um propósito e não apenas para ir comprar pão na padaria mais próxima. — Ellie o convidou, não foi?

Ele sorriu, enrugando a pele ao redor dos olhos. O brilho do dia não fazia muito para iluminar a escuridão azul dos olhos dele.

— Ela de fato me convidou. Decepcionada?

— Não. — O estômago de Kat deu um pequeno salto quando a confissão escapou dos lábios dela antes que conseguisse impedir. Ele andava invadindo os pensamentos dela com frequência demais nos últimos dias. Um rápido olhar por cima do ombro garantiu que não havia ninguém ouvindo nas proximidades. — Para dizer a verdade, posso precisar de uma mãozinha.

— Está difícil lembrar como é sorrir?

— E eu insultei o grande artista alemão dele. — O estremecimento de Barrett a espicaçou. Assim como tudo o mais naquele dia. — Eu sei, eu sei.

Você não precisa me lembrar do quanto é perigoso começar minha própria guerra particular em meio à grande guerra que já temos em mãos. Escapou dos meus lábios antes que eu pudesse me conter. Mas, se ele não queria minha opinião, então não deveria ter perguntado.

— Provavelmente queria que você simplesmente repetisse a opinião dele.

Kat gemeu.

— Esse homem me dá arrepios.

— E eu aqui pensando que era esta obra grotesca que você estava contemplando.

— Foi inspirada no *Inferno* de Dante, mas Rodin a alterou mais tarde para expressar as emoções universais dos seres humanos em toda a sua miséria e desejo. — Em algum lugar no fundo da sua mente, seus professores de arte aplaudiram o comentário dela.

— Não é algo que você queira contemplar para sentir algum conforto. — Pegando a mão dela, ele a pousou na curva do seu braço e a conduziu para a trilha que levava à parte de trás do museu. — Vamos. Conheço uma maneira melhor de fazê-la esquecer esses pensamentos.

— Eu não quero uma bebida.

Um sorriso dividiu o rosto dele.

— Chegou perto, mas não era isso que eu tinha em mente.

Kat sentiu um arrepio na nuca. Ela puxou a mão e se afastou, recuando.

— Também não estou interessada nisso.

— Você tem que parar de ver sedução em cada esquina. De fato, a sedução está presente em toda parte neste lugar. Afinal, Paris é a cidade do amor.

O mesmo peso de antes surgiu no estômago dela. Amor. Palavra grandiosa demais para obrigações e expectativas irrealistas. Ela já tinha o suficiente daquilo para a vida inteira e não precisava daquela palavra de quatro letras complicando tudo ainda mais.

— Não se preocupe. Não estava falando sobre essa armadilha também. — Pegando a mão dela mais uma vez, Barrett prendeu-a à dele. — Sua honra está completamente segura na minha companhia.

— Que alívio.

Atravessando o terraço, eles desceram os degraus para um amplo gramado e caminharam ao longo de uma trilha ladeada por árvores. Folhas verdes espessas se entrelaçavam sobre suas cabeças, encobrindo o brilho do sol.

Barrett mexeu nos botões do colete. O pequeno movimento fez ondular seu braço e flexionou os músculos onde a mão dela estava descansando.

— Não sei se devo ficar ofendido ou não com isso.

Kat fechou a mão na esperança de ignorar a sensação de formigamento que a pele quente sob a dela lhe provocava. Arrepios surgiram em seu braço, quando as pontas dos dedos dela roçaram no braço dele.

— Não. Como nosso tempo juntos é breve, prefiro que mantenha todos os seus problemas pessoais fora disso.

— Eu diria que sua irmã no meio de tudo isso é um pouquinho pessoal.

— Ela não pode evitar. Ou melhor, ela não quer evitar. — Kat se forçou a manter o foco no caminho à frente e não nos músculos rígidos ondulando sob sua palma. — A questão é que já estamos aqui e agora precisamos voltar em segurança para a Inglaterra.

— Parece bem simples quando você coloca dessa maneira, mas o caso de vocês é tudo menos simples.

— Duas inglesas não deveriam ter tanta importância na atual conjuntura.

— Você realmente não faz ideia, não é? — Tirando o chapéu, ele o abanou em frente ao rosto. — Vocês são filhas de um coronel reformado, que agora circula pelas altas rodas do governo britânico. Seu pai se reúne com as autoridades a portas fechadas, discutindo segredos para ganhar ou deter esta guerra. Você sabe o que os alemães fariam para ter acesso a esse tipo de informação? Eles atrairiam uma jovem e a seduziriam na esperança de que ela entregasse tudo de bandeja para eles.

Os dedos de Kat se crisparam em torno da manga da camisa dele.

— Ellie nunca faria isso.

— Como pode saber se ela já não fez? Se não queria fazer isso? Vocês duas juntas podem fornecer a vantagem de que os alemães precisavam.

— Que absurdo! Meu pai nunca disse uma palavra sobre isso para nós. Ele só fala sobre seus dias de glória na guerra.

Ele girava o chapéu nas mãos, distraindo as abelhas e desviando os insetos das margaridas amarelas e dos rododendros roxos.

— Os alemães não sabem disso e não medirão esforços para fazê-las falar. Ou para prendê-las em troca de um resgate.

— Se diminuir as minhas preocupações faz parte do seu trabalho, você é péssimo nisso.

— Você me disse para nunca mentir para você.

— Algo de que estou começando a me arrepender.

Soltando o braço dela, ele parou e se virou para encará-la. A pequena cicatriz esbranquiçada acima do lábio se destacava contra a pele bronzeada.

— Tudo bem. De agora em diante, só vou dizer que a vida é um mar de rosas... rosas tão lindas quanto estas do seu vestido.

— São papoulas.

Ele olhou para a estampa de flores e franziu a testa.

— Parecem rosas.

— Isso é porque você é um homem.

— Sim, não somos muito observadores. — A expressão fechada diminuiu e ele abriu um sorriso que certamente pararia o coração de qualquer mulher. — Na Escócia, a única coisa que temos para olhar são ovelhas cobertas de lã.

Ela sorriu.

— Uma grande mudança para você vir para cá.

— Vou aonde há trabalho.

Barrett tinha caído sobre ela como uma bomba, estilhaçando seus planos bem traçados e espalhando seus cacos aos quatro ventos. Enquanto ela corria para juntá-los, ele desfilava por ali com toda a confiança do mundo. Mesmo naquela noite no bar, ela tinha visto a seriedade queimando nos olhos dele e a desenvoltura com que ele gracejava com seus clientes inimigos. Ela sabia muito pouco sobre aquele homem.

— Você visita com frequência a família da sua mãe aqui? Deve se preocupar muito com seus parentes.

Ele colocou o chapéu de volta na cabeça, protegendo os olhos da claridade.

— Ela não tinha família.

Kat enterrou o dedo do pé na terra para não chutar a si mesma.

— Sinto muito.

— Por quê? Não é culpa sua.

— Foi descuido meu mencionar algo que você não tem.

— Nunca tive, então não sinto falta. Acho até que prefiro assim.

— Suponho que não ter família tenha suas vantagens no seu campo de trabalho.

— Sim, é verdade. Vou aonde quero e quando quero e, se as coisas se complicarem, não haverá ninguém para sofrer por minha causa.

E ninguém com quem desfrutar dos bons tempos ou a quem recorrer quando o fardo ficar muito pesado para se carregar sozinho. A quem ela estava enganando? Na companhia de todos os membros da Whitfords e sua extensa parentela, ela nunca se sentiria mais sozinha. Claro, ela tinha Ellie. Ou tivera um dia, antes de a irmã começar a aproveitar à sua própria moda suas oportunidades de experimentar a liberdade. Ao contrário de Kat, a irmã ignorava a regra do pai de que as crianças deveriam ser vistas e não ouvidas e chamava a atenção de qualquer pessoa ao alcance da sua voz. Mas depois ela tinha partido, abandonando Kat com nada para confortá-la, exceto os cacos do seu coração partido.

— Para o bem ou para o mal, nossa família tem seu jeitinho de deixar uma marca em nós, não importa quanto nos distanciemos — Kat disse.

O ar entrou em seus pulmões, acalmando-a diante do olhar direto dele. As sobrancelhas escuras se uniram sobre seus olhos insondáveis, enquanto ele procurava algo no rosto dela. Um sinal de que não estava falando a verdade? Uma resposta? Ela esperou um julgamento para saber, mas ele nunca veio. As leves rugas no rosto dele se suavizaram e ela vislumbrou algo que não via há muito tempo: compreensão.

Uma torrente atravessou o olhar azul-escuro.

— Marcas ou relações de amizade, como no caso da sua família.

Ele compreendia bem até demais... A decepção a queimou por dentro enquanto ela passava um dedo pelas pétalas fofas de uma peônia ao seu lado. As formigas que recolhiam a doçura pegajosa do miolo da flor se espalharam e correram de volta pelo caule.

— É por isso que você concordou em nos ajudar? Na esperança de que as ligações de amizade do meu pai o beneficiem de alguma forma?

— Não sou do tipo que lustra os sapatos de um homem esperando que ele repare em mim. — Barrett desviou o olhar. — Tenho um trabalho a fazer, pura e simplesmente.

— Para um homem que parece ditar suas próprias regras, tendo a pensar que seus trabalhos raramente são simples. Você deve ter um bom motivo para arriscar seu pescoço todos os dias.

Uma sobrancelha escura se ergueu.

— Você está questionando meu patriotismo?

— Todos nós nos esforçamos para defender nosso país, mas isso é muito mais do que orgulho pela nação. Para muitos, é uma maneira de preservar um modo de vida e proteger a família.

— E por baixo de tudo isso existe o dinheiro. O dinheiro faz o mundo girar e, enquanto o governo britânico empregar minhas habilidades especiais, meu mundo continuará girando. — Ele olhou para ela, uma reserva fria nos olhos azuis. — Não é a nobre resposta que você esperava, não é?

Kat negou com a cabeça, balançando o cabelo e espalhando ar quente por toda a sua nuca.

— Não, não é a resposta típica.

— Talvez não no seu mundo, mas é no mundo em que eu vivo. Um mundo cheio de nuances acinzentadas entre o preto e o branco e a nobreza já não existe mais.

— Diz o homem que está ajudando duas desconhecidas a fugir, bem debaixo do nariz dos nazistas.

— É melhor você não ter expectativas tão altas com relação às pessoas, especialmente quando se trata de mim.

Por que ela ainda esperava um pouco de profundidade dele? Num minuto ele era charmoso e aparecia do nada, só para passar a tarde passeando por jardins com ela, e no outro arrancava todos os seus ideais de cavaleiros em cavalos brancos. Para ela tudo bem. Era alérgica a cavalos.

Ela continuou descendo a trilha sombreada, em meio aos aromas de flores delicadas, ervilhas-de-cheiro e uma grama de aroma marcante. A alguns metros de distância, no final do jardim, havia uma lagoa ornamental redonda, com uma estátua patinada no centro.

Os passos lentos de Barrett faziam o cascalho ranger atrás dela. Nem em cem anos ela teria sonhado que a vida a colocaria ali, naquela linda cidade, sob a sombra impiedosa do nazismo, com um sabotador treinado como seu guarda-costas. O que ele faria se ela ficasse em apuros? Duelaria? Explodiria algo? Como alguém supera o medo de ir pelos ares enquanto está se preparando para armar uma armadilha para o inimigo? Aquilo certamente requer um pouco de coragem.

Ela espiou por cima do ombro. O andar firme, o arco confiante dos ombros dele, a inclinação arrogante do chapéu. Barrett Anderson parecia ter a coragem de um exército inteiro.

Ele olhou para ela, um meio sorriso nos lábios, com cara de quem a flagrou olhando para ele.

— Pensando em quê?

— Como você foi parar neste campo de trabalho? — Um homem envolto em mistério era superestimado. Quanto mais ela se perguntava qual seria a real intenção daquele homem mais ela acabava pensando nele. Não era um hábito que ela queria adquirir, mas não estava conseguindo refrear os seus impulsos.

— Essa é uma história longa e entediante.

— Estou com tempo.

— Não. Nós não estamos com tempo. — Um sorriso suave apareceu no rosto dele, enquanto um olho lhe dava uma piscadela. — Talvez mais tarde, querida.

— Peguei vocês dois se escondendo nas sombras. — A voz de Ellie surgiu através das folhas como o piado de um pássaro. — Espero que não estejam fazendo nada que eu não faria.

Kat caminhou até o gramado aberto e juntou-se a Ellie e Eric, ao lado da lagoa. Barrett seguiu atrás dela.

— Perdemos alguma coisa?

Ellie riu e abanou um leque de papel na frente das bochechas rosadas.

— Não muito.

Mesmo com o sol forte brilhando, Eric não se deu ao trabalho de piscar.

— Que bom que se juntou a nós, sr. Anderson!

O braço de Barrett roçou a manga de Kat, sua presença tão sólida quanto as estátuas que os cercavam.

— Fiquei surpreso ao receber o convite, mas feliz com a lembrança.

— Então, gostou dos quadros e esculturas?

Barrett enfiou as mãos nos bolsos. Os músculos massivos dos seus antebraços se moveram.

— Sinceramente, respeito o talento de quem as criou, mas não vou a fundo no significado por trás de cada pincelada ou da razão por que uma estátua está em uma certa pose.

A sobrancelha loira de Eric se contraiu.

— Uma pena você desperdiçar sua tarde, então.

— Não diria isso. Nunca vou recusar a oportunidade de sair um pouco. Uma das desvantagens de administrar um estabelecimento é quase não pôr o pé na rua.

— *Ja*, isso não é problema quando todas as pessoas vão até você. — Quando Barrett não mordeu a isca, Eric se virou para Kat. — E a senhorita Whitford. Gostou das obras de arte?

— As linhas são muito modernas, a ponto de parecerem até meio toscas. Meus sentidos antiquados anseiam por algo... mais suave.

Eric bufou.

— Isso parece mais com aquelas ideias românticas frívolas.

— Frívolas ou não, elas me pareciam fascinantes quando eu estava na universidade. Friedrich. E Leighton, embora ele não fosse estritamente romântico. — Kat inclinou a cabeça, bloqueando o sol da tarde com a borda do chapéu de palha. — Meus professores eram sempre muito rígidos sobre o que estudávamos. Adorei poder ampliar meus horizontes hoje. Agradeço a você, Major.

Um ar de surpresa iluminou o rosto do alemão e ele encheu o peito, orgulhoso.

— O prazer foi meu, srta. Whitford.

— Ah, por favor. Não poderia ser "Kat" e "Eric"? — Ellie enganchou os braços em cada um deles e se virou para o portão. — Se queremos ser um grupo alegre, e não pretendo que sejamos nada menos do que isso, chega dessas formalidades. Me dá dor de cabeça e eu não vou aceitar isso enquanto estiver com as minhas duas pessoas preferidas no mundo todo. Me perdoe não incluir você nisso, Barrett, mas tenho certeza de que vai conquistar esse direito em breve.

— Essa é a minha maior esperança.

No instante em que viu a piscada de Barrett, Kat largou o braço de Ellie e retrocedeu um passo para entrar no ritmo dele.

— Seu atrevimento vai nos fazer ser pegos.

— Vale a pena correr esse risco.

Esgueirando-se pelo portão que ligava o jardim à rua, ele bloqueou a saída dela quando Ellie e Eric se afastaram para chamar um táxi.

— Quer você goste ou não, estamos presos um ao outro por enquanto, então por que não tornar tudo um pouco mais divertido?

— Não há nada de divertido nessa roleta-russa.

— Tem razão. A menos que a arma esteja na sua mão, e por acaso é na minha que ela está.

Com um pânico crescente, Kat examinou as laterais do corpo dele e os quadris em busca de uma arma. Ridículo. Ele não esconderia uma pistola num lugar tão previsível.

— De que arma você está falando?

Ele baixou os lábios para roçarem na orelha dela.

— Eu sou a arma. Os alemães nunca conheceram um jogador como eu. Meu jogo, minhas regras, meu desfecho.

— Sua arrogância não conhece limites, não é?

— Não que eu saiba. — Ele pairou perto do pescoço dela. — Você tem um cheiro bom. Floral.

Kat enrubesceu.

— Estamos num jardim cheio de flores.

— Não. É você. — Empurrando o portão, ele deu um passo para o lado e a deixou passar.

A tranquilidade fragrante do jardim se dissipou com os ruídos da rua movimentada. A fumaça dos escapamentos sufocou o ar enquanto os automóveis passavam. Soldados com rifles gritavam com estudantes que chutavam uma lata contra a lateral de um prédio, enquanto homens com trajes de trabalho e mulheres carregando mantimentos andavam apressados, nunca ousando erguer os olhos do chão.

Juntas na calçada estavam três crianças com cestos gastos aos seus pés. As roupas desbotadas estavam justas demais nos ombros curvados e a poeira cobria seus sapatos empoeirados. As duas meninas tinham amarrado as longas tranças com barbante e o garotinho cobria os bastos cabelos com um boné remendado.

— Oh, veja. Estão vendendo flores. — Ellie correu até elas. Agachou-se na calçada e vasculhou as flores à venda com o mesmo entusiasmo que demonstrava nas butiques de luxo.

Kat mordeu o lábio. Ali estava a Ellie que ela conhecia. O coração compassivo escondido sob complicadas camadas de indulgência, mimo e batom. Ela não podia passar por uma criança sem parar para falar com ela e abraçá-la.

— Eu não entendo por que ela quer essas coisas horríveis se tem vasos de rosas em todas as superfícies do seu apartamento — Eric fungou.

Uma satisfação presunçosa tomou conta de Kat.

— Talvez esteja cansada de rosas.

— Que mulher se cansa de rosas? — Cruzando os braços, ele fechou a cara como uma criança emburrada. — Se queria algo diferente, era só pedir. Eu teria providenciado tudo o que ela quisesse.

As linhas austeras do rosto dele se suavizaram enquanto ele observava Ellie. A frieza derreteu nos olhos dele, transformando-o num homem dez anos mais jovem. O afeto havia se infiltrado naquela caverna fria, manipuladora e arrogante do seu peito, onde um coração deveria bater. Amor? Certamente que não.

Um meio sorriso curvou os lábios dele enquanto Ellie levava uma íris roxa ao nariz. A inquietação se agitou no fundo da mente de Kat. Ele não conseguia entender o amor, mas o sentimento de posse era algo ainda mais perigoso.

— Veja como fica linda no seu cabelo. Destaca esse adorável tom dourado. — Ellie ergueu uma camomila amarela até o cabelo da menina mais velha e enfiou o caule atrás da orelha dela. Um tom rosado floresceu nas bochechas da garota.

— Meu Deus, não consigo decidir de qual gosto mais. Acho que vou ter que levar a cesta toda.

Depois de despejar todo o conteúdo da sua bolsa de moedas na outra cesta, Ellie voltou com seu precioso buquê debaixo do braço.

— Olhe que lindo! Perfeito para a mesinha de cabeceira.

Eric pegou um minúsculo aster roxo da cesta como se fosse uma cobra.

— Você tinha que comprar a cesta inteira? Incentiva outros moleques a encherem as ruas e precisamos usar nossos recursos para limpar os guetos e ir atrás desses movimentos clandestinos.

Barrett se aproximou de Kat. Inclinando a aba do chapéu, ela se recusou a olhar para ele. Aquele homem escondia seu segredo bem abaixo da azáfama alemã nas ruas, mas por quanto tempo conseguiria evitar ser descoberto? Aquelas pessoas que confiavam nele com seu treinamento e suas vidas seriam acuadas como ratos. E, como ratos, seriam levadas para o extermínio.

O sangue jorrou nas têmporas de Kat, fazendo surgir pontos pretos diante de seus olhos. Arrancando as luvas, ela girou os pulsos para pegarem ar fresco. Sua pulsação diminuiu numa lentidão excruciante.

— Já passou da hora de alguém resolver o problema desses ratos de esgoto. Odeio pensar neles se esgueirando abaixo dos nossos pés.

Eric franziu a testa.

— O problema não são os roedores. São esses vigilantes patéticos que querem resolver a questão com as próprias mãos, como se pudessem superar a força do exército alemão.

— Vigilantes. — Como um louco se recusando a aceitar a insanidade ao redor dele, Barrett riu. — Direto de uma história em quadrinhos.

— Antes fosse! — Eric se endireitou, segurando as mãos atrás das costas.

A camisa se esticou em seu peito liso e as rugas suavizadas do seu rosto voltaram a se aprofundar, envelhecendo-o novamente.

— Esses combatentes da Resistência têm muito em comum com os ratos e a única maneira de lidar com esses vermes é acuá-los em seus buracos e queimá-los.

— Pare. Você sabe que odeio quando fala assim. — Ellie estremeceu e ergueu a mão para um dos táxis que passavam. Três passaram direito por eles sem fazer contato visual. — Isso só acaba com o bom humor de todo mundo e eu quero que continuemos a ter uma tarde adorável, seguida de uma noite esplêndida.

Kat se atreveu a espiar Barrett, que parecia completamente despreocupado com a conversa. Com a escalada da busca por resistentes, ele precisava se manter longe dos holofotes. Se isso fosse possível. O homem tinha um talento especial para ultrapassar limites e anunciar sua presença.

Um táxi preto e vermelho com janelas fechadas se compadeceu ao ver Ellie acenando freneticamente e parou no meio-fio.

— Vá no banco da frente, Eric, querido, para que Barrett possa se sentar atrás conosco. Tenho alguns pedidos para a banda esta noite e preciso conversar sobre isso com ele.

— Não podemos ir esta noite, *schatz*.

A pena de faisão do leque de Ellie bateu em seu chapéu, entortando-o, quando ela girou o corpo para Eric.

— O que quer dizer com "não podemos ir"?

— Hoje é terça-feira.

O olhar penetrante dele tirou o entusiasmo de Ellie.

— Oh.

Apesar da decepção da irmã, a alegria encheu o peito de Kat como milhares de bolhas de champanhe. Uma noite longe daquele chato de marca maior.

— Tenho certeza de que estaremos bem seguras com Barrett.

Se ficou surpreso com a declaração repentina de Ellie, Barrett não deixou transparecer.

— Estou a seu inteiro dispor, senhoras. Mas, por ora, preciso interromper o passeio e tomar algumas providências para cuidar dos meus ratos de porão. Não quero vê-los estourando as garrafas de vinho e causando problemas lá em cima.

Sem dizer mais nada, Eric entrou no banco de trás do carro e puxou Ellie com ele.

Kat revirou os olhos para Barrett.

— Acho que veremos você mais tarde. Quem sabe Sam possa tocar alguma coisa para comemorar nossa breve, mas muito necessária liberdade esta noite.

— Combinado.

Kat se sentou no banco de trás do carro e se espremeu ao lado de Ellie e Eric. Barrett se abaixou e arrumou a barra do vestido de Kat, ajeitando-a dentro do veículo antes de fechar a porta. Ela abriu a janela suja.

— Boa sorte com seus ratos.

Ele sorriu.

— Pode deixar comigo.

Barrett apertou a mensagem codificada entre os dedos, enquanto observava o táxi se afastando. Ele deveria ter contado a ela, mas mal tivera tempo para se recompor depois que um agente a pressionou contra a mão dele a caminho do museu.

Sabemos sobre o acordo com A. W. e agora as regras mudaram.

Tirando o papel amassado do bolso, ele o alisou sobre o joelho e depois o enrolou como um cigarro. Com uma batida no isqueiro, segurou o cigarro nos lábios e fingiu dar uma longa tragada enquanto o fogo consumia o bilhete incriminatório. Então, o SIS sempre estivera a par do seu acordo com *sir* Alfred. Era bom que eles tivessem rastreado Kat e esperado até que ela estivesse em Paris para virar a situação a seu favor. Whitford não iria gostar, mas ele poderia conversar com seus amigos no comando agora. Treinador de membros da Resistência, dono de bar, babá. Por que não se lançar no campo da espionagem agora, para ser um profissional completo?

As cinzas caíram dos seus dedos na calçada. Ele as esmagou sob a sola do sapato. Agora tudo o que precisava fazer era dizer a Kat que eles não iriam mais deixar Paris tão rápido quanto esperavam e, ao mesmo tempo, manter segredo sobre o envolvimento do pai dela nessa mudança de planos. Outro segredo, outro movimento do peão de *sir* Alfred Whitford. Será que ela não merecia fazer suas próprias escolhas pelo menos uma vez?

A culpa se insinuou no fundo do seu peito. Ele tinha suas próprias razões para mantê-la por perto até matar aquela pequena charada que o SIS havia engendrado. Sem a influência dela, não havia como ele obter acesso a círculos sociais que de outra forma lhe seriam negados e, sem essas fontes de informação, ele poderia muito bem dar adeus ao seu sonho de ir para os Estados Unidos.

Ele esfregou a mão no rosto na esperança de afastar a lembrança do bilhete. Mas as cinzas ainda se empilhavam perto do seu pé. O melhor era seguir em frente e acabar com toda aquela lamentável confusão, porque aqueles alemães não desistiriam de desvendar seus segredos por conta própria.

Capítulo 6

— Tem certeza de que sabe para onde está indo?

Kat passou o braço em volta da cintura de Ellie, que mal conseguia andar sem tropeçar nos próprios pés, e voltou a caminhar. O silêncio assustador se rompia a cada estalido dos saltos na calçada.

— Claro. Não fui eu que afoguei as mágoas no champanhe esta noite.

Um arroto retumbou da boca de Ellie.

— Mas valeu a pena para aliviar a dor.

— Não para quem tem que arrastar você pela rua, no meio da noite.

— Se tivesse bebido comigo como eu pedi, não estaria aqui reclamando tanto.

— Se eu tivesse bebido com você, nós duas estaríamos desmaiadas debaixo da mesa.

— Pelo menos estaríamos juntas.

Deixando a irmã apoiada na frente de um edifício, Kat correu até a esquina e ficou na ponta dos pés para enxergar a placa da rua. O que ela não daria para ter na mão uma lanterna e iluminar o que a placa dizia, mas já fazia uma hora que o blecaute obrigatório tinha entrado em vigor. *Odeio oferecer um alvo para aqueles bombardeiros dos Aliados.*

Assim como os moradores dos edifícios em volta, que tinham se trancado em casa depois do toque de recolher, as estrelas e a lua se recusavam a sair e iluminar a noite escura como breu. Ela virou a cabeça para a esquerda e para a direita. Não se via nas ruas desertas, escorregadias por causa do sereno da madrugada, nenhum vestígio dos vendedores de flores, dos menus dos cafés e das bancas de jornais presentes ao longo do dia, para lhes dar qualquer indicação do caminho de casa. Um arrepio percorreu seus braços expostos. Por que ela não tinha prestado mais atenção ao trajeto que fizeram de táxi?

— Estamos perdidas? — Os soluços de Ellie ricochetearam nos milhares de gotas de água suspensas no ar e rompiam a quietude como a batida de um címbalo.

Na chegada, o sol estava pairando sobre o ombro esquerdo dela, o que significava que o apartamento estava... naquela direção. Kat girou nos calcanhares. Ela não reconhecia aqueles edifícios também. *Burra, Burra, Burra. Esta é de longe a coisa mais idiota que você já fez, Kathleen Whitford. Só por um milagre vocês vão sair desta vivas.*

Afastando Ellie da parede, ela a carregou até a esquina.

As águas rançosas do Sena atingiram seu nariz. Bom. Se conseguissem chegar ao rio, ela poderia decidir qual a melhor direção.

Toc, toc, toc. Pregos de latão caindo do céu seriam mais silenciosos do que os seus saltos na calçada.

— Eu já disse que fico impressionada ao ver como você consegue se controlar mesmo quando não sabe o que está fazendo? — *soluço.*

— Uma de nós tem que se controlar. A confiança pode ser algo bem difícil de conquistar.

— Isso está parecendo um pouco de ressent... — *soluço* — ...timento para mim, mas não combinaria muito com você, não é? Sempre a resposta perfeita na hora perfeita. A Kat perfeita e obediente. Não é como eu. A desgraça do glorioso nome dos Whi — *soluço* — ford. É por isso que fico feliz que você esteja sempre cuidando de mim.

A verdade colidiu com o ressentimento que Kat reprimia, abrindo passagem para uma amargura renovada. Aquele nunca tinha sido um sentimento que ela nutria. Como poderia quando se tratava de ajudar sua única irmã, que não sabia cuidar de si mesma? No entanto, ela não podia negar as evidências crescentes.

— Nem sempre vou estar aqui para cuidar de você.

— Não vai? Mas, quando não estiver, terei Eric. — Alheia aos perigos em torno delas, Ellie abraçou a irmã pela cintura e encostou a cabeça em seu ombro. — Eric saberia como chegar em casa. Eric sabe tudo.

— Imagino.

— Terça-feira — *soluço* — não deveria ser diferente. — O tom amargo de Ellie era o último resquício do longo discurso da noite contra ele e todos os homens que tratavam as mulheres como uma isca no anzol. — Ele está aqui em Paris comigo. Não — *soluço* — lá na terra do chucrute e da salsicha.

— Por que ele estar aqui ou lá faz diferença às terças-feiras?

— Ele tem obrigações na terça-feira.

— De que tipo?

A cabeça de Ellie apareceu de repente quando ela cambaleou ao passar sobre uma fenda na calçada.

— Você não entenderia se eu contasse. Agiria com superioridade e cairia sobre mim como uma poderosa mão de justiça. Como nosso pai.

— Prometo que não.

— Promessas. Tenho ouvido muitas ultimamente. — Os passos de Ellie diminuíram até parar. A melancolia surgiu lentamente em seus olhos azuis entorpecidos. — Ele me ama.

O coração de Kat se apertou. Ela gostaria de arrancar a palavra dos lábios de Ellie e dos seus próprios ouvidos para não ter de ouvi-la. Ódio e amor não poderiam coexistir no mesmo espaço. Um destruiria o outro e o ódio nazista certamente venceria. E ainda assim ela tinha visto o olhar suave e vulnerável que ele tinha lançado a Ellie. Ela odiava a verdade que rastejava sobre seus lábios.

— Tenho certeza de que sim. À maneira dele.

— Ele me ama todos os dias da semana, exceto às terças-feiras. — A tristeza pesava sobre as palavras de Ellie. Soltando os braços da cintura de Kat, ela cambaleou até o meio da rua e girou com os braços abertos. — Por que não todos os dias? Eu seria tão fácil de amar... Lembra daquela música, Kitty Kat? Venha dançar comigo.

— Fale baixo! — Kat agarrou os braços da irmã e a forçou a parar. — Se nos pegarem aqui após o toque de recolher, vamos para a cadeia.

— *Wer ist da drauben?*

Kat tapou a boca de Ellie com a mão. O sangue batia forte, aumentando a adrenalina em suas veias como milhares de agulhas. *Saia da rua. Saia da rua.* Agarrando as costas do vestido de Ellie, ela a puxou para a calçada. O salto da irmã enroscou na grade de um bueiro, lançando-a no chão.

— Parem! — Dois soldados alemães apareceram na esquina. Rifles preparados ao lado do corpo.

— Levante-se, Ellie. Levante-se! — Kat colocou Ellie de pé.

Os soldados correram pela rua, gritando, com rifles apontados direto para elas. Parados na frente e atrás delas, eles baixaram a boca dos rifles, surpresos ao ver o que tinham capturado.

Kat sacudiu a cabeça enquanto os soldados disparavam perguntas ininteligíveis. O alemão dela era quase nulo, mas o sotaque forte dos soldados era quase impossível de compreender. Trocando olhares frustrados um para o outro, eles penduraram os rifles nos ombros. O soldado que era mais um menino do que um homem falou novamente.

— *Französisch*?

Com a boca seca como se estivesse cheia de bolas de algodão, Kat assentiu. Sim, ela sabia francês.

— Documentos. Depois de falar apenas uma palavra em francês, ficou claro para Kat que o soldado não era um aluno muito assíduo nas aulas de língua estrangeira. Ele estendeu a mão, as pontas dos dedos acenando com impaciência.

Abrindo sua bolsa e a de Ellie, Kat tirou seus documentos falsos e entregou-os a ele. O terror gritava em seu peito mais e mais alto até berrar em seus ouvidos. Com a persuasão monetária do pai, o melhor falsificador do Parlamento tinha criado as identificações francesas em menos de um dia, mas, se Ellie decidisse abrir a boca, o jogo acabaria ali. Os alemães não tolerariam duas inglesas saindo à noite com documentos falsos. Ela cravou os dedos no braço de Ellie para mantê-la quieta.

Com uma lentidão excruciante, ele examinou os documentos várias e várias vezes antes de dobrar o papelão fino de volta em suas três seções.

— O que estão fazendo na rua até tão tarde?

— Minha irmã passou mal enquanto jantávamos fora. Ela não estava em condições de andar e tentamos chegar em casa antes do toque de recolher, mas ela não consegue ir muito rápido e não conseguimos encontrar um táxi... — Kat respirou fundo. Não era uma mentira completa. Na deixa, Ellie se curvou com um gemido baixo. — Sinto muito. Por favor, deixe-nos ir para casa para que eu possa cuidar dela.

O homem bateu os documentos na palma da mão enquanto traduzia o diálogo para seu camarada. Embora não ousasse se virar, ela ouviu o ceticismo na voz do outro homem.

— Ela está cheirando a cerveja — disse o mais velho.

Ele era alemão, mas não sabia a diferença entre cerveja e champanhe. Kat tirou uma mecha úmida da testa de Ellie. Um erro. O cabelo estava escondendo seus olhos assustados.

— O médico achou que ajudaria se ela esvaziasse o estômago para diminuir o enjoo.

— Não tenho dúvidas de que ela está passando mal. — Ele ainda batia os documentos na palma da mão. Soprando uma lufada de ar pelo nariz comprido, ele enfiou os documentos no bolso. — Mas você não está contando toda a verdade e por isso não posso liberá-las.

O soldado atrás de Kat agarrou os ombros dela e a puxou contra seu peito enquanto o amigo firmava Ellie sobre os próprios pés, levando-a para o beco entre os edifícios.

— Pare! Socorro! — Kat se contorceu, mas seu captor a segurou com força enquanto a arrastava para o beco com seu amigo. As janelas e portas permaneciam bem fechadas enquanto seus gritos enchiam o ar, implorando para alguém abri-las. Ninguém aparecia para salvá-las. — Socorro!

O hálito quente de seu captor sibilou em seu ouvido palavras ininteligíveis, mas seu significado era perfeitamente claro enquanto seus dedos procuravam os botões do seu bolero. O outro soldado prendeu Ellie na parede, empurrando sua bochecha contra o tijolo enquanto a mão levantava a bainha de sua saia.

A mente de Kat fugiu do homem que a apalpava enquanto as lágrimas queimavam as bochechas pálidas de Ellie. Sua boca se contorceu de dor, mas nenhum som saiu. Kat cravou as unhas nas mãos do seu captor.

— Tire as mãos de cima dela! Alguém nos ajude!

O soldado enterrou os dedos no cabelo de Kat e puxou, provocando uma dor lancinante no seu couro cabeludo. Quando pontos pretos começaram a surgir diante dos seus olhos, ela desajeitadamente abriu o fecho da bolsa e tateou o pente, o batom e o lenço até que finalmente algo longo, liso e de madeira encontrou sua mão. Agarrando o bastão de couro, ela deixou cair a bolsa e lançou o braço para trás com toda a força. A extremidade nodosa do bastão se chocou contra a orelha do soldado.

Cuspindo palavrões, ele segurou a cabeça entre as mãos. Kat se jogou nas costas do atacante de Ellie, mas o grito do amigo o alertara. Ele se virou e apertou o ombro de Kat com o punho. A dor se espalhou pelo seu braço quando ela colidiu contra a parede e desabou no chão, com Ellie agarrada a ela. O homem a fitou com ódio, enquanto se inclinava e agarrava o braço dela com uma das mãos, fechando a outra em punho.

É isso. Sua oração *pedindo um milagre foi perda de tempo.*

Um trovão metálico ecoou no beco.

Entorpecida, Kat ergueu os olhos para ver Barrett, com a tampa de uma lata de lixo na mão, de pé sobre o outro soldado, inconsciente. Os olhos dele se voltaram para Kat. Seu captor largou o braço dela e agarrou o rifle pendurado nas costas, enquanto Barrett caminhava em direção a eles. Com um boné preto protegendo o rosto e calça e camisa escuras, ele se movia como uma sombra mortífera, usando a escuridão circundante a seu favor.

O alemão que ainda estava de pé puxou a trava do rifle. Ela não se moveu. Freneticamente, ele tentou de novo e de novo, mas o metal emperrado recusava-se a ceder. Levantando a arma bem alto, ele a abaixou com um grito selvagem. Barrett ergueu a tampa para servir de escudo e a arma resvalou antes que pudesse abrir sua cabeça ao meio. Sem perder tempo, Barrett girou a tampa outra vez e arrancou com ela a arma das mãos do alemão.

A respiração de Kat encheu seus pulmões como ferro incandescente quando os homens colidiram num borrão de punhos. O soco de Barrett foi direto e bem no alvo, fazendo o sangue jorrar do nariz do soldado. O alemão se abaixou e se esgueirou como uma cobra, acertando seus próprios golpes nas costelas de Barrett. Tropeçando no rifle, ele desabou no chão. Barrett agarrou a frente da jaqueta do garoto, puxou sua cabeça do chão e deu mais um soco no nariz que já sangrava.

Ele vai matá-lo. E vai nos condenar à morte quando a Gestapo descobrir.

Desprendendo os dedos de Ellie do seu braço, Kat rastejou pelo chão. Os cascalhos cravavam em seus joelhos enquanto ela estendia as mãos. *Onde está aquele maldito bastão?*

A mão do soldado prendeu o tornozelo de Barrett e o puxou para trás. Tirando uma faca do cinto, ele saltou em cima de Barrett e ergueu o braço para cravar o punhal. Os braços de Barrett bloquearam o golpe fatal.

Sem pensar, Kat ficou de joelhos, agarrou o rifle e deu uma coronhada na nuca do nazista. Ele caiu desmaiado sobre o peito de Barrett.

A arma caiu dos dedos dormentes de Kat. O barulho no pavimento escorregadio a fez dar um salto para trás. Rolando o homem inconsciente de cima de Barrett, ela pegou os documentos de identificação do bolso dele e os enfiou na frente da blusa. Voltando-se para Ellie, que estava aos prantos, Kat a colocou de pé enquanto os soldados prostrados gemiam no chão.

— Temos que sair daqui.

Ficando de pé, Barrett pressionou um dedo sobre os lábios e fez um gesto para que elas o seguissem. Ellie tropeçou nos próprios pés, desequilibrando-se. Kat a pegou antes que atingisse o chão. A impaciência brilhou no rosto de Barrett enquanto ele corria de volta até elas, pegava Ellie nos braços e saía às pressas do beco. Kat correu atrás deles.

Portas e edifícios passaram num borrão enquanto percorriam toda a extensão do quarteirão. *Toc! Toc! Toc!* Os saltos dos sapatos dela eram como um martelo batendo no calçamento, enquanto as pernas se esforçavam ao máximo para mantê-la em movimento. Ao dobrar a esquina, ela olhou para trás, tentando ver se os cães nazistas continuavam em seu encalço, mas apenas um silêncio assustador os perseguia. Mais portas e janelas trancadas passaram, até que Barrett parou abruptamente na frente de uma sólida porta preta. Deslizando uma chave na fechadura, ele a abriu, com Kat logo atrás dele.

Ali dentro, bem na frente da porta, uma escada levava ao andar de cima. Ao lado dela, um longo corredor desaparecia nos fundos do edifício. Entrando no cômodo à esquerda, iluminado por uma claraboia, Barrett baixou suavemente Ellie num sofá de estampa floral. Uma lareira fria ocupava a parede oposta e fotos antigas pendiam das paredes, cobertas com um papel de parede desbotado. Num canto, ao lado de um abajur, havia uma grande poltrona de couro descascado, com uma pilha de jornais no chão.

Barrett se voltou para Kat. Com os pés separados e os punhos cerrados ao lado do corpo, seus olhos escuros ferviam de raiva.

— O que vocês estavam fazendo naquele lugar?

O rosnado baixo reverberou no peito de Kat, acelerando ainda mais sua pulsação. Ela passou a mão trêmula pelo cabelo. Um pente de tartaruga estava pendurado na ponta de um dos cachos.

— Nós... eu, quer dizer, Ellie estava passando mal. No momento em que ela me pareceu um pouco melhor, eu nem me lembrei de olhar o relógio... Queria levá-la para casa antes que qualquer coisa acontecesse.

— Ah, é mesmo? E acha que foi uma boa ideia?

— Eu não sabia mais o que fazer.

— Você poderia ter me perguntado.

— Para quê? "Será que podemos dormir no andar de cima do seu bar esta noite, porque minha irmã está bêbada demais para irmos para casa?" Não, obrigada. Eu mesma posso encontrar uma solução para os nossos problemas.

— E veja onde a sua solução as levou esta noite! — Ele esfregou uma mão sobre a boca como se quisesse conter um palavrão. Girando sobre os calcanhares, ele foi até a lareira e apoiou as duas mãos sobre a cornija. Os músculos dos antebraços estavam tensos.

— Você percebe a gravidade do que teria acontecido se eu não tivesse ouvido seus gritos a caminho de casa?

— Palavras nunca poderão expressar o quanto estou grata por...

— Eu não quero sua gratidão! Quero que você jure que nunca mais vai fazer algo tão idiota quanto o que fez hoje.

— Eu não vou.

Ele voltou a olhar para ela. Um músculo pulsou em sua mandíbula.

— Prometa, Kathleen.

— Eu prometo. — A língua dela se rebelou contra a palavra. Se a mãe um dia descobrisse que ela andava ignorando toda a educação que recebera e passado a usar um palavreado chulo... — E nós estamos muito gratas, queira você ouvir isso ou não.

O tique nervoso na mandíbula dele diminuiu, enquanto seu olhar a varria de cima a baixo.

— Está tudo bem com você?

— Sim, sim, claro. — Com o aceno insistente da cabeça, o pente escorregou do cabelo dela e quicou no chão. A dor queimou seus joelhos quando ela se ajoelhou para pegá-lo. O pavimento pedregoso havia rasgado suas meias e cortado a pele. Lágrimas quentes inundaram sua visão enquanto ela tateava ao redor. Muitas vezes, aquela noite, ela tinha se esforçado para manter as coisas sob controle.

Que se dane esse pente.

Ela ouviu, em vez de ver, Barrett ajoelhar-se à sua frente. Tirando o cabelo do rosto dela, ele deslizou o pente de volta em seus cachos arruinados.

— Você fez um bom trabalho esta noite, querida. Esses alemães com certeza não esperavam a surra que você lhes deu.

Kat enterrou o rosto nas mãos enquanto as lágrimas rolavam.

— Minhas meias rasgaram...

Braços a envolveram, puxando-a para um círculo de força e calor. A bochecha áspera de Barrett, com a barba por fazer, roçou na testa dela enquanto ele aninhava a cabeça loira em seu ombro, circulando suavemente as mãos em suas costas.

— Está tudo bem agora. Vocês estão seguras.

Ela fechou os olhos com força, estancando as lágrimas de fraqueza. Que hora para as emoções tomarem conta dela e a jogarem nos braços de um estranho. Um homem que recendia a madeira, algodão puído e almíscar.

A palma dele alisou as costas de Kat, envolveu sua nuca e se emaranhou no cabelo atrás das orelhas. Ela prendeu a respiração quando ele baixou a cabeça e seus lábios roçaram na testa dela. Ele deslizou para mais perto dos lábios dela. Suave e quente, sua carícia dissipou o terror que a fazia estremecer até os ossos. E provocou um tipo totalmente diferente de medo.

— Urgh... — Ellie gemeu e oscilou um pouco ao se sentar, enquanto suas bochechas pálidas se estufavam. Ela cambaleou para fora do sofá e se curvou sobre um vaso com uma samambaia morta, para esvaziar o estômago.

Capítulo 7

Barrett rolou o bastão de couro entre as palmas das mãos, o nó de cordas na extremidade superior girando num borrão. Sua cabeça latejava como o inferno e sua mandíbula doía, mas não era nada que um bife frio não pudesse resolver. Uma pena que os bifes continuavam sendo um sonho do passado.

E havia também as lembranças que se recusavam a ir embora. Ele já tinha beijado muitas mulheres antes, sem pensar duas vezes. Era como tomar um gole de água quando estava com sede. Mas Kathleen Whitford era como beber um conhaque. Descia ardente e suave, até queimar suas entranhas. E tinha sido um beijo na testa. O que os lábios fariam com ele?

A frustração lhe causava uma comichão que chegava até os ossos. Fazendo o bastão girar rápido numa mão, ele baixou a cabeça até batê-la na velha mesa da cozinha. Mulheres.

— Você o encontrou.

O bastão escorregou dos dedos dele ao ouvir a voz de Kat. Ele o pegou antes que atingisse o chão.

— Sim. Ao lado daquele alemão com sangue saindo da orelha. Ele terá dificuldade para ouvir por um tempo... se já não está surdo.

Kat pairou na porta da cozinha, as mãos entrelaçadas na frente do estômago. Tinha trocado as roupas rasgadas da noite anterior e usava um vestido de algodão azul com estampa floral, que se moldava à cintura estreita e aos quadris arredondados. Seu cabelo dourado estava preso na nuca, num rabo de cavalo frouxo, que caía em ondas até um pouco abaixo dos ombros. Muito diferente das roupas elegantes com que ele já a vira. Difícil acreditar que ela tinha enfrentado uma patrulha de nazistas algumas horas antes.

— Sua governanta teve a gentileza de nos emprestar algumas peças de roupa. — Ela passou a mão sobre o tecido gasto do vestido. — Nossas roupas podem precisar de algumas horas de molho para que as manchas saiam do tecido.

— A sra. Bonheur sabe cuidar de uma roupa como ninguém, portanto as suas estão em boas mãos. — Um relógio acima do antigo fogão marcou vários segundos. — Café?

Sem encontrar os olhos dele, Kat balançou a cabeça, recusando.

— Tem chá?

— Receio que não. Tudo o que tenho a oferecer é essa borra que eles chamam de café. Cevada e chicória torradas para forrar o estômago de um homem. — Levantando sua caneca, ele cuspiu tudo de volta na caneca antes que pudesse sentir o gosto. O cheiro acre, no entanto, ficaria por horas em suas narinas. — Meu enviado fará suas rondas na semana que vem e terá melhores opções.

Uma das sobrancelhas delgadas de Kat se ergueu para ele.

— "Melhores opções", como mercadorias contrabandeadas?

— Precisamos ter jogo de cintura....

Ela torceu a boca.

— Sim, cada um se vira como pode. Suponho que seja só isso que vamos fazer até que toda essa balbúrdia chegue ao fim. — Ela mudou a perna de apoio e passou os dedos pelas pontas soltas do cabelo.

Tique-taque. Tique-taque. Tique-taque. Se os ponteiros ao menos fossem mais devagar...

Procurando algo para amenizar o constrangimento, Barrett levantou o bastão.

— O que é isto?

— Um bastão salva-vidas. — Ela por fim entrou na cozinha e circulou a mesa para ficar ao lado do balcão e longe dele. — Meu avô costumava carregá-lo. Meu pai achou mais apropriado do que levar uma arma carregada na bolsa.

— Um homem racional, seu pai.

O canto da boca de Kat se contraiu.

— Nunca ninguém vai poder acusá-lo de ser sentimental. Ele diria que isso é coisa de mulher. Nunca pensou que eu fosse capaz de puxar um gatilho e provavelmente está certo, por isso o bastão.

— Ele ensinou você a usá-lo?

Ela aprumou as costas.

— Claro. Meu pai nunca entregaria uma arma a um soldado sem prepará-lo primeiro, muito menos a própria filha.

Um comandante de corpo e alma, *sir* Alfred não fazia muita distinção entre seus soldados e as próprias filhas, sangue do seu sangue. E como qualquer outro homem de estirpe, ele enviou outra pessoa para fazer o trabalho sujo enquanto ele se recostava nas suas almofadas. Pelo menos pagaria Barrett pelo trabalho. Mas e Kat? O que ela receberia por todos problemas que tinha enfrentado? Pior ainda, a que ela teria que se submeter para cumprir sua tarefa?

O pequeno bastão pesava como um tijolo em sua palma.

— Bem prático. Talvez eu queira um para mim também. — Ele empurrou o bastão do tamanho de uma mão através da mesa.

Ela não se moveu para pegá-lo.

— Me parece que seus punhos já bastam.

— Não me decepcionaram ainda. — Ele esfregou as costas das mãos. Estavam doloridas esta manhã, mas não muito ruins. Se ele precisasse começar a quebrar ossos em nome das filhas de *sir* Alfred, o general teria que encher um pouco mais os bolsos dele. E Barrett aceitaria tudo que ele oferecesse. Nenhuma moeda era demais para escapar dos fantasmas que o assombravam daquele lado do oceano. — Claro, meus dedos já estão mais calejados do que há alguns anos.

Kat não disse nada.

Ele nunca deveria ter tentado beijá-la. Tinha sido só uma reação à angústia dela, uma maneira de trazer conforto sem nenhum pensamento por trás disso. Mas isso mudou rapidamente quando seus lábios tocaram a pele de Kat. Uma falta de controle idiota. Essas coisas nunca terminam bem. A maioria das mulheres que ele beijava sorria ou fazia beicinho, esperando um compromisso além do que ele estava disposto a assumir, depois de uma noite de diversão. Agora, a única mulher que ele precisava manter longe era aquela a quem estava aprisionado. Cada segundo com ela era como um lembrete da agitação que ela tinha provocado dentro dele. Na noite anterior, ele tinha percebido: *não* conseguira reprimir o impulso de beijá-la.

Tique-taque. Tique-taque. Tique-taque.

Inquieto, ele se remexeu na cadeira.

— Ouça, sobre a noite passada...

Mas ela falou ao mesmo tempo:

— Ontem à noite esqueci de...

Ambos pararam no meio da frase.

— Desculpe. Você primeiro.

Barrett sacudiu a cabeça.

— Não, continue.

— Com todo o cansaço da noite passada, esqueci de agradecer direito. — Ela jogou os ombros para trás quando finalmente encontrou os olhos dele. — Não sei como você nos encontrou, mas sou muito grata por isso. Se não tivesse chegado naquele momento... Obrigada, Barrett.

Ele estava voltando para casa quando ouviu o grito. Uma fúria negra e autêntica invadiu seu sangue quando ele descobriu que era ela. Se não fosse pela interferência de Kat, ele teria matado aqueles soldados dez vezes seguidas.

— Disponha. — Ele pigarreou. — Ouça, sobre aquele bei...

A calorosa gratidão nos olhos dela virou gelo. A garota insegura de momentos antes desapareceu e um exterior frio tomou o seu lugar.

— Prefiro não falar sobre isso.

Cruzando os braços sobre o peito, ele se recostou na cadeira. Não gostava de deixar as mulheres zangadas, elas eram muito imprevisíveis, mas ele preferia isso a ter que lidar com a timidez feminina.

— Receio que tenhamos de continuar. Tenho algumas perguntas que precisam de respostas.

Os olhos dela se encheram de suspeita. Nesse dia, graças ao vestido, suas íris estavam mais azuis do que verdes.

— Vou responder apenas a cinco perguntas.

Apenas cinco. Melhor que ele escolhesse bem quais seriam.

— Por que vocês estavam na rua até tão tarde?

— Eu já disse. Ellie não estava se sentindo bem. Quando conseguimos sair do bar já era tarde demais para chamar um táxi.

— Eu vi vocês se levantarem da mesa um pouco depois das nove. Dava muito bem para estar em casa antes das dez.

— Vou contar isso como uma pergunta. — Os olhos dela se fixaram na mesa arranhada. — Não saímos do bar imediatamente.

O tom rosado que surgiu no rosto de Kat confirmou o palpite dele. Elas tinham passado boa parte da noite no banheiro feminino, esperando Ellie ficar sóbria, enquanto ele estava ocupado demais, no escritório, lendo novas ordens do seu comandante, para reparar se elas tinham tomado um táxi ou não.

Repreendê-la por ter ido ao Stag não ajudaria em nada, especialmente quando ele tinha sido encarregado de mantê-la, não, de mantê-*las* seguras. Ele cruzou os braços, lutando para controlar as palavras. Os dedos tensos o fizeram se lembrar dos seus hematomas. Essa irmã merecia uma boa lição pelo que tinha feito Kat — e ele — passarem.

— Por que você não pediu para me chamarem?

Uma sobrancelha delicada se ergueu com incredulidade.

— Para quê? Com certeza você não tem privilégios especiais que lhe permitam desafiar o toque de recolher ou qualquer outra lei.

— Eu sei como desobedecer ao toque de recolher sem ser pego. Tenho prática nisso.

Ela pegou o pequeno bastão da mesa. Com a agilidade de um soldado manuseando sua espada, ela envolveu a alça de couro com os dedos e o bateu contra a outra palma num ritmo monótono.

— Eles vão vir atrás de nós?

— Guardas nazistas espancados por duas mulheres não deve ser uma notícia que eles queiram espalhar.

A preocupação toldou os olhos dela.

— Eles não vão deixar você de fora do relatório.

— Não, mas não vão poder ir muito longe com um suspeito com o rosto coberto.

Ele tinha passado uma semana na cela mais nojenta de Glasgow para aprender aquela lição muito tempo atrás. Ela não duraria dez minutos em tais condições.

O bastão batia num ritmo descompassado contra a palma da mão dela. Esticando o braço até o outro lado da mesa, ele colocou a mão sobre a dela.

— Eu já disse, você está segura comigo.

Ela puxou o braço como se ele a tivesse queimado. Cada momento com aquela mulher lhe dava a nítida impressão de que ele estava seguindo na direção errada.

Desistindo das perguntas, ele se levantou. Melhor desviar a atenção e canalizar sua irritação para algo mais útil.

— Venha. Vou lhe dar algumas dicas para que, da próxima vez, você possa dar conta deles sozinha.

— O que aconteceu com a promessa de ficar sempre ao meu lado a partir de agora?

— Eu preciso ter certeza de que você vai saber cuidar de si mesma, caso meus punhos estejam muito ocupados.

A mensagem do SIS que ele tinha recebido no dia anterior espetou os recônditos da sua mente como uma agulha. Ele precisava contar a ela sobre a mudança de planos, mas não naquele momento. Ela já estava pronta para colocar o antigo plano em ação e revelar que ele mudara poderia lhe tirar toda coragem. Melhor levá-la à absurdidade da situação do modo mais indolor possível.

Ela hesitou quando ele começou a sair pela porta dos fundos.

— Eu não posso sair. Ellie vai acordar em breve.

Se "em breve" queria dizer no fim da tarde, então eles tinham tempo de sobra. Deitar a pequena beberrona na cama lá em cima na noite anterior tinha sido como colocar um cadáver numa cova. Seus roncos de sacudir as paredes o mantiveram acordados até as primeiras horas da manhã, no sofá do andar de baixo.

— Não vamos muito longe e a sra. Bonheur estará aqui se ela precisar de alguma coisa. — Ele saiu para a varanda de trás e respirou fundo. O sereno da manhã já tinha se dissipado, dando lugar a uma névoa fina de fim da manhã, que enchia o pequeno pátio. — O mundo não vai desmoronar se ela se levantar sozinha da cama hoje.

— Você fala como se eu não tivesse nada melhor para fazer do que ficar paparicando a minha irmã.

— E não estou certo?

O chão da cozinha rangeu quando Kat cruzou o cômodo até a porta aberta. Apoiando o ombro no batente da porta, ela o analisou com os olhos semicerrados.

— Você acha que me conhece muito bem, não é? Sempre tentando agradar as pessoas erradas... Não foi isso que disse aquele dia em que me levou pela primeira vez até sua sala de treinamento? Mas você não sabe nada sobre mim ou minha irmã.

Puxando um colchão gasto de trás de uma pilha de vasos lascados, ele o arrastou para o meio do pátio de pedras e o jogou no chão.

— Me prove.

Os olhos dela saltaram do colchão para ele. O bastão se retorceu na mão dela.

— Sr. Anderson, eu já deixei minha opinião sobre esse assunto muito clara.

— Lá vem você de novo, pensando o pior de mim. Beijar você como tentei ontem à noite não foi uma encenação das melhores... — O rosto dela perdeu a cor. — Ah, eu sei que sua educação não permite que você fale sobre esse tipo de coisa, mas a verdade é essa.

Tirando a faca do bolso de trás, ele gesticulou para o colchão.

— Vamos continuar.

A cor que voltou ao rosto de Kat não dissipou seu ar emburrado. Os olhos dela se voltaram para os edifícios e janelas circundantes.

— Os seus vizinhos não vão achar isso estranho?

— Não. Não vai ser nenhuma novidade para eles.

Ela suspirou.

— Claro que não.

— O SIS comprou todo o quarteirão onde o Stag está situado para encobrir nossas idas e vindas. — Ele apontou para a parede de tijolos simples dos fundos do bar, que ficava do lado oposto do pátio. — A maioria dos apartamentos está vazia, mas todos os ocupantes lá dentro são leais até a morte à Resistência.

— É bom saber que não vão correr para avisar a Gestapo quando ouvirem tiros vindos do porão.

Abrindo a lâmina de um canivete, ele roçou o polegar contra a borda afiada.

— A prática de tiro ao alvo coincide com os ensaios da banda.

— Muito inteligente. — A coisa mais próxima que ele viu de um sorriso durante toda a manhã esvoaçou pelo rosto dela, enquanto ela tirava os sapatos elegantes, colocando-os com cuidado no chão, um paralelo ao outro, e juntava-se a ele no colchão irregular. — Suponho que vá me ensinar a usar esse canivete, não me apunhalar.

— Você é muito valiosa para que eu acabe com a sua vida agora. Estenda a mão. — Ele colocou o canivete diagonalmente na palma da mão dela e fechou seus dedos ao redor do cabo marrom. A arma mortal parecia fora de lugar na mão com unhas perfeitamente manicuradas. — Sempre segure a faca assim, para ter mais controle. Se segurá-la como um furador de gelo, só você vai poder dar estocadas para baixo. Esse é o movimento de um novato e é facilmente bloqueado.

— Não posso correr esse risco.

Uma porta rangeu num apartamento do terceiro andar. Dois dos garçons do turno da madrugada saíram na pequena varanda com cigarros pendurados nos lábios. Leon ergueu uma caneca em saudação, antes de tomar um gole que fez seu rosto se contrair de nojo.

Barrett acenou e se voltou para Kat.

— É melhor você golpear rápido, como uma cobra dando o bote. Aponte para a garganta, o abdômen ou os rins, se o agressor vier por trás.

Ela franziu as sobrancelhas, concentrada, enquanto examinava cada um dos pontos vitais que ele apontava.

— Por que não simplesmente o coração?

— Porque você vai ter que atravessar as costelas e o esterno para chegar lá. — Ele bateu no osso duro no centro do peito. — Só os mais habilidosos devem atacar pela frente, e mesmo assim é difícil encontrar o ângulo certo. Acerte o osso e você provavelmente perderá sua faca, para não mencionar a dor paralisante que vai subir pelo seu braço. Agora, quando você... O que foi?

Ela estava sacudindo a cabeça com o braço estendido, tentando lhe devolver o canivete.

— Eu não posso.

Leon e Luc tinham se sentado em caixotes, olhando por cima da grade para a aula, mais abaixo. Do outro lado, num apartamento do quarto andar, uma mulher mais velha cuja filha se destacava na leitura de mapas e explosivos abriu a janela para pendurar a roupa lavada. Um pouco comida pelas traças e ainda suja por ter sido lavada com a água contaminada que gotejava da única torneira boa do edifício, a roupa exalava um cheiro azedo.

— *Bonjour*, Monsieur Anderson! — ela gritou.

— *Bonjour*, Madame Gilbert.

Kat ofereceu um sorriso educado à mulher, mas não foi o suficiente para esconder seu nariz franzido de nojo. Só naquele momento ele percebeu o quanto se sentia deslocada naquele lugar. O vestido simples e usado não escondia sua elegância e educação de berço. Algo muito distante da pocilga em que ele havia crescido.

— Um pouco diferente do que você está acostumada, não é? — Barrett puxou o colarinho da camisa encardida. Isso nunca o incomodara muito, mas ficar na presença dela era como ter uma tocha acesa, iluminando a miséria à qual os sitiados habitantes de Paris tinham sucumbido. — Essa é a vida sob a ocupação.

— Toda Paris foi relegada a... essas condições precárias?

Se a situação não fosse tão revoltante, ele poderia ter rido da tentativa dela de ser educada ao se referir à miséria em que viviam.

— Apenas aqueles que não têm relações com os alemães. Alimentos, roupas, eletricidade, gasolina ou qualquer outra coisa valiosa vão para os alemães primeiro, depois para os informantes locais e as sobras ficam para o resto de nós, que têm de disputá-las.

— Aqui as pessoas não têm nem como lavar direito as roupas, enquanto eu me troco três vezes ao dia. Que vergonhosa é a ignorância...

— Sim, mas você não é mais ignorante. O que importa é o que vai fazer de agora em diante. Com isso aqui, por exemplo. — Ele deu uma batidinha na faca que estava na mão dela. Ela balançou a cabeça, deixando de segurar a lâmina com tanta força. — Qual o problema?

— Quando você fala sobre apunhalar gargantas e perfurar estômagos... Eu não posso fazer isso.

— Em primeiro lugar, você não apunhala uma garganta, você a corta. E, em segundo lugar, não estou lhe ensinando isso para que se torne uma assassina. Isso é mera autodefesa, caso realmente venha a precisar.

— Se eu atacar alguém com isso, vão simplesmente dar risada. Quem vai ter medo de mim?

— Precisamente. Use isso a seu favor. — Pegando a mão dela, ele torceu a faca para trás até que estivesse paralela à parte interior do seu pulso. — Eles não vão vê-la se estiver escondida assim e, quando se aproximarem o suficiente para atingi-la, vire-se e corte seus pulsos ou bíceps. Dói como o diabo e vai lhe dar tempo para correr.

O pulso de Kat batia descontroladamente contra a ponta dos dedos dele, ainda fechados em torno do seu punho. Para uma garota que havia tirado sangue de um soldado armado na noite anterior, a confiança dela ia e vinha ao sabor do vento. Ela não percebia a coragem que tivera de demonstrar, para enfrentar um soldado num beco? Ou para vir a Paris quando a maioria dos expatriados tinham tido o bom senso de partir enquanto podiam? Aquilo não dizia muita coisa para ele nem lhe parecia muito sensato, mas, como não cansava de lembrar a si mesmo, ele tinha uma dívida a pagar.

Será que ela estava tão acostumada a cumprir tarefas impostas por outras pessoas que tinha esquecido como era fazer algo por si mesma? Especialmente quando a melhor coisa a fazer estava bem na ponta dos seus dedos?

Soltando-a, ele recuou, subindo no colchão flácido.

— Agora, venha até mim. — A incerteza passou pelo rosto dela como se ele tivesse lhe pedido para fazer um boneco de neve no meio do verão. — A única maneira de aprender é fazendo. Você precisa sentir os movimentos.

Franzindo o rosto com determinação, ela se lançou para a frente. Ele deu um passo para o lado e arrancou a faca da mão dela.

— Eu disse para dar uma estocada como uma cobra, não como um panda.

Pegando a faca do colchão, ela tentou novamente. Barrett balançou o antebraço para bloqueá-la, deu um passo para o lado, enquanto enganchava o pé atrás do calcanhar dela e a empurrava para trás.

— Se você fosse um atacante de verdade, eu lhe passaria uma rasteira e a faria cair, mas vou facilitar, porque é sua primeira vez. — Ela se contorceu em seus braços. Ela pressionou suas curvas suaves contra ele, acelerando seu coração de um modo que ele não esperava. E não precisava. Ele a endireitou e a deixou se afastar. — Eu odiaria sujar seu lindo vestido.

Ela inflou as bochechas rosadas.

— Não se preocupe com meu vestido.

Rindo, ele abriu os braços e gritou para os observadores ouvirem.

— Não se preocupe, ela disse. Isso deveria me intimidar?

O público soltou uma gargalhada e lançou suas próprias sugestões criativas sobre o que ela poderia fazer com o vestido. O ouvido de Barrett não era muito afiado para línguas, mas, pelo rubor que começou a subir pelo pescoço de Kat, ela tinha entendido cada palavra.

Sem nunca perder a classe, ela descartou as provocações com um movimento rápido da mão, antes de arrumar uma prega da saia.

— Não estou exatamente vestida para matar.

A mulher era cega se não via a maneira como o frágil tecido deslizava pelas suas curvas como água sobre seda. Ele a rodeou lentamente, apreciando a nova visão que cada passo lhe proporcionava.

— Pelo contrário. Uma mulher de vestido é mais perigosa do que uma mulher usando calças. Essa é a melhor forma de sedução, sabia? E a maior arma de todas, porque o alvo nunca saberá o que o atingiu.

— Se eu fosse bater em você, iria em frente e faria isso sem precisar me esconder atrás de seda e cílios postiços.

Ele deveria ter previsto. Deveria ter prestado atenção nos pés e não subestimado o oponente, assim como instruía todos os seus recrutas a fazerem. Mas ele não fez isso e o pé dela, esticado para trás, enganchou no dele. Ele caiu no colchão de bruços.

— O que você estava dizendo sobre usar meus atributos a meu favor? — Um olhar deliciado dançava nos olhos dela enquanto pairava sobre ele com o suave perfume de lilases. Ela virou a lâmina na mão e sorriu. — Nem precisei usar a faquinha aqui.

O sotaque irlandês irônico e simulado tirou a dor do rosto vermelho dele, mas espicaçou com mais força o seu orgulho.

— Esqueci de dizer outra coisa. Enquanto não achar que levou seu oponente aonde você o quer, não subestime a determinação que ele tem de vencer.

Agarrando o tornozelo dela, ele a puxou pelo pé. Kat caiu ao lado dele com um grito.

— Não precisei usar a faquinha também. — Ele arrancou a faca da mão dela antes que ela pudesse cortar o colchão irregular em pedaços e se aproximou um pouco mais. O canivete emperrou antes de dobrar. Virando-o para cima, ele correu a unha do polegar para alcançar a trava.

— Enquanto você recupera o fôlego, tenho minha quarta pergunta a fazer.

— Se quer saber se percebi o quanto sou ingênua, então agradeço se você se abstiver de fazê-la.

As perguntas rolavam na cabeça dele como bolas de gude, quicando umas nas outras e disputando sua atenção. Mas havia uma bolinha muito temida, que ele não podia mais ignorar. Seu polegar esfregou a trava lisa que liberava a lâmina. Ainda bem que ele tinha tirado o canivete da mão dela primeiro.

— Eu preparo drinques há muito tempo e tenho bebido há mais tempo ainda. A razão mais comum para alguém afogar as mágoas numa garrafa é a desilusão no amor. — Ele apertou o botão, abrindo a lâmina. — O que aconteceu entre ela e o major?

Kat encolheu os ombros delgados.

— Houve um desacordo sobre os deveres que ele supostamente tem que cumprir às terças-feiras. Por mais incrível que pareça, três garrafas de champanhe não foram suficientes para soltar a língua dela e não pude saber dos detalhes. Tudo o que disse foi repetir que ela é muito mais interessante do que qualquer salsicha... — Estendendo a mão para trás, ela puxou o rabo de cavalo e enrolou uma mecha em torno dos dedos. — Então começou o discurso de sempre contra os homens e a mania que eles têm de mentir.

Barrett franziu a testa.

— Esta é uma reclamação comum quando as mulheres se encontram para conversar?

— Ah, eu sei agora que você não gosta que o encaixem na mesma categoria que todo mundo, mas você não pode dizer que nunca manipulou ninguém para conseguir o que queria.

Uma expressão de culpa passou pelo rosto dele. Durante toda a vida ele manipulara os outros para obter o que queria, fosse para conquistar o afeto de uma garota bonita ou para tirar seu pai bêbado dos *pubs* e levá-lo para casa. Como estava sempre fazendo o máximo para conseguir sobreviver, nunca tivera tempo para arrependimentos. Apenas idiotas afundavam no remorso ou pelo menos era isso que ele sempre pensara... ou até olhar para os olhos azuis-esverdeados altruístas de Kat Whitford.

Ele afastou o pensamento. Por mais altruísta que pudesse ser, ela não tinha ideia de como realizar aquela missão ridícula da qual estava incumbida. Mas ele tinha.

— Eles ainda estão se vendo?

O rosto dela se contorceu numa expressão de desagrado.

— Sim. — Ela se virou ao ouvir o grunhido dele de aprovação. — Não me diga que era isso que você queria ouvir.

— Na verdade, sim.

Ela o fitou como se ele tivesse sugerido que ela convidasse Hitler, Mussolini e Stalin para o chá. O que estava mais perto do que ele pretendia do que ela poderia imaginar.

Rolando no colchão para ficar de pé, ele enfiou o canivete de volta no bolso e ofereceu a mão estendida a Kat.

A suspeita a fez franzir as sobrancelhas.

— Por que é tão importante para você com quem minha irmã se socializa?

Barrett ergueu os olhos para as varandas dos apartamentos. A falta de ação tinha levado a plateia a voltar para dentro de casa.

— Porque podemos ter que passar mais tempo com eles num futuro muito próximo.

— Nós?

— Houve uma mudança nos planos.

Ela franziu a testa. Quando Barrett confirmou lentamente com a cabeça, a objeção explodiu no rosto dela como uma tempestade. Ela se levantou no ato.

— De jeito nenhum. Eu me recuso.

— Não temos permissão para sair do país antes de obtermos as informações necessárias. — Ele não fez questão de mencionar que o governo britânico se recusava a ajudá-los a escapar caso tentassem partir antes que o trabalho fosse considerado concluído. — Eu não ligo para esse arranjo de casais mais do que você, mas não posso me infiltrar nos círculos inimigos mais altos sem um toque feminino. Você pode. Então, para acabar com esta guerra mais rápido, você vai ter que lidar com isso assim como eu. — Ele se recostou e cruzou os braços. — Você não recusaria o pedido de ajuda do seu país, não é?

— Pedido? Isso me parece mais uma ordem.

— Antes que fique muito contrariada, saiba que ninguém se incomodou em me perguntar se eu também concordava com isso.

— Vamos dizer não a eles. Nós nos recusamos.

— Não estou exatamente em posição de recusar nada. Eles não vão pensar duas vezes antes de me jogar de volta numa cela de prisão, o que deixaria você em maus lençóis num território ocupado pelos nazistas.

Ela afastou o cabelo da testa com um movimento rápido.

— Parece que não tenho muita opção.

— Nisso, estamos juntos. Esse pode ser o lema da nossa missão, se você quiser.

Ela se afastou, provavelmente repassando todas as objeções mentais em que ele mesmo tinha pensado desde que recebera as novas instruções. Após um longo minuto, ela ficou na frente dele. As rugas de preocupação no rosto dela o prepararam para uma briga.

— Seria traição. As ramificações do meu nome, dos Whitfords, circulando entre os nazistas é uma sentença de morte.

— Seu querido pai tem influência suficiente para evitar que qualquer notícia envolvendo o nome da sua família cause qualquer tipo de dano político ou social ao chegar em solo inglês.

— Você não pode ter certeza. Segredos obscuros sempre encontram uma maneira de se revelar.

Não se ele pudesse impedir.

— Então você será nomeada agente duplo. Veja bem, se você vai se preocupar com os detalhes, então não teremos muito sucesso com essa charada. Concentre-se no que importa agora e todos vamos poder voltar para casa vivos.

Os lábios dela se apertaram, enquanto uma guerra de argumentos se evidenciava em seu rosto. Por fim, a boca relaxou numa semiaceitação.

— Se quer ser meu parceiro nessa missão, você terá que manter suas mãos longe de mim.

— Se quiser que isso pareça verdadeiro, então algumas liberdades serão essenciais. — Ele ergueu a mão quando os lábios dela formaram uma recusa direta. — Eu juro pela minha melhor garrafa de Ballantine's que vou me comportar como o melhor dos cavalheiros. Embora, em minha própria defesa, eu tenha que dizer que nunca recebi nenhuma reclamação.

— Então devem ter mentido para você antes da noite passada.

A noite passada não tinha sido o melhor momento dele em termos de romance, mas ela não tinha se afastado com repulsa. Ele prometera se comportar, mas, de alguma forma, seu coração se recusara quando seu olhar pousou nos lábios dela.

— Se importa se eu mostrar a você?

— Tente de novo e vou quebrar sua preciosa garrafa de Ballantine's na sua cabeça. A menos que haja um nazista presente, não se atreva a tomar liberdades comigo. Combinado?

Com uma inclinação arrogante da cabeça, ela estendeu a mão.

Os lábios de Barrett se curvaram. Essa tarefa poderia ser um pouco mais divertida do que ele esperava. Ele pegou a mão dela e apertou.

— Combinado.

Capítulo 8

Ellie virou para a direita e para a esquerda na frente do espelho de corpo inteiro e puxou para baixo o decote do vestido de seda cor-de-rosa. Um olhar desaprovador marcava seu rosto empoado.

— Se ao menos eu tivesse mais curvas para rechear este vestido.

— Você está linda. — Colocando um pente de diamantes sobre a orelha, Kat o empurrou entre os cachos presos no alto da cabeça, enquanto Ellie girava atrás dela.

— Você não sabe o que fala. Você está a cara da Lana Turner e eu pareço um chiclete de *tutti frutti*. — Ellie deu uma volta pelo cômodo e colocou os braços sobre os ombros nus de Kat. Seus lábios vermelhos franziram enquanto ela olhava para a irmã no espelho da penteadeira.

— Acho que meu batom é muito escuro.

— Não é, não. Sempre colocam uma iluminação péssima nos banheiros das mulheres. — Kat enfiou seu estojo de pó compacto de volta na bolsa de contas, que combinava perfeitamente com seu vestido de *chiffon* violeta. — Estou surpresa que você ainda tenha algum batom depois que a encontrei no jardim com Eric. Esta é a grande noite dele. Você precisa se comportar.

— Ele precisava de uma dose extra de confiança antes do discurso de boas-vindas. Além do mais... — Ela puxou a orelha de Kat enquanto um sorriso perverso queimava em seus lábios. — Não faria mal nenhum se você fosse malcomportada com Barrett. Não negue. Eu vi o braço dele em torno da sua cintura mais de uma vez. Ele não se afastou mais de dois passos de você durante todo o tempo em que estivemos aqui.

Barrett tinha representado o par perfeito. Sem nunca se afastar dela, exceto para encher sua taça, apresentando-a aos oficiais que eram seus clientes, provocando-a com brincadeiras e sempre com um braço ou mão roçando no braço dela. Mas, por mais que ela quisesse acreditar nos sorrisos de Barrett, tudo não passava de encenação. Assim como Marcus e seu noivado orquestrado mais de dois anos antes. Ela não significava para ele mais do que as dezenas de garrafas expostas nas prateleiras do bar e, quando tudo acabasse, ele se esqueceria dela assim como os outros.

Mas ela conseguiria esquecê-lo? Os nervos vibraram no estômago de Kat como uma centena de borboletas enlouquecidas, desesperadas para sair.

— Ele é bem charmoso, não é? — Kat não conseguia fitar a irmã nos olhos.

Ellie gritou e jogou os braços em volta do pescoço de Kat.

— Oh, Kitty Kat! Já era hora de você encontrar alguém. Eu sabia que o romantismo dos ares parisienses acabaria afetando você.

— Eu acho que isso finalmente aconteceu. Sem todas aquelas regras rígidas lá de casa e vendo você tão feliz com Eric... isso me fez querer o mesmo para mim. — Kat sorriu, reprimindo o desgosto que as palavras hipócritas provocavam em sua garganta, e apertou as mãos de Ellie. — Eu posso ver agora por que você está tão feliz aqui.

— Pode mesmo? Isso é ótimo! — Soltando os braços, Ellie afundou no banco estofado ao lado de Kat. O brilho em suas bochechas diminuiu. — Desde o minuto em que você apareceu na minha porta, eu vivo apreensiva, achando que veio para me arrastar de volta por ordem do papai. Aquele velho general está tão preocupado em proteger o próprio pescoço que nem veio pessoalmente, por isso mandou você.

— Vim porque a amo e me preocupo com você. — Kat passou a mão pela bochecha de Ellie. — E apesar das limitações do nosso pai, que o impedem de expressar seu amor, ele se preocupa com você também.

Ellie baixou os olhos e os fixou nas pregas da saia do vestido. Sob as bochechas empoadas e cheias de ruge e os vestidos caros, ela ainda era uma menina insegura, implorando por atenção e carinho. Não admirava que tivesse caído nos braços de Eric, sempre tão atencioso.

— Você nunca me contou por que fugiu.

— Não contei? — Ellie voltou a olhar para cima com o resquício das feridas do passado nos olhos, à medida que a máscara de despreocupação voltava ao seu lugar. — Não estava fugindo, propriamente, mas buscando um lugar que apreciasse gente abastada e suas regalias. A Grande Guerra acabou com as hierarquias sociais, mas o *Führer* está se esforçando para recompô-las. Com minhas conexões em nosso país e as novas que estou fazendo aqui, como secretária social de Paris, tenho tudo para me sair bem.

Kat enterrou as unhas na frente do banco para não dar um tapa em Ellie. Será que ela não percebia o quanto suas palavras eram ridículas? Sua doce irmãzinha tinha se tornado a mais elegante porta-voz do seu amante nazista.

— Quando é que começou esse seu interesse pela política? Os últimos comentários que você fez sobre o governo eram sobre a necessidade de termos embaixadores mais bonitos.

Ellie riu e se levantou de um salto.

— Você tem razão. A política realmente não é para mim. Mas isso vai enfurecer papai, não vai?

— Você não acredita de fato em todo esse absurdo, acredita?

— Eu não penso muito sobre o assunto, na verdade. Não como Eric e seus amigos, que só falam de seus joguinhos de guerra imbecis. É como se eles não percebessem que há coisas mais interessantes para se discutir.

Kat lutou para manter seu tom de voz uniforme e descontraído, para não estragar a oportunidade de mudar o modo de pensar da irmã antes mesmo de ter uma chance.

— Caso não tenha percebido, há uma guerra em curso. Existem fatos para os quais não podemos fechar os olhos. Em vez disso, encontre algo em que você realmente acredita, em vez de se deixar levar pelas tendências do momento.

Ellie descartou as palavras da irmã com um movimento da mão.

— Nem tudo é só desgraça e melancolia. Sim, é triste perder uma batalha, mas os alemães têm sido ocupantes pacíficos. Eles estão se preparando para restaurar a glória e a honra daqueles sob sua liderança. Ora, no jornal de ontem...

— Não de acordo com as manchetes na Inglaterra. Os jornais britânicos mostram o contrário.

— Ora, Kat. Mais ânimo. Afinal, estamos numa festa. Você parece muito com o papai às vezes. Eu odiaria ter de fugir de você também.

Kat mordeu a língua. Por mais frio que ele fosse, o pai delas não merecia tamanha crueldade infantil. Ele estava pretendendo ir pessoalmente buscar Ellie, até Kat convencê-lo de que era menos provável que Ellie fugisse dela. Foram necessários meses para mudar os planos cuidadosamente arquitetados para que ela pudesse vir no lugar do pai. Repreender ainda mais Ellie só iria deixá-la de mau humor e aquela noite ela precisava de todo o apoio da irmã, para que ela e Barrett tivessem alguma esperança de ser bem-sucedidos naquela farsa.

Barrett. Ele provavelmente estava andando de um lado para o outro no salão, se perguntando por que estavam demorando tanto para empoar o nariz.

— Bem, agora que temos nossos pares, que tal irmos aproveitar essa exposição que você montou? — Kat simulou um sorriso deslumbrante e se levantou enquanto pegava a bolsa.

Fervilhante como uma garrafa de champanhe, Ellie passou o braço pelo de Kat.

— Que belo quarteto está ganhando esta cidade!

Saindo da escuridão perfumada do banheiro feminino, elas voltaram para a galeria bem iluminada, cheia de oficiais alemães meio bêbados e suas amantes com piteiras entre os dedos. Para colocar comida sobre a mesa e ter um teto decente, muitas francesas haviam abandonado seus sonhos de inocência e buscado refúgio nas armas do inimigo. Olhando além de seus rostos maquiados e risadas estridentes, Kat se perguntava se algumas rações extras valeriam tamanha degradação.

Ela olhou para o braço de Ellie enganchado no dela e um sentimento de vergonha constrangeu seu coração. Para sobreviver, muitas mulheres ali provavelmente usavam a mesma máscara que ela. Ela não tinha o direito de julgar quando se tratava de sacrifícios em benefício das pessoas amadas.

Afastando os pensamentos sombrios, Kat examinou os uniformes cinzentos e as peles de raposa e avistou seu par ao lado do bar, totalmente abastecido. Ele conversava com três oficiais de cabelos bem oleados e uma mulher que brincava com sua gargantilha de diamantes.

Barrett era uma figura impressionante em seu paletó preto de corte impecável e calças que sugeriam a força dos seus músculos sob o tecido. Uma camisa branca imaculada mostrava sua pele bronzeada brilhando com a saúde de quem se exercitava ao ar livre. Ele havia penteado os cabelos castanhos para o lado, mas deixara as pontas naturais atrás das orelhas, sem se importar em parecer um pouco antiquado. Alto e confiante, atraía o olhar de admiração das mulheres. Incluindo ela própria.

A cabeça de Barrett virou na direção do banheiro feminino, com um leve sulco na testa. Ele examinou o mar de rostos, o vinco crescendo a cada minuto, até que a viu. A ruga entre as sobrancelhas se suavizou e o canto da boca se inclinou para cima. Ela se lembrou da sensação daquela boca perto da sua, forte, mas deliciosamente macia. Como tinha lhe implorado mentalmente para que ele se demorasse um pouco mais, mesmo depois de tê-lo empurrado. As borboletas em seu estômago giraram em frenesi. Não. Ele não era um homem para se trocar beijos. Era um confidente, um porto seguro a que ela podia recorrer se as coisas ficassem complicadas. Olhando ao redor, para as medalhas da Cruz de Ferro conferidas pela coragem sob o fogo e bravura diante do inimigo, ela constatou que não era uma questão de saber *se* as coisas ficaram complicadas, mas *quando*.

— Aí está você, minha Papoula! — O sorriso dele se alargou enquanto ela se desviava da multidão para se juntar a ele. — Achei que teria de enviar uma equipe de busca.

As borboletas voaram de alegria com o apelido sugerido. As asas quase explodindo.

— Para empoar o nariz é preciso a mão de um artista. E não se apressa um artista.

— Veja só! — A outra mulher do grupo ergueu a taça e bebeu o conteúdo de um só gole. Os diamantes em sua garganta brilhavam enquanto ela engolia. — Os homens simplesmente não entendem as dores que sofremos para ter esta boa aparência.

O braço de Barrett deslizou ao redor da cintura de Kat, puxando-a para mais perto.

— Kat não precisa de toda essa maquiagem para realçar seu rosto. Ele já é lindo.

O calor subiu ao rosto de Kat. Quer fosse o calor que sentia por estar tão perto dele ou pelas suas palavras íntimas acariciando seus ouvidos, ela não se importava. *Tudo isso é só uma encenação. Não deixe que essa loção pós-barba a distraia do que você veio fazer aqui.*

Ela o empurrou de brincadeira.

— Você sabe mesmo como deixar uma garota constrangida.

— Como pode ficar constrangida se é a mais pura verdade?

O desejo cintilando nos olhos dele quase a convenceu.

— Porque uma dama nunca vai admitir que precisa de cosméticos e agora você me denunciou na frente destes cavalheiros. O que eu devo fazer com você?

— Tenho certeza de que ele pode pensar em algo. — Um dos homens com três diamantes de prata no colarinho sorriu para ela, enquanto seus olhos escuros se demoravam em seu corpo. Seus companheiros riram enquanto a mulher desviava o olhar, franzindo a boca vermelha.

Palmas chamaram a atenção de todos. Eric, com Ellie radiante ao lado dele, estava perto da entrada cortinada da sua mais nova exibição. Balançando para a frente e para trás, ele parecia pronto para cumprimentar a si mesmo tamanho seu orgulho.

— *Meine Damen und Herren, Mesdames et Messieurs! Die ausstellung ist* für *ihr sehvergnügen offen.*

— Parece que o espetáculo está começando — sussurrou Barrett.

Kat se concentrou para reprimir o impulso de revirar os olhos.

— Ah, mas que ótimo...

Como um grande rebanho, a multidão arrastou-se lentamente através das portas agora escancaradas, para um grande espaço repleto de fotografias, pinturas e esculturas retratando uma Alemanha ensolarada. A sala se estreitava nos fundos, deixando a multidão espremida num espaço escuro e apertado. A arte ficava mais sombria, mais sinistra, à medida que rostos chupados rastejavam nas sombras, as mãos em garra cruzando sol e terra, enquanto moradores loiríssimos corriam aterrorizados.

Juden. Judeus.

— Patético, não? — A bufada de Barrett soprou nos ouvidos dela. — Olhe para essa gente. Estão devorando tudo com os olhos.

Kat não queria olhar em volta. Ela não queria ver os acenos de aprovação ou a raiva queimando nos olhos alemães ao redor deles. Se os pais pudessem vê-la agora. Nem o poder monumental do pai poderia impedir que ela fosse considerada uma traidora.

— Como eles podem acreditar nisso? — Seu estômago se retorcia à medida que Kat se aproximava de um pôster com um demônio à espreita, perto de um grupo de crianças de olhos azuis. Ela não conseguia entender tanto ódio por outro ser humano.

— O velho Adolf é um orador poderoso e agora os alemães estão procurando alguém que possam culpar pela sua perda de poder.

— Os judeus, poloneses e ciganos nada fizeram para merecer tal degradação e ódio. A Resistência não está ajudando essa gente?

— Por que acha que estou treinando combatentes? Eles aprendem o que podem e vão lutar.

— Você não tem vontade de se juntar a eles?

— Não há nada que eu aprecie mais que de uma boa briga, mas suas operações estão além da minha esfera, que está bem aqui. Com vocês. — Barrett se virou, bloqueando a visão da multidão. — Estamos tentando fazer amizade com essas pessoas. Especialmente com o namorado da sua irmã. Temos que fazer com que ele confie em nós se quisermos entrar no círculo nazista.

Frustração e raiva cresceram dentro dela, disputando espaço sem que houvesse um vencedor definitivo. Suas unhas apertaram a bolsa, soltando as contas do fio delicado que as unia.

— Estou tentando, realmente estou, mas eles tornam isso quase impossível.

— Temos que fazer o trabalho sujo e lutar por aqueles que não podem fazer isso sozinhos.

— Vim aqui com um propósito: recuperar a minha irmã. Achava que a guerra era algo que outras pessoas tinham que travar. Mas então vejo isto aqui e me sinto totalmente enojada. Não podemos permitir que esse ódio se espalhe.

— Não vamos permitir.

— Não, *você* não vai. Eu vou a festas e tomo coquetéis enquanto você treina pessoas para o combate. Não vê como isso faz de mim uma pessoa inútil, em comparação a você?

— Cada um de nós tem seu papel e nenhum deles é inútil. — Passando um braço em volta dos ombros dela, ele os virou para que ficassem de frente para uma pequena pintura num canto. Ele baixou a boca até o ouvido de Kat, até que só ela pudesse ouvir. — Sei que você não tem nenhum treinamento e essa era a última coisa que esperava fazer, mas está fazendo um bom trabalho. A maioria das mulheres teria desmoronado agora, mas não você. E, enquanto eu estiver ao seu lado, não vou deixar que desmorone.

O hálito quente dele agitou os cabelos atrás da orelha dela, inspirando um sentimento de calma e conforto, como o ar de uma noite de verão. Foi o suficiente para acelerar o ritmo do seu coração.

— Aos beijos pelos cantos, como posso ver... — A voz alegre de Ellie soou vigorosa, agitando os nervos sensíveis de Kat.

Barrett girou quando Ellie e Eric pararam ao lado deles. O peito de Eric arfava como se ele mal pudesse conter a alegria por baixo do paletó repleto de medalhas. — O que seu olho clínico achou da exposição?

Kat lutou para encontrar palavras.

— É ousada.

Ele se inclinou para a frente, as sobrancelhas levantadas em expectativa, mas, quando não ouviu os parabéns que esperava, se endireitou.

— *Ja*, é sim. Apenas o que as pessoas necessitam. Uma visão explícita do que os indesejados estão fazendo com nosso país, nossas famílias e nossas terras. Espere até ver a última sala. Um olhar sobre como será a Alemanha e, por fim, o mundo, quando estivermos livres das impurezas.

Ellie revirou os olhos.

— Ei, Eric. Eu já disse que nem todos eles são assim. Papai conhece alguns no Tesouro que são gênios quando se trata de dinheiro e o aconselharam mais de uma vez sobre o mercado de ações.

— Eu disse para você nunca falar sobre isso em público. — O aço brilhou nos olhos pálidos de Eric, mas a reprimenda não irritou Ellie. — Só porque são competentes com dinheiro não significa que podemos confiar neles. Só usam esse talento em benefício próprio.

Barrett acenou com a cabeça.

— Ele tem razão. Às vezes, a mentira e a maldade estão no sangue das pessoas e o sangue não se pode mudar. — Ele pegou a mão de Kat, entrelaçando seus dedos nos dela. — Quando surge uma doença, geralmente é melhor sangrar até que o sangue esteja limpo novamente.

O nojo fechou a garganta de Kat, deixando-a acalorada e pronta para atacar qualquer pessoa ao seu alcance. Seus dedos se cravaram na palma de Barrett enquanto o calor inundava seu corpo. A mão de Barrett envolveu com força a dela, cortando o fluxo de sangue como um aviso silencioso, até que ela engoliu seu grito de indignação e conseguiu concordar levemente com a cabeça. Em troca, a mão dele relaxou e lhe deu um aperto suave. Ele confiava nela para apoiá-lo e ela não poderia vacilar agora.

Kat rezou para que suas palavras saíssem num tom apropriado e não tão insultuoso quanto ela gostaria para espicaçar o namorado da irmã.

— Felicitações pela sua exposição, Eric. Você realmente se superou.

Eric piscou, supreso.

— Ora, obrigado, srta. Whitford! Kathleen. Esse é realmente um grande elogio vindo de você e eu o aprecio ainda mais por partir da irmã de Eleanor.

— Tudo bem. Agora chega disso antes que seu ego exploda. Preciso de você com a cabeça no lugar para apresentá-lo ao coronel responsável pela cobertura da mídia na Bélgica. Enlaçando seu braço no de Eric, Ellie piscou para Kat. — Vocês dois se divirtam. Há um belo jardim na saída leste, se quiserem respirar ar puro. Um lugar agradável e pouco iluminado. Até mais.

Kat balançou a cabeça enquanto o par desaparecia na multidão.

— Sutil como um tijolo.

— Ela parece encantada com nosso romance incipiente.

— Isso vai funcionar a nosso favor, você quer dizer.

— Sim, vai, mas ela também quer ver você feliz. Uma coisa rara neste mundo de cinismo em que vivemos. — Os olhos de Barrett brilharam com aprovação.

— Ellie sempre foi assim. Quer todos felizes e sorridentes. É por isso que ela se esforça tanto. — Mas Ellie não continuaria sorrindo quando descobrisse os verdadeiros motivos da irmã. Kat pressionou a mão contra o peito como se a dor tivesse partido seu coração. Ellie poderia nunca perdoá-la por mentir, nem mesmo se fosse para salvar sua vida.

— Ela vai voltar. — As palavras de Barrett a arrancaram dos seus devaneios como se ele soubesse exatamente onde estavam os pensamentos dela.

— Se tudo correr de acordo com nossos planos, ela vai agradecê-la por usar algumas artimanhas para tirá-la deste pesadelo.

— Lá está aquele excesso de autoconfiança de novo.

— Neste campo de trabalho, autoconfiança e inteligência às vezes são a diferença entre viver e morrer. Uma lição que você está aprendendo rapidamente esta noite.

O calor dos dedos dele ainda entrelaçados nos dela fez Kat voltar à realidade. Aquele não era um encontro. Ela tirou a mão da dele.

— Devemos continuar nosso trabalho nos juntando à multidão e seguindo para o *grand finale*, na próxima sala?

— Por mais que eu adorasse ver a visão gloriosa de Eric sobre o futuro da sua pátria, temos outra tarefa.

Kat o seguiu de volta para a primeira sala, onde Barrett parou diante de uma pintura sobre um cavalete no centro do cômodo. Com a bandeira nazista erguida, Hitler liderava um exército de soldados agitando bandeiras enquanto o amanhecer de um novo dia irrompe atrás deles, na tela. Uma águia de ferro voa no céu como a pomba no batismo de Cristo. Os olhos de Kat caíram sobre a inscrição. *Nosso amado líder. Com ele estamos exultantes.*

A náusea subiu até a garganta de Kat.

— Como pode um homem ser tão diabólico?

— O diabo precisa de alguém para fazer o trabalho sujo. Mas não por muito tempo. — Enfiando a mão no bolso da calça, Barrett pegou um isqueiro de prata e o acendeu. A chama alaranjada dançou com vigor. — Importa-se de fazer as honras?

Kat ficou paralisada.

— Você não está falando sério. Não podemos iniciar um incêndio aqui. Com todas essas pessoas, alguém pode se machucar.

Um V profundo vincou a testa dele.

— Diga isso aos soldados que estão nos campos de batalha. Os que estão morrendo enquanto os otários aqui brindam às suas mortes.

Quando ela recuou, ele fechou o isqueiro. O vinco se desfez com relutância na testa dele.

— Meu objetivo é acabar com o orgulho deles, criar o caos em seu meio e expulsá-los. O espírito francês está vivo, mas enterrado. O triunfo dos inimigos esta noite poderia muito bem apagá-lo completamente. — O isqueiro brilhou em sua palma. — Enquanto respirar, eu não vou permitir que isso aconteça.

O entusiasmo reprimido resplandecendo nos olhos dele contagiou Kat. Aquela não era uma abominação distante. A tragédia estava em seu primeiro degrau, bem diante de seus olhos, e se as pessoas de bem continuassem com medo de lutar, as atrocidades as engoliriam inteiras.

— Faça isso você. Sinto que vai sentir mais prazer queimando obras de arte do que eu, mesmo que tenham o rosto de Hitler nelas.

— Isso não é arte. — Ele acendeu o isqueiro novamente e encostou a faísca laranja no canto inferior do quadro. As chamas engoliram as bordas. — É uma propaganda odiosa.

Quando os cantos da tela se curvaram carbonizados, a satisfação se espalhou pelo rosto dele.

— Pronta para correr?

Kat desviou o olhar do rosto derretido de Hitler.

— Correr para onde?

— Para salvar sua vida. — Agarrando a mão dela, ele a puxou para a saída lateral.

— Fogo!

Capítulo 9

Barrett estava certo. Em vez de se gabar da mais nova exposição da cidade em prol do orgulho alemão, o *Le Temps* matinal estava repleto de imagens da pintura queimada. Toda a lateral direita da tela tinha queimado e a única coisa que restava de Hitler era sua mão segurando a bandeira. Um convidado alegou ter visto o atacante enquanto fugia. Baixo, com um nariz alongado, uma risada terrível, que cacarejava sobre as chamas que rugiam. Provavelmente um *judeu*.

— "O que mais se pode dizer sobre a noite, exceto que foi um golpe terrível para a honra da Pátria? Uma noite que deveria ser de alegria foi para sempre maculada pelos atos hediondos de um sabotador." — Eric amassou o jornal e o jogou no chão. — Eles nem mencionaram todas as outras obras da exposição. E aquela entrevista exclusiva que dei antes da abertura? Suponho que ficará enterrada sob esta bobagem toda.

— Calma, querido. — Ellie se inclinou na cadeira e pegou o jornal amassado. — Já liguei para o editor e ele está enviando alguém esta tarde para você dar outra entrevista. Basta usar a noite passada como uma evidência importante das forças que estão tentando deter suas boas obras. As pessoas adoram uma vítima.

— Eu não sou uma vítima! — Uma sombra passou pelo rosto pálido de Eric. — Ou você está dizendo que o sabotador é a vítima?

— Você, com certeza. — Ela alisou as folhas do jornal sobre a mesa de jantar brilhante. — Não é um artigo tão terrível. Eles tiraram uma foto bem elegante de você. E mal dá para ver a imagem destruída atrás.

Kat enterrou o rosto em sua xícara de chá para não sorrir. As travessuras da noite anterior tinham mantido seu coração acelerado até as primeiras horas da manhã, até que ela finalmente conseguiu dormir. No jardim, Barrett os fez esperar até que o pânico se instaurasse para então voltar para dentro e se misturar com os convidados frenéticos. O curador correu com baldes de areia e água enquanto Eric continuava parado como uma estátua no centro da sala. Branco como uma folha de papel, com a sombra das chamas dançando em sua farda, ele exigia que o culpado se entregasse. Barrett agarrou o braço dele e o forçou a ajudar a conduzir as damas para fora.

Ela estava mais do que apavorada, mas um orgulho secreto crescia dentro dela por ter ajudado a destruir uma base de apoio nazista em algo que se regozijava da morte de toda uma cultura. Talvez ela pudesse usar sua presença não apenas em simples coquetéis, afinal.

Ela tomou um gole do seu chá morno.

— Pelo menos ninguém se machucou.

— Isso mesmo — Ellie concordou, dobrando o jornal e enfiando-o sob seu prato. — Pierre, você conseguiu os *croissants*?

Pierre apareceu na porta com um bule de café fresco. As olheiras escuras sob os olhos se destacavam em seu rosto corado.

— *Non*. O padeiro está sem farinha. Sinto muito.

— Tudo bem. Vamos tentar novamente na semana que vem, quando saírem as novas rações.

Pierre colocou a travessa no apoio de prata em frente a Ellie e se voltou para a porta.

— A outra semana pode ser igual ou pior.

Ellie voltou a encher a xícara de Eric antes de completar a sua própria.

— O que você quer dizer?

Os olhos de Pierre piscaram para Eric antes de se fixarem no tapete estampado sob seus pés.

— Não há farinha suficiente para todos. Muitos padeiros estão experimentando usar arroz ou purê de batatas como substitutos.

— Bem, isso parece... interessante. Certamente não inclui oficiais alemães. Não sei como vamos sobreviver só com batatas.

— Muitos sobrevivem — disse Kat calmamente, envergonhada por ter se servido do farto *buffet* nazista nas últimas semanas, enquanto o resto da França era obrigada a sair procurando comida. Se até a mesa de Eric estava sofrendo com o racionamento, isso era sinal de que a situação devia estar pior do que se dizia.

Alegremente desatenta ao que a irmã insinuava, Ellie tomou um gole de café com creme e sorriu.

— Pelo menos o café ainda está bom.

O rosto de Pierre estremeceu de alívio antes que ele se virasse e desaparecesse de volta para a cozinha.

Kat se inclinou para a frente e baixou a voz.

— Ele está sempre assim, tão nervoso?

Ellie suspirou e se recostou na cadeira. Ela puxou seu robe de *chiffon* sobre o ombro exposto.

— Sim, mas mais ultimamente. Acho que está preocupado com a possibilidade de perder o emprego, mas eu garanti a ele que se for preciso vendo toda a prataria e as minhas peles para não precisar despedi-lo. Nem ele nem Sylvie. Em tempos difíceis temos que dar as mãos.

— Você não fará isso. — Eric engoliu seu café fumegante, sem açúcar, e fez uma careta. — Comprei essas coisas para você. Empregados podemos trocar.

— Continue dizendo coisas assim e as pessoas vão começar a se perguntar se há um coração batendo sob esse seu uniforme engomado. — Ellie estendeu o braço e bateu o dedo contra o peito dele.

Eric pegou a mão dela e a levou aos lábios. As linhas duras se suavizaram em torno de sua boca.

— Sinto muito, *schatz*. A noite passada me deixou nervoso.

— Isso é porque você não dormiu.

— Não, não dormi mesmo. — Ele virou a mão dela e deu um beijo na palma. — Talvez eu precise de um descanso.

Seu tom de voz rouco indicava que ele queria qualquer coisa, menos descanso. Kat ficou de pé antes que pudesse ouvir algo mais.

— Acho que vou dar um passeio. Talvez até Champs de Mar.

Nenhum dos dois ouviu suas palavras. Saindo às pressas da sala, ela decidiu que uma caminhada era o melhor que tinha a fazer para acalmar a mente e os nervos. Pelas risadas que ouviu do corredor, concluiu que uma caminhada *longa* e agradável vinha bem a calhar. Ela entrou em seu quarto.

— ...mas o rabino já disse para esconder a Torá e os livros de oração depois que os alemães invadissem o 14º *arrondissement*. Precisamos fugir antes que nos peguem também.

— Escondê-los à vista de todos é o melhor que podemos fazer. Quantos judeus você acha que mantiveram seus empregos? Quase nenhum. Nossas famílias vão morrer de fome se partirmos agora. As coisas não podem estar tão ruins ou os jornais iriam mostrar.

— Von Schlegel vai nos pegar.

— Não se formos cuidadosos.

Os pés nos chinelos de Kat pararam de um salto enquanto Pierre e Sylvie congelavam no meio do quarto, com um cobertor estendido entre eles.

— Sinto muito. Não sabia que havia alguém aqui.

— Com licença, *m'selle*. — Branco como um papel, Pierre se esgueirou do quarto, deixando Sylvie trêmula e sozinha ali.

Kat abriu um sorriso radiante para ela.

— Vou dar um passeio, mas acho que Eleanor e o major vão ficar em casa.

— Muito bem. — O sangue havia sumido do rosto magro de Sylvie.

Fazendo uma leve reverência, ela se dirigiu para a porta.

Kat pegou a mão dela antes que a criada disparasse para fora e a apertou suavemente.

— Seu segredo está seguro comigo. O de vocês dois.

Sylvie balançou a cabeça e voou para fora do cômodo, o cobertor desdobrado em cima da cama.

Barrett torceu a mão de Anton nas costas e colocou as mãos em volta do pescoço do rapaz.

— Você só tem cerca de trinta segundos antes de perder a consciência. O que vai fazer?

O pânico explodiu nos olhos de Anton enquanto ele batia nas mãos de Barrett. O suor escorria de sua testa e pingava na fina esteira de treinamento embaixo dos seus pés.

— Pense, Anton. Sei que é difícil, mas você precisa se concentrar.

Os gemidos de pânico do garoto ecoaram pelo teto baixo do porão, enquanto ele empurrava o peito de Barrett.

Com a maioria dos homens, Barrett teria aumentado a pressão no pescoço do oponente até que ele entendesse a sensação de sufocar até a morte, mas um pequeno aperto no pescoço de Anton o faria desmaiar.

— Suas mãos são inúteis porque você não terá força suficiente para usá-las como se deve. Além das mãos e pernas, que arma você tem?

— Um canivete. — Anton ergueu a perna e remexeu na meia até conseguir alcançar a lâmina. Um rubor manchava seu rosto enquanto ele a brandia triunfante na frente de Barrett.

— A menos que você planeje enfiar isso na minha boca, me mostre o que pode fazer com ele. Espere. Certifique-se de que esteja fechado primeiro. Prefiro não sangrar hoje.

Verificando novamente o canivete por precaução, Anton empurrou a extremidade rombuda do objeto contra a parte inferior das costas de Barrett.

— Oh, sinto muitíssimo, senhor. Incomodo se me sentar sobre o seu peito assim? — Barrett se inclinou, se debruçando sobre o outro com a maior parte do seu peso.

— Se está tentando me matar, é melhor que faça um bom trabalho logo de primeira, porque não vou ser muito bonzinho se continuar me cutucando assim.

Alguns grunhidos e tentativas débeis que não passaram nem perto dos seus rins e Barrett estava pronto para desistir de treiná-lo. O garoto não era um assassino. Não tinha o que era necessário... para quê? Sobreviver? Se defender? Defender seus entes queridos? Não, Barrett não acreditava nisso. Todo homem era capaz se tivesse a motivação certa.

Como um cachorro se espreguiçando para tirar uma soneca, Barrett acomodou o resto do seu peso sobre o rapaz.

— O que aconteceria se não fosse contra mim que você estivesse lutando, mas contra um alemão? Um oficial da SS invadiu sua casa no meio da noite. Sua mãe e sua irmã estão chorando enquanto assistem o nazista tirar sua vida.

A angústia nos olhos de Anton transformou-se em ódio. *Bom. Finalmente apertei o botão certo.*

Barrett se inclinou mais um pouco, o nariz quase esbarrando no de Anton.

— Sua irmã é a próxima.

Com um grito de um campo de batalha medieval, Anton estocou a faca no rim sensível de Barrett, que rolou para longe, quando o choque se espalhou pelas suas pernas. Ele olhou para o teto rachado por longos minutos enquanto esperava a dor diminuir.

O rosto pálido e preocupado de Anton pairou sobre ele.

— Tudo bem, *Patrão*? Me desculpe se eu o machuquei.

Barrett sorriu e deu um tapinha no braço dele.

— Tudo bem, rapaz. Você se defendeu bem, exatamente o que precisava fazer. Agora, faça uma pausa. Você merece.

Tropeçando nos pés, Anton correu para a mesa cheia de copos d'água e pratos de pão e queijo. Seus camaradas se aglomeraram em torno de Barrett, batendo nas costas dele.

— Não está morto, está? — Auguste, seu segundo em comando no treinamento, estendeu a mão carnuda.

— Não, mas posso sentir um hematoma se formando. Vai estar bem pior amanhã. — Barrett pegou a mão do outro e ficou de pé. — É a primeira faísca de raiva que vi naquele garoto.

O rosto esburacado de Gus assumiu uma expressão admirada. Um famoso boxeador na juventude, ele tinha descoberto outra vocação quando começou a ensinar a recrutas suas habilidades de combate.

— Você encontrou o ponto fraco dele, hein?

— Sim, mas não é o suficiente.

Contornando as esteiras de treino onde três grupos de homens lutavam, eles se sentaram num banco encostado na parede oposta. As luzes fluorescentes piscavam no teto. Anton brilhava de orgulho enquanto mostrava aos outros seu canivete. Ele se atrapalhou com a trava antes de finalmente abri-la.

— Ele vai levar um tiro. Provavelmente o resto de nós também.

Barrett suspirou e encostou as costas doloridas na parede fria de pedra. Seus olhos fechados lacrimejaram de alívio.

O banco rangeu quando Gus mudou seu corpanzil de posição.

— Melhor colocá-lo para fora.

O rapaz tinha tão pouco talento e, no entanto, se esforçava duas vezes mais que o resto dos alunos. O problema era que ele não tinha jeito para as tarefas, nem mostrava as habilidades necessárias. Um movimento em falso ou lento demais e ele já era. O mundo nem sempre era justo com rapazes como Anton. Não importava o quanto tentassem, eles não conseguiam se qualificar. Mas até os Antons do mundo tinham um lugar para servir.

— Não. Coloque-o na correspondência. Se ele conseguir pedalar uma bicicleta, vai ficar longe de encrenca.

— E se não conseguir?

— Vou descobrir outra coisa para ele fazer. Por enquanto, continue treinando-o separadamente. — Barrett franziu a testa quando viu Anton tentando fechar seu canivete. A arma se recusava a se manter fechada. — Comece pelas armas brancas. Não quero que se corte e suje as mensagens de sangue.

O banco gemeu quando Gus se espreguiçou.

— Não existe jeito mais fácil de alertar a Gestapo.

— Não diga isso a ele. Quero colocá-lo nessa nova posição.

A cicatriz sobre os olhos de Gus se franziu.

— Ele sabe que não foi talhado para isso.

— Todo homem tem seu orgulho. — O orgulho cobria uma infinidade de pecados e fraquezas, mas naquele jogo era um lance fatal que era preciso aproveitar. Alguns já nasciam prontos para assumir riscos, como ele e Gus, mas outros, como Anton, encontravam seu ponto forte de maneiras mais sutis. Ele só precisava descobrir qual era antes que o garoto levasse todo o grupo à morte.

Embora não concordasse, Gus deu de ombros e partiu para iniciar a aula sobre como detonar dinamite. A dor latejante nas têmporas que Barrett sentira durante toda a manhã agora tinha chegado a um nível extremo. Ele fechou os olhos, mas, como na noite anterior, não tinha conseguido descansar. Era tudo culpa de Kat. Sua reação horrorizada ao vê-lo incendiar aquele lixo de pintura tinha custado a ele uma boa noite de sono. O artista que existia dentro dele provavelmente não conseguia evitar o remorso, mesmo sendo uma pintura de Hitler.

Toc-toc-toc. Toc-toc-toc.

— Se for Victor, diga que ele me deve quatro voltas pelo atraso. — Barrett fez uma careta e ajustou as costas contra a parede. Seu rim ficaria dolorido pelos próximos dias.

— Chega de desculpas sobre o gato dele ter ficado preso numa calha.

Ele pressionou as palmas das mãos sobre os olhos enquanto a pressão aumentava. Por que ela tinha entrado na vida dele assim? Ele tinha criado mais confusão do que poderia contar nos últimos dois anos, para não mencionar todos os arranhões acumulados ao longo de seus 33 anos de vida, e nenhum deles o deixara tão perturbado. Isso é o que eles faziam por pertencer à Resistência. Não pela emoção do incêndio criminoso, mas por ser mais um "incentivo" para que os alemães acabassem logo com a guerra. Ela não conseguia entender aquilo. Difícil sujar as mãos vivendo naquela torre de marfim.

— Você já trabalhou alguma vez?

Os olhos de Barrett se abriram para encontrar Kat olhando para ele com um sorriso maroto nos lábios vermelhos. Vestida de creme e pérolas, ela se encaixava perfeitamente naquela torre de marfim em que ele precisava mantê-la. Uma torre que ele nunca poderia alcançar como seu igual. Ela estava se infiltrando em seus pensamentos com facilidade demais!

— Se chegasse dez minutos mais cedo, você me pegaria no meio de uma aula.

— O mais provável é que eu o surpreendesse no meio de um cochilo, isso sim — Os suaves cachos dourados balançaram sobre seus ombros magros quando ela virou a cabeça para a equipe reunida num canto, na aula de demolição. — Todo mundo aqui está trabalhando arduamente e, no entanto, encontro você aqui como um galo no poleiro. Mas que bela inspiração para seus homens!

— Você veio aqui para implicar comigo ou só está fazendo uma pausa em meio às compras?

— Vim porque um bar é o melhor lugar para descansar antes do meio-dia.

Barrett esticou as pernas, cruzando-as no tornozelo.

— Eu já ouvi desculpas piores de mulheres que simplesmente sentiam a minha falta.

— E que visão magnífica você é para qualquer mulher cheia de saudade: camisa amarrotada, barba por fazer e um cabelo que parece ter passado por um tornado. Meu coração está até descompassado.

— Eu não esperaria nada menos do que isso, exceto talvez um desmaio aos meus pés.

— Eu aviso se sentir alguma vertigem. — Ela mudou seu peso para a outra perna, o barulho dos seus saltos delicados ecoando nas paredes nuas.

— Posso me sentar?

— Se não tiver medo de sujar a roupa...

— Não sou tão frágil quanto você gostaria que eu fosse. Isso é sangue?

Ele apertou os olhos para ver a mancha de sangue seco no chão.

— É bem provável.

Ela alisou a parte de trás da saia enquanto se abaixava para se sentar no banco meio bambo.

— Vim porque gostaria de aprender um pouco mais sobre... isto. — Ela fez um gesto abrangendo todo o salão. — Depois da noite passada e pensando nas situações que estão por vir, concluí que não quero que me peguem desprevenida.

Beleza e inteligência tinham lhe caído muito bem até agora. Era hora de ver até onde a coragem poderia levá-la.

— Você já manejou um revólver antes?

Ela apertou a mão enluvada.

— Prefiro ficar longe dessas coisas.

— E se perder o seu bastão e uma "dessas coisas" for o único recurso que puder mantê-la viva?

— Por que acha que estou sempre correndo perigo mortal?

— Pura observação. — Ele ficou de pé e ofereceu a mão a ela. Percebendo que suas mãos estavam sujas da pólvora dos detonadores que havia preparado durante toda a manhã, ele as limpou nas calças antes de oferecê-la novamente. — Vamos. Que tal colocar a cara do Eric num dos alvos?

Ela aceitou a mão dele sem hesitação.

— Essa é uma ideia com que estou plenamente de acordo.

Na mesa que ficava na parte de trás, ele pegou um revólver desmontado. Todos os alunos tinham que aprender a montar e desmontar uma arma, vendados, antes mesmo de colocarem uma bala na agulha. Ele olhou para a rede delicada em torno do chapéu de aba larga de Kat. Não seria possível colocar uma venda sobre aquilo.

— Como está o defensor da pureza ariana esta manhã?

— Pronto para travar uma guerra. — Ela tocou um dedo na ponta de uma das balas enfileiradas com capricho sobre a mesa. A boca retorcida, mostrando sua contrariedade. — Ele não vai parar até descobrir quem fez aquilo.

— Então vai passar a vida inteira procurando. Se um pequeno incêndio é suficiente para abalá-lo desse jeito, mal sabe ele o que o aguarda... Melhor que nem se envolva no resto da guerra.

Ela olhou para ele, o medo saltando dos olhos.

— O que você quer dizer?

— As coisas só vão piorar se Hitler continuar seu caminho de destruição. As pessoas não vão aceitar isso e os exércitos certamente também não.

— Mas e você?

— Meu trabalho é treinar combatentes. Não muito mais do que isso.

— Acho que a noite passada foi um pouco mais do que isso.

— Isso é culpa sua. — Ele ergueu a mão ao ver o olhar de protesto de Kat. — Se você e sua irmã não tivessem aparecido, eu passaria meus dias aqui e as noites servindo bebidas lá em cima. Como de costume, o governo pegou uma situação ruim e transformou-a numa oportunidade de ouro para eles.

— Quem diria? Você e eu, o casal de ouro.

O doce perfume dela passou flutuando pelo nariz de Barrett. O aroma de flores frescas bloqueou a escuridão e o mofo do seu mundo subterrâneo. Seu próprio ser se deliciou como se sentisse o calor do sol num dia nublado. Alta, ombros eretos, vestida com elegância e com os cabelos impecáveis, ela não pertencia àquele mundo. Pertencia ao chá com bolinhos no Savoy, aos passeios vespertinos no Hyde Park e às óperas com homens de *smoking*.

Ele pegou o pino de disparo e o enfiou dentro da mola. *Pare com isso, garoto. Seu trabalho é aqui, não no Savoy. Você não poderia nem lavar pratos no Savoy, muito menos ganhar uma dama da classe dela.* O pino escorregou através da mola e quicou no chão. Ele se curvou e o pegou.

Um sorriso ondulou no rosto dela enquanto o observava.

— O que é tão engraçado?

— Nada. — Abrindo a bolsa, ela tirou dali uma caneta com ponta de ouro e puxou da parede uma das folhas de papel com o alvo desenhado.

Começou a desenhar lentamente sobre os círculos.

— Imagine se meu pai pudesse me ver agora, trabalhando pela causa. Isso poderia dar a ele um motivo para sorrir.

— Seu pai não é um sujeito muito sorridente, não é?

— Não, exatamente. — Os garranchos se transformaram em lábios finos e orelhas de abano. — Pelo menos não para mim.

Ela disse isso com um leve suspiro, quase imperceptível. Ele tinha suas dúvidas sobre os afetos paternais de *sir* Alfred, mas a tristeza na voz dela bastou para lhe causar certa revolta. Pais, ricos e pobres, só causavam decepção e, ainda assim, seus filhos nunca deixavam de se esforçar para obter sua aprovação. A sombra persistente de autopiedade se apoderou dele. E Barrett voltou a afastá-la. Ele não era o pai dele e provaria isso até o dia em que deixasse este mundo. Morreria lutando e não afogaria suas mágoas no álcool, lamentando o amor perdido.

— Onde você aprendeu esse tipo de luta? — A voz dela o trouxe de volta, afugentando os pensamentos sombrios, enquanto ela fazia um esboço com a caneta de cabelos bem penteados.

— Nos fundos de uma cervejaria e nas ruas barra-pesada de Glasgow. Nenhum garoto era considerado um homem se não tivesse tirado sangue de pelo menos um nariz.

— Que horror!

— É a vida. Pelo menos para nós, da classe baixa. — Ele deslizou a mira traseira dentro do chassi, travando-a no lugar.

— Como você escapou das brigas de rua e passou a servir a Inteligência britânica?

— Não tive muita escolha. Era isso ou ir para a prisão.

A caneta parou de desenhar por um segundo antes de continuar.

— Posso perguntar as circunstâncias?

A lembrança daquela noite, mais de três anos antes, passou por ele como um odor desagradável. Ele tocou a cicatriz branca acima do lábio.

— Eu estava servindo no balcão da cervejaria uma noite quando três universitários entraram fazendo farra, falando alto o suficiente para incomodar os outros clientes. Quando pedi aos caras embriagados para darem o fora, eles ameaçaram fechar a cervejaria depois que eu me recusei a servi-los. Como eu podia me atrever a expulsar o filho do *lorde* Charles Bounty? — Ele fez uma pausa, lembrando-se dos insultos patéticos do almofadinha. Esses filhinhos de papai nunca sabiam xingar muito bem, usando os palavrões certos. — Aquele pavãozinho achava que era homem só porque fez os dois amigos me segurarem. Ele obviamente nunca tinha dado socos em ninguém, mas a cerveja lhe deu determinação. Isso e a garrafa que encontrou no caminho.

A tristeza ondulou em seus olhos quando ela olhou para a cicatriz.

— Ethan Bounty.

— Você o conhece?

Assentindo, ela ergueu os olhos para encontrar os dele.

— O pai dele e o meu serviram juntos no comitê de finanças há alguns anos. Ethan merece cada insulto que você fez a ele e mais alguns. — Ela bateu a caneta tampada na palma da mão cada vez mais rápido até a pele ficar vermelha. — Deixe-me adivinhar. Ele correu para casa para chamar o papai, que mandou a polícia prender você por se defender do seu filhinho angelical.

Barrett balançou para trás.

— Sim, mas eu tive sorte, porque a polícia reparou na surra que dei neles e logo veio alguém do MI6 até a minha cela para me fazer uma oferta. — Ele abriu os braços. — Como você pode ver, eu não recusei.

Ela balançou a cabeça. A redinha em seu chapéu balançou suavemente, como se também discordasse do absurdo.

— Minha nossa. As mãos do destino são sempre muito estranhas.

— Provavelmente é assim que parece aos seus olhos. Você deve ter passado a infância comendo bombons e acariciando um gato branco e fofo, hein?

— Não mesmo. Minha mãe considerava as duas coisas inadequadas. Uma podia estragar minha boa forma e a outra, a mobília imaculada dela. Veja. O que acha?

Ela ergueu sua obra-prima, os olhos azuis-esverdeados ansiosos perscrutando por cima do papel, esperando a opinião dele. O rosto de Eric olhou para ele do papel.

— Se eu não soubesse que era um desenho, diria que o homem está diante de mim. Você tem um talento nato, Papoula.

— Obrigada. — Um rubor envolveu as bochechas dela. Ela alisou o desenho sobre a mesa. — Eu lhe dou dez francos se acertar um tiro bem entre os olhos dele.

— Eu tenho algo melhor do que uma bala para esta obra de arte. — Ele acenou com a cabeça para os rolos de dinamite empilhados sobre a mesa. — Ele merece uma despedida à altura.

— Presumo que a cervejaria não tenha lhe ensinado a detonar bombas.

— Não, isso aprendi no pouco cavalheiresco departamento de guerra, junto com alguns outros aperfeiçoamentos que conquistei a duras penas.

Ela tornou a tampar a caneta e colocou-a de volta na bolsa.

— Você tem um pouco de soldado enterrado lá no fundo, eu acho.

As lembranças do pai bêbado, vestindo seu velho uniforme do exército britânico e tropeçando em seu apartamento no porão em busca *dela* passou pela cabeça dele. A guerra tinha custado muito a eles, ele dizia, chorando, para a fotografia desgastada *dela*. Aquela era a única foto que Barrett tinha da mãe. Se ele encontrasse aquele pequeno casebre em que ela tinha trabalhado e morrido, ele o destruiria com suas próprias mãos.

Ele balançou a cabeça.

— Sou um oportunista. Nada mais do que isso.

— Você fica dizendo "nada mais do que isso" como se estivesse com muito medo das suas próprias possibilidades. Olhe à sua volta. Você não vê a coragem que é preciso para realizar o que você e esses outros membros da Resistência estão fazendo? Não se deixe enganar, Barrett.

A emoção passou por ele quando ouviu seu nome vindo dos lábios dela pela primeira vez. *Não,* não, não, não. Ele não estava cedendo aos encantos dela. E isso só serviria para acorrentá-lo à infelicidade eterna. E, no entanto, aqueles olhos imensos lhe ofereciam algo que ele não via há muito tempo, algo em que ele não ousava confiar: esperança.

Ele colocou as peças do revólver de volta na mesa e se aproximou dela.

— Esta noite, se você estiver...

Bang! Bang, bang!

A trepidação o atingiu como um balde de água gelada. Tratava-se de alguma emergência batendo à porta.

— Tomem suas posições!

Pegando um revólver montado, ele verificou se estava carregado enquanto os alunos viravam as mesas e pulavam atrás delas com o cano das armas espreitando por cima e nas laterais. Ele empurrou Kat para um canto e a protegeu com seu próprio corpo. Com seu aceno de cabeça, Gus abriu a porta. Algumas palavras sussurradas e a porta se fechou.

— Alemães revirando tudo lá em cima.

Barrett soltou um palavrão em voz baixa. Era a segunda vez em três meses que aqueles cães da SS vinham farejar. Na noite anterior... não. Não era possível que eles soubessem que ele era o culpado. E se eles finalmente tivessem vindo atrás de Sam? Ele se virou para Kat.

— Fique aqui embaixo e espere até eu voltar e chamar você.

— Ela tem que sair daqui. — Gus cruzou a sala, a frustração comprimindo suas sobrancelhas pretas como teias de aranha. — Eles encontraram um copo com batom na borda e querem saber onde está a mulher.

— Eu sinto muito. Está tão quente lá fora e Henri gentilmente me ofereceu um copo d'água. — O lábio inferior de Kat tremeu. — Lamento muito.

Ele sorriu para encobrir o tumulto que se espalhava dentro dele. Não era culpa dela que tivesse escolhido a hora errada para entrar, mas aquilo só aumentava a tensão. Especialmente com a perturbação da noite passada ainda pesando no ar.

— Isso só deixa as coisas mais interessantes.

— Eles ainda não desceram ao porão — disse Gus, abrindo a porta pesada. — Pegue a escada dos fundos. Eu pendurei outra tocha lá ontem mesmo.

— Tire todo mundo pela saída secreta. Você fica para trás. Se aqueles nazistas vierem xeretar aqui embaixo, exploda o lugar. Não podemos levá-los a outras células da Resistência. Certifique-se de sair antes de acionar o detonador, hein? — Concluídas as instruções, Barrett fez um gesto para que Kat o seguisse de volta até a adega e para o canto mais distante, onde três grandes barris de vinho, altos e largos o suficiente para caber três homens adultos deitados de lado. Ele enfiou o dedo num pequeno orifício na tampa do último barril e a puxou. Andando para trás, ele empurrou a porta secreta e fez um gesto para a frente.

— Mantenha a cabeça abaixada e cuidado com os degraus. As escadas não têm sido muito usadas.

Colocando a porta firmemente de volta no lugar, ele tateou a parede até encontrar a tocha. Um rápido movimento do isqueiro e surgiu uma chama baixa e estável para guiá-los escada acima.

— Se você se deparar com um rato, tente não gritar. — A poeira mofada pousou nos ombros dele como uma capa velha enquanto subiam as escadas. — Estamos dentro das paredes e há uma grande chance de os alemães nos ouvirem.

Um murmúrio estremeceu os lábios de Kat quando ela agarrou a mão dele. Eles subiram até que outra parede bloqueou a passagem dos dois. Ele pressionou a orelha nas tábuas ásperas. Nada. Eles nunca tinham ido tão longe. Atrapalhando-se mais uma vez, ele encontrou a trava e empurrou a madeira, que dava no banheiro do escritório particular de Barrett.

Ele prendeu o espelho de corpo inteiro de volta no lugar.

— Fique aqui.

— Barrett. — O medo mal contido apareceu no rosto dela. Ela apertou a mão dele e largou. — Por favor, tenha cuidado.

Correndo pelo seu escritório intocado, ele subiu as escadas de dois em dois degraus e foi para o bar. Seu olhar se voltou para o palco onde a banda estava sentada em silêncio com seus instrumentos, depois de o ensaio ter sido interrompido. Sam chamou a atenção dele e deu de ombros discretamente.

— Quem é o responsável por este tumulto no meu estabelecimento?

Uma versão mais baixa e ampla do próprio Himmler parou de examinar as garrafas na prateleira atrás do bar. O bigode preto dele, que parecia riscado a lápis, balançou com indiferença.

— Capitão Schmidt do *Schutzstaffel* aqui, por ordem pessoal do Major Keiffer.

Os olhos minúsculos de Schmidt estreitaram-se de alegria enquanto esperava que sua apresentação causasse medo. Mas, mesmo sabendo que o homem gostava de infligir tortura e morte às suas vítimas, Barrett não estava disposto a admitir que o nome do chefe da Gestapo o deixasse amedrontá-lo.

— O Major Keiffer provou mais de uma garrafa do meu melhor uísque. — Eufemismo do ano. O gosto do major pela bebida estava muito além do comum, especialmente quando ele tinha com ele um destacamento de oficiais e garotas francesas cheias de ruge. Sua conta não paga era tão longa que ele poderia marchar até a Pátria e voltar, sem que a distância superasse o da conta pendurada.

Dois cabos que mal tinham passado da idade de usar calças curtas viraram a mesa mais próxima do palco. Guardanapos cuidadosamente dobrados flutuaram para o chão como pombas. Barrett enfiou os punhos cerrados nos bolsos.

— Só espero que seus homens não tenham destruído minha última oferta para ele em sua pressa de... A propósito, você ainda não mencionou o que estão fazendo aqui.

O bigode fino estremeceu.

— Não?

Se ele não estivesse prestes a quebrar o pescoço do homem, Barrett teria rido das suas tentativas patéticas de intimidação. O pescoço de Schmidt avançou mais e mais para fora do colarinho, como se para estimular uma resposta. Barrett apenas esperou.

Os ombros de Schmidt caíram para trás com decepção.

— Vamos ao seu escritório para discutir a situação mais a fundo.

Com o coração quase saltando pela boca, Barrett saltou para impedi-lo de abrir a porta dos fundos. Seus combatentes precisavam de tempo para escapar, caso Schmidt e seus cães decidem fazer um desvio pela adega.

— Receio que não seja possível. Há uma senhora lá em cima e prefiro não sujeitá-la a questões de negócios.

— Ah, a senhora em questão. — Os olhos de Schmidt se voltaram para o copo manchado de batom, pousado no balcão na frente de Henri, que fervia de raiva. Como um cão de guarda, ele se recusava a se afastar das suas preciosas garrafas.

— Isto pertence a ela também.

As presas do pavor se cravaram em seu peito. Ele tinha sido tão cuidadoso e agora a colocava em apuros por causa da sua própria arrogância. Pobre moça. Ele a tinha condenado antes mesmo de se conhecerem.

O súbito silêncio soou como um sino ao meio-dia. Os homens da SS tinham parado de jogar as cadeiras no chão para assistir à passagem de cada minuto torturante. As presas afundaram mais profundamente, cortando a respiração de Barrett. Aqueles guardas não teriam escrúpulos em arrastar com eles cidadãos inocentes. Um dono do bar esquentado não teria chance. Por causa dos combatentes no andar de baixo e para tirar a atenção de Sam, era melhor fingir concordar.

— Por aqui, capitão.

No andar de cima, Kat se empoleirou na beirada da mesa, cruzando as pernas longas e retocando o batom com a ajuda de um espelhinho de bolsa dourado.

— Querido, aí está você! Estava começando a ficar preocupada. — Ela fechou o espelhinho. — Você trouxe um convidado!

O medo que lhe causara calafrios ao subir as escadas agora estava encharcando suas costas de suor.

— Capitão Schmidt, quero lhe apresentar a srta. Whitford.

Kat assentiu, mas não ofereceu a mão. Ela a balançou para Barrett em vez disso.

— Major.

Embora as palavras e o sorriso dela não tivessem vacilado, a mão tremia como uma folha numa tempestade. Barrett envolveu os dedos em torno dos dela enquanto ela descia da mesa.

Ignorando o assento que Barrett lhe ofereceu, Schmidt caminhou para trás da mesa e se jogou na cadeira de encosto de couro. Ele acenou para que Barrett e Kat se sentassem nos assentos que sobraram.

— Por mais imprevista que seja a confusão lá embaixo, garanto que ela é necessária antes de podermos prosseguir.

A cortina da janela tremulou quando uma lufada de vento fez o ar quente circular pela sala. Kat sentou-se com firmeza na beirada da cadeira, cravando as unhas nos joelhos. Barrett puxou sua cadeira mais para perto, roçando o joelho contra o dela. As mãos dela se juntaram lentamente no colo.

— Talvez eu pudesse pedir aos seus garotos para ficarem e ajudarem a limpar tudo. Eles nunca saberão o quanto é tedioso dobrar guardanapos até que tenham redobrado duzentos deles.

— Infelizmente, eles têm coisas mais importantes a fazer do que dobrar guardanapos, *Herr* Anderson. — O bigode de Schmidt balançou enquanto ele se recostou na cadeira e cruzou as mãos pequenas sobre o abdômen arredondado.

— Mas a busca completa é necessária se quisermos prosseguir.

— Procure o dia todo, se quiser, mas, como nas visitas anteriores, seus rapazes não vão encontrar nada fora do comum. — O homem de Barrett iria explodir tudo muito antes de qualquer descoberta.

— Isso é o que eu espero, mas preciso ter certeza. Ordens são ordens, você me entende.

Barrett entendia a tortura lenta e deliberada. Ele já tinha visto prisões suficientes para saber que a Gestapo preferia fazer uma grande entrada com sua intenção declarada imediatamente para mostrar seu poder e provocar medo. Se Schmidt estava lá para prendê-lo, por que o jogo de gato e rato? E o que era até mais frustrante, por que eles não poderiam enviar alguém com pelo menos meio cérebro? Se ele ia se dar mal, pelo menos gostaria de ter um oponente digno de uma luta.

Toc, Toc, toc.

— Entre — Schmidt gritou antes que Barrett pudesse abrir a boca.

Um dos rapazes que jogava guardanapos no chão enfiou a cabeça pela porta do escritório e disse algumas palavras rápidas em alemão. Schmidt acenou com a cabeça e a porta se fechou mais uma vez. A persiana esvoaçou novamente, convidando à fuga. O suor começou a descer lentamente pelo pescoço de Barrett.

— Bem. Parece que está tudo em ordem. — Schmidt se inclinou para a frente, descansando a mão na caixa de madeira entalhada com cartões-postais e mapas. Barrett fechou os dedos para não tirar a caixa de sob a mão do oficial.

— Parabéns, *Herr* Anderson. Você vai dar uma festa comemorando a exibição da mais recente obra-prima de Buch, *Menschen im Sturm*. A estrela Olga Chekhova deve comparecer e, se tivermos muita sorte, o próprio Goebbels.

Barrett mal podia acreditar. Ele não estava sendo preso. Ele estava salvo. Eles estavam todos salvos. Por enquanto. Um grande alívio tomou conta dele, tomando-o de surpresa.

— Querido, que emocionante! — Kat pegou a mão dele. — A estreia de um filme com convidados tão ilustres!

Com as unhas cravadas na palma da mão, Barrett conseguiu dizer:

— É muito lisonjeiro que tenham pensado no meu humilde estabelecimento para essa celebração.

— *Ja*, bem, seu nome não é desconhecido em nossos círculos sociais. — Schmidt ficou de pé e deu a volta até a porta. — Alguém virá dar mais detalhes. Para seu próprio bem, não nos decepcione.

Capítulo 10

Se não fosse pela mulher em seus braços, Barrett já teria ido embora horas atrás. Leve como uma pena, Kat deu um passo em perfeita sincronia com o som da música hedionda que flutuava ao redor deles. O próprio Goebbels selecionara os maiores sucessos de Charlie e Sua Orquestra, o orgulho da Renânia.

Mas Kat também sentia a tensão. A cada sorriso brilhante que ela exibia para os outros casais na pista de dança, mais fundo ela cravava as unhas no ombro dele.

— Afrouxe os dedos ou vai furar o meu ombro.

— O quê? Ah, desculpe. — Os dedos dela relaxaram. — Normalmente danço muito bem um foxtrote.

— Você normalmente dança cercada pela metade do ministério da propaganda do Terceiro Reich?

— Não.

— Então, vou perdoar a distração.

Os cantos da sua boca vermelha se levantaram.

— Muito obrigada.

Com um vestido de cetim verde-escuro com um decote nas costas que mostrava a pele branca e os cachos macios do cabelo presos com pentes de diamantes, sua elegância simples ofuscava todas as mulheres do lugar. Depois de dias resmungando, ele estava feliz por ter cedido às exigências dela para que aprendesse a dançar aqueles passos extravagantes. A integração nos círculos da alta sociedade exigia que ele tivesse tal habilidade, assim como saber comer com o garfo correto e passar as próprias camisas. Ou pelo menos era isso que ela afirmava. Sentindo a temperatura do seu corpo subir com o toque dela, ele tinha que admitir que dançar tinha suas vantagens sobre passar roupa.

Seu braço enlaçou um pouco mais a cintura dela.

— Se esta noite não exigisse nossa presença, o que você estaria fazendo?

— Imaginando novas maneiras de colocar estricnina no café de Eric. Ele o toma tão quente que nunca notaria.

Barrett riu alto, assustando o casal ao lado a ponto de perderem um passo de dança.

— Muita imaginação, embora eu estivesse perguntando o que você estaria fazendo se estivesse fora de Paris. Fora da guerra.

Os lábios dela fizeram um biquinho enquanto pensava, tentando-o.

— Coquetéis seguidos por jantares, depois jogos de cartas enquanto os homens terminam o conhaque e, finalmente, terminando essa noite terrível dançando com a fila de homens com sede de poder, que mamãe e papai escolheram para mim.

— Por mais emocionante que tudo isso pareça, não ouvi você dizendo o que *você* gostaria de estar fazendo.

A surpresa cruzou o rosto dela.

— Não sei muito bem. Nunca me permitiram pensar nisso antes. — As sobrancelhas dela se uniram, enquanto ela tamborilava com as unhas na nuca dele. Depois de vários segundos, as sobrancelhas relaxaram. — Viajar. Sem itinerário. Sem nenhum protocolo para seguir. E comer bolo no café da manhã.

— Nem mesmo nisso você nunca pensou antes?

— Eu nunca tive esse luxo.

Os dedos dele roçaram a pele nua na parte inferior das costas dela. Nem seda era tão macia.

— Quer um companheiro de viagem?

— Eu só não divido o bolo.

— Tudo bem para mim. Nunca como muito no café da manhã.

Os dedos dela envolveram a nuca dele, acariciando os cabelos até que ele sentisse a pele arrepiar. O verde dos olhos dela brilhava como jade. Ela se aproximou, os lábios vermelhos se abrindo, e fez um sinal com a cabeça.

— Sua vez.

Sua vez. Sua vez. Sua vez de quê? Ele desviou a atenção dos lábios dela.

— Minha noite perfeita seria considerada muito banal para gente da sua classe social.

— Envolve explosivos?

O olhar dele se concentrou na boca de Kat novamente, esquecendo todo tipo de distinção entre classe baixa e alta.

— Fogos de artifício de algum tipo.

— Kat. — Ellie apareceu ao lado deles. Sorrindo de orelha a orelha e encharcada de perfume, ela estava em seu ambiente. — Tem alguém aqui que você simplesmente tem que conhecer. Ele tomou muito xerez, então segure o nariz.

Mais uma vez impotente contra a vontade da irmã, Kat foi arrancada dos braços de Barrett. Ela olhou para trás, por cima do ombro, com uma expressão de quem pedia desculpa, enquanto o mar de uniformes cinzentos engolia seu rastro, deixando-o sozinho, sem sua âncora. Não sabendo mais o que fazer, ele foi até o balcão.

Ou o que sobrou dele depois de ser enfeitado com bandeiras nazistas. Com uma prancheta numa mão e um pedido de desculpas no olhar, Ellie tinha aparecido aquela manhã para reorganizar as cadeiras, aumentar a pista de dança, colocar toalhas branquíssimas sobre as mesas e se certificar de que a lista de músicas estava correta. Era a primeira vez que ele a via tão focada em conseguir um resultado impecável em algo que não fosse lixar as unhas. Agora, depois de horas polindo cada superfície com cera de abelha, manchas de cerveja cobriam o assoalho e a fumaça de cigarro impregnava o ambiente.

— Eles estão bebendo todas, Patrão. — Henri se aproximou enquanto tirava a rolha de outra garrafa de vinho. A alegria cruzou seu rosto enquanto ele lia o rótulo de uma das piores garrafas da adega.

Fazendo uma pausa de um arranjo sem trompete, Sam desabou sobre uma banqueta do bar e enxugou o rosto suado com um lenço. Henri passou para ele um copo de água fresca.

— A classe mais alta da escória alemã que já tivemos neste lugar. Agradeça à sua garota por isso. Ela não traz nada além do melhor, hein?

— Eles têm esperança de que a riqueza e o *status* social dela passem para eles por osmose. Não sei até quando vai isso, já que todo o poder dela está ligado à Inglaterra e no momento eles são o inimigo.

— Um pouco disso contagiou você. Está todo elegante. — As sobrancelhas de Sam se ergueram alegremente.

— Eu me sinto um almofadinha. — Barrett puxou a gola engomada, esfregando o pescoço. Era o terno mais caro que ele tinha, o que não era muito, mas a sra. Bonheur havia esfregado e consertado as calças e o paletó, deixando-os como novos. — Não encha esses copos até a boca, Henri. Nossos convidados já estão altos e eu não preciso que derramem mais vinho no chão.

— Não precisa descontar seu humor azedo em mim. Não gosto de ter esses cretinos por aqui mais do que você, embora possa entender por que eles ficam cercando a sua garota a noite inteira.

Henri encheu os copos até a metade e jogou a garrafa vazia no lixo embaixo do balcão.

— Você achou que eles ficariam longe das inglesas, mas elas são as mais cotadas em Paris, hein? — Um sorriso largo apareceu no rosto de Sam, enquanto ele bebia seu copo d'água de um gole só. — Ela poderia fazer maravilhas por você, Patrão.

— Vocês dois fofocam pior do que duas velhas. — A pedido do governo inglês, Kat o tinha introduzido no restrito escalão superior da sociedade nazista. Fosse inglês, fosse alemão, dinheiro e um bom sobrenome abriam todas as portas. Ou, no caso dele, o dinheiro e o sobrenome dela. Ele não tinha muito a lhe oferecer, além de um par de punhos. Uma mulher como ela merecia o melhor. E ele estava longe de ser o melhor.

Ele acenou com a cabeça para alguns homens na extremidade do balcão, gesticulando para seus drinques, e depois se voltou para Henri.

— Voltem ao trabalho. Vocês dois.

Resmungando, Henri levou suas bebidas para o outro lado do bar, enquanto Sam correu de volta para o palco, deixando Barrett sozinho novamente. A solidão nunca o incomodara. Anos sendo relegado a um canto de um *pub*, enquanto o pai terminava de tomar a última cerveja, agora fazia com que fosse bem mais fácil ficar na própria companhia. O *barman* tinha até lhe oferecido seu primeiro emprego, limpando respingos de bebida debaixo das mesas. Ele duvidava que sua rosa inglesa já tivesse se rebaixado a tal ponto.

Barrett bufou. Kat não era para ele. Não mais do que ele era para ela. Ela era uma encrenca com um cheque de pagamento anexado. Um meio para um novo começo. Ele nunca mais seria pego numa briga num beco com o filho de um político endinheirado.

— Você é o dono do bar e ainda não o vi levantar um copo. — Vestindo seu melhor fraque, Eric apareceu ao lado dele com um copo cheio na mão.

Barrett encostou-se ao balcão, cruzando os braços.

— Gosto de manter a cabeça no lugar durante o expediente de trabalho.

— Pensei que os escoceses não conseguissem ficar em pé sem uma "dosezinha" de uísque. — Eric riu de sua tentativa de fazer piada e deu um tapa nas costas de Barrett.

— Tome uma por minha conta. Ou devo dizer, "tome uma por mim, mas coloque na conta do *Führer*".

A risada áspera de Eric irritou Barrett. Aquela noite seria por conta do poderoso governo do *Führer*, mas eles só tinham pago metade das despesas iniciais. Exigindo perfeição, Schmidt tinha garantido que o resto seria pago depois da festa. Seria mais fácil Hitler desistir da guerra do que o Stag receber o resto daquele dinheiro.

— Obrigado, mas prefiro a minha própria garrafa de Ballantine's depois de fecharmos.

— Ballantine's? Não vi Ballantine's por aqui. — As sobrancelhas claras de Eric se uniram numa reflexão. De repente, seu rosto se iluminou. — Talvez mais tarde eu possa me juntar a você para comemorar esta noite gloriosa que está nos proporcionando.

Quanto ele já tinha bebido? Seus olhos eram do mesmo azul-pálido e opaco de sempre e suas palavras arrastadas, mas ainda assim ele parecia mais relaxado e alegre do que nunca. Uma sensação de inquietação arrepiou os pelos da nuca de Barrett.

— Está de bom humor esta noite, hein?

— *Ja, wunderbar.* — Apoiando um cotovelo no balcão, Eric se aproximou e apontou o dedo para o lado oposto da sala. — Olhe para a minha garota. Tão adorável, como uma pérola entre pedaços de carvão. Ela organizou todo este sarau para mim.

Cercada por quatro oficiais, Ellie realmente brilhava como uma pérola vestida de branco dos pés à cabeça, mas, ao lado dela, Kat brilhava como uma esmeralda.

— Ela lhe faz muito bem.

— *Ja*. Dr. Goebbels me enviou um telegrama uma hora atrás, expressando seu pesar por não poder comparecer, mas encantado com o magnífico sucesso que esta festa significa para a nossa Pátria.

— Pena que perdi o filme, embora não fosse entender uma palavra.

— O desempenho de Frau Chekhova transcende as barreiras do idioma. Você pode ver, mesmo agora, suas expressões faciais vívidas e gestos articulados arrebatando seu público.

Barrett se abaixou quando o braço de Eric passou na frente dele para indicar a mulher miúda que se juntava ao grupo de Kat. Ela estava de costas, impedindo a visão de suas expressões vívidas.

— Oh, sim. Agora entendo o que quer dizer.

Sam liderava a banda, que tocava outra música com um ritmo otimista. Eles haviam tido apenas uma semana para aprender todo o novo repertório de canções alemãs, mas parecia que as tocavam há anos. Sam tinha caído da cadeira de tanto rir quando soube que mais de um arranjo exigiria um acordeão e um trompa alpina.

— Não tive chance de agradecê-lo por recomendar o Blue Stag.

As palavras não ficaram tão mal quanto Barrett pensava. Sem perceber, Eric tinha empurrado seus compatriotas para o covil do lobo.

— Fiquei satisfeito em ouvir o relatório de Schmidt após a inspeção. Sempre é preciso muito cuidado ao escolher os locais de eventos tão importantes.

Estaria ele sugerindo que Barrett, os funcionários do bar e os membros da Resistência poderiam tomar outro susto? Os alemães poderiam muito bem montar um acampamento do lado de fora, visto o número de vezes que tinham irrompido pela porta do bar, causando o maior tumulto.

— Também fico feliz em ter aplacado a curiosidade dele.

— Para dizer a verdade, foi por insistência de Eleanor que o Stag foi escolhido. Ela não queria ouvir falar de nenhum outro local para a homenagem e eu não suportaria decepcioná-la. — Eric colocou seu copo pela metade no balcão e alisou a madeira gasta. — Acredito que ela tenha feito isso por Kathleen. Elas são muito ligadas. Às vezes isso me deixa com ciúmes.

O ressentimento na voz do homem pegou Barrett de surpresa. Sentimentos eram a última coisa que ele suspeitava que Eric tivesse.

— Você realmente gosta dela, não é?

— Isso o surpreende? — As linhas angulosas do rosto de Eric se suavizaram, tornando quase suportável olhar para ele. — Talvez você tenha visto o uniforme e deduzido que embaixo dele houvesse apenas frieza.

— Você não me deu muitas mais em que eu pudesse me basear.

— Talvez isso mude.

Os tigres nunca perdem as listras. Com uniforme ou não, um nazista era sempre um nazista, mesmo que se imaginasse apaixonado. O mais provável era que Eric estivesse tentando agradá-lo para mantê-lo por perto. Pelo menos eles tinham o mesmo plano de ação.

— Veremos.

Do outro lado da sala, Kat revirou os olhos para ele enquanto os oficiais continuavam a matraquear em seu ouvido. Como era fácil para ela se entrosar naquele mundo de festas, balançando a cabeça educadamente para os homens ao seu redor, sorrindo quando apropriado e rindo alto como se não tivesse nenhuma preocupação neste mundo. No entanto, os ombros tensos e o gesto de alisar os cabelos para trás denunciavam seu tédio mortal. Pelo menos aos olhos dele. Barrett tinha reparado na postura dela toda vez que estava perto de Eric.

Pedindo licença, ela passou o braço pelo de *Frau* Chekhova e escoltou--a através da multidão até onde ele estava.

— Eu já estava farta de ouvir sobre aviões e a envergadura de cada um deles.

Barrett se virou, roçando o ombro no dela. Um ato que ele se pegava fazendo com uma frequência cada vez maior.

— Pilotos de avião gostam de se gabar, especialmente para garotas bonitas.

— Sim, eles certamente gostam. — Um leve sorriso apareceu nos lábios dela. Barrett lutou contra o desejo de envolvê-la em seus braços e incliná-la para trás num grande beijo, como um adolescente. Aquilo a deixaria mais impressionada do que a conversa sobre aviões e anemômetros.

Sentindo a necessidade de compensar as travessuras dos seus compatriotas, Eric se endireitou e franziu as sobrancelhas como um professor faria a um aluno rebelde.

— O Capitão Gurtner e o Tenente Sudman são dois dos melhores pilotos da Luftwaffe. Você tem sorte, pois eles não comentam sobre suas façanhas com qualquer um.

Sem se impressionar, Kat arrumou um cacho atrás da orelha.

— Sério? Pois eles estão lá contando para qualquer pessoa que se disponha a ouvir.

O queixo de Eric se ergueu.

— Bem, eles têm muito do que se orgulhar.

— Ou simplesmente beberam demais. Sim, provavelmente é isso. Amanhã de manhã, tenho certeza de que o orgulho deles reverterá para o mesmo estoicismo de sempre. — Ela se virou para a mulher ao lado dela com uma piscadela conspiratória. — Estou feliz por termos nos afastado dali. Você não está, Olga?

Olga acenou com desdém, mostrando a mão cheia de anéis. Com sobrancelhas finas, olhos sonolentos e maçãs do rosto salientes, dificilmente iria se tornar a atriz queridinha do Terceiro Reich.

— Os homens e suas proezas técnicas. Porque eles acham que nos impressionam quando tudo o que queremos é um elogio, algumas joias e uma mãozinha com a louça?

— Eu prefiro mil vezes ser elogiada a ganhar joias.

— *Tut-tut, liebling* Kat. As joias duram mais que os elogios e são sempre sinceras, querida. Nunca se esqueça disso. — Os lábios de Olga, de um vermelho profundo, mergulharam num sorriso quando ela voltou sua atenção para Barrett. — Se eu acertar que você é o dono deste estabelecimento, vai recitar um poema de Robert Burns para mim nesse sotaque que acho tão charmoso nos escoceses?

O calor subiu pelo pescoço de Barrett diante do pedido feito em tom malicioso.

— Eu sou o proprietário, mas sinto muito em dizer que não aprendi muito sobre Burns, *ma'am*.

Olga soltou um gritinho deliciado diante do sotaque forçado de Barrett.

— Muito charmoso! Adoro homens com sotaques fortes. Eles me dão a impressão de que realmente representam seu país de origem. Que sorte você ter encontrado um tão encantador, minha cara.

Kat balançou a cabeça com um ar maravilhado.

— Às vezes eu nem sei o que fazer com tanto charme!

— Prenda-o antes que alguma outra garota roube-o de você. Ora, Eric, querido, não fique chateado. Você é tão charmoso quanto o sr. Anderson aqui, apenas de uma forma mais teutônica. — Ela pegou a mão de Eric e puxou-o para a pista de dança. — Pare de escorar essa parede e gire-me pela pista de dança. Conte-me tudo sobre meu amado Adolf. Estou pensando em viajar para a Baviera em breve para vê-lo.

Barrett observou-a com um ar divertido enquanto Olga colocava um de seus braços cheios de franjas sobre o ombro de Eric, para lhe mostrar os passos adequados. Ela contava em russo.

— Que amiga você fez, hein?

Kat juntou as mãos e as pressionou contra a bochecha.

— Queirra me descuparr, rapaz. Não conseguirr ouvir você por causa de todos esses meus "erre"s rressonantes. Seus sorrrisos charmosos com cerrteza sabem deixarr uma moça com os joelhos frrrouxos.

— Vamos lá. O sotaque dela não é tão acentuado.

Ela colocou as mãos nos quadris e ergueu uma sobrancelha em desafio.

— Oh, ou talvez você tenha uma "quedinha" pela *Frau* Tchekova. Devo ficar com ciúmes, então? — perguntou ela, imitando o sotaque irlandês.

— Você está imitando o jeito de falar de Aberdeen quando sabe muito bem que sou de Glasgow. Não está dando atenção aos detalhes, mulher.

— Sinto muito.

— Você vai sentir muito quando eu pisar no seu pé durante esta valsa, isso sim.

A valsa era outra propaganda nazista baseada em "You're Driving Me Crazy", mas felizmente Sam optou por não cantar as palavras de ódio endereçadas à Grã-Bretanha. Kat se deixou levar por Barrett enquanto ele a girava pela pista. Mesmo sem ensaio, ela seguia a condução dele como se cada passo fosse uma continuação do seu próprio. Como se um fio invisível os ligasse, cada um fazia leves mudanças para se adaptar à menor vibração do outro.

— Eu já disse como você está esplêndida esta noite?

— Você pode parar de representar. Ninguém pode ouvi-lo com o trompete de Sam.

O braço de Barrett apertou a cintura dela, puxando-a para mais perto.

— Estou falando sério, Papoula.

— Obrigada. — Ela abaixou a cabeça enquanto um rubor se espalhava pelas suas faces. — Certamente é melhor do que ouvir que "sou como pisar em terra firme depois de um longo voo".

— Essa cantada eu não conhecia.

A cabeça dela se voltou para cima, aproximando-se da dele.

— Aposto que você não ouviu que a Luftwaffe vai atingir Moscou com força total nos próximos dias, ou que Hitler enviou a papelada que dará uma solução final para os judeus.

Calafrios percorreram a espinha dele.

— "Solução final". O que isso significa?

— Não tenho certeza, mas eles pareciam eufóricos com a perspectiva. — Ela fez uma pausa enquanto Olga e Eric giravam na pista. — Também há rumores sobre entrar em mar aberto para ver o que os americanos farão.

— Bombardeá-los, provavelmente. Você fez um ótimo trabalho ouvindo essa informação. O comando ficará muito agradecido. — Por mais que odiassem esse negócio de espionagem, pelo menos estavam recebendo informações vitais para aqueles que precisavam. Quanto antes acabassem com aqueles assassinatos nazistas melhor.

— Odeio que pensem que não estou à altura da tarefa que me deram. — Ela encolheu os ombros. — Além disso, os bêbados ficam muito ansiosos para agradar quando alguém mostra interesse. Eu apenas sorria e soltava uma gargalhada quando achavam apropriado.

Muito obediente. Será que ela um dia ousaria sair da linha sem pedir permissão primeiro?

— Um homem não precisa de nenhuma bebida para se apaixonar por você.

— Você está bem galante esta noite. Cuidado para não exagerar e se arrepender amanhã.

Os olhos dele desceram até a boca carnuda de Kat, que implorava pela atenção dele, para saborear a suavidade e se demorar nas curvas suaves. Um fruto proibido e maduro, pronto para ser saboreado. Será que ele se arrependeria na manhã seguinte?

— Não tem sido tão ruim assim, não é? E só fingir. Passamos algum tempo juntos enquanto fazemos a escalada até as altas rodas e seu ninho de cobras.

— Eu me pego fingindo cada vez menos com você.

A música parou, mas ele não se moveu para soltá-la. Nem ela saiu do lugar.

Vozes murmuraram, colidindo numa cacofonia que irritou os ouvidos dele. Cotovelos e ombros pressionaram, abrindo caminho, enquanto a multidão se afastava das portas da frente.

Uma única voz frenética gritou acima das outras.

— Vejam só, todos vocês aqui! Celebrando e agindo como se nada estivesse acontecendo do lado de fora destas portas! Assassinos! Ladrões!

Barrett entrou em estado de alerta. Empurrando Kat para trás dele, acenou para Sam e a banda parou de tocar. Ele já tinha ouvido aquelas palavras antes e sabia que nunca levavam a nada de bom.

A multidão retrocedeu mais um pouco quando um homenzinho francês deu alguns passos ao redor, como um pião vacilante. Seu terno preto remendado estava folgado no corpo macilento, os bigodes pretos pareciam muito longos para seu rosto magro e seus olhos enfurecidos projetavam-se como bolas de golfe.

— Ninguém os chamou aqui, mas vocês vão invadindo como se fosse a casa de vocês. Não é! É nossa! — Ele encarava todos com desprezo, firmando as mãos ossudas nos quadris e projetando a cabeça como um galo de briga. — Vocês acham que são muito melhores. Que merecem viver e nós não.

Não faça isso, amigo. Feche essa boca. Mas o homem havia assinado sua sentença de morte simplesmente entrando ali. De jeito nenhum os alemães iriam deixar que ele fosse embora em liberdade. A menos que houvesse uma maneira de tirá-lo dali antes que os alemães puseram as mãos nele.

Ele se virou para Kat.

— Fique aqui. Ao menor incidente você corre direto para Sam. Entendeu?

O rosto dela empalideceu de pânico.

— O que você vai fazer?

— Algo idiota.

Afastando seu próprio medo, Barrett abriu caminho até da frente a multidão e enfrentou o homem.

— O que acha de você e eu irmos lá para os fundos falar sobre isso? Deixe essas pessoas voltarem à sua festa, ok?

O ódio aguilhoou os olhos do francês.

— Você é um deles.

— Sou apenas um simples dono de bar, mas tenho uma dose de uísque e um ouvido disposto a ouvir se você quiser desabafar.

— Você não vai me fechar numa sala dos fundos. O que tenho a dizer é para a escória aqui.

— Estou mais do que disposto a ouvir suas queixas, mas tenho certeza de que estas senhoras não. Venha, vamos subir até o meu escritório...

— Minha mãe era uma *lady*. Minha irmã também. Isso não impediu os porcos de invadir nossa casa e violá-las. Quando minha irmã reagiu, eles a arrastaram para a rua e bateram nela, deixando-a morrer para servir de exemplo a todos que reagiam. — Levando a mão até o colarinho da camisa, ele puxou uma pequena estrela de David dourada de uma corrente. — *Juif!* Não somos nada para vocês. Sujeira sob seus pés, animais para abate. Vocês estupram e matam inocentes. Quem são os verdadeiros animais?

Atrás de Barrett, suspiros femininos se misturaram com imprecações em alemão. Como tubarões ao redor de um homem se afogando, a Gestapo se aproximou. O desamparo engolfou Barrett. Pobre homem, e Barrett não podia levantar um dedo para ajudá-lo agora. Os xingamentos ficaram mais altos enquanto os homens avançavam. Os olhos do homenzinho moviam-se de um lado para o outro, como os de um tigre enjaulado. Com um movimento rápido, um revólver brilhou na mão dele, à luz dos abajures.

A multidão recuou. Uma mulher gritou quando ele brandiu a arma no ar, com a mão trêmula.

— Para trás, todos vocês!

Barrett deu um passo à frente, a mão estendida e as palmas para cima.

— Guarde a arma, companheiro. Você não quer machucar ninguém. Você não é um assassino.

A mão do homem tremeu.

— Eles fizeram de mim um assassino. Eu não tenho escolha.

— Eu não acredito.

— Eles merecem morrer, até o último deles.

Uma concordância fervorosa queimava no fundo da garganta de Barrett. Como ele gostaria de poder dizer ao judeu que ele não estava sozinho, mas se fizesse isso perderia a vida e a de cada um daqueles que tinha jurado proteger a todo custo.

— Abaixe a arma, por favor. Venha conversar comigo.

Bang!

Um buraco escuro se abriu na frente do peito do homenzinho. Atordoado, sua boca se abriu num esgar. Revirando os olhos, ele caiu de joelhos e desabou no chão, de bruços. O sangue escorreu em volta dele.

Barrett se virou e viu Eric atrás dele, segurando uma reluzente pistola Luger preta na mão.

— Chega de conversa.

Capítulo 11

— Quer dar uma olhada numa revista?

Com os olhos ainda voltados para a janela, Ellie recusou, balançando a cabeça. Um assobio longo e grave rasgou o ar, enquanto as rodas do trem ao lado começavam a girar, avançando nos trilhos sujos da Gare de l'Est. Inclinando-se para a frente, Kat olhou pela grande janela. Uma pequena família lutava para carregar suas malas remendadas. Grandes estrelas amarelas brilhavam em suas roupas. Dois soldados alemães passaram e arrebataram as malas das mãos deles, despejando o conteúdo pessoal na plataforma. Enquanto o marido lutava para reunir seus pertences, um dos soldados golpeou o homem na barriga com a coronha da arma. A mulher e os filhos se encolheram, chorando, enquanto os soldados riam e se viravam para ir embora, mas não antes de surpreender Kat olhando para eles. Os soldados ofereceram a ela um sorriso educado e a saudaram como se tivessem cumprido seu dever para com ela. O ódio queimava nos olhos da mulher quando ela olhou para Kat, sentada confortavelmente no seu assento de primeira classe, vestida com sua elegante sobrecapa sem estrelas.

Ela acha que sou um deles. Acha que este é o mundo que eu quero.

Kat engoliu as lágrimas quentes que ameaçavam verter dos seus olhos. Aquele era o papel que ela concordara em desempenhar para manter Ellie segura. Mas havia mais em jogo ali. Havia algo mais em risco, além da irmã. Se ela pudesse colocar de lado seus próprios desejos imediatos e desempenhar o papel que lhe fora dado, ela poderia ajudar a dar um fim rápido à injustiça que se espalhava como fogo de palha.

O relógio pendurado sobre a plataforma agora vazia ressoou. O coração dela deu um salto. Dez e trinta e cinco. Barrett estava atrasado. Como ela poderia passar os próximos quatro dias sem ele? Sorrir e dar risadas durante um coquetel era uma coisa, mas ela não era uma espiã. Que comando britânico mais tolo... Todos eles sentados em seus escritórios luxuosos e prendendo a respiração enquanto ela descia até a toca da víbora. O medo que constrangia seu coração desde o dia em que Eric comprara as passagens de trem fez seu peito estremecer. Como poderiam esperar que ela conseguisse se submeter àquela farsa ridícula por mais um minuto sem Barrett ao seu lado? Ela era uma garota simples de Berkshire, não uma assassina ou sabotadora profissional. Elas precisavam dele.

Ela precisava dele.

O medo em seu peito se transformou em choque. Quando ela tinha se permitido se tornar tão dependente dele? Desejar que ele a beijasse no meio de uma pista de dança? Ela podia ser uma garota simples, mas tinha grau universitário e era filha do grande *sir* Alfred Whitford, herói de guerra do Somme e conselheiro tático do próprio Churchill. Como seu pai dizia, até o grande buldogue precisava de um aliado.

Mas por que o aliado dela tinha que ser tão bonito e irresistível?

O vagão vibrou sob seus pés. Um assobio baixo se fez ouvir quando as rodas se puseram em movimento. Caixas e baús empilhados, cobradores à espera e soldados armados em patrulha passaram pela janela enquanto o trem se afastava da plataforma. O alívio pairava no ar enquanto as armas desapareciam ao longe, mas, sabendo o que as aguardava a uma curta distância, ela se recusou a deixar que ele se instalasse em seu peito.

Tirando uma revista parisiense desatualizada da bolsa de viagem, Kat a abriu no artigo em destaque.

— Veja! Dez dicas para transformar um vestido velho numa peça atualizada usando cortinas e toalhas de mesa. Olhe, Ellie. Não é incrível? Você pode cortar uma cortina floral e fazer listras numa saia branca. *Voilá!* Uma saia nova.

Ellie lançou um olhar desinteressado para a página e depois voltou a fitar a paisagem na janela. A coluna da Bastilha se erguia ao longe.

— Que tipo de revista de moda sugere vestidos feitos de toalhas de mesa?

— São práticos.

— A moda não tem a ver com praticidade.

— Hoje em dia tem. A maioria das mulheres não pode se dar ao luxo de correr até Madame Grè's para encomendar um vestido novo quando lhe dá na veneta.

Ellie alisou o *chiffon* de poás que flutuava em torno dos seus joelhos.

— Não, suponho que não.

Fechando a revista, Kat passou o braço em volta do ombro de Ellie e puxou-a mais para perto.

— Eu gostaria que você conversasse comigo.

— Conversasse sobre o quê?

Afastando dos pensamentos os horrores iminentes, Kat tentou se concentrar no lado bom das coisas. Embora ele diminuísse a cada segundo que passava.

— Bem, estamos indo passar férias adoráveis na Baviera, onde nunca estivemos. Eric disse que o lago da propriedade é cristalino e poderemos nadar.

— Eric. — Ellie se enrijeceu e se afastou. — Acha que ele vai atirar em alguém enquanto estivermos lá? Serviço de mesa ruim. *Bam!* Patos grasnando alto demais. *Bam!*

— Aquele homem tinha uma arma. Não há como dizer o que ele teria feito com ela.

Como um homem desesperado em busca de restos de comida, os grandes olhos azuis de Ellie fuzilaram os dela.

— Você sinceramente acredita nisso? Sério, Kat?

O coração de Kat batia forte no ritmo das rodas do trem, cada vez mais rápido até tirar o ar dos seus pulmões. Claro que ela não acreditava. Aquele homem tinha se enforcado na corda do seu próprio desvario e Eric não perdera tempo em eliminar o que considerava uma existência indigna. Por fim, Ellie percebera a verdade, o monstro espreitando dentro do seu soldado de armadura reluzente. Mas bastaria um empurrão forte demais e Kat enviaria a irmã de volta para os braços dele. A garota resistia a qualquer abordagem direta simplesmente por não querer dar o braço a torcer. Ela exigia a paciência da sugestão sutil para finalmente chegar a uma conclusão por conta própria. Se pensasse que a conclusão era dela, era mais provável que acreditasse na verdade.

Para Kat, tudo era uma questão de manter um equilíbrio delicado entre esconder a verdade sem mentir descaradamente, algo que ela passara uma vida inteira aprendendo com as fofocas de salões. Aquela estava se tornando uma habilidade recém-descoberta em sua carreira de espiã.

— Ninguém tem o direito de tirar outra vida, não importa o que a pessoa tenha feito. Somente na pior das circunstâncias eu poderia imaginar tal atitude, como tentar salvar um ente querido.

— Não era isso que ele estava tentando fazer? O judeu, quero dizer. Ele sentia que não tinha outra escolha, visto que não tinha conseguido salvar a irmã e a mãe. — Ellie passou a mão pelo cabelo platinado, entortando seu chapéu pequeno e redondo. Ela o empurrou de volta no lugar. — Eric poderia ter falado com ele. Não precisava... fazer o que fez.

E se fosse Sylvie ou Pierre parados ali com uma arma, tomados pelo desespero absoluto? Quanto tempo se passaria até ela ser forçada a se livrar daquele manto de engano e tomar uma posição contra aquela tirania diabólica?

— Não, Eric não precisava fazer o que fez. Talvez essa parte do caráter dele tenha ficado escondida de você esse tempo todo.

Ellie suspirou.

— Às vezes eu me pergunto se...

— Se pergunta o quê?

— Eu me pergunto se me enganei com ele. — Lágrimas brilharam nos cantos dos olhos de Ellie. Piscando, ela baixou a cabeça para fitar as mãos no colo. — Há coisas sobre ele, coisas que eu não disse a você. Talvez porque eu estivesse tão feliz que não quisesse admitir em voz alta. Especialmente para você.

— Você pode me dizer qualquer coisa.

— Eu costumava fazer isso, não é? Nós contávamos tudo uma para a outra. Mas isso você não vai compreender.

Kat pegou as mãos de Ellie e as segurou entre as suas.

— Experimente.

O medo inundou os olhos de Ellie, ameaçando afogar o brilho de esperança diante da possibilidade de dividir seu fardo.

— Prometa que não vai me odiar.

Lágrimas arderam atrás dos olhos de Kat. As amarras do medo que aprisionavam seu coração se afrouxaram. Nem toda esperança estava perdida com relação à irmã.

— Você pode me tirar do sério, mas eu nunca vou odiá-la. Nunca.

Os cantos da boca de Ellie se contraíram, mas não formaram um sorriso. Ela respirou fundo, estremecendo.

— A verdade é que...

— Consegui!

Com a mala ao seu lado e as bochechas vermelhas e ofegantes, Barrett surgiu diante delas.

— Pensaram que eu não conseguiria, não é?

O alívio apunhalou o medo de Kat bem no peito. Ela não estava sozinha.

— Eu estava começando a perder as esperanças.

— Quase tive que desistir. — Empurrando a mala para a prateleira acima delas, Barrett se deixou cair no assento de veludo verde, em frente às irmãs, e levantou o chapéu. — Um fornecedor me parou no caminho esta manhã. A Gestapo decidiu vasculhar os documentos dele e tirar todas as caixas da parte de trás do caminhão. Uma vistoria de rotina, disseram. Ele teve que passar umas duas horas colocando todas as caixas de volta no caminhão.

O cobrador de passagens passou às pressas pelo corredor e olhou para Barrett através dos óculos empoleirados na ponta do nariz curto.

— Você é o rapaz que saltou da plataforma para o vagão?

Barrett acenou com a cabeça timidamente.

— Sim, mas apenas porque vocês não diminuíram a velocidade.

— Esse é o problema com os trens, não é? — O homenzinho franziu a boca, contrariado. — Presumo que tenha uma passagem. Ou saltou sem ela?

Enfiando a mão no bolso da calça, Barrett tirou dali uma passagem amassada e estendeu-a para que o cobrador pudesse perfurá-la. Concluindo sua tarefa, o homem voltou a se apressar pelo corredor na direção do último vagão.

Guardando a passagem de volta no bolso, Barrett largou o chapéu no assento vazio ao lado dele e olhou em volta. Apenas outros oito passageiros ocupavam o vagão de primeira classe, com assentos de veludo, painéis de carvalho nas paredes e cortinas de brocado.

— Passeio impressionante... Seu namorado não poupou despesas para o nosso conforto.

— Assim é o Eric com vocês. — Ellie ficou de pé, colocando a bolsa debaixo do braço. — Vou ver o que eles têm no vagão-restaurante.

Franzindo a testa, Barrett a observou se afastar cambaleando, até a parte de trás do vagão, e desaparecendo no próximo.

— Eu disse algo errado?

— Eric é um assunto delicado ultimamente. — Kat suspirou e se acomodou no assento. Ela esteve tão perto de descobrir a verdade sobre ele... Podia ser que depois das bebidas que Ellie certamente tomaria no vagão-restaurante, ela estaria disposta a fazer confidências outra vez.

— Então por que estamos fazendo esta viagem?

— Ele está tentando fazer as pazes com ela. Nas últimas duas semanas, enviou mais de seis dúzias de rosas vermelhas para o apartamento, na tentativa de dizer o quanto está arrependido.

Desabotoando o paletó cinza-claro, Barrett deslizou o braço sobre o assento e descansou a mão ao lado do chapéu. A transpiração brilhava na base do seu pescoço, onde o primeiro botão da camisa estava desabotoado.

— Acha que ela vai perdoá-lo?

— Eu acho que ela quer, mas está dividida. Embora eu esteja querendo arrancá-la daquele monstro, ainda preciso continuar nas graças dele para reunir informações que podem salvar milhares de pessoas. Até levar esta guerra ao fim de uma maneira justa. — Kat balançou a cabeça à medida que a sucessão de acontecimentos e decisões se entrelaçavam até ela não conseguir mais distinguir uma da outra. — Aquela noite no Blue Stag... Não é algo que ela possa esquecer. Não é algo que qualquer um de nós possa esquecer.

Apoiando os antebraços nos joelhos, ele se inclinou para a frente. As pontas dos dedos roçaram na borda da saia dela.

— Lamento que vocês tenham testemunhado aquilo.

— Você foi heroico ao tentar impedir.

— Não adiantou muito no final, exceto talvez para acrescentar meu nome na lista negra da Gestapo.

— Com exceção de você, ninguém mais foi tão corajoso a ponto de tentar resolver a situação. Eu diria que agiu muito bem. Mas, no final, não havia nada que pudesse fazer para impedir o que aconteceu.

— Acha mesmo?

Ela ansiava por pegar nas mãos dele. Ultimamente, o desejo de tocá-lo tinha se tornado cada vez mais forte, quando estava perto dele. Como se uma parte dela tivesse ficado adormecida até que ele a despertasse. Ela juntou as mãos, espremendo o sangue que havia nelas. Ridículo. Ela vivia muito bem sozinha, sempre tinha vivido e voltaria a viver, assim que toda aquela terrível provação terminasse.

Mas a dor não diminuiu.

— Você é muito duro consigo mesmo. — Descruzando as mãos, ela roçou nos dedos dele.

Ele teve um pequeno sobressalto, como se ela os tivesse queimado.

— Não acho que eu seja duro demais comigo mesmo. — Tomando as mãos dela, ele as segurou entre as suas como se embalasse um pássaro. Ele abriu cada um dos dedos, um por vez, traçando uma linha com o dedo ao longo da pele sensível entre o indicador e o polegar. Um sorriso lento curvou os cantos dos lábios dele.

— Então, retomando, por que arranjou este trabalho extra para mim?

— Ah sim. Seu lado preguiçoso entrando em ação.

Ele passou os dedos pela palma da mão dela, lhe causando arrepios.

— Você prefere que eu saia correndo, tentando agradar a todos menos a mim mesmo, como você faz?

O formigamento se transformou em água gelada. Ela puxou a mão de volta. As mãos dele se abriram.

— Sinto muito. Só estava brincando com você.

Ela virou o rosto para a janela. A paisagem cinzenta deu lugar a árvores verdes espessas e campos dourados. Uma bênção que finalmente lhes dava a chance de se libertar das algemas da cidade e respirar o ar do campo novamente.

Um jipe e uma motocicleta com soldados alemães passaram na estrada de terra próxima aos trilhos.

Quem ela estava enganando ao achar que estavam respirando ar fresco? Mesmo fora da cidade, seus carcereiros permaneciam vigilantes.

— Toda brincadeira tem um fundo de verdade, não tem?

— Ou o sujeito está apenas sendo um idiota. Mas não comente com ninguém.

— Contanto que você saiba a verdade.

— Sobre mim, sim, e a maior parte não é muito interessante. Mas sobre você... — Ele suspirou e recostou-se na cadeira. A exasperação mudou seu tom. — Por que você está aqui e não seu pai? Ou algum outro emissário?

O nó sempre presente no peito dela se apertou. Depois de encontrar o bilhete que Ellie deixara ao fugir, ela não tivera alternativa a não ser ir atrás da irmã. O pai tinha ficado possesso quando ela exigiu tomar o lugar dele e a mãe tinha desmaiado no sofá, depois de afirmar que uma moça decente não poderia viajar sem um acompanhante adequado. Levou meses, mas no final os argumentos de Kat e a ameaça de ir a Paris por conta própria tinham vencido.

Tarde da noite, quando seus pensamentos só pertenciam a ela e a luz do dia não conseguira deixá-los menos sombrios, ela se perguntava por que o pai não tinha batido o pé e a impedido de ir. Será que a permissão para ir a Paris tinha sido apenas para preservar o bom nome da família e a segurança da filha era apenas uma preocupação secundária? O pai sempre fora uma figura distante, mas será que ele poderia trair tão facilmente a confiança da filha em prol da sua posição social? Ela estaria cega para isso?

— Sou a única que ela vai ouvir — disse Kat. — Se ela visse meu pai, entraria no primeiro trem para Berlim simplesmente para irritá-lo. Ellie sempre foi infantil, mas no fundo tem um coração de ouro. Só precisa de alguém para cuidar bem dele.

— Como você?

Os cantos da boca de Kat se arquearam.

— Eu estava pensando num homem, mas, sim, eu também.

Ele mudou de posição e viu seu próprio reflexo no vidro da janela.

— Você não vai gostar de ouvir isso... Deus, nem eu gostaria de dizer... mas Eric se preocupa com ela do seu próprio jeito, distorcido.

— Eu sei. Eu acho que... — O nó apertou um pouco mais em torno do coração dela, fazendo-a suspirar. — Acho que ele quer... fazer planos com ela.

— Você quer dizer se casar?

O "sim" ficou preso na garganta de Kat como um espinho. Ela concordou com a cabeça.

— A Inteligência adoraria que isso acontecesse, pensando em todas as informações que poderiam obter, mas que confusão seria em termos diplomáticos! Não consigo imaginar como o secretário de Relações Exteriores lidaria com isso.

Ela virou a cabeça para encará-lo. A raiva tomou conta dela.

— É disso que se trata? Conseguir um acesso sem precedentes para o Parlamento? E, quando tudo acabar, descartam minha irmã como um sapato velho e deixam o nome da minha família na lama? E você está com eles, certo?

Ele se sentou na beirada do assento, as mãos apoiadas ao lado do corpo.

— Não ouse me equiparar com aqueles... fomentadores de guerra. Estou aqui para ajudá-la.

— A que preço?

Ele recuou como se ela o tivesse esbofeteado.

— Eu tenho minhas próprias razões, assim como você tem as suas. Vamos parar por aí.

— Por mim tudo bem.

— Bem. — Pegando o chapéu, ele se levantou. — Vou tomar um pouco de ar. Não se meta em problemas enquanto eu estiver longe.

— Não tropece e caia.

Cruzando os braços, ela se reclinou no assento. A euforia que sentira ao vê-lo tinha azedado mais rápido do que um copo de leite ao sol. Se ao menos os nazistas pudessem vê-los agora. Afinal, não eram um casal tão perfeito assim. Isso é o que ela tinha ganhado por chegar tão perto da fronteira das possibilidades. Não mais. Ela tinha ido a Paris para levar Ellie de volta, de boa vontade ou não, e era exatamente aquilo que faria. Sem mais distrações. Nem mesmo aqueles olhos azuis profundos, o sorriso tão encantador que tentaria até uma santa e braços que a enlaçavam como se nenhuma outra mulher existisse no mundo.

Ela cravou os dedos no próprio braço, tentando afastar a lembrança do toque dele. Era impossível. Eles não tinham nada em comum, tinham opiniões contrárias sobre quase tudo e o pai certamente nunca o aprovaria, porque Barrett não era alguém que ele mesmo tivesse escolhido.

Suas mãos caíram no colo e ela deu um piparote na estampa de margaridas amarelas sobre os joelhos.

Tentando agradar a todos menos a mim mesma. Como uma bala, as palavras dele estavam cravadas no seu coração. Ele estava certo e aquela verdade era o suficiente para destroçar seus pensamentos cuidadosamente equilibrados. Por que ele tinha que estar certo? Por que ele tinha que saber muito bem o que estava fazendo em quase todas as situações? Por que não podiam ter designado para ela alguém baixo e gordo, que cheirasse a cebola?

O tecido de margaridas amarelas ficou todo amarrotado dentro do seu punho. E por que, ah, por que, sempre que um alemão passava, ela se perguntava se Barrett iria beijá-la?

Como se seus pensamentos o tivessem chamado de volta, Barrett desabou no assento ao lado dela, o peito arfando e os olhos intensos.

— Mostre que me adora.

Ela bufou e revirou os olhos para a janela.

— Não, obrigada.

— Há dois alemães vindo atrás de mim que eu posso ter atingido com a minha mala quando a joguei a bordo.

— Meu Deus, Barrett.

— Deixe o sermão para depois. Agora preciso que você aja como se não conseguisse manter as mãos longe de mim. Talvez assim eles não parem.

Kat olhou por sobre o assento. O pavor contraiu seu estômago quando viu os soldados parando em cada assento para fitar o rosto dos passageiros antes de avançar pelo corredor. Ela espalmou a mão na bochecha de Barrett, cobrindo o lado visível do rosto dele e puxando-o para perto.

— Se sairmos desta vivos, você fica me devendo uma.

Os lábios dele roçaram na orelha de Kat.

— Neste tipo de jogo, é melhor não ficar marcando os pontos.

— Não tem medo de perder, tem?

— Para mim, perder para uma mulher não é perder. Ai!

— Ah, sinto muito. — Ela tirou as unhas de onde as havia cravado na orelha dele. A dois assentos de distância, os alemães interrogavam um jovem francês.

O pavor subiu pelo peito dela.

— Você atingiu os alemães com muita força?

— Atrás dos joelhos. O mais alto cuspiu o cigarro, que caiu sobre o ombro do outro. — Com o toque de um amante, ele lhe acariciou a nuca, roçando a pele sensível até deixá-la formigando. — Pronta para a segunda maior encenação da sua vida?

Com o coração trovejando no peito, ela assentiu. A ligeira barba por fazer arranhou a palma da mão dela, disparando arrepios pelo braço que se espalharam por todo o corpo. Os lábios dela roçaram na mandíbula dele e pairaram a alguns milímetros da boca. Seu sangue circulou mais rápido enquanto os olhos dela se fechavam, apesar do perigo que se aproximava deles.

— *Umdrehen damit wir dein gesicht sehen können.*

A mão de Barrett envolveu o ombro dela enquanto ele se virava para enfrentar os soldados.

— Olá, mais uma vez. Sinto muito ter atingido vocês momentos atrás. Eu estava atrasado e esta dama aqui não me perdoaria se eu perdesse o trem.

— Documentos — o mais alto exigiu. — Dos dois.

Enquanto eles entregavam os documentos, Kat cruzou as mãos trêmulas no colo e contou as listras prateadas nos colarinhos dos soldados. Ela não tinha ideia do que queriam dizer, mas era menos do que Eric ostentava. O que ela não faria para tê-lo ali agora...

— *Englisch* — o mais baixo cuspiu e apontou para a mancha preta no ombro dele. Seu rosto redondo estava vermelho. — Viu o que você fez? Queimou o uniforme do *Führer*!

— Na verdade, seu amigo ali queimou com o cigarro dele.

Cale a boca! Cale a boca! O tremor desceu pelas pernas de Kat enquanto ela pressionava um pouco mais o corpo contra o de Barrett, desejando, com toda a sua força silenciosa, que ele fechasse sua grande matraca.

O rosto do soldado ficou roxo.

— Levante-se! Você está preso por desfigurar e destruir a propriedade do Terceiro Reich. Na próxima parada, vai direto para interrogatório. O que dois ingleses estão fazendo aqui?

— Ah, certo. Achei que poderíamos chegar a esse ponto da conversa. — Barrett suspirou cansado e enfiou a mão no bolso da camisa para puxar um pequeno envelope creme, selado com cera vermelha. — Vejam, não gosto de mostrar isso levianamente, mas...

O guarda de rosto vermelho arrancou o envelope da mão de Barrett e o abriu.

Examinando o papel, seus olhos foram se arregalando cada vez mais, até que pareciam prestes a sair das órbitas. No final, ele estava pálido como um lençol e quase a ponto de desfalecer.

O amigo demorou três segundos a mais para ter a mesma reação.

— Perdão, sr. Anderson. — Com dedos trêmulos, o guarda empurrou o papel de volta para dentro do envelope rasgado e o devolveu a Barrett.

— Por favor, aceitem nossas mais profundas desculpas. Como o senhor disse, foi um engano. Deveríamos ter sido mais cuidadosos.

— Espero que este infeliz mal-entendido não prejudique o seu relatório na chegada.

O mais alto agarrou o ombro do amigo e, como um só, eles se afastaram.

— Ótimo dia para os senhores.

O fluxo de adrenalina diminuiu a ponto de Kat conseguir formar um pensamento coerente. Ela esperou até que os soldados desaparecessem no vagão de onde tinha vindo antes de arrancar o envelope da mão de Barrett. O sangue foi desaparecendo do rosto dela enquanto lia o conteúdo, mas por uma razão totalmente diferente da dos soldados. Suas palavras escaparam num sussurro.

— O que você fez?

— Achei que poderia ser útil. Fiquei acordado metade da noite treinando esses p's angulosos. — Arrancando a carta dos dedos sem ação, ele enfiou e envelope de volta no bolso. — Mas me envergonho um pouco do selo.

— Onde você aprendeu a falsificar a caligrafia de Eric?

— Eu tenho muitos talentos ocultos. Fique comigo por algum tempo e você vai poder ver mais alguns.

— E se alguém nos pegar nessa mentira ridícula que você inventou? Você conhece as graves consequências de contar uma mentira dessa ordem?

— Esses soldados humildes não vão arriscar o pescoço para questionar se realmente somos ou não amigos pessoais e queridos do *Führer*. — O humor sumiu do sorriso dele. — Pare de se preocupar tanto. Eu sei o que estou fazendo.

Pelo menos um de nós dois sabe. Aturdida, Kat se recostou no assento. A adrenalina foi diminuindo em suas veias até que sua frequência cardíaca voltou a um ritmo moderado.

— Não se trata apenas de você e da sua força muscular.

— Eu sei que não, Papoula. Tudo o que fiz foi pensando em mantê-la segura.

Como um toca-discos, ele passava de uma emoção a outra. Primeiro jovial, depois doce, passando para forte e, em seguida, terno outra vez. Ele a deixava com vertigem e a cabeça girando. E cansada demais para dançar conforme a música de qualquer outra pessoa.

Kat voltou a relaxar no assento. Ao menos se ela conseguisse passar pela Áustria, a Suíça, neutra, estava ali perto. Ela poderia até conseguir fazer uma reserva num *spa* para Ellie.

As palmas dela formigaram. Ela as colocou entre os joelhos. A Inteligência britânica ficaria furiosa se perdessem parte do seu casal de ouro e toda a fúria se voltaria contra Barrett.

A vergonha espicaçou seu coração. Ela não queria deixá-lo em apuros, mas ele tinha que saber que aquele não era lugar para ela. Cada dia que ela e Ellie permanecessem na França o colocava em risco e a culpa que sentia por aquilo era suficiente para prender o ar em seus pulmões. Seria melhor para todos se ela e Ellie partissem para a Inglaterra o mais rápido possível.

— Acalme-se, agora. — Barrett gentilmente pegou as mãos dela e segurou uma entre as dele, sua pulsação estável e reconfortante. — Você precisará de toda calma que puder reunir antes da nossa grande encenação.

Kat bufou.

— Uma grande encenação, de fato. Provavelmente será a nossa última.

— Zombe o quanto quiser, mas não é todo dia que o inimigo é convidado para passar o fim de semana na residência de Hitler.

Capítulo 12

Então era essa a aparência da meca nazista. Edifícios cor de creme, salmão e manteiga, em estilo medieval e com os tradicionais telhados de madeira da Baviera, alinhavam-se nas ruas impecavelmente varridas. No peitoril das janelas, jardineiras transbordando de heras e gerânios alpinos vermelhos.

As magníficas montanhas cobertas de neve de Obersalzberg se erguiam como um anel majestoso ao redor da cidade, enquanto uma brisa quente agitava as bandeiras nazistas penduradas em cada edifício.

— Bem-vindos à Baviera! — Sorridente, Eric abriu caminho entre os cidadãos e soldados nazistas elegantemente vestidos na plataforma. Ele apertava uma dúzia de rosas vermelho-sangue contra o peito. — Cheguei aqui uma hora mais cedo para ter certeza de que não perderia seu trem.

Correndo para Ellie, ele se inclinou para um beijo, mas ela virou o rosto, oferecendo a bochecha. E não fez menção de pegar as flores.

— Olá, Eric.

Perdendo um pouco o entusiasmo, mas ainda determinado, ele fez malabarismos para segurar as duas frasqueiras de Ellie e as rosas debaixo do braço, enquanto envolvia a mão enluvada dela.

— Eu tenho um carro esperando lá fora para levá-la ao hotel. Por aqui, carregador.

Barrett pegou sua bagagem e a de Kat e foi atrás do carregador e seu carrinho com os baús de Ellie.

— Será que ele se lembra de que estamos aqui também?

— Não. — Não que Kat se importasse muito no momento. Ela estava com o estômago embrulhado e aquilo não tinha nada a ver com a baguete amanhecida que tinha comido no trem.

— Berchtesgaden é famosa pelas suas minas de sal. Tem até um lago salgado onde você poderá andar de barco a remo, se quiser. — Eric falava enquanto o carregador colocava os baús no porta-malas de um automóvel preto. Com a bagagem a bordo e prontos para partir, eles entraram pela porta de trás, com Barrett sentado na frente, ao lado do motorista uniformizado. Foi uma curta viagem de carro até o hotel, mas que pareceu uma eternidade. Quando as rodas finalmente pararam, as orelhas de Kat pareciam prestes a explodir com a tagarelice incessante de Eric.

O Berchtesgadener Hof era um prédio longo de quatro andares, com uma fachada creme e varandas de ferro forjado. Como em todos os outros edifícios da cidade, uma orgulhosa bandeira vermelha, branca e preta tremulava no telhado.

— Eu reservei quartos para vocês no último andar porque eles oferecem vistas espetaculares das montanhas. — Ele entregou as chaves, sem soltar ainda a do quarto de Ellie.

— Você ficará no mesmo quarto em que se hospedaram o duque e a duquesa de Windsor. Você me disse que os conheceu.

Ellie pegou a chave lentamente e acenou com a cabeça.

— Uma vez. Não muito depois que se casaram.

Pobre homem. Kat quase sentiu pena dele. *Quase*.

— Vamos, Ellie. Vamos nos refrescar um pouco depois dessa longa viagem.

Eles começaram a subir as escadas, mas Eric segurou o braço de Ellie.

— Posso falar com você? — Seus olhos se voltaram para Kat e Barrett. — Em particular.

Ellie hesitou, mas concordou com a cabeça.

— Eu o encontro no salão daqui a dez minutos.

Kat empurrou sua bagagem para dentro da suíte antes de ir bater na porta ao lado, onde estava Ellie. A suíte da irmã ocupava todo o canto sul do andar. As paredes de um tom amarelo-claro; o piso de carvalho reluzente, coberto por tapetes azul-escuros; as pinturas coloquiais e uma enorme cama com dossel eram uma declaração de charme e ostentação. Rosas vermelhas e cor-de-rosa em vasos de cristal estavam espalhadas por todas as superfícies disponíveis. Calafrios percorreram o coração de Kat. Toda a beleza do mundo não poderia esconder a verdadeira feiura que apodrecia naquele covil nazista.

— O meu quarto parece uma caixa de fósforos comparado ao seu.

Ellie deu de ombros e puxou para o lado uma das cortinas de damasco que davam para a sacada.

— Ele está tentando me impressionar.

Tirando o alfinete do seu chapéu de palha com uma fita azul-marinho, Kat foi até um espelho oval e afofou o cabelo ao redor dos ombros.

Viajar nunca era fácil com todos aqueles cachos.

— Claro que está. Ele quer cair nas suas graças novamente e parece disposto a tudo para conseguir isso.

— Pode ser. Eu não sei o que fazer.

— É evidente que você quer fazer algo ou não teria aceitado o convite dele para tirar estas férias a centenas de quilômetros. Se não quiser ficar aqui, se mudou de ideia, podemos ir embora. — Ela pensou em Barrett no final do corredor. Ele ficaria furioso, mas isso não era problema dela. — Podemos ir para a Suíça, entrar num daqueles *spas* e passar alguns dias nos divertindo com máscaras de lama e fontes de enxofre. Cheiram mal, mas pelo que dizem fazem coisas extraordinárias pela nossa pele.

Ellie encolheu os ombros.

— Pode ser.

— Ah, pelo amor de Deus. Você precisa fazer alguma coisa. Tome alguma decisão em vez de deixar que o vento a arraste para onde quiser.

Ela não queria dizer aquilo, mas a frustração dos nervos à flor da pele tinha transbordado antes que ela pudesse reprimi-la. Ela não estava com ânimo para aguentar outro ataque de mau humor da irmã, especialmente naquele lugar. Seus nervos já estavam em frangalhos.

Abrindo seu estojo de cosméticos para viagem, Ellie passou um batom vermelho, penteou os cabelos e tirou uma lasca de rímel dos cílios inferiores. Com o queixo erguido, saiu pela porta.

— Eu vou tomar. Vou falar com Eric.

Uma hora depois, Barrett encontrou Kat no terraço ao ar livre, numa das mesas com guarda-sóis verdes e brancos. O aroma picante da loção pós-barba flutuava em volta dele.

— Aproveitando a paisagem? É um pouco diferente da Inglaterra.

— Nunca imaginei que viajaria para um lugar tão bonito. Por um instante, consegui relaxar e sentir tranquilidade, até me lembrar de quem era nosso vizinho.

— É lá em cima.

Ela seguiu o dedo apontado para as imponentes montanhas verdejantes de Obersalzberg.

— O quê?

— A casa do diabo em pessoa. — Ele se sentou na cadeira de madeira ao lado dela e esticou as longas pernas. — Os figurões lá em Londres não conseguiram um convite assim, mas você conseguiu.

Ela — ou, corrigindo, ela por meio de Ellie — tinha feito o que ninguém mais do exército ou da Inteligência ainda tinha conseguido. Tinha levado os olhos espiões de Londres para dentro do covil do lobo. Sem que fosse preciso nenhum dos contatos poderosos do sobrenome Whitford.

— Eu me pergunto se ele está lá agora planejando qual o próximo horror que vai infligir.

— Nesse caso, aquela dinamite que eu trouxe vai ser útil... Brincadeirinha.

— Eu não me surpreenderia.

Ele se aproximou, roçando o braço no dela. A seriedade pairava em seus olhos.

— Podemos acabar com esta guerra. Talvez ninguém mais tenha essa chance novamente.

— Mas isso não é tarefa nossa.

— Sempre obedecendo às regras, hein? — Ele se recostou na cadeira, apoiando as mãos atrás da cabeça. — Claro que, se tomássemos as questões em nossas próprias mãos, então não haveria mais necessidade de nenhum livro de regras. Algo em que se pensar.

Uma gota de suor escorreu por entre as escápulas dela. Ela não sabia dizer se era o calor do fim da tarde ou o absurdo que era a sugestão de Barrett. Ela se remexeu na cadeira para deixar que uma brisa se infiltrasse sob a saia.

— Este era o seu plano o tempo todo?

— Não. Apenas me ocorreu.

— Eu prefiro não explodir, se é disso que está falando.

As sobrancelhas escuras de Barrett se franziram e ele pareceu insultado.

— Como se atreve a insultar minhas habilidades de detonador? Eu quero que saiba que ainda não perdi nenhum homem, nem mulher, numa explosão de minha autoria. É para isso que servem os temporizadores.

— Provavelmente é o mais perto que chegarei de ver você trabalhando.

— Estamos de férias. Não quero exagerar.

— Férias, até parece. — Ela beliscou o tecido da saia entre os dedos. — Enquanto o resto da Europa trava uma batalha, nós nos sentamos aqui em almofadas, bebendo champanhe em taças de cristal. Isso não o deixa doente?

— Todos os dias. Aprendi há muito tempo que cada pessoa tem um papel a desempenhar. — Alguns nas trincheiras, alguns num bar e alguns valsando atrás das linhas inimigas. Nenhum trabalho é mais fácil do que os outros, mas devo admitir que deve ser um alívio olhar para o inimigo através de um campo lamacento em vez de uma pista de dança. Pelo menos num campo de batalha você pode atirar neles.

— A simplicidade de mostrar o seu lado mais verdadeiro.

— Isso mesmo. — Fechando os olhos, o rosto dele relaxou. Ela não compreendia como o homem podia parecer tão à vontade no meio de uma cidade onde era preciso ser nazista para ser um cidadão. Desde que eles tinham saído da estação de trem, ela ainda não tinha conseguido respirar fundo sem sentir o medo oprimindo seus pulmões. Cada passo que ele dava ameaçava ser o último, mas essa constatação sombria nunca parecia abalá-lo. Ela nunca tinha testemunhado alguém suportar tamanha responsabilidade com tanta força e coragem verdadeira.

O peito dele subia e descia num ritmo constante, como se o sol brilhando no céu o tivesse acalmado a ponto de fazê-lo dormir. As mangas da camisa enroladas revelavam os antebraços bronzeados, com músculos longos e definidos que se estendiam por todo o comprimento. O ângulo sempre tenso da sua mandíbula se suavizou com o relaxamento e os longos cílios negros pousaram suavemente em suas bochechas. O aperto nos pulmões dela diminuiu, mas o ar ainda estava preso em sua garganta.

— Gosta do que está vendo? — ele perguntou, sentindo o olhar dela.

Kat se sobressaltou, fazendo a cadeira ranger embaixo dela. Um ardor se espalhou pelo seu rosto, como se o próprio sol a tivesse queimado.

— Você tinha uma abelha zumbindo em volta da sua cabeça.

— Você vai ter que me deixar retribuir o favor algum dia. — Um olho azul se entreabriu. — E não me refiro à abelha.

Ela alisou a saia com a mão.

— Não sei o que você quer dizer.

— Sim, você sabe.

O coração dela saltou quando os dois olhos azuis profundos a prenderam na cadeira. Sim, ela sabia. Sabia muito bem. Bem no fundo, nos lugares marcados do seu coração, ela desejava ter um homem por perto para admirá-la, para sussurrar ternamente coisas com a promessa de cumpri-las. Mas promessas eram quebradas com muita facilidade, causando uma dor inimaginável. Ela não suportaria sofrer a mesma perda outra vez.

Saltos estalaram no pátio de concreto atrás deles, seguidos rapidamente pelo baque surdo de botas. Sem precisar se virar, o coração de Kat se contraiu.

Ellie jogou os braços em volta do pescoço de Kat e gritou.

— Está tudo bem agora. Eu vou te contar tudo mais tarde. — Dando um pulinho para trás, Ellie pegou na mão de Eric e puxou-o para a frente. — Vamos lá, querido. Não seja tímido.

Eric teve a decência de parecer constrangido. Ele segurou com força a mão de Ellie.

— Eu quero me desculpar por nosso último encontro em Paris. Não era como eu queria que a noite fosse, e certamente minhas ações foram imperdoáveis na presença de mulheres. — Ele olhou para obter um olhar de aprovação de Ellie antes de voltar um olhar mais intenso para Barrett. — Quaisquer danos ao seu negócio incorridos por causa do incidente serão reparados imediatamente, sem nenhum custo para você.

Incidente? Ele ousava chamar o assassinato de um homem inocente de um mero incidente?

Kat cravou as unhas nas palmas das mãos enquanto os olhos de Ellie brilhavam com o perdão e a dor de cabeça.

— Obrigado — disse Barrett. — Não foram muitos danos além de uma mancha no chão. Duas das minhas funcionárias esfregaram um dia inteiro, mas conseguiram tirá-la.

Kat fez um pequeno ruído nauseado com a garganta. Barrett pegou a mão dela e apertou.

— Obrigado por me convidar. É bom ter outro homem para ajudar a entreter essas senhoras.

— Eu sabia que Eleanor ficaria feliz se vocês dois estivessem aqui. — Eric entrelaçou os dedos nos de Ellie. — Além disso, eu nunca o deixaria sozinho por muito tempo.

Embora tenham sido ditas com um sorriso, as palavras pairaram no ar como uma nuvem baixa e escura, repleta de relâmpagos. Uma tempestade estava se formando. E só o tempo diria se eles conseguiriam escapar antes de ela cair ou seriam pegos no meio do aguaceiro.

Ellie quebrou a tensão.

— Vamos nadar amanhã. Eric, você não disse que havia um lago por aqui?

Eric acenou com a cabeça e apontou para o norte.

— O lago Königssee fica a cerca de seis quilômetros naquela direção. As águas mais cristalinas de toda a Alemanha.

— Podemos fazer um piquenique. Não seria maravilhoso?

A dúvida o fez franzir as sobrancelhas claras.

— Temos um convite para o chá amanhã no Berghof.

Kat engoliu um gemido. Se o cadafalso se estendesse diante deles, ela queria a lembrança de um dia perfeito enquanto enfrentasse o carrasco. O próprio Hitler.

— Se é um chá da tarde, isso nos dá muito tempo para nadar e descansar ao sol antes de ir.

— Nem tudo pode ser só trabalho, sem um pouco de diversão. — Os dedos de Barrett entrelaçados aos dela, eram calorosos e reconfortantes. — Você prometeu nos proporcionar alguns dias de férias.

A certeza deslizou pelo rosto de Eric, suavizando sua expressão grave.

— *Ja*. Um dia inesquecível espera por vocês, *meine freundes*.

Kat pressionou a mão sobre o estômago embrulhado. *Não vomite. Não vomite no chão da sala de estar do Hitler*.

A preocupação franziu a testa de Barrett quando ele estendeu a mão para esfregar as costas dela.

— Como você está se sentindo, Papoula?

— Enjoada.

— Não surpreende, considerando onde estamos. — Ele examinou uma pintura de Paris Bordone, intitulada *Vênus e Cupido*. Uma expressão de perplexidade passou pelo rosto dele.

— Nunca entendi qual é a graça de se pintar bebês pelados.

— É um estilo de pintura muito apreciado na Veneza do século XVI.

— Bem, não é o meu favorito.

— Experimente as pinturas de Pannini. Elas são um pouco mais viris, com suas ruínas de Roma. — Ela foi até a lareira. O mármore vermelho brilhava como granadas opacas, com fios brancos leitosos passando por ele. Os painéis interiores mostraram um fazendeiro plantando sementes e um homem vestido de *lederhosen* segurando uma foice. Uma existência rural simples não era o que ela imaginava que Hitler celebraria em sua casa.

Se viver uma vida boa com os nazistas, na Paris ocupada, não fosse o suficiente para que ela fosse acusada de traição, o chá da tarde com o *Der Führer* com certeza seria a última volta do laço que colocariam em volta do seu pescoço. Como eles poderiam sair daquilo vivos?

Virando-se, ela pegou Barrett se sentando numa das cadeiras com estampa floral em vermelho e dourado.

— Não se sente! — Ele parou a centímetros da almofada, o pânico congelado em seu rosto. Kat deixou cair o braço outra vez de onde ele tinha involuntariamente saído como se fosse impedi-lo. — Não é adequado se sentar sem que o anfitrião o convide a fazer isso primeiro.

Franzindo a testa, ele se endireitou.

— Você realmente espera que eu vá me importar com essas sutilezas sociais, considerando quem é nosso anfitrião?

Kat assentiu.

— Só porque estamos cercados de gente ruim isso não significa que precisamos nos rebaixar ao nível deles.

— Seja qual for o nível em que ele esteja, só acho que está demorando muito.

— Talvez esteja muito ocupado bombardeando a Rússia para se dar conta da hora. — A amargura evidenciava-se com clareza em suas palavras, como se a maldade pairando no ar encharcasse sua pele. Ela esfregaria seu corpo inteiro tão logo voltassem para o hotel.

— Desculpe. Isso não teve graça.

— Você nunca precisa se desculpar comigo, especialmente quando sou da mesma opinião. — Ele deslizou as mãos sobre os ombros dela e gentilmente a puxou para mais perto. Ele cheirava a sabonete e ao ar fresco do lago. — Nós vamos sair dessa. Em silêncio ou atirando, mas vamos superar isso. Prometo.

— Vamos mesmo? Me surpreende a confiança que você deposita nesta situação.

— Confie nos seus instintos. Eles são mais aguçados do que você imagina.

Ele deu um beijo na testa dela. Como uma pausa num céu tempestuoso, seu estômago embrulhado se acalmou. Mesmo na pior das situações, como ele conseguia mantê-la calma? Eles tinham sido coagidos a aceitar uma missão que nenhum dos dois queria, mas o tempo que passavam juntos havia transformado o relacionamento entre eles, que tinha deixado de ser profissional e se tornado uma relação que ela temia definir, tal era a fragilidade dos sentimentos que floresciam a cada dia. Seria muito mais difícil deixá-lo agora.

— Cruzes. Está tão quente lá fora! — Ellie passou pela porta do terraço com Eric logo atrás dela. Uma ligeira transpiração marcava as axilas do seu vestido rosa de alta-costura. — Estou pingando.

A tensão contraiu a boca de Eric.

— O *Führer* não gosta que fumem aqui dentro. O cheiro penetra nos móveis e estraga as pinturas.

— Bem, a menos que ele goste de limpar poças de suor, ele pode querer reconsiderar essa pequena regra. — Ellie guardou sua piteira de prata de volta na bolsa e olhou ao redor da sala, aturdida. — Onde está todo mundo? O convite era para as quatro horas, não era?

Kat encolheu os ombros.

— Ninguém voltou desde que vocês saíram para o terraço. Ficamos admirando as obras de arte.

Os olhos de Eric brilharam.

— Sim, o *Führer* tem um olho clínico para a arte e um ouvido sensacional para a música. Tive o privilégio de ver alguns dos seus esboços. Ele mencionou que talvez me permita exibir um em Paris.

Kat forçou a boca a abrir um sorriso.

— Isso é maravilhoso. Tenho certeza de vai atrair dezenas de pessoas.

Eric balançou o dedo indicador de um lado para o outro.

— *Nein*. Não dezenas, mas milhares.

Antes que ele pudesse falar sobre as tentativas patéticas de Hitler no campo das artes, uma mulher com um vestido longo e muito usado entrou pela porta leste. A blusa branca com mangas bufantes, a saia azul-marinho e o avental xadrez de tom vermelho davam a impressão de que ela servia numa *biergarten* e não chás da tarde. Com um cabelo castanho-dourado fino e esvoaçante, um nariz grande demais para o rosto e um sorriso discreto, ela tinha uma aparência agradável, mas não era exatamente bonita.

— Eric, *schön sie wiederzusehen*.

Pegando a mão estendida dela, Eric bateu os saltos das botas brilhantes e se inclinou sobre a mão enquanto falava em alemão. Ele gesticulou para os convidados.

— Eleanor Whitford, Kathleen Whitford *und* Barrett Anderson.

A mulher acenou com a cabeça para cada um deles.

— *Guten tag und wilkommen*. Eva Braun. Peço desculpas pelo atraso. Um mal-entendido na cozinha. Vamos tomar chá aqui fora?

O rosto de Ellie se contraiu com as instruções num inglês capenga, para que voltassem para o terraço, mas obedientemente seguiu Eva até a mesa preparada sob um grande guarda-sol azul. Um vale verdejante, com as montanhas da vizinha Áustria, se estendia diante deles, como se saído das pinceladas geniais de um mestre renascentista.

— Vista espetacular — disse Barrett, aceitando o chá que Eva servia a ele.

Eva descobriu uma bandeja de doces delicados e olhou com expectativa por sobre o ombro.

— *Ja*. Herr Hitler...

— O *Führer* passou muitos anos felizes nesta região e comprou a casa quando o antigo proprietário faleceu. — Eric selecionou um biscoito e deu uma mordidinha nele enquanto continuava a interromper Eva. Um hábito dele. — Nada como ver a neve cair do lado de fora da grande janela e ouvir o crepitar das toras na lareira do grande salão.

Os olhos de Ellie dardejavam entre eles, enquanto ela cruzava e descruzava os braços no colo.

— Como vocês dois se conhecem?

A surpresa ergueu as sobrancelhas finas de Eva.

— Somos parentes por parte de...

— Primos. Somos primos distantes. — O queixo de Eva caiu com o olhar de Eric.

A estranheza ondulou no ar, enquanto todos fingiam interesse pelas suas xícaras de chá. Depois de dois longos minutos olhando silenciosamente para a paisagem e bebericando a bebida aguada, Kat não aguentou mais e se virou para Eva.

— Que lindo vestido!

— *Danke*. Tem muitos anos. — Ela alisou a mão sobre o corpete bordado. Seus olhos fitaram lentamente as bordas recortadas da saia Rolf de Kat, com riscas verdes e brancas. — Sem roupas novas, é difícil ter elegância.

— Precisamos mudar isso. Na próxima vez que você estiver em Paris, vamos fazer compras na Champs Élysées. — Kat tentou oferecer a Eva um sorriso de incentivo apesar da amargura que ainda revirava seu estômago. Talvez os tanques rugindo sob o Arco do Triunfo inspirassem aquela mulher a incrementar o seu guarda-roupa. Quem quer que ela fosse, não merecia se vestir como uma leiteira todos os dias.

— Não tenho certeza... — Eva olhou por cima do ombro novamente. — Muita gentileza, *danke*.

Eric ficou de pé de repente, fazendo a mesa estremecer. O braço estendido para cima.

— *Heil* Hitler!

Todo o calor e brilho do dia de verão de agosto evaporaram como o assobio de um gêiser quente numa tundra congelada. O diabo em carne humana passeava pelo terraço, ereto e sólido como um tijolo, com o cabelo castanho-escuro penteado para o lado e um bigode retangular sobre o lábio superior. Kat tinha muitas vezes lembrado a si mesma de que os homens eram apenas homens e as mulheres, apenas mulheres, fossem eles reis, duques, comerciantes ou motoristas de ônibus, mas olhando nos intensos olhos castanho-escuros de Adolf Hitler, ela percebeu que se enganara ao pensar que aquele homem era como qualquer outro. Aquele era diferente.

Eric fez as apresentações. E quase explodiu de tanto orgulho quando gesticulou para o homem com cara de rato pairando atrás de Hitler, apresentando-o como o dr. Joseph Goebbels, o ministro da propaganda, seu chefe direto.

Kat resistiu ao ímpeto de limpar a mão na grama depois de apertar a palma úmida do ministro.

Os olhos escuros de Hitler permaneceram em Ellie. Seus lábios se forçaram a esboçar um sorriso.

— *Sprechen sie Deutsch?*

Ainda em total atenção, Eric baixou a mão até o ombro de Ellie e balançou a cabeça.

— *Nein, mein* Führer.

Não, Ellie não falava alemão, nem entendia. Mas graças ao grande interesse de sua governanta por línguas, o alemão de Kat era suficiente ao menos para conversas rudimentares. Porém, qualquer coisa que fosse além de "Por favor, passe a manteiga", a deixava perdida.

— Ouvi dizer que você está fazendo coisas fantásticas para promover o orgulho alemão e expandir nossa sociedade em Paris — Hitler estava dizendo a Ellie através de Eric. Embora ele se recostasse na cadeira e pegasse uma xícara de chá, não desabotoou a jaqueta listrada. Ele se sentou rígido, como se suas costas detestassem almofadas macias.

— Eu não sei nada sobre promover o orgulho, esse é o forte de Eric, mas sei como organizar uma festa extraordinária. — As mãos de Ellie se juntaram sob a mesa. — Eric é muito engenhoso quando me ajuda a planejar, como na vez em que escolhemos o bar do sr. Anderson para a estreia do filme mais recente da sra. Chekhova. Que pena que o senhor não pôde estar presente, dr. Goebbels.

— Um triunfo para nossa nação até que aquele judeu a arruinasse — lamentou Goebbels como uma criança emburrada.

Hitler se inclinou para a frente, chamando a atenção de volta para si mesmo.

— Isso jamais deve acontecer novamente. É preciso muitas precauções para garantir que a pátria não seja enfraquecida por esses radicais. Nossa nobre causa prosperará e toda oposição deve compreender que eles não têm mais um lugar onde fomentar suas ideias e mentiras.

Ellie apertou as mãos até os nós dos dedos ficarem brancos.

— Da próxima vez será melhor.

— Nossa causa seria infalível com apoiadores de fora da Alemanha que pensam como nós! — A voz de Hitler permaneceu baixa e tranquila, como era apropriado para o chá da tarde, mas o tom foi ficando mais agudo conforme sua intenção se concentrava em seu propósito.

Kat deslizou o olhar para Barrett, do outro lado da mesa. Com as mãos entrelaçadas sobre o abdômen reto e a cabeça ligeiramente inclinada para trás, ele era a imagem perfeita da descontração. Se não fosse pelo rápido movimento do seu peito, ela poderia pensar que ele era imune à conversa que implodia ao redor deles.

Claro que era por isso que Eric os atraíra até ali. Ele tinha sido muito inteligente ao encontrar uma garota com contatos sociais nos altos escalões dos círculos britânicos e convencê-la a fazer suas vontades com presentes como um bom apartamento, belas roupas e festas regadas a champanhe. Infelizmente, as únicas amizades reais que ela tinha consistiam em costureiras, debutantes e os ricos herdeiros da nobreza. Os únicos laços realmente poderosos vinham de seu pai.

Kat se recostou na cadeira, ansiosa para ver como Eric iria conseguir agarrar aquele grande peixe de Whitford.

— Ah sim. Acho que sempre posso ligar para John Purcevel. Ele está sempre pronto para se divertir. — Ellie se virou para Kat, o pânico invadindo seus olhos. — Conhecemos mais alguém que queira passar uma semana ou duas em Paris para algumas festas fabulosas?

Quem em sã consciência recusaria um convite para as festas parisienses? Ah, claro! O resto da população mundial que não pertencia ao partido nazista. Kat enrubesceu enquanto Hitler, Goebbels e Eric olhavam para ela. Eva mastigava silenciosamente uma torta de maçã. O olhar de Kat deslizou para Barrett, que assentiu levemente. Incentivando-a. *Confie nos seus instintos.*

— John adora uma boa festa, mas não sei se um convidado que gosta de farrear a noite toda vai agradar aos seus anfitriões. Além disso, você quer convidados capazes de conversas e pensamentos inteligentes, como, digamos, o duque de Buccleuch ou o lorde Brocket. — Kat deu uma batidinha com o dedo no queixo. Ela detestava ter de usar o círculo de amizade do pai, mas pelo menos naquele caso ela usava o poder em benefício próprio. — Claro, lorde Mount Temple ou o sr. Tennant, que acredito ser amigo do embaixador alemão, Herr von Ribbentrop, teriam muito prazer em receber um convite. Muitas vezes eles expressaram o desejo de se relacionar com nossos irmãos alemães durante as reuniões da Fraternidade Anglo-Germânica.

Kat prendeu a respiração, esperando que um alfinete caísse e quebrasse o silêncio atordoante. Eric sentou-se orgulhosamente ereto como se fosse amigo pessoal daquele rol de nomes impressionantes.

O olhar de Hitler descongelou. Ligeiramente.

— Vocês conseguiriam convidar esses cavalheiros?

Aliviada, Ellie deu um sorriso deslumbrante que encantou os homens. Pelo menos os homens de sangue quente, o que obviamente excluía Hitler.

— É impossível recusar um dos meus convites. Eu estava pensando que, para a próxima exposição de Eric...

O diabo não se importava com as ideias de Ellie. Ele tinha as suas próprias, que expôs durante os vinte minutos seguintes. Eva pediu licença e voltou apenas alguns momentos depois com uma câmera. Kat tentou ignorar o clique constante enquanto a mulher dava voltas e mais voltas na mesa.

À medida que as sombras ficavam mais longas e a luz diminuía, adquirindo um tom laranja queimado, Hitler chegou ao fim do seu discurso e Goebbels ousou abrir a boca.

— *Wunderbar, mein* Führer. Exatamente o que eu estava pensando, embora não pudesse ter expressado de forma tão vívida.

Hitler balançou a cabeça lentamente como se tal elogio fosse esperado e se virou para Barrett.

— Pelo que entendi você dirige o estabelecimento onde foi celebrada a estreia do filme. Diga-me, o que um inglês está fazendo na França?

Barrett sorriu apesar da comparação com um inglês.

— A família da minha mãe é francesa, portanto, quando chegou a hora de abrir meu próprio negócio, não consegui pensar num lugar melhor do que Paris. Simples assim.

— Você não fugiu como todos os outros.

— Minha vida e meus negócios estão aqui. Não tenho laços com nenhum outro lugar. Contanto que eu tenha dinheiro no caixa, que, graças ao Major von Schlegel, está transbordando, Paris é o lugar onde permanecerei. Um pequeno grupo de *Deutsch-Englische Gesellschaft* se reúne uma vez por mês no Blue Stag. Vocês podem imaginar minha surpresa ao encontrar a srta. Whitford já familiarizada com a organização da irmã na Inglaterra.

Empurrando a xícara de chá para o lado, Hitler apoiou os braços na mesa. As órbitas de seus olhos ficaram mais escuras contra sua pele de aspecto doentio, pois ele não piscava.

— Então o dinheiro é o seu maior incentivo, mas não foi esse o caso quando aquele judeu enlouquecido apareceu com uma arma. Ouvi dizer que você tentou consolá-lo.

— O dinheiro era o ponto crucial na ocasião. Lunáticos assim, especialmente os que estão do lado errado da lei, não têm lugar no meu estabelecimento. Eles expulsam os bons clientes, como o major e seus soldados. — Barrett inclinou a cabeça na direção de Eric, a sinceridade transbordando em seus olhos. — Meu único pesar é que isso possa ter causado um ligeiro constrangimento numa noite tão importante para ele. Poderia ter ficado muito pior se ele não tivesse tamanha presença de espírito.

Ellie agarrou o pulso de Kat.

— Eu preciso de um pouco de ar.

Momentos depois, encostada na parede de pedra do terraço, a alguns metros da irmã, Kat olhou para o vale mais abaixo. A fumaça espiralava das chaminés enquanto jantares borbulhavam em fogões a lenha e famílias se reuniam em torno da mesa para uma refeição farta de ensopado de veado ou *schnitzel*. O que ela não daria para estar lá embaixo e não ali. A distância, as nuvens escureciam. O ar estava pesado de umidade.

— Não sei por que eles precisam continuar trazendo à tona aquele triste episódio. — Ellie enfiou um cigarro entre os lábios e tragou profundamente. — Eric prometeu que nunca mais mencionaria aquele dia. Acho que ele não pode contrariar o *Führer*. Você viu aqueles olhos?

Kat esticou um pé e o girou. Um por um, seus músculos relaxaram da tensão que os envolvia desde que haviam chegado ao Berghof.

— Eles são bem intensos. Mas Barrett sustentou o olhar de Hitler com firmeza.

— Posso imaginá-lo diante da morte sem se abalar.

Não é isso que ele está fazendo agora? Ele vivia e respirava perigo com a Resistência, correndo risco a cada segundo, mas sem nunca desistir da sua missão. Ela não era especialista em homens, mas entendia o suficiente para saber que um homem fraco já teria cedido.

Enquanto Hitler se prolongava em seu discurso verborrágico, o olhar de Barrett se desviou para ela e lhe deu uma piscadela. O calor se acendeu no pulso de Kat.

— Sujeito atrevido.

Ellie tirou um pedaço de alcatrão da língua.

— Atrevido e muito bom de nado. Toda aquela prática nos lagos na Escócia certamente valeram a pena esta tarde. Acho que vamos ter que nadar outra vez antes de ir embora, apenas para poder ver aqueles braços em movimento.

— Por que sua mente está sempre divagando por aí?

— Porque esse é o passatempo mais interessante em que posso pensar.

Kat bateu com o quadril no de Ellie. As cinzas caíram do cigarro para o terraço.

— É só um passatempo?

— Ok, faço isso o tempo todo. — Ellie bateu nas costas dela e riu. Eva girou e voltou a câmera na direção delas antes de retornar para os homens. — O que acha dela?

— Uma moça estranha. Parente? Uma simples hóspede, talvez? — Eva circulou a mesa, tendo o cuidado de pegar todos os ângulos, sem deixar de fora nenhum dos homens. Após cada clique, seus olhos voavam para Hitler como se pedissem permissão para continuar. Ele a ignorava. — E ainda há algo estranhamente familiar... Até parece que ela está sempre esperando a aprovação dele, como uma... Oh, não. Não, não pode ser isso.

— Por favor, não diga amante. Ah, Kat, por que você diria isso? — Ellie contraiu o rosto com nojo. — Esse homem como amante é a última coisa em que eu quero pensar.

Kat ergueu as mãos em defesa.

— Você que disse, não eu.

— Mas foi isso que você deduziu, não foi? — Ellie expeliu uma nuvem de fumaça com um gemido. — Ele é assustador na melhor das hipóteses. Nenhuma mulher poderia querer um amante como ele.

Com o cabelo penteado para trás, uma voz dois níveis mais potente do que a de todo mundo e aquele bigode sobre o lábio, ele parecia uma lontra furiosa, pronta para mastigar o rosto da pessoa mais próxima, a qualquer segundo. No entanto, de alguma forma o psicopata fora eleito chanceler da Alemanha com louvor. A repulsa desceu pelas costas de Kat.

— O poder é algo atraente para algumas mulheres.

— Por favor, pare.

— Veja como os discursos dele levam as multidões ao frenesi, como os homens se alistam em massa para lutar por ele, como as mulheres empurram seus bebês na frente dele para que ganhem uma carícia na cabeça.

Ellie sacudiu a mão.

— Ok. Eu admito que o poder é inebriante, mas no final do dia você quer se aconchegar ao lado de um homem que não lhe cause arrepios de medo.

— Você está dizendo que o *Führer* lhe causa arrepios?

— Ele não faz isso com você?

— É claro.

— É claro. Então o que ainda estamos fazendo aqui?

Kat acenou com a cabeça na direção de Eric.

— Eu acho que o seu cavalheiro é o único que pode responder a isso.

Suspirando, Ellie tirou mais alcatrão da língua.

— Ele acha que eu sou uma boa imagem publicitária.

A repulsa se transformou em raiva.

— Você quer dizer que ele está querendo usar você para promover as ideias nazistas para um círculo de pessoas mais amplo? Digamos, a Inglaterra? — Quando Ellie confirmou com uma expressão taciturna, Kat passou o braço em volta da cintura da irmã e a voltou para as montanhas verdejantes da Áustria. — Você não tem que continuar com isso.

— É difícil dizer não a ele. Você vê o tipo de pressão que ele sofre. Como alguém pode dizer não a homens como eles?

— Ellie, Eric usa o uniforme, não você. Você não tem obrigação de estar aqui. Podemos ir embora esta noite, se quiser. Vamos para aqueles *spas* na Suíça de que eu estava falando. Não seria bom que ficássemos, só você e eu, longe desses sujeitos egoístas?

— Até Barrett?

A dor se formou no peito de Kat.

— Sim, até ele.

— Você sentiria muita falta dele, assim como eu sentiria de Eric. Ele é agressivo, eu sei, mas eu realmente acho que ele pode ser diferente se eu puder afastá-lo de tudo isso.

Aquela era a maior mentira que uma mulher poderia ter inventado desde o dia da criação. Acreditar que uma mulher pudesse mudar um homem era algo totalmente risível na pior das hipóteses, ingênua na melhor delas. Kat baixou as mãos para a parede fria de pedra.

— Eu acho que ele está envolvido nisso há tempo demais, o que não significa que você tenha que pegar carona.

— Eu também posso estar.

O estômago de Kat se contraiu.

— Você está... Ele fez algum pedido?

Ellie soltou uma risada, assustando um par de pombos aninhados num arbusto abaixo delas.

— "Pedido"? Por acaso somos mulheres da época vitoriana? Não, ele não me pediu em casamento. Ainda. Mas fala do nosso futuro juntos.

— E que futuro será esse se a Alemanha não vencer a guerra?

— Então nós vamos partir. Vamos para algum lugar que esta guerra não tenha maculado, como os Estados Unidos. — A ponta do cigarro de

Ellie brilhava como uma cereja enquanto ela tragava. — Nada mais nos prenderá aqui.

Mais uma vez, a irmã provava que não pensava duas vezes antes de pular de um penhasco. Kat agarrou o corrimão de pedra até que seus dedos doessem. Ela precisava enfiar algum bom senso na cabeça de Ellie, mesmo que fosse à força.

— Essa é uma questão complicada e, não importa o quanto seu sorriso seja encantador ou quantos nomes de condes você mencione, não poderá sair desta tão facilmente.

— E o nome de papai? Acha que isso pode ter algum peso? — Ellie perguntou com amargura.

— Com certeza terá algum, mas não espere que ele tenha muita influência sobre o Parlamento, caso você decida afundar com o navio.

— Se Eric estiver no navio, é onde eu estarei também. Isso é o que você faz quando está apaixonada. Não que você saiba o que é isso.

A farpa atingiu Kat e seus mais de vinte anos de solidão. Desprevenida, a dor a atingiu em cheio. Ela se virou de costas e abriu mais os olhos para que o ar secasse a emoção crescente.

— Oh, Kitty Kat, me desculpe. — Ellie tocou o braço da irmã. — Eu não quis ser rude. Só quis dizer que você não encontrou o amor verdadeiro ainda. Temos que beijar muitos sapos antes de chegarmos ao príncipe, certo? Como aquele horrível Marcus que papai armou para você.

A dor diminuiu, mas a picada da traição permaneceu. Kat piscou e voltou a se virar para Ellie.

— Acho que meu destino é só ter sapos.

— Eu dificilmente me referiria a Barrett assim. Como você sabe se ele não é o seu amor verdadeiro? Sinceramente, nunca pensei que a veria com alguém da classe dele, mas combina com você. Ele combina com você. Você é diferente perto dele. Mais solta, mais leve.

Barrett não parecia ter consciência de classe, nunca permitia que o encaixassem numa categoria qualquer. Como se estivesse além dos limites da sociedade. E por isso ela nunca tinha nem pensado em categorizá-lo. Ele era simplesmente Barrett. Ou melhor, isso não era tão simples ultimamente, com sentimentos inesperados envolvendo seu coração sempre que ele estava por perto. Sentimentos que iam além da dependência que ela tinha da ajuda dele para cumprirem sua missão e agora englobavam também a falta que sentia da presença dele. Simplesmente de tê-lo por perto.

— Ele não tirou os olhos de você desde que chegamos aqui. — Ellie quase saltitava de alegria.

Uma emoção passou por Kat. Ridículo. Só porque ele não tirava os olhos dela isso não significava que ele estivesse admirando a vista. Ela não podia esquecer de que ele era Barrett.

— Provavelmente para ter certeza de que não vou pular do terraço.

Apagando o cigarro, Ellie colocou as mãos nos quadris.

— Bem, se você pular, eu pulo também, porque você não vai me deixar sozinha com aqueles sujeitos chatos. Ele pode nos encontrar mais tarde nas amoreiras.

— Pelo menos isso o manteria mais alerta. Esse parece ser o meu problema com a maioria dos homens. Sou muito previsível. Maçante. Obediente.

— Não ultimamente. Barrett acendeu algo dentro de você, lhe deu um entusiasmo que eu não via desde que usávamos tranças. Ele lhe faz bem.

Kat bufou, passando as mãos ao longo da grade. Ele só servia para manter as aparências em nome do governo britânico e, quando aquilo acabasse, a vida voltaria à mesma coisa de sempre. Mas ela poderia nunca mais voltar para aquela mesma existência alheia a qualquer sentimento. Não depois daquele dia.

Ela afastou os pensamentos sombrios.

— Sim, tenho certeza de que mamãe e papai ficariam loucos de alegria se eu o levasse para jantar. Um escocês com talento para bebidas e brigas em becos.

— Quem se importa com o que eles pensam? Em algum momento, temos que viver nossa própria vida e ter a nossa própria felicidade.

Sua própria vida e sua própria felicidade. Ellie fazia tudo parecer tão fácil. Se Kat ao menos conseguisse se permitir um pouquinho da liberdade de que a irmã usufruía sem pedir licença... Nunca à disposição de outra pessoa, nunca tentando alcançar os padrões impostos a ela, nunca perguntando se era boa o bastante. Por outro lado, a irmã nunca tivera a tenacidade de Ellie para sair em busca do que queria.

Como um farol na escuridão, Barrett atraiu seus olhos. Ao lado de Hitler, seu carrasco e seu assecla, ele parecia pronto para bater na cara de todos com a travessa vazia. Empurrando a cadeira para trás, ele murmurou algo para Eric que ela não conseguiu detectar e caminhou na direção dela.

— Senhoras, vocês tiveram uma ótima ideia ao vir contemplar a vista. — Inclinando-se sobre a grade, ele respirou fundo e expirou lentamente, como se aquela fosse a última lufada de ar fresco antes da chuva.

Kat alisou uma ruga na camisa, entre os ombros dele. Ficar sentado por muito tempo nunca era bom para as roupas.

— Cansou do monólogo?

— Fui excluído da conversa quando todos passaram a falar em alemão.

— Talvez você os tenha entediado.

Ele se apoiou num cotovelo.

— Provavelmente. Não sei que tipo de informação interessante eles esperavam obter do proprietário de um simples bar, embora eu ache que eles estejam bastante impressionados com você.

— Achou isso surpreendente, não é?

Estendendo a mão, ele pegou um cacho solto sobre o ombro dela e esfregou-o entre os dedos.

— Estou descobrindo que você me surpreende mais a cada dia.

Arrepios percorreram o couro cabeludo dela quando ela se inclinou ao toque dele.

— É bom manter um pouco de mistério no relacionamento.

Os lábios dele se curvaram num sorriso, fazendo com que uma centena de ideias escandalosas saltassem no espaço entre eles. A respiração dela parou, queimando os pulmões, na expectativa de descobrir o que significavam.

Um estrondo como o de um trovão estourou atrás dela. Eric corria até onde estavam, esfregando as mãos e sorrindo como um idiota num desfile.

— Fomos convidados para voltar amanhã à noite para o jantar. Espera-se que mais alguns convidados cheguem, ansiosos para ouvir sobre as novas conexões que faremos enquanto estivermos em Paris.

A ansiedade dançou nos olhos de Ellie. Ela procurou outro cigarro, sem se importar com a cara feia de Eric.

— Receio que o nosso círculo de amizades não seja tão grande em Paris.

— Certamente que na França há amigos e amigos em potencial da Alemanha. — A voz de Hitler atravessou o terraço e certamente desceu para o vale abaixo. Levantando-se da mesa, ele veio na direção deles. — Se existe uma Fraternidade Anglo-Germânica, então por que não uma Fraternidade Franco-Germânica? Estou ansioso para ouvir sobre alguém que vocês acham que possa comprar a ideia.

Kat se escorou na parede atrás dela enquanto os olhos escuros de Hitler, opacos e imóveis, a perfuravam. Sua alma estremeceu.

— Vou fazer uma lista esta noite e ficarei muito feliz em compartilhá--la com os senhores amanhã no jantar.

— Estou ansioso por isso.

Kat assentiu e sorriu. Ele poderia pedir tudo o que quisesse, mas teria que esperar sentado. Ela estava cansada de ouvir ordens daqueles que só falavam em interesse próprio. Já era hora de ela mesma julgar qual era o curso de ação correto. No dia seguinte, àquela mesma hora, ela estaria embarcando com Ellie num trem com destino à Suíça.

Capítulo 13

Com os pés pesando como chumbo, Barrett subiu as escadas do hotel, com uma garrafa de champanhe debaixo do braço e um envelope branco enfiado dentro do bolso interno do paletó. A cada passo, seu peito queimava com a marca da traição. O corredor do quarto andar se estendia diante dele como o temido caminho para o cadafalso. Só que o funeral não era o dele. Mas o dela.

Parando diante da porta de Kat, ele respirou fundo para acalmar seu sangue em ebulição. *Apenas dê a ela uma chance de se explicar.* Ele suspirou. *Depois estrangule-a.*

Toc-toc-toc.

Segundos se passaram.

Toc-toc-toc.

Mais segundos se passaram, com ruídos vindos de dentro. A fechadura girou e a porta se abriu. Olhos azuis apreensivos o fitaram.

— Barrett. O que você está fazendo aqui?

Ele ergueu a garrafa de champanhe suada.

— Vim comemorar.

— Oh! — A fresta da porta se estreitou. — Agora não é realmente um bom momento.

— Não? Que pena, porque acho que é o momento perfeito. — Ele empurrou a porta para abri-la, quicando-a na parede. Kat saltou para trás enquanto ele passava por ela e entrava no quarto. — Quando mais teremos oportunidade para brindar o sucesso da nossa espionagem?

Parecia que o quarto tinha passado por um tornado. Roupas e sapatos tinham sido arrastados da cômoda para a cama, onde as malas estavam com a boca escancarada. Cosméticos coloridos e grampos de cabelo estavam espalhados de uma caixa rosa e branca na bancada da pia e uma pilha de papéis com um mapa em cima enchia a escrivaninha. Uma brisa fresca agitava as cortinas das portas abertas da varanda, enquanto a chuva batia na rua de paralelepípedos abaixo. Ele se virou para Kat, que estava ao lado da porta, com as costas contra a parede.

— Indo a algum lugar, Papoula?

Os olhos dela dispararam pelo quarto, onde reinava a bagunça reveladora. O pânico percorreu a delicada veia da sua garganta.

— Você não pode ficar no meu quarto. Não é apropriado.

— Considerando o nosso motivo de comemoração, achei mais apropriado do que no saguão do hotel.

— Seria precipitado celebrarmos agora. Espere até depois do jantar de amanhã à noite, para ver se vamos sobreviver a toda essa provação.

— Amanhã. Sim, isso é algo que eu gostaria de discutir. — Pousando a garrafa sobre a mesa no centro do quarto, ele foi ao banheiro pegar duas taças. — Mas, primeiro, um brinde pelo sucesso dessa tarde.

— Você tem de sair. Agora.

— Com medo de que alguém tenha a impressão errada? Feche a porta.

— Barrett...

— Feche a porta, Kathleen.

Os olhos dela se estreitaram até se tornarem duas fendas. A boca se contraiu numa linha fina. Se ela pudesse cuspir pregos, teria acertado um entre os olhos dele. Por ele tudo bem. Se ela quisesse brigar, ele ficaria felicíssimo em viabilizar a destruição dela. Apertando as mandíbulas, ela fechou a porta. Por fim, o bom senso falou mais alto.

Pegando a garrafa, ele tirou o alumínio e empurrou o polegar contra a cortiça. *Pop*. Espuma dourada derramou-se pelo gargalo da garrafa e para dentro das suas taças de cristal à espera. Pegando as duas, ele estendeu uma para ela.

— Um brinde ao sucesso da nossa missão de nos infiltrarmos no campo dos inimigos. Ele segurou a taça no alto para o brinde.

Ela pegou a taça e ergueu-a até encontrar a dele.

— Pelo nosso sucesso e para que possamos sair desta vivos.

Ele engoliu em seco. O líquido caro borbulhou em sua garganta e efervesceu amargamente em seu estômago. Kat deu um gole no dela e colocou a taça de volta na mesa.

Pegando a garrafa, ele despejou mais dois dedos na própria taça. Em comparação com seu amado Ballantine's, isso era como beber água. Bom. Ele precisava estar em seu juízo perfeito para enfrentar o que estava por vir.

— Você fez um bom trabalho hoje. Nem um soldado altamente treinado conseguiria mostrar tamanho charme na frente do próprio diabo.

— Eu tenho prática por causa dos vários políticos que convivem com meu pai.

— Se ele não tomar cuidado, você terá Eric comendo na palma da sua mão.

— Não seria nada mal.

— Não, mas, quanto mais perto você fica, mais difícil é escapar sem que percebam.

A pulsação dela ficou mais forte no pescoço.

— Esse é o plano, não é? Conseguir a confiança deles?

— Sim, confiança e a certeza de que nenhum sinal de traição os espera — Os dedos dele se fecharam em torno da taça de cristal, frágil e fria ao toque, assim como a mulher parada diante dele, ousando fitá-lo nos olhos. Assim como todo o resto. Que idiota ele tinha sido por achar que ela precisava da ajuda dele... Barrett apertou mais a taça até que a haste ameaçou quebrar. A taça de champanhe dela, pela metade, o provocou.

— Não vai terminar?

Os olhos dela não deixaram os dele.

— Estou com uma bela dor de cabeça depois de tudo que aconteceu hoje. Pensei em ir para a cama cedo.

— Não discutimos o plano de amanhã.

— Talvez pela manhã...

— Dormirei mais tranquilo sabendo o que vai acontecer amanhã. Eu não gosto de surpresas, especialmente quando as apostas são altas.

Os olhos dela fitaram o chão, enquanto a cor desaparecia de suas bochechas. Ela pressionou os lábios, recusando-se a proferir qualquer palavra de explicação ou pedido de desculpas. Como um dente podre, ele teria que arrancar a verdade dela.

— Goebbels estará lá com a esposa e os Von Schiraches. O marido é o governador das operações nazistas em Viena e a esposa, uma amiga de longa data de Hitler.

Ele caminhou até a porta de vidro aberta, que dava para uma pequena varanda. Folhas caíam na rua abaixo enquanto o vento soprava das montanhas e se infiltrava entre os edifícios. A chuva caía de lado, golpeando as janelas e molhando a ponta dos sapatos dele.

— Um jantar deve ser moleza para você, mas terá que me orientar com relação a todas as sutilezas sociais que envolvem copos e talheres.

Ela passou o dedo pelo vidro suado da garrafa na mesa, ainda sem olhá-lo nos olhos.

— Não é tão difícil. Tenho certeza de que você se sairá bem.

A chuva bateu na bochecha dele. Causando frio e uma sensação de alfinetada, as gotas escorregaram pelo seu pescoço em direção ao envelope, que queimava seu peito.

— Quero ter certeza de que vou estar com você ao meu lado.

Um trovão galopou pelo céu enquanto um relâmpago o dividia em dois. Uma luz forte brilhou pelo quarto, enquanto o cheiro de terra queimada encheu o ar. Barrett fechou a porta da varanda, trancando-a com força enquanto o abajur na mesinha de cabeceira piscou.

— Tudo vai ficar bem. Amanhã tudo transcorrerá de maneira esplêndida. — De cabeça baixa, as palavras dela mal foram registradas acima do trovão. Como se ela quisesse se convencer mais do que convencer a ele.

Terminando sua segunda taça de champanhe, ele a colocou sobre a mesa com um baque. Kat saltou como se uma espingarda tivesse disparado. Os olhos dela brilhavam em seu rosto pálido.

Diga! Diga as palavras. Diga que você está indo embora amanhã. Diga que você está me deixando no momento em que mais preciso de você.

A raiva disparou em seu sangue. Ele não precisava dela. E ela com certeza não precisava dele. Seu relacionamento forjado era só um meio para atingir um fim. Tudo o que ele tinha de fazer era confiar em si mesmo, e quanto mais consciente disso melhor. Mal ele tinha começado a apostar em alguém, já tinha sentido a decepção. A vida era curta demais para arrependimentos.

As vidraças sacudiram como mais relâmpagos. O abajur piscou e depois, com um leve estouro, apagou-se. A escuridão invadiu o quarto.

— Onde está sua cômoda?

Kat remexeu na mesa, sacudindo a garrafa de champanhe.

— O que você quer com a minha cômoda?

— Porque há velas de emergência lá. — Ele não se incomodou em disfarçar a irritação na voz quando puxou o isqueiro e o acendeu. Um brilho fraco queimou a ponta dos seus dedos.

— Está bem aqui. — Ela abriu as gavetas e remexeu o conteúdo. — Quem põe velas dentro de uma cômoda? Ah, aqui estão elas.

Colocando os pequenos pilares de cera sobre a mesa, ele aproximou o isqueiro dos pavios. A chama iluminou as paredes, combatendo as sombras ao redor deles. O peso opressor da escuridão em volta o pressionava como uma gaiola, bloqueando tudo, exceto a pulsação que o mantinha vivo. Sentindo-se frio e primitivo, ele rangeu os dentes para se libertar da apreensão interior.

— Diga-me por quê.

A respiração dela sibilou no silêncio. Surpresa, medo e raiva espalhados no rosto dela antes que pudesse fechar a cortina de desafio ao redor dela. Enfiando a mão no bolso do paletó, ele tirou o envelope branco e jogou-o sobre a mesa para ela.

— Diga-me por que você fez isso. E não se atreva a mentir para mim.

Os olhos dela piscaram ao ver o envelope, em seguida se voltaram para ele outra vez. O aço azul ressoou em suas profundezas.

— Onde você conseguiu isso?

— O porteiro da estação de trem deixou na recepção. Quando eu estava cruzando o saguão para trazer esta garrafa de champanhe, o *concierge* perguntou se eu poderia entregar a você. Eis que encontrei duas passagens para o trem que parte para a Suíça amanhã de manhã. — Ele enterrou o isqueiro de volta no bolso. — A propósito, vou precisar do documento forjado que você me pediu emprestado. Um pedaço de papel bem útil quando precisa da assinatura de Eric para os documentos de viagem, não é?

A pulsação dela acelerou descontroladamente na lateral do pescoço.

— Você não tinha o direito.

— Eu tenho todo o direito quando você coloca tudo em risco, especialmente a nossa segurança. Você realmente acha que vai conseguir atravessar a fronteira? Você acha que Eric vai deixar Ellie colocar um pé para fora desse hotel sem que ele saiba? Se você conseguisse colocá-la num trem, ele o teria parado na próxima cidade e a traria de volta para cá e a trancaria a sete chaves. — Ele passou a mão pelo cabelo. Claro que ela não tinha pensado nisso. Seu único foco era levar Ellie de volta, e para os diabos tudo que estivesse em seu caminho. Inclusive ele mesmo. — Sua devoção à sua amada irmã é admirável, mas totalmente descabida, considerando nossas circunstâncias.

— Minha irmã e eu não pertencemos a este lugar. Este trabalho é seu. Eu nunca quis fazer parte dele.

— Você acha que eu quero estar aqui? Você por um instante pensou no perigo em que me colocou com essa sua ideia genial de fuga? Ou seus pensamentos estão tão focados na sua irmãzinha indefesa que não pensa em mais ninguém?

— Isso não é justo.

— Eu vou te dizer o que não é justo. Coloquei todos os recursos que eu tinha para manter você segura, apenas para vê-la me questionando a cada passo. Você concordou que trabalhássemos juntos e ao mesmo tempo conspirou para escapar pelas minhas costas, deixando que eu arcasse com as consequências. As consequências com relação aos alemães, sim, porque eu garanto que Eric não gostará que você roube a namorada dele debaixo de seu nariz, e adivinha em quem ele vai descontar a sua ira? Isso mesmo. Em mim. Mas também com relação aos nossos aliados. Porque eles não vão encarar muito bem uma missão fracassada e adivinha quem será o culpado? Eu de novo.

— Essa nunca foi minha intenção, mas você tem que ver que é mais bem treinado para esse tipo de subterfúgio.

— Não, *você* é mais bem treinada para isso. Chás da tarde, jantares chiques, sorrisos e conversa fiada. Eu sou treinado para matar, e quer você goste, quer não, estamos nisso. Juntos. Até o fim.

As mãos dela se fecharam ao lado do corpo enquanto a pulsação na sua garganta disparava, fora de controle.

— Bem, eu não gosto disso. Não gosto nem um pouco, mas ninguém nunca me perguntou, não é? Não. Eles decidiram o que era melhor para eles e mais uma vez eu fui obrigada a cumprir ordens.

A fúria dissipou a reserva de Kat, derramando-se numa ira ardente. Ele contornou a mesa e foi até ela.

— Você acha que eu me ofereci para isso? Que eu passo as minhas tardes passeando com os nazistas, batendo papo com Hitler, sem poder cravar uma bala na cabeça dele? Você pensa que eu gosto de deixar meus homens treinando enquanto eu brinco de babá para duas garotas inglesas mimadas, que não têm o bom senso de ficar no lugar a que pertencem? Você enxerga muito mal se acha que é a única que os outros veem como um objeto para usarem ao seu bel-prazer.

Os lábios dela se curvaram num sorriso de escárnio.

— Um erro que estou mais do que pronta para retificar. Não estaremos mais no seu caminho e você poderá voltar a fazer o que faz melhor. Chega de encontros em museus ou festas noturnas para ocupar seu tempo.

— O que eu faço melhor é impedir que esta guerra continue por mais um mês. E agora o melhor que posso fazer é bancar seu pretendente. Você vai embora e tudo vai por água abaixo. Não vai haver mais festas e isso significa que não haverá como coletar informações. — O calor fervia no pescoço dele, avermelhando a pele atrás das orelhas, quando ele se aproximou o suficiente para sentir a respiração acelerada dela explodindo em seu rosto. — Mas por que você deveria se importar? Você tem uma boa casa e roupas bonitas para onde voltar. Quem se importa se os soldados no campo de batalha vão passar outro inverno congelando? Não, seu único dever é fazer tudo o que o papai mandar.

A palma estalou na lateral do rosto dele. O ardor ricocheteou até os ossos. Kat tropeçou para trás, enquanto o horror se estampava em seu rosto.

Afastando-se, Barrett caminhou até a porta da varanda e pressionou uma mão contra a janela. A raiva fervia em suas veias, marcando sua pulsação com força suficiente para quebrar o vidro, que estremecia. Lá fora, a chuva golpeava os edifícios circundantes com seus punhos enfurecidos, antes de correr para a rua, numa enxurrada.

Ele apertou a mão, desesperado para recuperar o controle antes que uma onda de raiva o levasse para o redemoinho abaixo. Com sua decisão egoísta, ela tinha destruído qualquer esperança dele de começar vida nova, depois que sua sentença estivesse cumprida. Ele voltaria para o mesmo lugar e para as mesmas pessoas, que nunca esperaram nada dele além de uma boa cerveja. E depois? Voltaria a mergulhar na rotina nauseante de beber para esquecer os problemas, enquanto amaldiçoava as sobras que a vida tinha jogado em seu caminho? Não. Esse era o pai dele, não ele.

E ela? Ela não iria voltar para os mesmos lugares, com as mesmas pessoas de mente estreita que esperavam que ela se casasse, mantivesse a boca fechada e fizesse o que mandavam? Ela não merecia provar que eles estavam errados também? Ele espalmou a mão contra o vidro frio. Por um longo tempo, ele tinha tentado fazer dela o seu passaporte para a liberdade, mas, sem perceber, ela tinha se revelado de valor inestimável para ele. Só juntos poderiam provar isso para o resto do mundo.

— Temos a chance de virar essa guerra. Me entristece que...

— ...que eu esteja indo embora.

— ...que você não ache que é esperta o bastante para terminar a tarefa sozinha.

Ele se voltou para ela. Ela ficou parada com as mãos fechadas com força sobre o estômago. A luz das velas cintilava contra sua pele pálida, atraindo os olhos dela de volta para as sombras.

— Lamento ter dado um tapa em você.

— Já levei tapas antes.

Ela ergueu a cabeça. O remorso comprimia o contorno da sua boca.

— Não de mim. Eu nunca bati em ninguém.

Levando a mão ao rosto, ele esfregou o ponto dolorido que certamente ficaria com uma marca vermelha até a semana seguinte.

— Muito bom para uma iniciante. Se minha arma emperrar amanhã, basta você dar um tapa na cabeça de Hitler.

A incerteza de momentos antes diminuiu. A coluna dela se endireitou até que ela parecia prestes a se partir ao meio.

— Você realmente vai matá-lo?

— Você me impediria?

O olhar dela o perfurou como uma lâmina de aço. Instintivamente, os ombros dele rolaram para a frente, tensos para o ataque. O vento uivava atrás dele, contando a eternidade de minutos que ela levou para finalmente responder.

— Não tenho certeza.

— Só quero uma resposta simples do tipo sim ou não.

— Não é bem assim, não é? — Ela caminhou lentamente na direção dele, os pés descalços silenciosos no tapete felpudo. Seu reflexo brilhou amarelado no vidro. — Se você matar Hitler, o segundo na hierarquia simplesmente tomará o lugar dele. Você precisa de Hitler, Goebbels, Goring e Bormann para acabar com a guerra, e eu duvido que todos os quatro estarão convenientemente reunidos amanhã em volta da mesa de jantar, para facilitar seu trabalho.

Ela estava certa. Maldita mulher.

— Não posso me culpar por tentar.

— Eu posso e vou detê-lo se você pretende se matar só para aproveitar uma chance sem sentido de eliminar Hitler.

— Que bom que você estará lá para me impedir.

Ela se virou. O silêncio o atingiu como um martelo no estômago.

— Ainda assim. Depois de tudo, você planeja se entregar de bandeja aos nazistas para ser interrogada e torturada. E depois, por fim, quando tiverem arrancado tudo de você exceto seus dentes, vão matá-la por ser uma espiã. — Ele a segurou pelo ombro, forçando-a a se virar para encará-lo. — Isso é o que espera você com essas passagens de trem. Mas não me escute. Faça o que quiser.

Ela se contorceu para se libertar dele, mas ele a segurou com mais força.

— Tudo é sempre sobre você, não é? Eu pensei que você tinha vindo me ajudar ou isso é demais para você? Pensar em alguém que não seja você.

— Eu *estou* pensando em você. Mais do que eu gostaria — ele admitiu, como um tonel cuja torneira se rompe, sem esperança de conseguir conter o estrago que a confissão faria. Ou a verdade. Ele tinha negado por tanto tempo, e agora a verdade o assaltava, forçando-o a reconhecê-la pelo que ela era. Ele queria Kat, sempre a quisera, mas agora não era o simples desejo de um homem por uma mulher. Ele a queria *para sempre*.

Ele poderia muito bem amarrar o laço em volta do próprio pescoço. Pelo menos a dor da forca seria momentânea, ao contrário do fardo de precisar de outro coração batendo em uníssono com o seu.

Os lábios dela se separaram, chamando a atenção dele. Sem batom, eles eram de um rosa intenso. Prová-los, isso era tudo de que ele precisava para se convencer de que ela não tinha nada de especial. Que os desejos dela não tinham espaço para ele e ele poderia ir embora como um homem livre.

Agarrando o outro ombro de Kat, ele a puxou para si e cobriu sua boca com a dele enquanto um protesto crescia em sua garganta. Ela o empurrou, mas ele a segurou com força, prendendo as mãos dela entre eles. Ele inclinou a cabeça, persuadindo a boca suave a moldar-se a dele. *Você não significa nada para mim. Nada.* Ele sentiu a raiva dela queimando dentro dele mesmo, enquanto ele se sentia mergulhar cada vez mais fundo.

Como se sentissem a entrega de Barrett, os lábios dela se suavizaram e dissolveram as últimas gotas da ira fervente. Ele recuou para interromper a reação antes de perder completamente o controle. E imediatamente se arrependeu da ação. Cheios e vermelhos, os lábios dela traziam a marca do seu toque de comando e o convidavam a beijá-los novamente.

— Você prometeu que nunca faria isso a menos que houvesse um nazista presente.

A luz das velas se afogou nas correntezas azuis e profundas dos olhos dela. Se ele não tomasse cuidado, afundaria nelas sem esperança de voltar à superfície.

— E você prometeu quebrar uma garrafa na minha cabeça se eu fizesse isso. — Ele pegou a garrafa de champanhe da mesa, quase querendo que ela cumprisse a promessa. Qualquer coisa para tirá-lo do seu domínio. — Não é Ballantine's, mas vai servir.

Pegando a garrafa, ela a jogou de lado. O vidro quebrou-se contra a parede, espalhando o champanhe no chão. Os braços dela envolveram o pescoço dele, puxando sua cabeça na direção dos seus lábios.

— Não esta noite.

Ela pressionou os lábios dele com urgência, todas as amarras de controle e restrição se desfazendo enquanto exigia reciprocidade. Passando os braços em volta da cintura dela, ele cedeu com total rendição ao calor que corria em suas veias. Os dedos dela se enrolaram no cabelo dele, espalhando pelo seu couro cabeludo um fogo que descia queimando o pescoço dele e ardendo em seu peito. Uma vertigem fez a cabeça dele girar, deixando-o sem forças para salvá-la. Ele a agarrou com força para impedi-la de se perder e voltar para sua escuridão desolada.

Com um leve suspiro contra a boca de Barrett, as rédeas caíram dos dedos dele e passaram para os dela. Ele a puxou para mais perto, desejando que o ritmo do coração dela ultrapassasse os seus e nunca mais ela o deixasse ir.

Toc-toc. A porta se abriu e ricocheteou na parede. Ellie entrou voando, amarrando um cinto na cintura do seu robe de cetim.

— Kat, você... — Ela parou de súbito, os olhos arregalados e a boca aberta enquanto o olhar saltava de um para o outro. — As luzes se apagaram e ouvimos um barulho...

Eric entrou com o cabelo despenteado. A camisa branca estava com os botões nas casas erradas e o colarinho aberto, mas de alguma forma ele tinha conseguido enfiar as calças dentro das botas de cano alto. Deixando o olhar de choque para Ellie, ele examinou a cena com um olhar profissional antes de fingir um olhar vazio, como se não tivesse visto o óbvio.

Como um peixe retirado das águas frias, os braços de Kat caíram do pescoço de Barrett. Um rubor queimava seu rosto.

— Estou bem. Eu... nós... Barrett veio me ajudar a encontrar as velas.

O choque arrefeceu no rosto de Ellie quando ela voltou a atenção para ele. Um tom de frieza se evidenciou em sua voz.

— Reparei.

Como um inspetor de plantão, os olhos de Eric varreram o quarto, parando brevemente na garrafa quebrada antes de ver as taças sobre a mesa. E o envelope com as duas passagens de trem. O olhar não durou mais do que um segundo, mas foi o suficiente para que ele registrasse.

Enganchando a mão sob o braço de Ellie, ele a puxou para a porta.

— Vamos, *schatz*. É claro que o sr. Anderson tem tudo sob controle. — Seus olhos azul-claros permaneceram em Kat antes de deslizar para Barrett. — Nós nos vemos pela manhã.

Apertando os punhos sobre o estômago, os olhos de Kat permaneceram fixos na porta depois que eles saíram. Os ombros subiam e desciam numa desesperada tentativa de controlar a situação que já saíra do controle.

— Acho que você deveria sair do meu quarto.

A chuva batia contra as janelas, como um dilúvio de unhas opacas arranhando o vidro, para preencher o vazio silencioso. Barrett abriu e fechou os dedos, flexionando os músculos em antecipação. Tinha chegado a hora e ele tinha só o tempo de um suspiro para se preparar antes da batalha. E ela? Até que ponto estaria preparada para o que estava por vir?

A mão dele se estendeu para acalmar o tremor dos seus ombros esguios, mas caíram para o lado. Ternura era algo para quem tinha tempo e o deles tinha acabado.

— Destrua essas passagens. Se você tinha alguma dúvida antes, é tarde demais agora. Ele a contornou e foi até a porta. A maçaneta fria gelou sua palma aquecida.

— Eric sabe.

Capítulo 14

Kat levou a taça de vinho à boca, mas não separou os lábios. Ela odiava vinho tinto, especialmente o seco, e a bebida lhe provocava uma forte dor de cabeça. Sua cabeça já estava quente o suficiente desde a noite anterior e ela não precisava agora de mais uma enxaqueca.

O grande salão de Berghof brilhava com lâmpadas em todos os cantos, destacando as tapeçarias e os tapetes grossos com um calor alegre, enquanto a lareira crepitava com troncos volumosos. Grupos de duas ou três pessoas espalhavam-se pela sala em conversas e risos fáceis, enquanto o aroma de comida flutuava pelo corredor, numa prazerosa antecipação do que os aguardava. Se não fossem os uniformes cinzentos abafando a alegria da noite, Kat poderia sonhar que estava de volta a Berkshire.

— O que você está achando da Baviera?

Kat voltou a atenção para a mulher à sua frente e sorriu.

— É linda. Nunca visitei um lugar como esse, especialmente com tantos lagos cristalinos. — Ela tinha certeza de que a paisagem suíça seria ainda mais bonita com a liberdade que oferecia, mas tal sonho tinha desmoronado como cinzas esquecidas. Assim como sua tentativa de agir de acordo com sua própria vontade.

O coque frouxo de cabelo castanho no topo da cabeça de Henriette von Schirach ondulava para a frente e para trás quando ela balançava a cabeça.

— Nós frequentamos este lugar desde que eu era pequena. Tio Alf teve a gentileza de me apresentar a Eva e costumamos ir nadar juntas, porque ele não gosta. Eu acho que ele tem medo de afundar.

O tio Alf em questão estava sentado numa das cadeiras de estampa floral, rodeado por um grupo de admiradores enquanto falava alto o suficiente para ser ouvido em todo o vale. *Não se preocupe. Tenho certeza de que a falta de coração e alma iria mantê-lo flutuando.*

— Que pena. Ele está perdendo uma ótima diversão.

— *Ja*, mas, desde que eu o conheço, nunca o vi ocupando seu tempo com frivolidades, com exceção da pintura e da música. Depois do jantar, tenho certeza de que ele vai colocar um disco para tocar para nós, e você vai poder testemunhar por si mesmo o ouvido que ele tem para música. — O rosto em forma de coração de Henriette expressou certo desânimo. — Embora, às vezes, eu preferisse que ele tocasse algo diferente, só para variar, em vez de tocar sempre Strauss e Wagner. As peças desses compositores são populares na Inglaterra?

— Sim, as peças clássicas são muito populares em muitas das festas que frequento com meus pais, embora eu sinceramente não consiga distinguir outros compositores além deles. Infelizmente, me falta um ouvido musical.

— Baldur disse que você e sua irmã podem ajudar a abrir muitas portas para essas festas.

O alarme soou nos ouvidos de Kat. Instintivamente, seus olhos esquadrinharam a sala até encontrar Barrett. Ele estava ao lado da lareira crepitante, conversando com uma jovem e um homem que, segundo Henriette, eram a secretária e o criado particulares de Hitler. O paletó creme de Barrett, o único homem com roupas civis, ajustava-se aos seus ombros largos e a retidão da coluna quase rasgava as costuras. O coração dela se apertou quando ele não se virou em resposta ao seu chamado silencioso.

Ela colocou os dedos em volta da taça, desejando que a frieza do cristal lhe tirasse o pânico do sangue.

— Esperamos que, ah, como posso dizer isso de um jeito mais delicado? A comunicação possa ser melhor entre nossos dois países.

— É bom ouvir isso. — Henriette se aproximou, o cheiro estéril de sabonete espesso em sua pele. — Muitos questionariam por que duas mulheres inglesas e um escocês têm privilégios como organizar festas e vir para Berchtesgaden sendo que não são membros conhecidos do Partido, mas é preciso entender que, para nossa causa ter sucesso, precisamos encontrar pessoas com ideias afins em todos os países.

Kat sorriu, tentando conter a náusea que borbulhava em sua garganta, e tocou a taça de Henriette com a sua.

— Eu não poderia dizer de maneira melhor.

Henriette tomou um gole de vinho, ergueu os olhos e franziu o cenho com desgosto.

— Ugh, aquela mulher vulgar está aqui. Tio Alf a adora, mas ela precisa sempre aparecer, como se fosse a convidada de honra?

Olga Chekhova, a atriz da grande noite de estreia de Eric, surgiu no corredor com um farfalhar de tafetá preto e vários colares de contas de azeviche. Aceitando uma taça de vinho de um dos garçons de uniforme branco, ela beijou Eva em ambas as bochechas e deslizou até o grupinho em que estavam Eric e Ellie. Quando Ellie virou a bochecha para que Olga a cumprimentasse, ela percebeu o olhar da irmã e rapidamente desviou os olhos.

Ela não tinha falado com Kat o dia todo depois de um "bom-dia" no café da manhã e "Primeiro você" quando entraram no carro para ir até Berghof. Ellie nunca foi do tipo que esconde sentimentos e o silêncio arranhou os nervos de Kat como pregos no cascalho.

— Ela está vindo. Por favor, me dê licença. — Henriette escapou enquanto Olga pavoneava-se em torno dos convidados e dos móveis, para ficar ao lado da grande janela panorâmica com Kat. O aroma do Chanel nº 5 flutuava em torno dela como um manto perfumado.

— Kat, que bom vê-la outra vez! — O sotaque russo suave de Olga rolou em sua língua como um clarete, quando ela se inclinou para lhe beijar as duas bochechas. — E como você está adorável!

Kat alisou o vestido de crepe cor de vinho com mangas esvoaçantes e um cinto de cetim.

— Receio ter exagerado um pouco para a noite.

Fungando, Olga fez um gesto com a mão enfeitada de joias, descartando o comentário de Kat.

— Não se preocupe com essas pessoas enfadonhas. *Herr* Hitler acredita que a modéstia e a aparência simples são mais adequadas numa mulher, mas eu nunca vou abrir mão do meu batom, não importa qual seja a opinião dele. — Ela inclinou a cabeça e seus lábios vermelhos se separaram num sorriso que não chegou aos olhos. — É preciso sempre manter as aparências, não acha?

O pavor contraiu os pulmões de Kat quando ela viu o olhar de Olga perfurando-a como um saca-rolhas numa garrafa de vinho. Do outro lado do corredor, um garçom de uniforme branco jogou mais toras na enorme lareira. As chamas vermelhas saltaram como bailarinas, seu calor girando pelo chão até quase atingir a sua roupa. Ela ajustou a posição dos braços, quando o calor começou a incomodá-la. *Quem acende uma lareira em agosto?*

— Sim, tem razão.

Olga assentiu, permitindo que o sorriso suavizasse seu rosto.

— Falando em aparências, vejo que Eric está indo bem. Eu não o vejo tão orgulhoso desde que Goebbels o recomendou para o posto em Paris.

Como um pavão entre um bando de galinhas, a alegria de Eric o fazia parecer vários centímetros mais alto do que qualquer um ao seu redor. Falando e gesticulando, ele não dava tempo a ninguém para retrucar. Ao seu lado, a cabeça de Ellie balançava para a frente e para trás, cheia de tédio, pois Eric nunca pensava em falar inglês para que ela pudesse participar da conversa, como se isso pudesse desacelerar sua narrativa.

— O reconhecimento pessoal do seu *Führer* cai bem a ele.

— Não só a ele, mas à sua namorada. É surpreendente que ela pareça tão à vontade, mesmo sendo inglesa.

— Ellie nunca teve problemas para se socializar. — *Exceto recentemente comigo*. Ao balançar de cabeça pela terceira vez, os olhos de Ellie encontraram os dela e rapidamente se desviaram. O *rouge* em suas bochechas destacava-se contra sua pele pálida. — Nunca lhe faltaram amigos ou momentos de diversão.

— E você não é assim. É muito diferente, mas isso é muito bom. Nós todos temos papéis a desempenhar, não é?

As palavras da mulher já estavam enervando Kat e acabando com a sua calma. Ela tinha passado uma vida inteira aprendendo ambiguidades sociais como aquelas, em que uma pessoa diz uma coisa, mas na verdade quer dizer outra bem diferente. Um simples erro de cálculo poderia causar um grande constrangimento ou, na pior das hipóteses, o corte do grupo social. Ali, significava morte.

A hesitação cintilou no rosto empoado de Olga.

— Kat, eu gosto de você, muitíssimo. Também gosto do seu garotão ali. Um sujeito encantador, que vale a pena ter ao lado. Se eu fosse vinte anos mais jovem, tentaria tomá-lo de você, embora eu fosse perder. Os olhos dele são apenas para você, dá para ver. — Depois de terminar de beber o conteúdo da sua taça, ela a colocou numa mesa próxima. Depois pegou a mão de Kat e a prendeu embaixo do braço.

— Há dias em que eu me sinto tão longe de casa, sem um rosto amigo para me aquecer... Mas há algo em você que não me deixa tão triste. Espero que possamos ser amigas.

— Eu gostaria disso.

— Ótimo. — Ela deu um tapinha na mão de Kat enquanto o sorriso sumia do seu rosto.

— Como sua amiga, eu a aconselho a manter sua irmã por perto. Estamos numa época muito perigosa e as ameaças muitas vezes fazem os homens fazerem coisas não muito bonitas. O amor é a arma mais perigosa de todas.

Se restava em Kat um pingo de serenidade, nesse momento ela se esgotou. Seu olhar se voltou para Eric e ela se deparou com seu brilho gelado. O canto de sua boca repuxou para trás como um tigre diante da caça. Barrett estava certo. De alguma forma, ele tinha visto as passagens de trem. Seus dedos cravaram no braço de Olga enquanto a sala parecia se inclinar. Se ele sabia sobre seu plano de fuga para a Suíça, o que mais poderia ter descoberto?

Um gongo soou, sacudindo Kat, da cabeça até os pés cobertos de cetim. Os convidados começaram a atravessar o corredor para a sala de jantar, seguindo o saboroso aroma de carne assada e molho madeira, e a promessa de mais vinho.

Soltando suavemente a mão do braço de Olga, ela reprimiu todo o terror que fazia seu corpo estremecer e convocou o que ela esperava que fosse um sorriso convincente.

— Obrigada pela sua preocupação, querida amiga. Vou manter isso em mente.

— Espero que sim, minha querida. Eu realmente espero que você faça isso. — A preocupação cintilou silenciosamente nos olhos semicerrados da atriz. — Se você precisar de uma mãozinha, a minha está à sua disposição.

Kat entrou na fila, atrás dos outros casais que convergiam para o corredor, enquanto as palavras de Olga davam voltas em seu cérebro como uma lata de bolinhas de gude. Vozes em alemão e risos ricocheteavam nas paredes e se somavam à cacofonia em sua cabeça. O ar ficou rarefeito em seus pulmões, distorcendo as formas ao redor dela. Ela estendeu a mão trêmula para se apoiar na parede, mas, em vez de encontrar um frescor sólido, uma sensação de calor envolveu seus dedos.

— Tudo bem, Papoula? — A voz de Barrett a puxou de volta da vertigem quando o braço dele deslizou ao redor de sua cintura. Embora preocupado, seu tom estava vazio do afeto usual a que ela se acostumara.

Outra falha dela. Ela não queria beijá-lo, mas, assim que seus lábios tocaram os dele, ela não foi capaz de se conter. Ele lhe despertava paixão tão facilmente quanto se puxasse a corda de um violino, os acordes adormecidos dentro dela ganhando vida sob sua atenção magistral. E então acabou, deixando-a fria e confusa. E com raiva. Como ela podia estar se entregando a um homem que não oferecia nada além de dores de cabeça? Para onde tinha ido seu bom senso? Um beijo tinha feito com que perdesse a cabeça, deixando nada mais do que um momento fugaz de desejo mútuo.

E no entanto... Por mais que ela tentasse justificar o momento como uma colisão de almas desesperadas buscando segurança na escuridão, não conseguia esquecer seu tremor de surpresa e desejo, enquanto sua paixão irrompia para encontrar a dele.

Depois de evitá-lo o dia todo, ela tinha sido forçada a se sentar ao lado dele no carro. Cada curva da estrada a jogava contra ele. Ele enrijecia como uma prancha ao vento a cada vez que ela se aproximava mais dele.

— Vou bem, obrigada. Muitas pessoas no corredor. — Ela se afastou dele, sem encontrar seus olhos perscrutadores. — Ou aquela lareira está exalando uma fumaça invisível.

— Quem acende uma fogueira em agosto?

Ela sorriu ao ouvir as palavras que ela mesma pronunciara em pensamento, mas a corda da tensão ainda vibrava entre eles. Antes que perdesse a coragem, ela quebrou o silêncio.

— Eu sinto muito sobre a noite passada. Por descontar minhas frustrações em você e por tentar deixá-lo sem mais nem menos. Não foram atitudes nobres de uma pessoa em quem você deveria confiar. Eu traí essa confiança e estou verdadeiramente arrependida.

— Eu também fiquei com muita raiva de mim mesmo. Eu sinto muito. — Ele acariciou a nuca de Kat. — Isso é tudo? Quero dizer, sobre a noite passada. Isso é tudo que você queria dizer?

— Há algo mais pelo qual eu deva me desculpar?

— Não, eu... Quer dizer, tantas coisas aconteceram, e eu não sabia se você estava arrependida... Quer dizer...

O beijo. Era disso que ele estava falando? Será que ele tinha se arrependido de beijá-la? Ela não fazia ideia, mas não achava muita presunção supor que ele tinha gostado muito. A não ser que sua própria paixão houvesse exagerado a reação entusiasmada dele. Considerando tudo o que havia acontecido — o bate-boca, mentiras e um tapa –, a rejeição dele seria até merecida.

Também seria uma dor pior do que a morte para ela. Uma tortura do tipo que mais machuca o coração.

Ela torceu as mãos, forçando as palavras a saírem de seus lábios.

— Se houver algo de que você acha que percebi...

— Não, não. Eu não quis dizer isso. A menos que você esteja com dúvida sobre alguma coisa. — Ele tropeçou nas palavras como se quisesse tranquilizá-la de que ele não guardara rancor.

O alívio se derramou por ela. Não tinha sido uma iniciativa tão terrível, aquele beijo, afinal de contas.

— Pedi desculpas pelo que achei que precisava.

— Ah, tudo bem, então. — Barrett desviou o olhar e pigarreou. — Parece que a sra. Chekhova está interessada em você.

— Não só parece... — Ela desacelerou até parar ao lado da escada, permitindo que os outros convidados passassem para a sala de jantar enquanto ela vasculhava a bolsa em busca de uma desculpa. — Ela me avisou sobre Eric.

As sobrancelhas de Barrett se juntaram.

— O que você quer dizer?

Kat se aproximou, baixando a voz.

— De algum modo, eu acho que ela sabe mais do que deixa transparecer e disse que Eric pode fazer o que for necessário para afastar quem ameaçá-lo. Inclusive usar Ellie contra mim.

Ele não se moveu, exceto pela respiração profunda que fez seu peito subir e descer rapidamente e deslocou a gravata listrada de vermelho e cinza sobre o abdômen liso. Sem piscar, ele olhou por cima da cabeça, para a janela e a noite escura mais além.

Por fim, soltou um suspiro que agitou os fios de cabelo na testa dela.

— Não é nenhuma surpresa.

— Acho bastante surpreendente e alarmante que uma atriz russa esteja ciente do nosso problema. Será que a notícia sobre nós se espalhou sem o nosso conhecimento?

— Há um boato na Inteligência de que a encenação da sra. Chekhova continua depois que o filme para de rodar. Ela pode estar jogando o mesmo jogo que nós em benefício do seu próprio país.

— Verdade?

Ele fez uma careta e moveu os ombros, esticando as costas do paletó.

— É só um boato, mas ela tem o disfarce perfeito para ter acesso ao círculo de amizade de Hitler. E isso explicaria a dica sobre Eric.

— Estamos de repente trocando segredos com a Rússia, que pode saber tanto sobre nós?

— Fazemos negócio com quem for preciso para ter vantagem contra a Alemanha. "O inimigo do meu inimigo" e essa história toda.

Como se a fumaça da lareira a tivesse seguido até a sala de jantar, seus dedos aquecidos pareciam ainda envolvê-la. Ela resistiu ao impulso de bater nos braços para agitar o ar.

— E Eric? O que devemos fazer com ele? Como ter certeza do que ele sabe e do que não sabe?

— Além das passagens de trem, não sabemos de nada, mas presumo que ele tenha suas suspeitas.

— Precisamos ir embora daqui.

Barrett balançou a cabeça.

— Tarde demais agora. Partimos antes do combinado e ele vai saber que algo está acontecendo.

O calor subiu até a cabeça dela, fazendo seus nervos vibrarem como fios desencapados.

— Como você sabe se eles não vão servir a nós no jantar? Torrados e esfolados à perfeição, para seu perverso consumo.

Uma expressão de horror simulada surgiu no rosto dele.

— Essa é a coisa mais grotesca que já ouvi, e como *bartender* isso quer dizer muito. Você precisa parar de ler aqueles cartazes de propaganda.

— Ele está planejando algo contra nós, mas vai escolher o momento mais oportuno para entrar em ação. Como um lobo brincando com a comida antes de devorá-la.

— Nós realmente precisamos fazer algo com relação às suas descrições.

— Que descrições?

Ambos reagiram com um sobressalto à voz de Eric deslizando pelo corredor e parando na porta da sala de jantar. Olhos oblíquos e lábios repuxados, revelando dentes brancos à luz fraca do corredor, ele realmente se encaixava na descrição de um lobo.

— Da comida — disse Barrett sem hesitar. — Kat sentiu aroma de rosbife, mas eu acho que é carne de porco. Refogado, não assado.

— Por que vocês não entram e veem quem tem razão? — Os lábios de Eric se repuxaram um pouco mais. — A menos que vocês queiram cochichar mais um pouco sobre a sobremesa.

A sala de jantar era retangular, com uma mesa longa e brilhante no centro e dezesseis cadeiras estofadas de tecido vermelho ao redor. Painéis de madeira flanqueavam as paredes, com uma cristaleira embutida de um lado e janelas com vista para o terraço do outro. Uma pequena alcova se projetava num canto, com uma mesa redonda menor, para reuniões mais íntimas.

Sentando-se a uma das extremidades da mesa, numa cadeira que um garçom puxou para ela, Kat se viu de frente para Eric e Ellie, com o arquiteto particular de Hitler, Albert Speer, na cabeceira. Apesar do seu constrangimento, o alívio se espalhou pelo corpo dela quando Barrett deslizou para o assento à sua esquerda. Felizmente, Hitler não seguia a tradição inglesa de separar casais ao redor da mesa para promover uma conversa melhor. Além das atrocidades crescentes e da falta de alimentos de qualidade para os cidadãos comuns, ela não sabia sobre o que conversaria com aquelas pessoas. Não conseguia nem encontrar um prazer momentâneo no banquete diante dela. Um cordeiro assado servido numa travessa de prata, rodeado por outras de porcelana com pimentões assados, arroz, *spätzle* com molho de carne, aspargos, tomates e abóbora, purê de batatas, linguiça grelhada, mostarda doce, rolinhos de repolho e *brochen* com creme de manteiga.

Embora seu estômago gritasse em protesto, Kat se serviu de uma pequena porção de cada iguaria mais próxima ao seu prato. Pressionando o garfo contra seu purê de batatas, ela cavou um buraco para acondicionar o molho, como fazia quando era criança. Do outro lado da mesa, Ellie fez a mesma coisa com seu bolinho. Surpreendendo o olhar da irmã, Kat sorriu com seu segredo. Os cantos da boca de Ellie se ergueram levemente, como se quisessem retribuir o sorriso, mas rapidamente recuperaram a seriedade enquanto ela voltava a olhar o seu prato. A tristeza envolveu o coração de Kat. O que ela tinha feito?

A resposta a fez olhar para Eric, que exalava alegria. Ele teve o privilégio de testemunhar a dor de Kat, enquanto colocava comida na boca com avidez.

— Está apreciando a noite, Kathleen?

— Muitíssimo. Eu só queria que nossa estadia fosse mais longa. — Ela pôs na boca uma garfada de purê de batatas e forçou-a a passar pelos dentes.

— Você está indo para algum lugar?

As batatas deslizaram para seu estômago revirado.

— Estava me referindo ao fato de termos que voltar a Paris daqui a alguns dias. Sentirei saudades da Bavária.

A frieza brilhou no tom monótono de Eric, sem uma pitada de surpresa.

— Está falando sério? E eu pensando que isso tudo aqui não combinava muito com o seu gosto.

— Pelo contrário, acho a paisagem de tirar o fôlego e a tranquilidade revigorante, depois da agitação de Paris. Na verdade — ela continuou, fincando o garfo numa salsicha enquanto lutava para controlar o turbilhão no seu estômago –, eu estava esperando que Ellie e eu pudéssemos passar um fim de semana nos Alpes. Costumávamos nos hospedar num chalé nas montanhas com nossos pais, não é mesmo, Ellie? — Ao lado dela, Barrett colocou sua taça de vinho sobre a mesa com um tinido alto. Seu pé pressionado em cima do dela em advertência. Ela o deslizou para longe dele e cruzou as pernas. Se Eric quisesse brincar de gato e rato, ela venceria. Barrett poderia gritar com ela mais tarde. — Lembra-se do ano em que fizemos uma família inteira de bonecos de neve?

Ellie acenou com a cabeça, movendo o garfo em torno de um bolinho.

— Mamãe ficou furiosa por termos usado as botas de pele e o xale de *cashmere* dela na decoração.

— Os Alpes. Na Suíça. — As sobrancelhas claras de Eric se ergueram na testa alta. Ellie puxou um prato de rolinhos de repolho para mais perto e pairou o garfo sobre o conteúdo enquanto decidia qual garfar. Estendendo o braço por sobre o dela, Eric empurrou o prato para longe. — Não, *schatz*. O odor fica impregnado não importa quantas vezes se escove os dentes.

Agarrando sua taça, Ellie acabou com todo o conteúdo potente e fez sinal para que o garçom atrás dela a reabastecesse, tudo enquanto olhava para Eric, que mastigava alegremente um pedaço de pão. Kat agarrou a parte inferior da sua cadeira para não saltar sobre a mesa e lhe enfiar aquele pão inteiro goela abaixo até que ele sufocasse.

Limpando as migalhas da boca, Eric recostou-se na cadeira e tomou um gole de vinho. Refletidos no líquido rubi, seus olhos escureceram até ficarem negros, enquanto ele olhava para Kat por cima da borda. As unhas dela se cravaram ainda mais na cadeira até ela sentir um pequeno estalo quando o tecido se rasgou.

— Como esta viagem foi principalmente de negócios, acho que uma folga de verdade vem a calhar. — Eric girou um dedo em torno da haste da sua taça. A cada volta, Kat quase podia sentir o dedo invisível do nazista circulando sua garganta. — Depois de chegarmos à Suíça...

Uma explosão na extremidade oposta da mesa silenciou a sala. O punho de Hitler estava ao lado do seu prato, os legumes revirados onde ele batera na mesa. Rostos pálidos voltaram-se em horror para Henriette, que, sentada imóvel, os olhos arregalados de medo, estava encolhida na cadeira. Seus lábios exangues se moveram, emitindo um ruído semelhante a um miado felino.

Com os olhos furiosos de um demônio, Hitler bateu na mesa novamente e gritou, enfurecido.

Baldur, o marido de Henriette, fez a esposa se levantar da cadeira e a levou para fora da sala. O silêncio reinou no ar, o menor ruído prestes a inflamar a quietude e transformá-la em chamas. Os olhos de Hitler dispararam ao redor da mesa, desafiando alguém a falar novamente. Algumas cadeiras adiante, Eva afundou mais no assento, enquanto balançava a cabeça lentamente para a frente e para trás. Empurrando sua cadeira, Hitler jogou seu guardanapo em cima dos legumes intocados e saiu da sala, colérico.

Dois minutos inteiros se passaram antes que a primeira voz sussurrasse, seguida por outra e depois outra, como o zumbido crescente de uma colmeia.

— O que foi isso, eu me pergunto? — Embora sussurrada, a voz de Kat ricocheteou nos painéis de madeira e atingiu seus ouvidos como címbalos.

O sr. Speer, que havia ignorado a todos até então, pigarreou.

— Frau von Schirach relatou um incidente envolvendo mulheres e crianças judias que ela testemunhou enquanto estava em Amsterdã. Parece que ela achou que receberam um tratamento muito severo. — Tirando um pedaço de comida dos dentes de trás com a língua, ele entrelaçou os dedos em torno do seu prato agora vazio. — Ela desafiou nosso *Führer* a considerar o que estava acontecendo com os judeus.

Kat devolveu o garfo ao prato e o afastou, enjoada, quando a bile subiu à sua garganta.

— Um desafio audacioso.

Speer coçou a linha do couro cabeludo, o tédio fazendo sua boca desenhar um arco para baixo.

— Exatamente. O *Führer* foi rápido em informá-la de que seu dever é apenas para com seu povo e os judeus não são seu povo. Uma vergonha para os von Schiraches. Hetty é uma mulher adorável, mas simplesmente arruinou sua família.

Eric concordou com a cabeça, sua cabeça loira e lustrosa cintilando com as luzes do teto.

— Em momentos de incerteza como este, é importante manter por perto apenas aqueles que demonstram lealdade, pois você nunca sabe quando um traidor mostrará os dentes.

O ar saiu dos pulmões de Kat, fazendo seu coração bater contra a gaiola do seu peito.

— Precisamos tomar precauções para proteger aqueles com que mais nos importamos.

Eric tomou outro gole do seu vinho.

— Eu não posso deixar de concordar.

Um arranhar de cadeiras rompeu a tensão vibrante, enquanto os outros convidados declararam o jantar arruinado.

Barrett se levantou da cadeira e ofereceu a mão a Kat. A cabeça dele inclinou-se até o ouvido dela.

— Achei que, depois de todo esse tempo, você tivesse aprendido a manter a boca fechada e não demonstrar suas emoções. Você sabe que temos a chance de fazer aqui algo maior do que nós e que pode acabar com essa guerra sangrenta. Provocar Eric dessa maneira não vai nos ajudar de forma alguma, exceto para nos levar à sala secreta da Gestapo.

Kat ficou com as pernas trêmulas.

— Ele pensa que tem o direito de mandar nas pessoas porque ninguém o enfrenta.

— Você está sendo imprudente.

— Pelo menos estou fazendo alguma coisa.

Ele largou a mão dela como se ela o tivesse queimado.

— Acho que eu estava ocupado demais me empanturrando de comida para ajudá-la.

— Concordo.

Virando-se nos calcanhares, ela o deixou com sua fúria e saiu apressada da sala, para alcançar Ellie. Ela pegou na mão da irmã e a puxou para o lado da escada, enquanto o resto dos convidados voltava para o grande salão. Eric estava muito envolvido numa conversa com dois outros homens uniformizados para perceber.

— Ellie, por que você não fala comigo? — Quando as palavras cruzaram seus lábios, suas emoções reprimidas romperam as comportas. Lágrimas arderam em seus olhos.

— Eu... Eu estive ocupada hoje, me preparando para esta noite, e Eric tinha milhares de coisas para falar comigo.

— Isso não explica por que você nem olha para mim. Ellie, por favor.

Ellie ergueu os olhos, respirando fundo como se quisesse se equilibrar.

— Ontem à noite eu fui ao seu quarto para ver como você estava e a encontrei nos braços de Barrett, com uma garrafa de champanhe vazia e roupas espalhadas... Eu não sabia o que pensar. Não, isso é mentira. Eu sei exatamente o que pensei. Você deveria ser a irmã sensata, Kat.

A decepção no tom em que disse as últimas palavras foi como uma flecha cravada no peito de Kat.

— Nada aconteceu além de um simples beijo.

No rosto de Ellie estava estampado a dúvida.

— Aquele beijo não me pareceu tão simples.

A lembrança dos lábios insistentes de Barrett e do jeito como ela tinha cedido à sua persuasão queimou dentro dela. Aquele beijo de fato não tinha nada de simples, assim como o julgamento no tom de Ellie. *Querendo agradar às pessoas novamente, hein?* A voz de Barrett trovejou em sua cabeça. *O que* você *tem a dizer sobre tudo isso?*

— Ele foi embora logo depois de você, se insiste em saber. Não me olhe com esse olhar de inocência. Cansei de fechar os olhos para as suas indiscrições e caprichos inconstantes.

— Você sempre teve ciúme da atenção que os garotos me davam.

— Está se referindo aqueles cães babões que viviam aos seus pés e que você deixava para eu enxotar quando se cansava deles?

— Não me culpe se você não sabe dizer "não" quando lhe pedem para fazer alguma coisa. Aprenda a agradar a si mesma em vez de sempre querer fazer o certo.

— Beijar Barrett não foi certo o bastante para você?

Ellie voltou a atenção para suas unhas vermelhas brilhantes. Combinando com seu vestido verde-menta, elas a faziam parecer um doce de Natal. Um hipócrita doce de Natal.

— Eu sempre era pega na esquina com um garoto enquanto você era sempre a imagem da pureza. É muito tarde para mim, mas sabendo que você é a certinha... Bem, foi bom pensar que algumas coisas nunca mudam.

— Não sei dizer se isso é um elogio ou não.

Ellie ergueu os olhos e sorriu.

— É um elogio.

O tom de voz agressivo que tanto enchera Kat de indignação se dissipou lentamente. Quem diria que a verdade era um bálsamo para feridas latentes? Kat passou um braço em volta dos ombros de Ellie enquanto ela deslizava o braço em volta da cintura de Kat. Juntas novamente.

Elas se viraram para a entrada do grande salão, onde os outros convidados haviam desaparecido.

— Venha, vamos ver o que nos aguarda agora. Ouvi dizer que *Herr* Hitler tem um ouvido magistral para a música.

— Eca. Provavelmente é alguma coisa acompanhada de uma banda de polca. Todos aqui olham extasiados para ele, com medo demais para dizer que o gosto dele para música é ruim como leite azedo.

— Você quer contar a ele ou eu conto?

Ellie estremeceu.

— Quanto mais cedo nos afastarmos dele, melhor. Você realmente quer ir para a Suíça?

Pela primeira vez naquele dia, a empolgação quase superou o medo constante que Kat sentia. O sentimento de esperança se agitou sob uma pilha de cinzas descartadas.

— Sim.

Ellie balançou a cabeça lentamente, mas não disse mais nada enquanto entravam no grande salão. Um grande grupo estava no centro da sala, com a cabeça brilhante de Eric no meio. Examinando a sala, Kat encontrou Barrett ao lado da lareira, com um braço apoiado na cornija. As chamas dançavam, provocando sombras indecifráveis em seu rosto, enquanto ele observava o grupo.

A multidão se moveu, revelando uma mulher alta e de constituição sólida, com cabelos castanhos e rosto quadrado. Ela tinha um chapéu de penas empoleirado no topo da cabeça e, apesar do calor sufocante, um xale de raposa sobre os ombros angulosos. Ela acenava com a cabeça e sorria friamente enquanto Eric a segurava pelo cotovelo. Quando ela olhou para a frente, seu sorriso congelou ao ver Kat e Ellie na porta. O queixo dela se ergueu e ela deslizou a mão enluvada por debaixo do braço de Eric.

Kat se virou quando os dedos repentinamente frios de Ellie cravaram em suas costelas.

— Quem é aquela mulher?

— A esposa dele.

Capítulo 15

— Ela gritou, depois eu gritei. Ela gritou novamente e eu gritei mais um pouco. Foi feio.

Kat girou seu copo de Ginger Ale. A efervescência já tinha acabado havia muito tempo, desde que ela invadira o escritório de Barrett mais de duas horas antes. Uma longa caminhada pelo Sena não tinha lhe ajudado a esfriar a cabeça e a oportunidade de criticar outra pessoa era boa demais para ela deixar passar. Como ele tinha conquistado aquela honra ela não fazia ideia. Possivelmente porque ela ainda estava zangada com ele por descobrir seu plano de fuga para a Suíça com Ellie. Como se ela tivesse uma chance sob os olhos atentos de Eric! Desde o momento em que vira as passagens de trem no quarto de Kat, ele não tinha tirado os olhos de Ellie. O fiasco também conhecido como "jantar com Hitler", duas noites antes, tinha sido a desculpa perfeita para levá-los de volta para Paris na manhã seguinte. Eric tinha mais controle sobre elas na cidade.

— Ela não conseguia entender por que eu estava com tanta raiva. Hmm, não tenho certeza, mas provavelmente tem algo a ver com minha irmãzinha tendo um caso com um homem casado. E não com qualquer homem, mas um nazista. Você está mesmo ouvindo?

Barrett ergueu os olhos do folheto da Resistência, *Défense de la France*, que tinha aberto diante dele. Aquela era a única fonte verdadeira de informação desde que os nazistas tinham reservado os jornais nacionais para sua própria propaganda despropositada.

— Sim. Ao contrário da crença popular, eu posso fazer mais de uma coisa por vez. Preciso averiguar quais são as outras células que estão ativas desde que partimos.

Isso e, se ele olhasse para ela por muito tempo, seria forçado a se lembrar da última vez que tinham ficado sozinhos. Aquela noite no quarto de hotel onde ele perdera completamente o bom senso, em favor de provar algo para si mesmo. A única coisa que ele tinha provado era que não podia confiar em si mesmo quando se tratava de Kat.

Ele a observou por cima do jornal. Uma imagem de pura graça e beleza em seu vestido azul, embora ela provavelmente argumentasse e desse à cor um nome mais sofisticado como "azul-do-egeu". De qualquer maneira, o vestido tinha conferido aos olhos dela um tom azulado hipnotizante. Um tom em que ele mesmo descobriu que estava se afogando, sem o desejo de ter um colete salva-vidas. Ela era o brilho que ofuscava a tristeza que ele sentia. Ela tornava seus fardos mais leves. Era um chamado ao seu coração e como era difícil não atendê-lo plenamente...

Kat traçou uma gota d'água na lateral do vidro. Solitária em sua jornada, a gota escorreu e parou, em resistência à sua queda, até que o calor do ar a pressionou para baixo, fazendo-a cair sobre a escrivaninha.

— Você sabe o que ela ficava dizendo? "Ele vai deixá-la. Ele prometeu. É um casamento sem amor e ela é cruel." Como se isso tornasse tudo melhor.

Ele virou a página do jornal. Mais ataques de guerrilha perto de Chaville.

— Homens como ele nunca deixam suas esposas. — O suspiro profundo dela chamou a atenção dele de volta. — Desculpe. Não tive a intenção de fazê-la se sentir mal com isso.

A dor diminuiu em seus olhos quando ela balançou a cabeça. Com os cachos loiros presos atrás do pescoço, as rugas de fadiga eram visíveis em seu rosto pálido.

— Não, você está certo. Ellie está vivendo uma felicidade ilusória e tenho experiência suficiente para perceber isso. — Movendo o copo para o lado, ela mergulhou o dedo mínimo no anel de água deixado na madeira e o transformou em longas linhas. — Ela sempre foi cabeça fresca, o que causa uma irritação sem fim em nossos pais. A sempre obediente Kathleen e a sempre rebelde Eleanor... Por mais diferentes que sejamos, ainda somos irmãs. Não importa o que aconteça, esse laço nunca se rompeu. Até agora. A fuga dela para Paris é mais do que um ato de desobediência. É uma perda irreparável. E eu sinto que as coisas podem nunca mais ser iguais entre nós.

— Você gostaria que as coisas voltassem a ser como eram? Senso de dever e rebelião sob o mesmo teto, reportando-se a essa lista de regras que sua família traçou para vocês. Você pode descobrir, se quiser, que gostaria de ter mais espaço para si.

— Você quer dizer ser mais como Ellie.

— Não, ser mais como você mesma. Recuperar a parte de você que está soterrada sob as regras. A mulher que não hesitou em entrar na Nazilândia. A mulher que enfrentou Hitler na hora do chá. A mulher que adora Benny Goodman e gostaria de comer bolo no café da manhã. A mulher austera que relaxa em meus braços quando está dançando.

Um sorriso apareceu nos lábios dela.

— Essa Kathleen Whitford é bem diferente da que eu conheço.

— Mas essa é a que eu conheci. — *Aquela por quem me apaixonei profundamente.*

Kat continuou a seguir silenciosamente com o dedo as linhas d'água sobre a superfície envernizada da escrivaninha. Arte, a expressão da sua mente superativa.

— Ela me acusou de ter uma reação exagerada.

— Você concorda?

Kat ergueu o olhar para ele, prendendo-o no assento.

— Ela está com raiva do amante porque a mulher dele apareceu inesperadamente e ainda está furiosa comigo porque eu me atrevi a dizer que ela não passa de uma amante. Quem aqui está exagerando?

Ele concordou com a cabeça. Aquela irmã dela precisava levar uma surra por toda a infelicidade que causava às pessoas. E pessoas que tentavam ajudá-la! A própria irmã tinha arriscado a vida ao viajar para Paris e ela retribuía daquela maneira! Tratando-a com insolência e egoísmo. Ellie estava se afundando e levando Kat com ela.

A água sob o dedo dela formou um arco. Lentamente, suas unhas formaram círculos e uma fumaça ondulante. Um barco que brilhava com o carvalho envernizado da mesa abaixo. Para uma mulher tão reprimida ela tinha uma imaginação surpreendente. Mergulhando o dedo no copo, ela ondulou ondas de refrigerante sobre os lados do navio. As ondas avançaram até a borda da mesa e pingaram no chão. Aonde ela imaginava que isso iria? Tão longe quanto ele mesmo desejava ir?

Virando-se na cadeira, ele arquivou o jornal numa pasta para queimá-lo mais tarde naquela noite. Era importante livrar-se de todas as evidências, não deixando nada que pudesse comprometê-lo. Ao contrário da papelada, ele não conseguia se livrar dela tão facilmente. Garrafa após garrafa de Ballantine's não conseguia eliminá-la dos seus pensamentos, da sua própria vida.

Uma mensagem amarfanhada chamou a atenção dele no final da pilha de papéis, e mais uma vez a raiva queimou em suas veias como um incêndio. O comando tinha negado seu pedido de encerrar a missão e tirar as irmãs de Paris. Eles não podiam pagar um homem extra para o serviço de acompanhante, especialmente quando as mulheres em questão eram vitais para recuperar informações do círculo de amizades de Hitler. Ele fechou a pasta com um tapa. A segurança delas estava nas mãos dele. Era responsabilidade dele proteger a vida delas.

Mas quem protegeria seu coração?

— Esta é sua mãe?

Ele se voltou para ela. O ar congelou em seus pulmões quando ele olhou para a foto desbotada de uma bela jovem de constituição pequena, com o cabelo castanho solto até a cintura. Um sorriso de uma doçura inocente enfeitava seu rosto enquanto dois grandes olhos fitavam a câmera. Olhos que ele via toda vez que se olhava no espelho.

— Fragmentos de um passado esquecido. Agradeço se recolocá-la no lugar.

Um tom rosa explodiu nas bochechas de Kat enquanto ela gentilmente recolocou a foto sobre os outros parcos fragmentos de uma vida que ele ainda almejava. Cartões-postais da cidade de Nova York e Washington, e Coney Island, artigos de jornal sobre o *boom* da construção nas principais cidades americanas e novos imigrantes na Ellis Island, e até mesmo algumas moedas americanas que um primo lhe enviara de Pittsburgh. Sementes de esperança.

Fechando a tampa, ela puxou para mais perto a caixa que, por descuido, havia deixado aberta sobre a mesa.

— Sinto muito. Não queria ser intrometida. É só que ficamos juntos por tanto tempo que... — O tom rosa das bochechas aprofundou-se, tornando-se vermelho. — Quer dizer, nós temos trabalhado juntos e quase não sei nada sobre você.

Ele passou o polegar sobre o intrincado desenho esculpido sobre a tampa, que mostrava um cardo e uma flor-de-lis entrelaçados. Escócia e França.

— Achei que você preferia manter questões pessoais de fora. Para não complicar as coisas. — Pegando a caixa, ele a colocou na última gaveta da escrivaninha e trancou-a bem. Longe dos olhos, longe do coração. Não adiantava pensar nisso até que a missão fosse concluída. — Além disso, não há nada na minha vida que possa interessá-la.

Ela, por outro lado, tinha mais do que o suficiente para mantê-lo interessado por anos a fio. A distância tinha sido sua aliada, mas ela quebrava todas as barreiras para deixar suas defesas em frangalhos. Se ele tinha pensado em manter qualquer coisa longe do alcance dela, aquele beijo tinha feito seus planos irem por água abaixo.

A cabeça dela se inclinou para o lado enquanto o observou por um segundo. A boca estava entreaberta como se ela fosse falar alguma coisa, mas uma leve sacudida da cabeça evitou que as palavras escapassem. Ela se levantou de um salto.

— Quer dar um passeio?

— Pensei que, depois da semana passada, minha presença fosse intolerável.

— À luz da minha manhã nada exultante, vou lhe dar uma trégua.

Não. Fique longe, rapaz. Você sabe o que acontece quando você chega muito perto dela.

A esperança e a solidão disputavam espaço no rosto dela.

— Você pode me ajudar a pensar em novas queixas com relação a Ellie e Eric.

— Não posso recusar essa oferta. — O desejo de ficar seguro já era.

Enquanto caminhavam ao longo da margem direita, as águas do Sena batiam contra o dique de pedra abaixo. Para a esquerda, estendia-se a extravagante ponte Alexandre III, e além dela erguia-se o Palácio Nacional Les Invalides, onde jaziam em silêncio os restos mortais de Napoleão, sob uma cúpula grande o suficiente para conter a personalidade megalomaníaca do homem.

— Eu nunca vou entender a engenhosidade do homem para construir coisas sobre a água.

Nuvens vespertinas rolavam no céu, escurecendo as águas do Sena e deixando-o com um tom verde lamacento. Ele deveria ter pensado em trazer um chapéu.

— Todas aquelas estátuas e tanto ouro... Não sei como essa ponte não desaba.

Kat, também sem chapéu, apontou para as quatro estátuas de bronze dourado nos cantos.

— Eu acredito que Résal e d'Alby tenham projetado as estátuas das Famas para servirem de contrapesos para o arco.

— Você assistiu a algumas aulas de engenharia enquanto estava na universidade? — Outra coisa que provava a distância entre eles.

— Não exatamente. — A mão dela pousou no corrimão, os dedos curvados. — Meu noivo, ex-noivo, quero dizer, era engenheiro.

A boca dele se abriu.

— Você estava noiva?

— Anos atrás. O noivado não acabou bem. Ele... não era quem eu pensava.

Fios de cabelo escaparam dos pentes na nuca para dançar sem controle atrás da orelha dela. Muito longe da imagem afetada e apropriada que ele esperaria dela. Só mais uma expectativa acerca dela sobre a qual ele tinha se enganado. Os fios desciam pelo pescoço para roçar no ombro como uma fita de cetim amarela. Todas as outras vezes, ela tinha um pente perfeito para segurar tudo no lugar, mas ali, diante dele, ela deixara o cabelo voar livremente.

Ele manteve os dedos colados à perna para não estender a mão e ceder à tentação de tocá-la.

— Portanto, nada de engenharia. Do que mais você não gosta?

Ela passou a mão sobre a base de pedra desgastada, um sorriso torto enviesou sua boca.

— Poesia. As complexidades sutis me confundem. Eu prefiro não ter que adivinhar o que o artista está tentando dizer.

— Talvez seja por isso que você esteja tendo tantos problemas com Ellie. A situação que ela criou para si mesma não é exatamente simples.

— Ela sempre perdoa as atrocidades de Eric, dançando no ritmo dele e dando desculpas para seu comportamento, enquanto eu tenho que aguentar seu mau humor por ousar questionar seus motivos. Isso faz algum sentido para você?

— Pessoas apaixonadas fazem coisas estúpidas.

— Bem, se isso é amor, espero que nunca aconteça comigo, porque eu não posso suportar a ideia de perder todo o bom senso sem um bom motivo.

A fotografia da mãe dele rastejou até as bordas da sua mente, despertando sua memória. Ele desejou que tivesse idade suficiente para ter uma lembrança dela. O pai vivia muito ocupado consigo mesmo para se dar ao trabalho de compartilhar suas lembranças com o filho.

— Você está pregando para alguém que já foi convertido.

Amor. A doença de toda a humanidade. Ele tinha conseguido evitar aquela doença durante toda a vida. Claro, ele tinha que apelar para o fingimento quando um par de olhos bonitos flutuava em seu caminho, mas na manhã seguinte ele estava resolvido mais uma vez a ficar sozinho. Somente na escuridão profunda da noite ele admitia que se sentia sozinho e gostaria de ter alguém com quem compartilhar sua solidão. Com quem compartilhar qualquer coisa.

Ao lado dele, Kat olhava silenciosamente para a água enquanto caminhavam pela ponte. Apesar da imagem das patrulhas nazistas estragando a cidade ao redor deles, Paris ainda exalava uma segurança silenciosa. Ele queria não apenas alguém para compartilhar, mas alguém de quem ele não precisasse se esconder. Ela o via do jeito que ele era, sem medo. Se o tempo que tinham passado juntos servira para alguma coisa era para provar que Kathleen Whitford não tinha medo.

Os pelos dos braços dele se arrepiaram. Os olhos dela sempre causavam essa reação nele.

— Você está fazendo isso de novo.

Ela se sobressaltou como se uma arma tivesse disparado.

— Fazendo o quê?

— Da última vez, você disse que estava apenas olhando uma abelha zumbindo em volta da minha cabeça, mas como não há flores por aqui, estou relutante em acreditar nessa desculpa novamente. — Ele parou e se virou para encará-la, apoiando um cotovelo contra o corrimão de pedra. — Importa-se de me dizer a verdade desta vez?

— Quando todo esse fingimento vai acabar? — A correnteza azul se aprofundou e rolou nos olhos dela. O mesmo olhar que ele tinha visto durante a tempestade na Bavária estremeceu em suas profundezas, mas ao contrário daquela noite ela não se moveu na direção dele. — Você não está cansado de tudo isso?

Sim, mais do que você pode imaginar. Cansado de lutar, de fingir, de atender ao chamado de outras pessoas, de correr das algemas que queriam mantê-lo prisioneiro do passado. O acordo com Alfred Whitford era a chance de mudar de vida. Tire as filhas do homem de Paris e sua dívida seria liquidada. E ainda sobraria dinheiro suficiente em seu bolso para recomeçar a vida em qualquer lugar que ele escolhesse. A última coisa que ele esperava era que uma das filhas atrapalhasse seus planos bem elaborados. Na verdade, ela conseguira causar uma reviravolta em todo o seu ser.

Ele olhou para a boca de Kat. Aqueles lábios carnudos agora pressionavam limites que ele lutava com todas as forças para manter, só suavizando quando a resposta ansiosa dele surgia para atender a insistência dela. Se ele estava cansado? Sim. Cansado de precisar resistir a ela a todo custo e falhando miseravelmente.

Cumpra a tarefa que você tem nas mãos. Quanto mais cedo ela for cumprida, mais cedo você poderá esquecê-la.

— Mas aqui estamos, e aqui vamos ficar até que a agência ceda e nos tire desse buraco.

A torrente nos olhos dela se acalmou.

— Há alguns dias conseguíamos andar por aí, livres da maldade, uma façanha que eu não acreditava ser possível depois de olhar nos olhos negros e hediondos de Hitler. — Ela estremeceu e se virou para a água, pousando as mãos na grade em frente a ela. — Agora, estamos de volta ao ponto de partida e, se eu tiver que sorrir mais uma vez durante a estreia de um filme de Goebbels, feito para glorificar a magnificência nazista, vou gritar. Eu não sei como você faz isso dia após dia.

— Tomar uma dose de uísque e treinar um pouco de luta no final do dia ajuda a liberar toda essa raiva reprimida.

Ela bufou.

— Eu invejo você. Lutar pelo menos é uma habilidade útil. Planejar a próxima festa e praticar passos de dança não chegam aos pés do que você faz e, se servem para alguma coisa, é só para aumentar a minha frustração, depois de ver pessoalmente o perigo que você e seus homens correm todos os dias.

— Nem todo mundo foi feito para usar um manto e uma adaga ou para carregar um rifle no ombro. Você está fazendo o que ninguém mais pode fazer, e conversar com estrelas de cinema russas e conviver com a elite inimiga vão ajudar a vencer esta guerra, então não consigo pensar em ninguém melhor para o trabalho.

— Puxa, como é emocionante saber que a minha boa educação e aulas de etiqueta estão finalmente alcançando o auge do seu poder. — Os ombros dela caíram, como se a passagem pela Baviera tivesse aumentado o fardo que carregava. — Durante toda a minha vida, meu nome foi oferecido como uma chave de ouro para destrancar os escalões dourados do dinheiro e da popularidade, mas isso só serviu para me aprisionar. Até que você me deu um novo conjunto de ferramentas para arrombar a fechadura e encontrar a liberdade. Tudo o que eu queria era tirar minha irmã daqui... Sem sombra de dúvida, essa ainda é minha intenção! Mas não posso voltar para aquela jaula. Já vi muita coisa para simplesmente ficar sentada em casa enquanto esse veneno nazista se espalha. Não quando há tanta coisa que podemos fazer.

O coração de Barrett bateu forte. Depois de todo aquele tempo, todas aquelas batalhas travadas juntos, ela finalmente desejava trabalhar ao lado dele? Dar a eles um novo motivo para lutar? Todas as noites enquanto ele tentava dormir, o sangue zumbia em seus ouvidos com a lembrança do beijo na Bavária e da imagem dela pressionando os lábios contra os dele.

— Você realmente acha que pode fazer isso?

Ela ergueu os olhos e os estreitou, a frieza do olhar congelando a lembrança do beijo.

— Certamente que sim. — Roçando em seu braço ao passar por ele, ela se afastou, os saltos do sapato batendo contra o pavimento com raiva.

Ele praguejou, mas felizmente a imprecação se perdeu no vento que soprava do rio.

— Espere um minuto. Eu não quis dizer...

— Ah, eu sei o que você estava pensando. Pobre menina rica... pensa que pode fazer o que quiser porque vive em seu próprio mundo de luxo e fantasia. Como entrar em Paris quando ninguém mais pode, por causa das amizades do querido papai, ou aquela jogada brilhante para sequestrar a irmã e levá-la para a Suíça.

— De fato, não foi o seu melhor momento.

Eles chegaram ao outro lado do rio, mas ela não diminuiu a velocidade.

— Acredite ou não, eu posso e farei isso.

— Nunca pensei que você não pudesse. Só não quero que tenha que fazer tudo sozinha. — O peso das palavras dele o atingiu no estômago. Só naquele momento ele percebia o quanto eram verdadeiras.

Os pés dela vacilaram. Ela se virou, as sobrancelhas delicadas franzidas.

— Você me deixa tonta às vezes. Sempre oscilando entre preocupação e o desejo de me deixar na sarjeta.

— Não pense que você não merece a sarjeta às vezes.

— Puxa, que palavras tocantes...

Um rugido baixo se sobrepôs ao ruído do motor dos automóveis que passavam na Quai d'Orsay. Duas motocicletas cinza-aço passaram zunindo, abrindo caminho para cinco tanques enegrecidos pelo carvão. O chão tremeu enquanto as feras enormes seguiam com armas apontadas diretamente para a frente, desafiando qualquer um a bloquear sua passagem. As pessoas paravam na calçada para olhar os invasores com repulsa e tristeza evidentes nos olhos.

— Acham que podem pegar o que querem simplesmente porque lhes agrada. — Embora murmurado, a violência na voz de Kat soou alto como um obus.

Sem se preocupar em desviar sua raiva dos tanques, ela começou a atravessar a rua sem olhar. Uma buzina soou. Barrett saltou para a frente, agarrou o braço dela e puxou-a de volta para a calçada, enquanto um piloto nazista descuidado passava com sua motocicleta.

Kat se abaixou e agarrou sua bolsa que havia caído na rua.

— *Deutsch schweinhund*!

A explosão dela, tão diferente da postura recatada de sempre, chocou os ouvidos de Barrett.

— Nunca estudei alemão, mas acho que não foi muito elegante o que você disse...

— Acertou. Por favor, não conte a ninguém. Nunca. — Tremendo, ela puxou o braço. — Obrigado por salvar minha vida, eu acredito que pela segunda vez, mas é melhor nos separarmos aqui. Bom dia, quer dizer, boa tarde!

Sua fria dispensa rompeu o último fio da paciência dele. Ele passou a mão pelo cabelo para não estender a mão e sacudi-la até ela recuperar o bom senso.

— Não consegue aprender a lição, não é? Quando vai passar por essa sua cabeça dura que você não pode navegar neste mar sem mim? Para pegar um trem ou atravessar a rua, não importa, você precisa de mim.

— Estranho você continuar dizendo isso. Está começando a parecer que *você* precisa dessa confirmação.

— Engano seu. A cada segundo você me prova isso. — Ele baixou a mão e enfiou-a no bolso da calça. Como um fósforo, sua irritação se acendeu e lentamente se extinguiu como fumaça. — Eu vou tirar você daqui. Você e sua irmã. E quanto mais você cooperar, mais cedo eu posso fazer isso, o que significa que mais cedo também vou poder dar o fora daqui. Será que você consegue não arranjar problemas até eu conseguir isso?

A indecisão guerreou nos olhos dela.

— Será que você pode parar de me tratar como se eu fosse uma criança até arquitetar um plano?

— Combinado. — Ele estendeu a mão.

— Feito. — Ela aceitou a mão dele e a apertou. — Certamente faremos muitos negócios juntos. Acha que vamos ter sucesso neste?

Ela tinha esquecido as luvas. Provavelmente esgotada demais depois da briga com a irmã, tinha ido para a rua sem pensar muito no que vestia. Ou pelo menos era isso que ela devia estar pensando. Ele, por outro lado, gostava daquele jeito mais livre dela. O calor dos dedos nus de Kat envolvendo os dele envolveu sua palma.

— Com o nosso histórico... — Ele encolheu os ombros e largou a mão dela, antes que seus pensamentos colidissem. — Só o tempo dirá.

Afastando-se do *Les Invalides*, eles seguiram pela Rue de l'Université. Ele fez a contagem até o sexto edifício à esquerda e olhou a cobertura, onde a briga entre as irmãs tinha ocorrido. Felizmente, Ellie já deveria estar mais calma a ponto de não colocar os vasos de cristal mais em perigo.

O cheiro familiar, mas um pouco diferente agora, do pão da padaria da esquina invadia a rua. Barrett torceu o nariz. Será que estavam pondo arroz na receita de pão? Pelo menos o racionamento dos tempos de guerra tinha dado aos padeiros a chance de usar a criatividade. A guerra tinha trazido um aspecto inusitado a todas as situações. Assim como a mulher ao lado dele. Inflexível e teimosa, mas ousada a ponto de não pensar em si mesma.

Ela parou antes de chegarem ao prédio de Ellie.

— Obrigado por caminhar comigo, mas prefiro andar os poucos metros que faltam sozinha. Odiaria se você fosse atingido por um vaso de flores dirigido a mim.

— Ela ainda está com raiva, hein?

— Prefiro não arriscar.

— Agradeço a preocupação.

Um sorriso apareceu no rosto dela. O corpo de Kat começou a se pôr em movimento, mas os pés permaneceram enraizados no chão. O pulso dele acelerou com a hesitação.

— Obrigada por não desistir de nós. Eu sei que para você é só uma tarefa que lhe designaram, não é nada que você quisesse, mas é bom ter um aliado de vez em quando. Eu realmente desejo fazer tudo o que puder para ajudá-lo.

— Não sou alguém tão ruim para se ter por perto, não é?

— Ultimamente, existem mais lugares em que você provou ser um perigo. — Ela tocou o peito, logo acima do coração, em seguida, endireitou a lapela e foi embora.

Foi o mais perto que ela chegou de admitir que existia uma conexão entre eles que poderia ir além da missão. E estava perto de levá-lo à loucura. A gratidão dela teria uma morte rápida assim que ela descobrisse que ele tinha se oferecido para protegê-la em troca de um pagamento. Ou pelo menos era isso que ele ficava dizendo a si mesmo.

Kat desceu a rua apressada antes que acabasse falando mais do que queria admitir. Ela nunca deveria ter ido ao Stag, mas o fato de não ir significava que ela teria que enfrentar sua frustração sozinha. E ela estava cansada de ficar sozinha. Sozinha sem Barrett.

Com o gesto da mão, que se movera por conta própria, ela tinha praticamente declarado o lugar que ele reivindicara em seu coração. Ultimamente, muitas pequenas mostras corajosas de audácia andavam escapando da sua boca antes que ela pudesse contê-los. Falar com estranhos sem as devidas apresentações, andar na rua sem escolta (sem contar aquele dia com Ellie embriagada), atirar-se nos braços de um homem que não era seu noivo. Todas elas impropriedades proibidas para uma dama de alta classe; porém, Barrett tinha um jeito todo próprio de contornar as regras, levando-a junto com ele. Ela ousaria admitir o desejo de liberdade ou a bravata que isso lhe despertava? Ou será que esse sentimento sempre existira dentro dela e só estava esperando a pessoa certa para vir à tona?

Quando ela cruzou o último quarteirão antes do apartamento de Ellie, a porta de um carro bateu do outro lado da rua. Um automóvel preto elegante, com acabamento cromado, espreitava entre a floricultura fechada e uma banca de jornais. Um alemão uniformizado esperava ereto ao lado da porta do motorista, enquanto uma mulher morena, num traje de crepe verde com adornos de pele marrom, reaplicava o batom no banco de trás. A mulher se virou, chamando a atenção de Kat. Seus lábios vermelhos se torceram, cravando uma faca bem no estômago de Kat. A esposa de Eric. Fechando a tampa do pó compacto com um estalo, a mulher afofou a pele nos ombros e recostou-se no assento com indiferença.

Controlando seu coração trovejante até entrar no prédio, Kat correu escada acima e só parou, ofegante, no último andar, onde mais dois guardas estavam em posição de sentido, dos lados da porta de Ellie. Os pulmões dela queimavam com a corrida, mas ela reprimiu as chamas e entrou no apartamento, passando pelos soldados. Estranhamente, Pierre não estava na porta para cumprimentá-la.

— Você vai pensar sobre isso, Eleanor, e no final verá que estou certo. — A voz de Eric vinha do corredor como uma lança. — Me diga que compreende.

— Eu não deixei a Inglaterra e as regras insuportáveis do meu pai apenas para me submeter ao controle de outro homem. — Ao que parece, Ellie não estava cedendo.

— Ele não mimava você do jeito que eu mimo. Ele não tentou colocar o mundo aos seus pés assim como estou tentando fazer.

— De que adianta o mundo se você não me permite pensar por mim mesma? Quando nos conhecemos, você prestava atenção em cada palavra minha, você fazia eu me sentir especial de uma forma que ninguém mais fazia. Mas agora sua voz é a única que importa. A única opinião que tem valor.

— Eu sou um homem do mundo. Eu vejo como as coisas estão mudando, ao passo que você viveu protegida por uma família que sufocava seu potencial. Você não confia em mim o suficiente para pensar por nós dois agora? Eleanor, você não me ama?

Ellie hesitou.

— Sim, mas...

— Então pense na glória que sua contribuição trará, o que ela significa para mim.

— Para você e para ela.

O tom venenoso de Ellie alegrou o coração de Kat. Finalmente a irmã estava enfrentando aquele horror que se apresentava como um homem. Kat avançou um pouco mais para dentro da sala, enquanto Eric lutava para se acalmar.

— Externamente para ela, *ja*, mas será a você que ela agradecerá. Nada mais vai faltar para você, nunca mais.

— Exceto a liberdade de fazer minhas próprias escolhas.

— Ora, *schatz*...

— Não me chame assim. Não quando você a chama da mesma coisa.

— Eleanor...

A porta da frente bateu atrás de Kat. Ela deu um salto, batendo o ombro na parede. Um gemido de dor soou sem ser convidado.

— Kat, é você?

Ela queria tanto passar despercebida... Massageando o ombro dolorido, Kat entrou na sala de jantar para encontrar Ellie e Eric em lados opostos da mesa. Três xícaras de café na superfície de madeira reluzente, a mais próxima a Eric manchada de batom vermelho-brilhante.

— Não percebi que tínhamos uma plateia. — Uma expressão feroz provocou uma ruga entre as sobrancelhas de Eric. — Se não se importa, esta conversa é particular.

Sem intenção de deixar a irmã sozinha com o lobo, Kat avançou mais alguns passos para dentro da sala.

— Sinto muito. Não sabia que tínhamos visitas.

O gelo brilhou em seus olhos.

— Estou bem longe de ser uma visita. Isso significaria que minha estadia é breve e nada está mais longe da verdade. Você, no entanto, eu defino como uma visita.

Ellie circulou a mesa e pegou no braço de Kat, segurando-o com força.

— Minha irmã é bem-vinda para ficar o tempo que quiser e ela certamente não tem que se desculpar por entrar e sair quando quiser, mesmo que isso não o agrade. Não posso impedi-lo de mandar o mordomo embora, mas você nunca vai mandar a minha irmã embora.

Outro tipo de horror apoderou-se de Kat.

— Onde está Pierre?

— Com a família dele. — O olhar fixo de Eric não revelou nada. — Ele tinha obrigações a cumprir e eu não podia mais impedi-lo de cumpri-las. Ele não vai voltar.

Ellie assobiou.

— A próxima vez que você começar a demitir os empregados, peça minha opinião sobre o assunto primeiro. No que me diz respeito, este ainda é o meu apartamento e tenho o direito de determinar o que acontece aqui. "Uma das vantagens de ser o dono do negócio" Não é isso que você diria?

— Do negócio, *ja*. Talvez um "negócio" melhor no 8º *arrondissement*, com um carro na garagem, caso seja boazinha. — Os longos dedos de Eric atravessaram a mesa e empurraram uma caixinha de madeira para ela. — Uma semana de relaxamento e reflexão deve ser tempo bastante para você pensar sobre as suas opções. Até mais, *liebling*.

As unhas de Ellie cravaram no braço de Kat enquanto Eric se despedia, ordenando aos guardas que fechassem a porta atrás dele, como haviam feito tão cuidadosamente para ela. O relógio do aparador marcava a hora do chá, mas Kat não tinha em mente a bebida reconfortante. Ela precisava de algo muito mais forte para tirar o confronto com Eric dos seus pensamentos.

Barrett.

Respirando fundo até sentir os dedos dos pés estremecendo, Ellie soltou a mão de Kat, pegou sua longa piteira e acendeu o isqueiro, apesar de haver um cigarro ainda fumegante no cinzeiro sobre a mesa. Ela caminhou até a janela e olhou para baixo, enquanto a fumaça cinza ondulava do seu nariz.

— Não pensava em vê-la novamente tão cedo.

A amargura que se alojara no estômago de Kat o dia todo lentamente relaxou com o desânimo na voz da irmã.

— Eu não gosto de brigar com você.

— Você estava com Barrett?

Kat estendeu a mão para a caixa, a parte superior lisa e fria ao toque.

— Fomos dar um passeio.

— Ele é bom para você. — Ellie assentiu distraidamente e tragou o cigarro. A fumaça ricocheteou na janela, mas ela não a abanou para longe do rosto. — Pena que não se pode dizer o mesmo de todos os homens.

Incapaz de resistir, Kat abriu a tampa. Aninhada num leito de veludo preto, havia uma cruz de ferro azul e branca, com uma explosão de estrelas douradas nas costas e a suástica preta no meio. As palavras *Der Deutschen Mutter* circulavam o símbolo semelhante a uma aranha.

— O que é isto?

Ellie não se incomodou em se virar da janela.

— É a maior honra concedida a uma mulher alemã.

— Por que ele daria isso a você?

— Porque prova o quanto ele precisa de mim.

Kat moveu o polegar sobre a suástica e a inscrição venenosa para bloqueá-la da sua visão, mas as palavras já estavam gravadas bem no fundo da sua mente. *Der Deutschen Mutter*. Mãe Alemã. O pavor inundou as veias dela.

— Precisa de você para quê?

A fumaça saiu da boca de Ellie como as cinzas de uma ruína fumegante depois de uma noite de bombardeios sem fim. Desmoronando, com pouca esperança de durar até o alívio da manhã. Ellie não respondeu.

Capítulo 16

Kat colocou sua carta cuidadosamente redigida num envelope com relevo prateado e fechou-o. Talvez Barrett respondesse a essa. Ela bateu o canto da carta contra a lateral da mesa. Mas e quanto às outras quatro que ficaram sem resposta?

Recolocando a caneta-tinteiro e o papel na caixa onde ficavam guardados, ela afastou sua cadeira da escrivaninha. O sol do fim da manhã atravessava as cortinas transparentes e brilhava sobre a estampa de nenúfares do papel de parede do quarto, mas ela não tinha olhos para a beleza. Hoje não. Não depois que ele se tornara sua prisão, cinco dias antes. Atravessando o espesso tapete branco, ela olhou pela janela enquanto nuvens cinzentas flutuavam no céu azul. *Toc, toc, toc*. Ela bateu a carta na vidraça para preencher o silêncio que pairava em torno dela.

— Por favor, por favor, Barrett. Por favor, responda. Eu preciso saber se você está bem.

Incapaz de lhe explicar por que ela não poderia vê-lo até a próxima semana, Kat esperava que ele lesse nas entrelinhas delicadas e não fizesse nada para provocar ainda mais a ira de Eric.

Ela pressionou a mão contra o vidro, o calor da sua pele escoando através da sua frieza, até que a deixou cair de volta ao seu lado, deixando ali uma marca fugaz. Sozinha, cercada por molduras por todos os lados. Igual a ela. Assim como ela sempre fora. Até Barrett chegar. O único a ficar ao lado dela sem medo, sem fugir ao primeiro sinal de angústia. Simplesmente para ficar próximo a ela. Quando chegasse a hora de sair de Paris, será que ele ainda ficaria...

Girando, ela tocou o pequeno sino de prata sobre a mesinha de cabeceira. Uns poucos segundos depois, Sylvie apareceu.

— *Oui, mademoiselle*?

Kat estendeu a carta.

— Outra. Você tem certeza de que elas estão chegando até ele?

Os olhos de Sylvie fixaram-se no chão quando ela assentiu.

— *Oui*. Meu contato me garante que elas são entregues ao homem certo.

— Mas nunca há uma resposta para mim?

Sylvie balançou a cabeça, ainda olhando para o chão. Ela estendeu a mão. Os dedos de Kat apertaram a borda do envelope. E se ele não achasse necessário responder? Ou será que pensava que poderia causar mais problemas se respondesse e Eric descobrisse?

— *Mademoiselle*? — Os olhos de Sylvie piscaram e Kat viu preocupação no fundo das íris castanhas.

— O quê? Ah. — Kat alisou a borda do envelope amassado contra a saia e o entregou nas mãos da empregada. — Obrigada, Sylvie. Não sei o que faríamos sem a sua ajuda, especialmente pelo fato de você ser a única com permissão para ir e vir. — Ela baixou a voz. — Você tem notícias de Pierre?

— *Não*. Ninguém fala disso. São tantos os que se vão que é impossível contar.

— E sua família?

— Estão todos bem, *mademoiselle*. Eles não saem mais. É mais seguro ficar dentro de casa.

— Estão conseguindo comida suficiente? E roupas? Tenho várias blusas no meu guarda-roupas...

— Non, *merci*. O salário que o Major von Schlegel paga é mais do que suficiente para eu mantê-los abastecidos. Por enquanto.

Kat pegou a mão da garota. Estava gelada.

— Por favor, se houver qualquer coisa que você precise... Qualquer coisa, me avise. Eu quero ajudar no que eu puder. Conheço pessoas que podem ajudar. Você entende?

— *Oui*.

— Por favor, tome cuidado aí fora.

As bochechas da garota empalideceram. Puxando a mão para trás, ela fez uma leve reverência e saiu correndo do quarto como um coelho assustado. Na sala de estar, Ellie se espreguiçou no sofá com uma dúzia de revistas de moda espalhadas pelas almofadas e um cinzeiro com dois cigarros fumegantes no chão ao lado dela.

— Estou tão entediada...

Kat pegou o cinzeiro e apagou os cigarros.

— Colocar fogo no apartamento não é a solução.

— Fumar é minha única distração. E isso irrita Eric. Qualquer coisa que o irrite agora está bom para mim.

— Então talvez devêssemos pôr fogo no apartamento. Não consigo pensar em nada que pudesse irritá-lo mais. — Ela juntou as revistas e as empilhou sobre a mesa de centro de vidro.

— Pare de ficar arrumando tudo. Se vir você tentando organizar mais alguma coisa, vou enlouquecer. — Ellie balançou os pés descalços para fora do sofá e passou a mão no cabelo. Embora ele normalmente estivesse penteado com perfeição, a cada dia que passava ela parecia ter mais preguiça de arrumá-lo. Nessa manhã parecia que não tinha visto um pente. — Faz cinco dias que estamos aqui. Presas em minha própria casa como prisioneiras, com o prédio cercado de guardas. O que ele acha que vamos fazer? Descer pelo cano de esgoto?

Ela se levantou de um salto e procurou no bolso do robe de cetim um cigarro. Acendendo-o, andou ao redor da mesa de café.

— Quem Eric pensa que é? Meu dono? Meu carcereiro?

— Sim e sim. — Quando Ellie virou as costas, Kat empurrou a borda de uma revista para alinhá-la com as outras da mesma pilha.

— Vou dizer a ele que não gosto nem um pouco. Ele não pode me tratar assim, não se quiser ganhar minha afeição novamente. — A fumaça cinza ondulou em torno do cabelo crespo de Ellie. — Se eu um dia permitir que ele me reconquiste.

Kat franziu a testa.

— Depois desta semana, você ainda consideraria isso?

— Não. Não sei. Estou com muita raiva dele. — Fumando seu cigarro, Ellie marchou até a porta da frente trancada e bateu nela. — Estão me ouvindo?! Estou com raiva, então da próxima vez que ele vier a esta porta vocês podem dizer para ele dar meia-volta, porque ele não é bem-vindo deste lado da porta.

— Duvido que os guardas do outro lado da porta tenham entendido você.

Ellie acrescentou um chute como medida de segurança.

— Talvez não as palavras, mas tenho certeza de que entenderam o tom.

— Não é com os guardas que você precisa gritar, é com Eric. Diga a ele que para você chega.

— Mais fácil falar do que fazer. Depois que ele consegue uma coisa, não é fácil fazê-lo desistir.

— Ellie, você não é "uma coisa". Você é uma mulher adulta, então pare de agir como uma criança e acabe logo com isso. Kat ergueu as mãos, exasperada. — Que homem professa que se importa com você e depois demonstra isso trancando-a em seu quarto para que pense no quanto o desapontou?

— Isso é o que acontece com as pessoas que o desafiam. Que se atrevem a dizer não a ele.

— Ele nos trancou aqui por causa daquela questão com a esposa dele. Seja lá o que quer que ela tenha proposto, como sua companheira de cela eu tenho o direito de saber. Caso contrário, como vamos "pensar sobre nosso futuro *para nosso próprio bem*", se não sabemos em que devemos pensar?

Ellie afundou na poltrona creme, cobrindo o rosto com a mão enquanto o cigarro balançava na outra.

— Pare de gritar comigo. Por favor.

Mas Kat não parou. Nem por um instante, e a autocomiseração de Ellie não ajudava em nada a amenizar a frustração contida por muito tempo.

— Por que você concorda com isso?

— Porque ele cuida de mim. Ele me deixa ser livre. Você sabe como foi crescer na casa dos nossos pais. Tínhamos que dar satisfação de cada movimento e cada decisão. Se algo não tivesse a aprovação de papai, podíamos tirar isso logo da cabeça.

— Eric provou não ser diferente. Você passou de um homem controlador para outro. Pela primeira vez nesta sua vida cheia de mimos, pare e pense no que você está fazendo antes que seja tarde demais.

— Eric me ama. Como ninguém nunca amou.

— Isso não é amor, Ellie.

A cabeça de Ellie se ergueu, os olhos brilhando em defesa.

— E como você pode saber?

— Porque eu sei como é não ser amada. Como é ser manipulada até acreditar numa mentira que você quer desesperadamente que seja verdade.

Marchando até a janela, Kat puxou as cortinas finas e abriu os caixilhos. O ar frio entrou e dissipou o clima abafado do apartamento. Ela colocou as palmas das mãos no parapeito e respirou fundo. O ar estava impregnado com o fedor de concreto úmido e da fumaça do escapamento dos carros, mas pelo menos não era de fumaça de cigarro. Cinco dias era muito tempo para ficar confinado com qualquer pessoa. Principalmente com uma irmã obstinadamente cega.

A tarefa dos últimos meses, de desvendar os segredos do inimigo, a tinha deixado com uma referência confiável para avaliar o que era importante e o que não era. Viver pisando em ovos para não ferir os sentimentos das outras pessoas e tentar agradá-las definitivamente *não* estavam na categoria "importante". Até que enfim. Aquilo tinha sido exaustivo.

Quem diria que Kathleen Whitford poderia quebrar as regras convencionais de polidez e gostar disso?

Vários longos minutos se arrastaram antes que a voz de Ellie chegasse até ela.

— Eu sinto muito. Eu te arrastei para essa confusão e agora você está infeliz também. Pelo menos antes você tinha Barrett para animá-la, mas agora Eric o afastou também. É o que Eric faz. Ele afasta tudo de você até que não tenha mais alternativa a não ser olhar para ele. Eu costumava ter amigos, você sabe. Lindos e maravilhosos amigos franceses. Mas Eric não gostava deles. Disse que eram muito indisciplinados. Um dia eles pararam de me visitar. Ele proibiu a companhia deles, então começou a escolher com quem eu deveria passar meu tempo.

Persuasivo e possessivo. A lista dos encantos de Eric parecia não ter fim. Os dedos de Kat apertaram o parapeito de pedra da janela quando ela sentiu um peso no coração, no lugar que Barrett costumava ocupar.

— Eu vou ver Barrett daqui a alguns dias e posso explicar por que não apareci antes. Isto é, se nosso carcereiro achar que nosso confinamento já foi suficiente.

Uma brisa rápida passou, soprando o cabelo dos seus ombros. Embora carregasse o aroma da liberdade além daquelas quatro paredes, pouco fez para dissipar a incerteza que pairava no ar. Ela precisava de algo muito mais forte do que um vento sul. Seus dedos apertaram o parapeito com mais força, as unhas cravando na saliência de pedra. Ela queria Barrett. Ansiava pela sua confiança sólida, que acalmava os temores que ela sentia e fazia o mundo entrar nos eixos novamente, para sentir seus braços seguros ao redor dela e seu batimento cardíaco sob sua bochecha. Para ouvi-lo dizer o nome dela naquela voz suave que derretia sua alma até o âmago.

Uma chave girou na fechadura da porta da frente. Com o coração aos saltos, Kat se virou. Sylvie não teria tido tempo ainda para encontrar seu contato e voltar para casa.

Eric deslizou pela porta aberta, um sorriso tenso no rosto ceroso. Uma sacola listrada de amarelo e branco pendurada na mão.

— *Guten morgen*. Alguém em casa?

— Onde mais estaríamos? — Do sofá, Ellie olhou para ele através dos olhos semicerrados.

O sorriso de Eric não vacilou quando ele fechou a porta atrás de si. Mas não antes de Kat ver a ponta do nariz dos guardas armados do lado de fora.

— Venho trazer presentes.

— Já temos entusiasmo suficiente por aqui, obrigada. — A fumaça do cigarro serpenteou pelas narinas de Ellie.

Entrando na sala, Eric balançou a sacola para a frente e para trás como se para seduzi-la.

— É da sua confeitaria favorita na Rue Leroux. Aquela com a banheira de pássaros na frente. Lembra? Você sempre partia seu bolo em pedacinhos para atirar aos pássaros.

— Lembro. Eu sempre o encontrava lá depois da sua reunião no quartel-general da Gestapo, virando a esquina.

— *Ja*, suponho que seja ao virar a esquina.

— Eles não querem se expandir, querem? Odiaria pensar na Gestapo assumindo a direção de uma confeitaria. Não há como dizer que tipo de ingredientes usariam. Mercado negro ou talvez sobras do que quer que encontrem nas casas que invadiram na noite anterior.

O sorriso de Eric desapareceu. A sacola da confeitaria caiu sobre a mesa de centro.

— Já é o bastante.

— Já?

— Eleanor, não gostaria de ter que avisá-la de novo, mas mais uma palavra...

Ellie se inclinou para a frente, batendo as cinzas na sacola da confeitaria.

— Mais uma palavra e o quê? Você vai me trancar de novo? Tarde demais para isso.

Com o rosto vermelho, Eric cerrou as mãos ao lado do corpo até que começassem a tremer. Ellie se inclinou mais para trás nas almofadas do sofá sem parecer assustada.

Kat deu um passo à frente, atraindo a ira do alemão para ela.

— Eric, por favor, considere que estamos presas aqui há cinco dias e nossos ânimos estão exaltados.

Os botões da frente do paletó dele incharam com uma respiração profunda. Lentamente, suas mãos pararam de tremer enquanto o vermelho sumia do seu rosto.

— Sempre a voz da razão, Kathleen.

— Razão ou não, uma semana inteira de punição é inaceitável para duas mulheres adultas. Por favor, reconsidere e nos deixe sair novamente. — Kat voltou seu olhar para Ellie. — Ellie ficará muito mais feliz.

As linhas duras que desenhavam a boca de Eric se suavizaram.

— Tudo que eu quero é que ela se sinta feliz, mas ela precisa entender isso. Compreender verdadeiramente sem distrações que demonstrem o contrário. Dei minha palavra que concederia uma semana para que ela pensasse sobre a proposta e não posso voltar atrás.

Ellie bufou.

— Essa é a coisa mais ridícula e egoísta que já ouvi de você. E isso quer dizer muito.

As sobrancelhas pálidas dele se ergueram.

— “Egoísta”? Por querer que você veja a felicidade que eu lhe ofereço numa bandeja dourada? Eu estou tentando lhe dar o mundo, mas você fica aqui, como se carregasse toda infelicidade do mundo. Sério, Eleanor. O mínimo que você pode fazer é tentar por mim. Lavar o cabelo, talvez, tirar esse robe que você sem dúvida está usando desde ontem.

— Anteontem, na verdade.

Num piscar de olhos, ele contornou a mesa de centro, agarrou o braço dela e a fez se levantar.

— Troque-se imediatamente. Coloque o vestido verde com o cinto largo e os sapatos combinando, que comprei para o dia dos namorados. Vá tirar a palidez dessas suas bochechas. — Ele se virou para Kat enquanto empurrava Ellie em direção ao quarto. — Eu esperava que você pudesse cuidar melhor dela. Parece que é melhor deixar o trabalho comigo. Kat pressionou as palmas das mãos contra as laterais do corpo para não avançar sobre ele e fincar as unhas em seu rosto. Se ela o irritasse agora, não havia como dizer o que ele faria. O poder do homem lhe dava soluções infinitas.

— Eric, por favor deixe-a em paz. Não foi um dia fácil.

A mão de Eric ergueu-se do braço de Ellie e afastou uma mecha de cabelo da bochecha dela. Com imensa ternura, ele a colocou atrás da orelha. Ellie se afastou, mas Eric agarrou seu queixo e o segurou com força.

— Você não precisa mais se preocupar, se realmente deseja o melhor para todos. E eu quero dizer “todos”, Kathleen.

Fragmentos de tijolo se soltaram sob o aperto dos dedos de Barrett, enquanto ele olhava ao redor da lateral do prédio. Vários edifícios mais à frente, Kat se inclinou para fora de uma janela, os braços apoiados no parapeito, o rosto pálido e tenso. Cinco dias e ele não a vira nem tinha recebido notícias dela. Cinco dias que o deixaram morto de preocupação. Ele não deveria tê-la deixado entrar naquele apartamento sozinha.

Jean, o vigia que ele tinha colocado no quarteirão para ficar de olho nas garotas tinha relatado atividades incomuns no prédio. Mais guardas, apenas os empregados indo e vindo, a janela fechada e Eric aparecendo apenas duas vezes por semana, quando estava acostumado a visitar Ellie todos os dias, muitas vezes para passar a noite.

No início, Barrett atribuiu o silêncio de Kat à conversa acalorada que tinham travado na ponte. Mas ela não havia terminado tão mal assim, não é? Ela dissera que estava feliz por ele estar ali. Ela queria dizer algo mais, algo cujo mero pensamento estava tingindo suas bochechas de um vermelho rosado, mas se conteve. Lá no fundo, num lugar ao qual não ousava ir, ele esperava que ela estivesse feliz por tê-lo ao seu lado e ser mais do que um aliado.

— *Papier, m'sieur?*

Barrett voltou-se para o vendedor de jornais atrás dele. O menino tinha na mão uma cópia manchada do jornal daquela manhã. Barrett começou a balançar a cabeça até notar o buraco no sapato do garoto, com o dedão do pé para fora. Vasculhando o bolso, ele pescou cinco francos.

Os olhos grandes do menino se arregalaram.

— *Non*, é muito.

Dando de ombros, Barrett pressionou a moeda na mão suja do menino.

— É tudo o que eu tenho, garoto.

Sem dúvida temendo que seu benfeitor mudasse de ideia, o menino se afastou apressado e Barrett entregou o jornal a um homem que passava. Ele já tinha lido as manchetes daquela manhã e não tinha vontade nenhuma de rever os detalhes mentirosos que se gabavam de uma vitória alemã na Bélgica.

Kat olhou por cima dos edifícios, na direção do Stag. Ela estaria imaginando ver o bar dali? O pulso dele disparou. Ela estaria pensando nele? A cabeça de Kat se virou para algo atrás dela antes de voltar a olhar pela janela. Ela torceu as mãos. O que quer que fosse que estivesse acontecendo atrás dela, ela estava fazendo um esforço enorme para não se envolver. Provavelmente Eric. Menos de dez minutos lá dentro e ele já estava causando problemas. Isso não era nenhuma surpresa. Se havia um problema (e o rosto dela dizia que não era um apenas), por que ela não tinha contado a ele? Por que não telefonara nem mandara um bilhete? Certamente um daqueles empregados poderia ter lhe entregado um. As famílias deles serviam na facção da Resistência que ficava no 2º *arrondissement*.

Apertando com força o parapeito da janela, Kat se virou na direção dele. Ele se afastou do prédio, ficando longe o suficiente para que ela pudesse vê-lo, mas não o suficiente para atrair a suspeita dos guardas postados na porta da frente. Se ela pudesse vê-lo, talvez então soubesse que ele não a tinha abandonado. Que estava por perto, caso ela precisasse dele.

Ele deu mais um passo, levantando a mão, quando a porta da frente se abriu e a empregada miúda, de cabelos castanhos, saiu do prédio. Qual era o nome dela? Sophie? Sylvia? Kat voltou para dentro enquanto a empregada olhava para a esquerda e para a direita e corria para o quarteirão ao lado com a cabeça baixa e os braços cruzados sobre o peito. Ela era a melhor aposta dele para descobrir o que estava acontecendo dentro daquele apartamento. Inclinando o chapéu para esconder dos guardas a lateral do seu rosto, ele enfiou as mãos nos bolsos e seguiu a garota, do outro lado da rua.

Três quarteirões abaixo, ela parou na esquina, olhando para a esquerda, justamente quando o carro de Eric parou ao lado dela. Inclinando-se sobre a janela do passageiro, ela entregou ao motorista um envelope lacrado e correu de volta para o apartamento.

Capítulo 17

— Eu odeio essa música! — Ellie bebeu outra taça de champanhe. — Odeio esta comida, odeio esta arte e odeio... este vestido. — Inclinando a cabeça para o lado, ela puxou as pregas rosa-claras sobre o peito. — Me faz parecer a tia Mildred.

Kat pegou a taça de cristal da mão de Ellie, antes que ela derramasse o conteúdo no chão de mármore.

— Não temos uma tia Mildred.

— Bem, se tivéssemos, era isso que ela vestiria. Uma velha solteirona empoeirada. Você acredita que ele me fez usar isso?

Andando até a parte de trás de uma réplica de gesso do Castelo de Estrasburgo, de 2,10 metros de altura, Kat entregou a taça a um garçom e lhe agradeceu com a cabeça, quando ele ofereceu mais uma bebida.

— Sim. Ele é controlador. Agora você percebeu ou precisamos de mais uma semana de confinamento solitário?

Ellie balançou a cabeça.

— Eu não aguento ficar mais um segundo dentro daquele apartamento. Parece que aquelas paredes estão se fechando sobre mim.

— Eu também, então vamos tentar nos comportar e não derramar nosso champanhe no fraque do embaixador.

Era a primeira noite que saíam desde a prisão de uma semana. Na noite anterior, uma caixa tinha chegado com o vestido de Ellie, que mais parecia uma cortina, acompanhada de um bilhete de Eric, pedindo a ela que, por favor, usasse o vestido quando fosse encontrá-lo na recepção de boas-vindas a Martin Bormann e Goebbels, da Chancelaria do Partido Nazista, no Museu Nacional de Arquitetura e Monumentos. Um pós-escrito na parte inferior do bilhete dizia que Kat também estava convidada, como acompanhante de Ellie.

Tentando enxergar por sobre as cabeças grisalhas das dezenas de oficiais nazistas, ela viu Eric parado ao lado de uma coleção de santos de gesso, de Notre-Dame de Reims. Vestido com o seu mais engomado uniforme, com medalhas reluzindo, ele exibia o orgulho de um pavão, enquanto tentava explicar a importância das obras magistrais que os cercavam. Brilhando como uma estátua, a esposa ostentava um vestido de lamê dourado, frente única, com as costuras laterais quase se rompendo em seu corpo curvilíneo. As sobrancelhas escuras se arquearam em desafio ao se voltar para Kat, antes que ela voltasse a atenção novamente para o seu prêmio, Eric.

Enojada, Kat desviou o olhar. Ela não era uma acompanhante. Era alguém cuja função era evitar que a amante e a esposa tivessem uma chance de se enfrentar bem na frente dos superiores de Eric, arruinando a noite. E que noite era aquela... Toda a cúpula nazista tinha se reunido para supervisionar a revelação de novos planos para o museu. Um lugar que já havia abrigado réplicas de gesso da Idade Média francesa e monumentos renascentistas, agora estava destinado a abrigar arquiteturas alemães. *Será que planejavam pôr abaixo os afrescos e erigir uma* águia de ferro?

Ela deveria fazer um esforço para se lembrar dos nomes de todos, caso as informações se provassem valiosas para seus contatos em Londres.

— Veja. Ali está Franz, que faz algo que eu não faço questão nenhuma de me lembrar. — Ellie apontou para um sujeito roliço, enchendo a boca com coquetel de camarão. Os botões da frente do fraque estavam quase saltando com a barriga proeminente. — E olhe. Ele trouxe a amante! E nem sinal da esposa. Ela provavelmente está cumprindo seu dever em Düsseldorf, criando seus dez pirralhos arianos. Veja, este é o tipo de pessoa com que Eric deseja que eu faça amizade. Velhos urubus.

Kat lançou um olhar reprovador para a irmã.

— Fale baixo. As pessoas estão olhando.

— Eu não me importo.

Kat puxou Ellie pelo braço e a colocou de frente para uma janela antes que os rompantes da irmã atraíssem coturnos pretos e as obrigassem a marchar até a Gestapo. Do lado de fora, barcos de patrulha remavam pelo Sena, suas luzes piscando ao longo do rio para impedir violações ao toque de recolher.

— Pois deveria se importar. Ficar irritada com sua sina autoinfligida de amante é uma coisa, mas zombar da filosofia ariana é outra muito diferente.

— Você não pode pensar que isso está certo. Uma raça superior às outras e toda essa baboseira. — O reflexo pálido de Ellie surgiu na janela. — Eric tentou me convencer, mas eu simplesmente não consegui engolir. Quero dizer, a chapeleira lá de Berkshire era uma indesejável, mas nunca notei que tivesse presas nem nada parecido. Ela escolhia as fitas mais adoráveis para os meus chapéus.

A luz de uma patrulha varreu as laterais da Torre Eiffel, sua forma longilínea e fantasmagórica no ar enevoado da noite. Arrepios percorreram a pele de Kat.

— Não, eu não acho que esteja certo, mas estamos em minoria aqui, então quanto menos souberem dos nossos verdadeiros sentimentos, melhor. E nenhum ser humano é um indesejável. — *A menos que estejamos falando de Eric.*

— Essa é minha Kitty Kat. Sempre tentando fazer o que é certo.

— É exaustivo.

— Então pare.

— Eu não posso. Está impregnado em mim. Como a hora do chá e a bandeira britânica.

Ellie deu uma risadinha.

— Acho que isso é a coisa mais inglesa que já ouvi. — O sorriso sumiu do rosto dela. — Às vezes penso na nossa casa. Todos os meus amigos, o fato de entender o que todos dizem e reconhecer toda a comida que colocam no meu prato.

Kat reprimiu as bolhas de esperança que teimavam em surgir.

— Você pensa em voltar?

— Às vezes. Mas depois me lembro das broncas da mamãe e do papai caindo sobre mim como uma tempestade de granizo e me lembro do motivo por que fui embora. Eu nunca quis me encaixar no molde que eles queriam me impor, mas agora olhe para mim. — Ela abriu as pregas da saia. — Assim como você disse, eu mais uma vez deixei que outras pessoas me moldassem. E com a desculpa de que me amavam. Vivo cometendo os mesmos erros.

— Se voltar para casa, isso não significa que precise morar sob o mesmo teto ou caber em qualquer tipo de molde que não seja o que você mesma criar.

— Onde mais eu vou ficar? Só posso manter meu estilo de vida aqui porque Eric paga as minhas contas e agora isso está prestes a mudar.

O lembrete estourou as bolhas de esperança de Kat. Ela tinha chegado perto, mas não o suficiente ainda para bloquear o mundo escuro que pressionava tudo ao seu redor.

— Eu gostaria que você me dissesse o que é. Odeio ver você se lamentando pelos cantos dia após dia. O que quer que ele tenha lhe prometido não pode ser bom se lhe causa tanta agonia.

Ellie balançou a cabeça quando uma lágrima prateada escorreu pela bochecha vermelha.

— Não importa mais. Eu não tenho muitas opções aqui e nenhum homem sensato vai me aceitar de volta em Berkshire.

Kat enxugou outra lágrima que escorria pelo queixo de Ellie.

— Nós nunca mais teremos que voltar para Berkshire. Podemos alugar uma casa na cidade. Seremos as duas irmãs que colecionam gatos e guardanapos.

— Não gosto de gatos.

— Nem eu.

— Não, fiz minha cama e agora é hora de eu me deitar nela. Quem sabe. Talvez eu consiga um apartamento maior com o negócio. — Ellie enxugou outra lágrima e sorriu, mas não havia brilho em seus olhos. — Me dê um instantinho. Preciso empoar meu nariz antes que todo esse vapor de chucrute deixe minha pele oleosa.

— Ellie... — A mão de Kat se estendeu para pegar no braço da irmã, mas ela desapareceu na multidão antes que pudesse impedi-la.

Tão perto. Não importa o quanto tentasse, ela não conseguia arrancá-las da encrenca que Eric representava para elas. O que ela não daria para amarrar um peso em torno do pescoço dele e jogá-lo no Sena. Homem atroz. Por que ele sempre tinha que tornar as coisas tão difíceis?

— Está gostando da galeria?

Kat levou um susto e bateu o cotovelo na janela. Sentiu uma pontada de dor no braço, mas se conteve quando Eric sorriu diante dela como um lobo encurralando um cordeiro. Ela levantou o queixo com um ar indiferente, como a mãe tinha lhe ensinado. — Para mim, a arquitetura nunca foi uma paixão, embora eu aprecie a beleza e a engenhosidade.

— Você viu as novas plantas arquitetônicas?

— Vi. — A cabeça dele avançou para a frente, desejando que ela continuasse. — Admiro cada novo artista que coloca sua marca no mundo, mas acho que a coleção está completa como está. Qualquer coisa nova ou acrescentada se afastaria da intenção original.

— Isso é o que eu gosto em você, Kathleen. Direta, mas diplomática. Você deveria considerar a possibilidade de começar uma carreira política.

— Se seus trâmites não fossem tão enojantes, eu poderia considerar.

Ele sorriu, uma mostra de boa vontade para alguém sem alma.

— Eu detesto ver você aqui sozinha. Posso apresentá-la a um amigo meu? Ele vai ficar na cidade apenas alguns dias e precisa muito de um guia adequado para ver tudo o que Paris tem a oferecer.

A repulsa subiu até a garganta de Kat. Ela já tinha reparado nos olhares interessados que ela e Ellie atraíam nas festas e sabia das mulheres desesperadas que se vendiam para evitar que suas famílias morressem de fome. Ela preferia morrer antes de andar de braço dado com um nazista, não importava a informação que poderia colher de tal encontro. — Embora aprecie a sua consideração, receio que eu seja uma pessoa muito entediante para ser uma boa companhia. Esse é o departamento de Ellie.

— Eleanor já está comprometida.

O desafio pairou no ar como um pedaço de gelo. Sua frieza ajudou a esfriar o sangue que bombeava no coração de Kat.

— Eu também estou.

O gelo surgiu nos olhos de Eric.

— Ah, quase me esqueci. O sr. Anderson. Sei que foi uma longa semana sem vê-lo, mas espero que os dias mais tranquilos tenham bastado para inspirar uma compreensão do que é verdadeiramente importante e o que deve ser deixado para trás.

Kat agarrou nas dobras da saia de crepe azul-marinho. A estampa floral espremida sob suas unhas.

— Você acha que eu precisava aprender essa lição junto com Ellie?

— Não exatamente, mas Eleanor não conseguiria ficar lá sozinha. Ela não é uma criatura solitária.

— Não, ela não é, e em momentos como este ela precisa de todo o apoio que conseguir.

A iluminação do teto se refletiu no cabelo espesso de Eric quando ele inclinou a cabeça.

— Muito admirável. Uma característica que espero manter depois da sua partida. A propósito, você ainda não nos disse quando será.

— Enquanto minha irmã precisar de mim, eu permaneço aqui. Queira me dar licença, por gentileza.

— Claro. E não se esqueça de sorrir, Kathleen. Isto é uma festa.

Kat se afastou, determinada a manter seu ritmo uniforme e sem pressa, apesar do coração martelando no peito. No instante em que ele percebesse que ela estava perdendo o controle, ela perderia o jogo de gato e rato que ele estava decidido a jogar. Cada nervo do corpo dela estremeceu em aviso quando a criatura estava prestes a atacar.

Onde estava Ellie?

Deixando para trás as paredes vermelhas da Galerie Davioud, ela apressou o passo em busca do banheiro feminino mais próximo.

— Ellie, você está aqui?

A voz dela ricocheteou nas baias vazias.

Talvez ela tivesse procurado um salão mais silencioso, sem os acordes tensos de Wagner retumbando nos ouvidos. Deus, como os alemães amavam seu Wagner!... Mas ela percorreu mais duas galerias e, ainda assim, não viu nem sinal da irmã. Os saltos de Kat golpearam o chão de mármore como o tique-taque ansioso de um relógio. Para onde tinha ido aquela garota?

Uma luz fraca brilhava no chão branco e frio, onde uma grande porta estava entreaberta. Uma placa de identificação na porta dizia ADMINISTRAÇÃO.

Kat abriu a porta.

— *Excusez moi, je cherche*... Aí está você. Procurei-a em todos os lugares, assim como aquele pesadelo que você chama de namorado. Por que está se escondendo aqui?

A única lâmpada acesa numa mesa pouco graciosa delineava a forma de Ellie no centro da sala, deixando seu cabelo loiro prateado. Do chão ao teto, estantes de livros cheias de volumes antigos alinhavam-se por toda a sala, exceto na parede oeste, com duas janelas compridas voltadas para o jardim exterior. Um sofá baixo na frente das janelas com uma figura escura descansando no canto.

— Oh, céus. Eu sei que ele tem alguns pontos problemáticos, mas um pesadelo? — A figura se inclinou ligeiramente, fazendo a lâmpada iluminar as alças douradas do seu vestido. — Será que não exagerou um pouco, *ja*?

O gelo cortou as costas de Kat. A esposa de Eric. Entrando na sala, Kat se postou ao lado da irmã, trêmula. Kat resistiu ao impulso de pegar na mão dela para confortá-la e, em vez disso, fez o gelo que sentia nas costas deslizar para a sua voz.

— Não, não acredito que eu tenha exagerado nessa conclusão.

A escuridão da sala não conseguiu esconder o sorriso da mulher nos lábios vermelho-sangue.

— Minha prima Eva Braun me contou sobre sua franqueza quando a conheceu em Berghof.

Kat se assustou com a revelação do parentesco, mas se recuperou rapidamente. Agora não era o momento de pensar em árvores genealógicas.

— Estranho, só recentemente descobri a sua existência.

A perna cruzada da mulher balançou enquanto seus olhos semicerrados examinavam Kat de cima a baixo. Jogando as cinzas da ponta do cigarro no chão, ela o levou aos lábios manchados e tragou.

— Então acho que está na hora de fazermos algumas apresentações. — Soltando a fumaça, ela ergueu as sobrancelhas finíssimas para Ellie. — Você se importaria de fazer as honras?

O tremor do corpo de Ellie saltou para a garganta.

— Não, não me importo nem um pouco.

As sobrancelhas finas ergueram-se ainda mais, chegando até a linha mais escura, do couro cabeludo.

— Eu vejo que a franqueza é de família. Não tenho certeza se vou apreciar essa característica, mas é algo que pode ser facilmente contido. — Jogando mais cinzas no chão, ela voltou seu olhar para Kat. — Eu sou Hildegarde von Schlegel.

— Kathleen Whitford. — Kat quase riu do absurdo. Se não fosse pelo forte sotaque da mulher, elas poderiam estar numa sala de estar em Londres. Claro, apresentações sociais nunca ocorreriam em salas escuras nos fundos, com a esposa do namorado da irmã.

— Eu diria que é um prazer conhecê-la, mas acho que somos francas demais para saber que não é verdade. Você entende, não é, Kathleen? Assim como eu, seu senso pragmático força você a ver as coisas como são, para depois decidir o melhor resultado; ao contrário de outros que preferem sonhar. Meu marido, por exemplo.

Kat cruzou os braços sobre o peito, protegendo seus pontos vulneráveis caso a mulher saltasse para atacá-la.

— Eu nunca considerei Eric um sonhador. A goma do uniforme o impede de fazer qualquer papel ridículo.

— Isso é verdade em certo sentido, mas Eric acredita num mundo onde ele pode ter tudo o que quer. Não existe um mundo assim. Era sobre isso que eu estava conversando com sua irmã.

As mãos de Ellie se fecharam em punhos.

— Distorça a verdade o quanto quiser, mas não vou mudar de ideia. Eric não ama você.

— Oh, tenho certeza que sim, pelo menos à maneira dele. Se ele não amasse, nunca teria concordado com esse negócio por mim. — Hildegarde cruzou uma perna sobre a outra, balançando o tecido dourado ao redor dos tornozelos.

— Veja, Ellie, o amor não é sobre flores ou doces sussurros no escuro. É sobre enfrentar a fria verdade juntos. Sobre se levantar contra as injustiças da vida juntos, se sacrificando para que o outro possa ter sucesso. Você não pode entender isso porque, como Eric, você vive num mundo de sonhos, onde todos os problemas são resolvidos para você.

É preciso pessoas realistas como eu, e sua irmã, para manter as engrenagens em movimento.

— Você quer dizer, para coagir outras pessoas a fazer o que não querem.

Hildegarde encolheu os ombros à mostra.

— O que for preciso, mas medalhas e um apartamento luxuoso dificilmente poderiam ser considerados coerção. É uma recompensa por um serviço generoso a ser prestado.

Kat deu um passo à frente, forçando Ellie por trás do ombro.

— E que serviço é esse?

— Uma das maiores honras para a Pátria.

— Ellie não é alemã.

— *Nein*, mas o cabelo loiro e os olhos azuis certamente são.

— Um descolorante faz maravilhas.

Os olhos escuros de Hildegarde se estreitaram quando a fumaça saiu de sua boca.

— Eric já me disse que você entra em cena cada vez que a garota precisa ser salva. Deve ter sido um tanto incômodo vir da Inglaterra para cá.

— Não considero nenhum incômodo passar um tempo com minha irmã em Paris.

O lábio vermelho-sangue se curvou para cima.

— Passar um tempo... É assim que você define essa visita?

Kat sentiu os cabelos da nuca arrepiarem. Ela alisou a saia *peplum* combinando com seu bolero creme para firmar as mãos trêmulas.

— Acho que correr atrás do seu marido mulherengo também deve ser um tanto incômodo.

Hildegarde levantou-se bruscamente. Alguns centímetros mais alta e várias quilos mais pesada, ela se elevou sobre Kat como um monólito cintilante. Seu cabelo castanho-escuro estava preso no alto da cabeça, o rosto em formato de coração, perfeitamente empoado e corado como porcelana e os cílios grossos e pretos davam profundidade aos seus olhos castanhos. Sem o olhar de desdém, ela até que seria bonita.

— Você não sabe de nada. Esta conversa é particular. Saia.

— A grosseria com minha irmã não vai lhe render nenhum favor, *Frau* von Schlegel. Não de mim. — Ellie se afastou do ombro protetor de Kat. Os babados do seu corpete vibravam com seus batimentos cardíacos frenéticos. — Eu teria cuidado com a língua de agora em diante.

As unhas vermelhas de Hildegarde se cravaram no tecido dourado das laterais do vestido. As costuras gemeram em protesto.

— Garota ingrata. Você sabe o que eu tive que fazer para conseguir aquela medalha sem provas?

A risada de Ellie soou como pregos arranhando vidro.

— "Ingrata"? Vocês é que devem se jogar aos meus pés. Eu não quero aquela medalha horrorosa.

Com os nós dos dedos ficando brancos, Hildegarde virou-se para a frente como um galho retorcido.

— Você acha que sou grata por ter que rastejar nesta situação? Para depositar minhas últimas esperanças numa inglesa indecente?

— Não é minha culpa que seu marido veio me procurar porque você é estéril.

Kati sentiu um gelo no estômago, que se retorceu. Ela agarrou o braço de Ellie, forçando-a a olhar para ela.

— Ellie, que negócio Eric fez com você?

Ellie tentou soltar o braço, mas Kat segurou-o firme. Ellie sacudiu a cabeça, sem olhar nos olhos da irmã.

A raiva de Hildegarde fervilhava quando ela endireitou a postura, o vestido dourado brilhando à luz do abajur. Faíscas de triunfo brilhavam em seus olhos escuros.

— Ela vai ter filhos para mim e Eric. A família ariana perfeita.

Capítulo 18

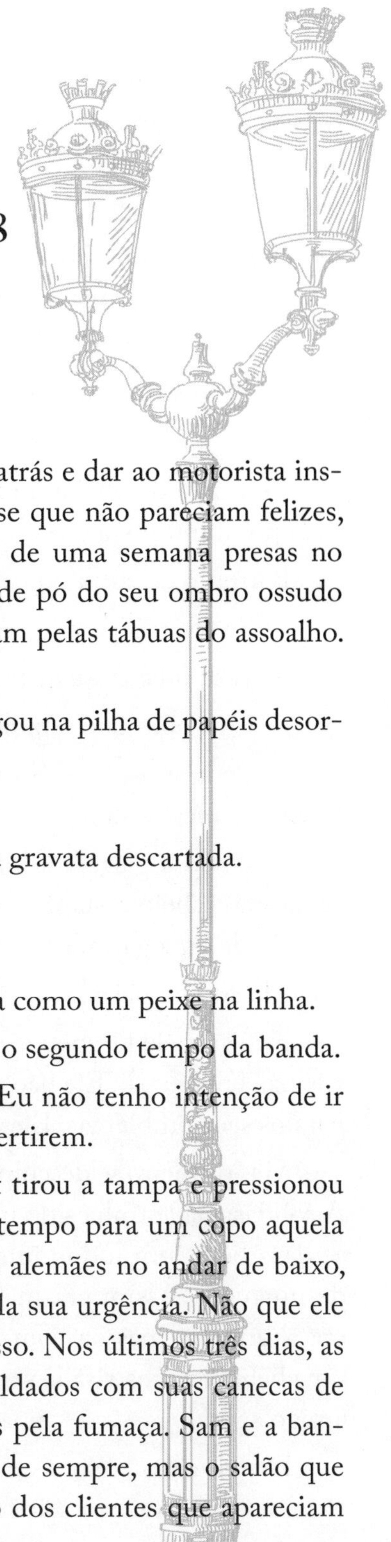

— Ela está *onde*?

— Numa festa. Jean as viu sair uma hora atrás e dar ao motorista instruções para ir ao Museu de Arquitetura. Disse que não pareciam felizes, embora supostamente deveriam estar, depois de uma semana presas no apartamento. — Sam espanou uma partícula de pó do seu ombro ossudo enquanto os primeiros acordes da banda subiam pelas tábuas do assoalho. — Que festa você acha que é essa?

Barrett arrancou a gravata do pescoço e jogou na pilha de papéis desordenados sobre a escrivaninha.

— Nazista. O motivo realmente importa?

Levantando as sobrancelhas, Sam pegou a gravata descartada.

— Você deveria usar isso.

— E você deveria cuidar da sua vida.

Sem se perturbar, Sam pendurou a gravata como um peixe na linha.

— Nossos clientes esperam vê-lo durante o segundo tempo da banda.

— Eles podem esperar quanto quiserem. Eu não tenho intenção de ir lá para baixo e ficar desfilando para eles se divertirem.

Pegando a garrafa de Ballantine's, Barrett tirou a tampa e pressionou a garrafa gelada contra os lábios. Estava sem tempo para um copo aquela noite. Ele precisava de alívio agora. Kat ou os alemães no andar de baixo, ele não sabia quem contribuía mais para aquela sua urgência. Não que ele considerasse aquela noite divertida. Longe disso. Nos últimos três dias, as mulheres haviam sumido, deixando apenas soldados com suas canecas de cerveja na mão, sentados em mesas enevoadas pela fumaça. Sam e a banda estavam tocando com a mesma animação de sempre, mas o salão que costumava se encher com os aplausos e o riso dos clientes que apareciam depois do expediente parecia mais denso com o silêncio. Os clientes agora sentavam-se eretos nas cadeiras, uma mão em torno do copo e a outra caída entre os joelhos. Com os pés afastados, seus olhos se moviam de um lado para o outro com um interesse calculado.

Barrett tomou outro gole que queimou sua garganta. Não, aquela noite era qualquer coisa menos divertida.

— Você não tem nada para fazer?

— Eu poderia perguntar o mesmo a você.

— O que acha que estou fazendo agora?

— Tentando abafar a raiva porque sua garota está numa festa organizada por um nazista que a mantém sob suas rédeas.

Barrett o encarou por um longo segundo, desejando poder negar.

— Se você não estivesse tão certo na maioria das vezes, eu o despediria.

— E se você fosse qualquer outro tipo de patrão, eu pediria a conta.

— Que bom que estamos de acordo.

— Pode apostar. — Sorrindo, Sam dobrou a gravata, colocou-a de volta sobre a mesa e saiu.

Levando a garrafa à boca, Barrett viu seu reflexo na janela de vidro. O mesmo cabelo castanho, os mesmos ombros, a mesma mão em torno do gargalo de uma garrafa.

Ele era seu pai.

Enojado, ele tampou a garrafa e a colocou dentro da cesta de lixo. Não. Ele não era seu pai. Ele não iria se afundar numa garrafa em busca de alívio para os seus problemas. Ele os encararia de frente.

Mas primeiro se desculparia com Sam pela amargura de instantes atrás. A solidariedade tinha sido um conforto durante toda a vida de Barrett. Ele se dava bem com todo mundo, mas nunca se permitia fazer parte da vida de ninguém. Assim era mais simples, mais leve, sem complicações. Sam era a primeira pessoa com quem ele conseguia se sentar e compartilhar uma bebida e uma risada sem ficar entediado. Melhor não irritar seu único amigo agora.

Depois ele precisava ver Kat. Ver com seus próprios olhos que ela estava bem, depois de cumprir sua sentença de uma semana, e orar a Deus para que Eric não estivesse lá. Ele mataria o homem, se era mesmo isso que ele era, com as próprias mãos se preciso.

O ritmo das batidas de um tambor parou de chofre. Estranho. Hugo nunca perdia o ritmo nem deixava a baqueta cair. Pés trovejaram escada acima e bateram na sua porta. Corbin, de rosto pálido, seguido por seis funcionários da cozinha apareceram.

Corbin fechou a porta e empurrou os garotos para o banheiro.

— Os nazistas estão invadindo o bar! Eles vieram por causa dos membros da Resistência. Qualquer um que os acoberte será declarado culpado no local. Eles estão aqui para tirar seu sangue, *Patron*.

Barrett abriu a porta secreta atrás do espelho do banheiro e empurrou os funcionários do bar e Corbin através da passagem.

— Peguem a lanterna na parede. Fiquem calados e desçam as escadas. Não façam nada até eu chegar lá.

Ele começou a fechar a porta, mas Corbin a abriu. Os olhos cheios de pânico.

— Aonde você está indo?

— Buscar mais pessoas.

— Tarde demais. Os alemães estão invadindo o lugar. Quase não conseguimos escapar antes de eles nos verem. — Botas pesadas soaram na escada do lado de fora do escritório. Corbin segurou o braço de Barrett e o puxou para dentro da passagem secreta, fechando a porta atrás deles.

— Nós tentamos. É tarde demais, *Patron*.

A imprecação de Barrett ecoou na escuridão. A respiração aterrorizada de todos ricocheteava nas paredes próximas ao redor deles. Procurando a lanterna na parede, ele tirou o isqueiro do bolso e o acendeu. A luz laranja revelou os rostos assustados.

Segurando a lanterna bem alto, ele fez um rápido exame em cada um.

— Tudo bem, rapazes? Fiquem quietos e me sigam. Cuidado agora.

Parecia que se passara uma eternidade desde que ele tinha atravessado aquela escada com Kat segurando sua mão. Graças a Deus ela não estava ali agora, com o som de vidros quebrados e mesas tombando e se chocando contra paredes enquanto eles desciam as escadas. Ele tentou se concentrar nos degraus íngremes à sua frente, enquanto sua mente dava voltas, pensando no que estaria acontecendo aos seus homens do outro lado das paredes. Preocupar-se não adiantava agora, não quando ele precisava colocar o bando atrás dele em segurança.

A porta do porão apareceu diante dele. Pressionando o ouvido na madeira fria, ele ouviu o movimento. Sentiu a respiração rápida de Corbin em sua nuca. Nada do lado de fora, mas isso não significava que os alemães não estivessem por perto. A sala de treinamento da Resistência era o lugar mais fortificado do edifício, mas ele não podia correr o risco de correr para lá enquanto os soldados desciam as escadas para pegá-los. Aquela sala também armazenava muitas listas de identidades e ele não estava disposto a colocá-las em risco.

Ele se virou para os homens atrás dele. Garotos, na verdade. Embora alguns fossem seus estagiários, aquele era seu primeiro encontro real com o inimigo.

— Nós temos que sair pela tubulação do esgoto. Há uma grade no canto à direita. — Ele moveu a lanterna para destacar Luc, o mais jovem, mas também o mais rápido. — Remova a grade o mais silenciosamente possível e deslize por baixo. O resto de vocês seguirá meu sinal. Seja rápido e preste atenção onde pisa. Eles vão estar aqui em questão de minutos.

Apurando os ouvidos mais uma vez para garantir que o porão estava vazio, Barrett empurrou e abriu a porta secreta. Escuridão total. Com Luc atrás dele, eles se arrastaram até o tonel de vinho. Barrett apontou para o canto onde estava a grade do esgoto. Silencioso como um coelho, Luc saiu e retirou a grade, liberando sua rota de fuga. Um por um, os rapazes desapareceram pelo buraco. Quando Corbin corria pelo chão de pedra, escorregou, batendo na pilha de barris ao lado da grade.

A luz inundou a escada até o andar de cima.

— *Was wer das?*

Barrett conduziu Corbin para o esgoto. Apagando a lanterna, ele puxou o *sgian dubh* da meia e se agachou no cano. O coração martelava em seus ouvidos, abafando todos os pensamentos que não fossem pela sua sobrevivência.

Dois pares de pés desceram lentamente as escadas com o facho de uma lanterna diante deles. O feixe amarelo saltou pelo chão de pedra e balançou por cima dos barris e garrafas que revestiam as paredes. Os dois cabos, um corpulento e claro e o outro alto e ossudo, moveram-se ao longo das fileiras para ler os rótulos e examinar as rachaduras.

O gordo deu de ombros e apontou para a escada.

— *Es gibt nichts hier unten. Komm schon.*

Seu companheiro se aproximou do canto onde a grade ainda estava fora do lugar. A pequena lâmina escocesa se contraiu na mão de Barrett quando o alemão se abaixou para examinar a última fileira de vinhos tintos. Batendo no gargalo da garrafa em apreciação, ele se inclinou mais para a frente... até a borda do feixe de luz de sua lanterna dançar sobre a borda da grade. Ele focou a luz no buraco aberto no chão. De uma curta distância, Barrett viu as suposições de um dos soldados por atrás dos seus olhos escuros. Agarrando a faca com força, ele se inclinou para a frente com a intenção de saltar.

Jogando o rifle atrás do ombro, o soldado se agachou e espiou dentro do buraco. Foi um erro fatal. Um *flash* de metal surgiu e cortou seu pescoço exposto. A cabeça loira de Luc saltou para fora, quando ele cravou a ponta da sua lâmina no peito do soldado. O cabo caiu para trás, segurando o sangue que espirrava do pescoço.

Com um grito gutural, seu companheiro correu pelo porão com o rifle apontado diretamente para Luc. Barrett saltou do seu esconderijo e jogou o garoto no chão. Um osso se partiu no ombro do soldado quando ele atingiu a pedra dura, com Barrett caindo sobre ele.

Uivando de dor, o soldado levantou o joelho para acertar Barrett no estômago. Barrett rolou e chutou o rifle para o lado assim que o alemão agarrou seu tornozelo e puxou-o de volta para baixo. Eles lutaram, mas o braço quebrado selou o destino do cabo. Levantando seu *sgian dubh* bem no alto, Barrett golpeou direto no coração alemão. A culpa o atingiu como uma flecha enquanto observava a vida desaparecer do rosto arredondado do rapaz. Outro fragmento da sua humanidade desaparecia naquele esforço de guerra sangrento.

Tirando a lâmina do cadáver, ele a limpou na manga do uniforme e se jogou no esgoto antes que tivesse tempo de pensar.

Capítulo 19

— E para onde você propõe que a gente vá? Suíça ou de volta à Inglaterra? Eu duvido que eles tenham navios no porto, prontos para zarpar para terras inimigas.

Depois de fugir daquela festa de pesadelo, com a desculpa de uma dor de cabeça, logo depois do encontro com a esposa de Eric, Kat não pensou duas vezes antes de correrem de volta para o apartamento. Estava farta de missões. Farta de usar o bom nome da sua família. Farta de ficar sob o comando de outra pessoa. Elas estavam indo embora. Naquela noite.

Kat jogou uma blusa na mala aberta, indiferente à confusão que estava ali dentro. Ela poderia refazê-la mais tarde, depois que escapassem daquele lugar horrível.

— Os navios navegam na água, não em terra.

— Água, então. É isso? Vamos navegando? — Ellie parou na porta do quarto de Kat. Suas mãos pálidas se apertaram como se estivessem espremendo a vida delas.

Kat não respondeu. Se ela conhecia Eric tão bem quanto pensava conhecer, ele provavelmente tinha grampeado o apartamento. Ela também não queria assustar Ellie com o plano mal-acabado que tinha arquitetado às pressas no trajeto de volta para o apartamento. A situação permaneceria calma enquanto ela estivesse no controle.

Ela pegou um par de calcinhas rendadas e jogou-as na mala, para firmar suas mãos trêmulas. Fechando a tampa, trancou a mala e enfiou a chave no bolso.

— Você já fez a sua mala?

Ellie parou de andar e ficou olhando para a irmã.

— Eu deveria?

— A menos que você queira deixar Paris com nada além desse horrível vestido com babados nas costas, sugiro que coloque algumas coisas numa mala.

O pânico iluminou os olhos de Ellie, bem abertos em seu rosto pálido.

— Mas eu não sei o que...

Kat passou por ela no corredor e por mais duas portas antes de entrar no quarto de Ellie. Creme, ouro e cetim, brilhavam como num palácio congelado ao luar, que fluía das janelas até o chão.

— Pegue sua mala e coloque-a na cama. Pegue duas roupas quentes, um par de sapatos confortáveis e algumas roupas íntimas. Eu vou pegar os artigos de higiene.

Correndo para o banheiro adjacente, Kat ignorou a navalha e o pente masculinos, perfeitamente alinhados ao lado da cuba da pia e tirou alguns itens básicos do gabinete. Uma luz se acendeu, refletindo no espelho.

— Desligue isso! Você quer que todos vejam que estamos fazendo as malas?

Uma pancada veio do outro lado da parede.

— Desculpe, mas é tão difícil ver dentro deste armário sem um pouco de luz...

— Faça como quiser. — Jogando os produtos de higiene na mala, ela reparou nas roupas que Ellie havia selecionado. Branco e amarelo com mangas de chiffon e bainhas plissadas. Ela as tirou da cama e jogou-as no chão. — Ache outra coisa que não se destaque e que disfarce a sujeira.

A cabeça de Ellie apareceu fora do armário.

— Disfarce a sujeira? Por que nossas roupas vão ficar sujas?

— Só faça isso e se apresse! — Kat voltou ao seu quarto para pegar o dinheiro extra e os passaportes que ela tinha escondido debaixo da cama, enquanto Ellie continuava andando de um lado para o outro. Colocando os itens preciosos no cinto, ela os ajeitou no lugar mais confortável possível e correu de volta para o quarto de Ellie. — Pronto?

— Quase. — Ellie curvou-se sobre a penteadeira. Metal delicado raspando metal. — Só preciso de alguns brincos...

— Não temos tempo para coisas tão ridículas...

— ...para vender se precisarmos de dinheiro extra. — Ellie balançou um grande brinco em forma de lágrima entre os dedos. — Uma esmeralda deve ter um bom preço ou valer pelo menos um prato quente.

Uma risada abafada atravessou os lábios de Kat.

— Sim, deve valer. Guarde-os com você.

Juntando as malas, elas se dirigiram para a porta. Ellie parou, batendo a mala na parte de trás das pernas de Kat. — E os guardas lá fora?

— Só vamos dizer que estamos indo encontrar Eric na estação de trem, porque ele nos surpreendeu com uma viagem para a Suíça. Tudo de última hora então ele não tinha como informá-los sobre os nossos planos. Quando descobrirem, estaremos muito longe.

— Oh. — Ellie acenou com a cabeça antes de se virar e correr de volta na direção da cozinha. — Só um minuto. Eu tenho que deixar um recado para a Sylvie; senão ela vai ficar preocupada.

— Desnecessário, *schatz*. Aquela pequena judia estará preocupada com outras coisas de agora em diante.

A marreta do medo atingiu Kat bem no meio das costas quando a luz de um abajur ganhou vida na mesinha ao lado do sofá. A luz se infiltrava na sala através das cortinas, marcando a mobília numa sombra macabra. Eric estava sentado no canto do sofá, com um pé calçado apoiado em cima do joelho oposto e um braço estendido nas costas do sofá baixo. O leve cheiro de vinho tinto pairava no ar.

O olhar de Eric desviou-se para as malas e depois voltou a fitá-las.

— Estão de saída?

— De férias. A cidade ficou um pouco lotada ultimamente. Esposas demais. — O queixo de Ellie se ergueu. — Onde está Sylvie?

— No mesmo lugar daquele mordomo, onde não podem mais contaminar a sociedade. Já sei há algum tempo que eles tinham possíveis ligações com um dos movimentos da Resistência nos subterrâneos. Colocá-los aqui sob meu olhar constante foi um golpe de gênio e, por fim, minha paciência compensou. — Os olhos dele se voltaram para Kat. Frios e imóveis, eles a transpassaram. — Suponho que deva agradecer a você por isso.

Kat agarrou a alça da mala com mais força para evitar que o sangue batesse fora de controle em suas têmporas.

— Como eu ajudei?

— *Tsk, tsk*. Eu disse que na semana passada era para descanso e contemplação, mas você não pôde deixar de escrever para o seu namorado, usando aquela empregadinha como intermediária. Ou pelo menos ela teria sido uma intermediária se as cartas tivessem chegado até ele. — Ele suspirou e estendeu a mão esguia para examinar uma unha. — Me deixa perplexo ver quanta informação as pessoas estão dispostas a oferecer com a quantidade certa de persuasão. Foi muito mais fácil convencê-la do que aquele mordomo.

— Você quer dizer ameaçá-la. — As palavras dos curtos bilhetes que Kat havia rabiscado para Barrett correram pela sua mente. Ela evitara qualquer tipo de mensagem incriminatória e só procurava tranquilizá-lo de que ele a veria novamente depois de alguns dias. Ela não se atreveu a perguntar como aquelas cartas inocentes conectavam Sylvie à Resistência para não correr o risco de envolver Barrett. A tristeza por Sylvie e Pierre oprimiu seu coração. — Seu monstro.

Ele deu de ombros, mal movendo as ombreiras do uniforme.

— Não leve isso a ferro e fogo. Saberíamos mais cedo ou mais tarde. Sempre sabemos.

A alça da mala rangeu na mão dela, pronta para se estilhaçar.

— Onde eles estão?

— Esperando por um trem para levá-los ao seu destino final num campo da Polônia. Ah, não se preocupem. Eles estão viajando com a família. Não deixamos ninguém para trás. Agora, de volta ao assunto das férias de vocês.

Ellie ficou ereta como uma vareta, com dedos brancos apertando a alça da mala.

— Estamos indo para a Suíça como Kat havia planejado antes. Eu preciso de um tempo, Eric.

Uma sobrancelha loira e esguia se ergueu.

— Um tempo de mim?

— E da sua esposa.

Se ela não estivesse perfeitamente parada para se conter, Kat teria corrido pela sala e jogado os braços em volta de Ellie com orgulho. Por que aquela coragem não tinha aparecido antes?

— Entendo. — A sobrancelha voltou ao seu lugar sobre os olhos sem emoção. Juntando os dedos, ele apoiou o queixo sobre eles. — Está fora de questão. As coisas estão muito perigosas para eu permitir que vocês fiquem por aí sem a minha proteção.

— Não estou pedindo sua permissão.

A escuridão cintilou nos olhos dele.

— O contrato afirma que você não saia da cidade sem a minha permissão.

— Nunca assinei nenhum contrato. — O queixo de Ellie tremeu. — E não pretendo assinar. Nunca.

— Isso é inaceitável para mim.

— Aprenda a conviver com a decepção, assim como eu. Vamos, Kat.

Kat viu manchas vermelhas subindo pelo pescoço de Ellie enquanto ela passava pela porta da frente. Ela estava à beira de perder o controle se não saíssem rápido.

Eric se levantou do sofá. Sem pressa, ele puxou a parte inferior do paletó para endireitá-lo. O cheiro de vinho ficou mais forte.

— Aonde você planeja ir? Acha que, em alguma estação de trem de Paris, vão deixar você embarcar sem minha autorização? Se você conseguir, pare para pensar, seu nome estará neste exato momento sendo enviado a todos os postos de guarda do país. Você nunca conseguiria passar pela fronteira. Seria escoltada de volta para cá, ao lugar a que pertence, sem nada nas mãos, exceto constrangimento. Evite o constrangimento, Eleanor, e para mim também.

Os ombros de Ellie cederam e sua cabeça tombou para a frente, com a decepção. Ela lutava para se libertar, mas suas algemas se recusavam a se abrir. Uma fúria despertou dentro do peito de Kat como uma tempestade.

— Você não consegue ouvir uma palavra do que ela está dizendo? Ela não quer mais ficar aqui! E certamente não quer fazer esse acordo asqueroso que você e sua esposa tramaram. Ache alguma mulher desesperada para gerar sua semente.

A expressão sombria de Eric estalou de ódio quando seu olhar se voltou para Kat.

— Foi você que desde o início colocou essa ideia patética na cabeça dela.

— Que absurdo! Você é que a afastou. E eu estou muito feliz de acompanhá-la.

— Para a Suíça? Você acha mesmo que eu acreditei nessa sua armação? Ou que você veio aqui apenas para fazer uma visitinha à sua irmã?

— Claro que ela veio, Eric. Não há como...

— Calada, Eleanor! — Os olhos de Eric não deixaram Kat. — Ela tem muitas maneiras de fazer isso. Não é verdade? Como filha de *sir* Alfred Whitford? São inúmeros os artifícios que poderia usar para entrar despercebida na Paris ocupada e, em seguida, se esgueirar do país com seu tesouro.

Como um tom mais vacilante, Ellie pairou ao lado do cotovelo de Kat.

— Do que ele está falando? Que tesouro?

— Você, *schatz*. Você é o grande prêmio pelo qual ambos lutamos. Infelizmente para sua irmã, eu vou vencer.

Kat ficou na frente de Ellie, bloqueando a visão dela. Seus dedos se esticaram para trás, segurando o bastão de couro que tinha escondido na manga.

— Não é muito educado para uma dama ficar discutindo, mas neste caso abrirei uma exceção.

A surpresa transformou o gelo dos olhos dele em estalactites.

— Você pensa em protegê-la de mim, como se eu fosse machucá-la!

— Eu farei o que for necessário.

Os lábios dele se curvaram para cima.

— Você? Sozinha? Eu tenho guardas do outro lado daquela porta e mais alguns na calçada que vão entrar ao meu estalar de dedos. Ah, não, eu não me esqueci, você também tem ajuda. O sr. Anderson e seus músicos de *swing*. Eles vão me espancar com seus trompetes? Como se pudessem, do lugar para onde foram mandados.

O medo percorreu Kat. Barrett.

— O que você fez?

— Exatamente o que eu disse que faria com todos os ratos que correm sob os nossos pés. Descobri seu covil imundo e os expulsei. Ou os meus homens farão isso dentro de uma hora, se ainda não fizeram. O rato que está na liderança, em particular, responderá pelos seus crimes. Uma pena, pois eu já estava me acostumando aos modos rudes do sr. Anderson.

— Você é a forma mais vil de crueldade.

— Eu fiz o que tinha que fazer. Essas pessoas são uma ameaça para tudo que somos. Para cada coisa pura que estamos tentando criar. — Comprimindo os lábios, ele olhou para Ellie. As estalactites derreteram.

— É isso que você queria, *liebling*? Que as duas pessoas que mais a amam disputassem você até que uma delas a perdesse? Tudo que eu queria era lhe dar tudo. Peles, joias, belos apartamentos e carros, a própria Paris numa bandeja de prata. Um dia, em breve, Londres e, por fim, o mundo. Você não quer compartilhar essas coisas comigo?

Atrás dela, Ellie negou com a cabeça. Ela segurou o braço de Kat e o bastão escondido sob a manga.

— Eu queria amor, Eric.

— Isso é o que estou oferecendo a você.

— Não, você está oferecendo uma vida de servidão ao propor que eu lhe dê belos bebês arianos, porque sua esposa não pode.

— Mas estaremos juntos. Ao contrário da sua irmã, que só quer arrastar você de volta para a Inglaterra e acorrentá-la à vida infeliz da qual você fugiu.

Os dedos de Ellie apertaram o braço de Kat, machucando a pele. Ela se virou e olhou para Kat, com a testa franzida.

— Você pretende me levar de volta?

— Eu pretendo tirar você dele.

— E me levar de volta para a Inglaterra? O único lugar na terra para o qual não tenho desejo nenhum de voltar? — O rosto de Ellie mudou da incerteza para a raiva e sua mão caiu quando ela largou a mala no chão. Devagar, ela se afastou da irmã e se voltou para Eric. — Você promete que sempre estaremos juntos?

Eric acenou com a cabeça, a esperança brotando em seus olhos.

— Sempre.

Ellie passou as mãos na frente do uniforme dele e depois ao redor do pescoço.

— E terei as melhores peles e diamantes? O mundo aos meus pés?

Como a gasolina derramada sobre uma pequena chama, o desejo crepitou na voz dele quando puxou Ellie mais para perto.

— Eu, com o poderio do exército alemão, e você, com o poderoso nome Whitford, ninguém vai nos deter.

Kat ficou boquiaberta quando o choque percorreu seu corpo. Depois de tudo o que tinha acontecido, a irmã a traíra por um casaco de pele. O choque se transformou em raiva paralisante quando Ellie o beijou na bochecha e deitou a cabeça no ombro dele. E no entanto... o amor ardente que Kat esperava ver florescer no rosto de Ellie foi consumido pelo desprezo. Longe dos olhos de Eric, o olhar da irmã disparou, frenético, para o rosto de Kat, depois para seu braço e de volta para o rosto.

Kat balançou a cabeça, sem entender. Os olhos de Ellie se arregalaram enquanto ela tentava forçar sua mensagem silenciosa, novamente olhando do braço de Kat para o rosto dela e depois para Eric.

O braço dela... O peso do bastão pressionado contra o pulso de Kat.

Oh.

Mas aquele bastão não era grande o bastante para causar o dano necessário. Ela precisava de algo mais pesado. Como ela mesma.

Muito lentamente, como um gato andando sobre uma lâmina de vidro, Kat se moveu para trás de Eric, que acariciava o pescoço de Ellie. Então, num movimento rápido, ela se jogou sobre as costas dele, atirando Ellie para longe, e envolveu a cintura dele com as pernas e os braços, apertando seu pescoço.

O alemão se debateu, mas ela travou os tornozelos e os pulsos e o segurou, sufocando-o com todas as suas forças. Os movimentos dele ficaram mais fracos até que, ofegante, ele finalmente caiu de joelhos, depois desabou inconsciente, de cara no chão. Kat saiu de cima dele.

Ellie a olhou horrorizada.

— Você o matou.

— Não o matei. Apenas o incapacitei por alguns minutos.

— Onde você aprendeu a fazer isso?

— Barrett. Pegue os cordões das cortinas.

Fazendo o que Kat pediu, Ellie correu de volta, com um amontoado de cordões e pingentes nas mãos.

— Não podemos estrangulá-lo!

Kat pegou os cordões e ficou de joelhos ao lado de Eric, imóvel.

— Por mais que essa ideia me agrade, vamos deixá-lo viver.

Ela rapidamente prendeu as mãos e as pernas de Eric com uma série de nós que deixaria qualquer marinheiro orgulhoso. Quando acabou de amarrar tudo, uma parte da sua mente avaliou a situação. Ela certamente nunca tinha pensado que teria tenacidade para fazer algo assim — e certamente não com tamanho sucesso. Talvez um dia, quando a vida das duas não estivesse em risco, ela poderia encontrar tempo para se gabar disso.

Pegando as mãos amarradas de Eric, ela acenou para Ellie pegar as pernas e, juntas, elas o arrastaram até a porta da despensa, no final do corredor. Empurrando-o para dentro, Kat enrolou um trapo semilimpo em sua boca, caso ele acordasse logo e decidisse alertar os soldados da fuga das irmãs.

Ellie fechou a porta com força.

— Foi Barrett que a ensinou a dar nós assim?

Kat balançou a cabeça, negando.

— Eu costumava ver a criada amarrando os espartilhos da mamãe até ela não conseguir respirar. O pai da garota era da marinha. — Kat afastou uma mecha de cabelo da testa. — Por um minuto, pensei que você queria ficar com ele.

— E perder este corpinho de violão parindo filhos? Não, obrigado. — Ellie passou a mão pelo quadril. O sorriso vacilou em seus lábios quando ela olhou para a porta da dispensa. — Eu quase sinto pena dele.

— Não se atreva. Ele merece mais uma pancada só para garantir. — Pegando o braço de Ellie antes que seu coração sangrando a fizesse hesitar, elas correram até a cozinha, onde Kat abriu a grande janela que Pierre sempre mantinha aberta quando queimava uma torrada.

Ellie recuou, batendo no parapeito com os braços estendidos.

— Você não pode estar falando sério.

Kat levantou a saia do vestido de noite e pulou sobre o parapeito. Ela tinha que avisar Barrett e seus homens antes que fosse tarde demais. — A menos que você prefira enfrentar os guardas que estão prestes a arrombar a porta, sugiro que pare de falar e passe por esta janela.

— Para fazer o quê?

— Descer pela calha.

Ellie hesitou.

— E as malas?

— Vamos ter que deixar tudo aí.

— Você aprendeu muitos comportamentos criminosos desde a última vez que a vi na Inglaterra.

— E parece que vou usar todos eles para tirar você daqui. Vamos.

Ajudando Ellie a atravessar a janela, atrás dela, Kat balançou as pernas para fora da janela e deu impulso com o corpo até alcançar uma borda logo abaixo. Seu coração trovejava em seus ouvidos até sufocar todo medo gritante. Exceto o medo de despencar quatro andares e cair no monte de lixo do beco. *Não olhe para baixo. Não olhe para baixo.* Agarrando a calha, ela respirou fundo e se balançou até envolvê-la com todo seu corpo. Centímetro por centímetro, ela foi descendo, com Ellie ofegante, acima dela. Quando estava a dois andares do chão, seu calcanhar enroscou na bainha da saia, empurrando seu corpo para baixo. Seus dedos se cravaram na calha e algumas unhas se quebraram enquanto ela lutava para recuperar o equilíbrio. O suor escorria pelas suas costas, encharcando a blusa de seda.

Ele fez isso parecer tão fácil...

Com o ar pesando como chumbo nos pulmões, cada centímetro uma eternidade, pareceu de fato que levou um ano até seu pé finalmente tocar o solo sólido. O beco estava silencioso, o pavimento de pedras escorregadio com o sereno da madrugada, enquanto os últimos dias de agosto ficavam mais frios.

Cleque, cleque, cleque. Os calcanhares de Ellie batiam nas paredes de pedra como tiros.

— Tire os sapatos. — Kat tirou os sapatos e rolou até embaixo as meias de seda, jogando tudo na lata de lixo comum. *Outro lindo par que se foi.* Descalças, ela e Ellie correram através do beco e espiaram da esquina. Nenhuma alma à vista, mas isso não significava que ninguém as vira.

— Oh-oh. Acho que estão prestes a encontrar Eric. — Ellie apontou para cima, na direção do apartamento onde as luzes piscaram.

Elas não tinham mais tempo. Esgueirando-se pela rua escura, Kat segurou a respiração enquanto esperava que balas atravessassem seu corpo.

Quando viram que ainda estavam inteiras, elas atravessaram a rua e não pararam até ver o rio Sena espreitando diante delas.

Kat olhou por trás de uma banca de jornal fechada, os olhos disparando para a esquerda e a direita, esperando detectar algum movimento. Sentiam o mofo dos edifícios altos ao longo da rua como um gás sufocante.

— Precisamos atravessar o rio.

— Então vamos.

Kat segurou Ellie pelo braço e a puxou de volta.

— O rio é a área mais patrulhada da cidade. Não podemos simplesmente atravessar andando.

— Então vamos rastejando.

— Ah, sim, porque isso não é nada suspeito. — Kat esfregou a mão na testa. O suor brotava entre seus dedos. Ela tinha um plano: ir até Barrett. Se falhasse, elas não teriam mais nada. Por que ela não tinha pensado naquilo antes? O pai não... Não. O pai delas não estava ali. Ela estava. — Depois que o próximo barco-patrulha passar, nós cruzamos a ponte. Fique perto do beiral, caso seja necessário pular. Mantenha a cabeça baixa e não olhe para trás.

Ellie torceu as mãos, enquanto sua respiração ofegante saía em pequenos suspiros. Kat deu um tapinha nos dedos dela, detendo-os.

— Estamos bem. Confie em mim?

Ellie acenou com a cabeça.

Fazendo a irmã ficar de pé, elas se esgueiraram para fora do esconderijo enquanto o silêncio da cidade as envolvia como um manto escuro. A cada passo, as respirações irregulares ameaçavam rompê-lo. O medo dos ataques aliados mergulhava a cidade na escuridão a cada anoitecer, mas o que ela não daria para um raio de luz guiar seu caminho. Qualquer coisa que pudesse tranquilizá-la e evitar que pisasse numa rachadura e mergulhasse nas águas contaminadas mais abaixo. E Ellie não sabia nadar.

Luzes sondaram as margens negras do rio. Outro barco-patrulha. A adrenalina fez as pernas de Kat moverem-se mais rápido, anestesiando a dor que a aspereza do chão causava em seus pés sensíveis.

— Kat!

Kat se virou para trás com o silvo frenético de Ellie. Ela estava curvada puxando o vestido, que tinha prendido num prego solto numa das tábuas do chão.

— Rasgue!

— Estou tentando, mas não consigo.

As luzes se aproximaram. Os longos raios amarelos ricocheteavam a água mais abaixo e acima das rachaduras sob seus pés. Kat se lançou contra Ellie, prendendo as duas no chão enquanto as luzes passavam por cima delas.

A ponte balançou enquanto o barco passava por baixo, vapores de gasolina flutuando até sufocar o nariz. Espiando pela fenda, ela contou seis homens uniformizados com armas nos ombros.

Quando as luzes de busca diminuíram, Kat saiu de cima da irmã e Ellie se levantou do chão, puxando a saia.

— Tudo bem?

— Não vamos fazer isso de novo.

— De acordo.

Depois da ponte, elas viraram à direita, disparando entre os becos e se escondendo atrás dos arbustos. Quanto mais avançavam, mais o desconforto crescia na corrente sanguínea de Kat, paralisando sua mente e impedindo-a de pensar em mais nada que não fosse colocar um pé na frente do outro. Certamente Eric já havia dado o alarme agora. As ruas deveriam estar apinhadas de agentes da Gestapo e seus ferozes cães farejadores, que se aproximavam para matar. Ela nunca se perdoaria se eles conseguissem chegar a Barrett antes.

— Acho que estamos a cerca de seis quarteirões do Stag. Se pegarmos o próximo beco, podemos poupar pelo menos cinco minutos. — Ellie se mexeu atrás dela, mas não respondeu. — Já passou o susto?

Quando ela ainda não respondeu, Kat se virou para encontrar um homem baixo e corpulento com a mão sobre a boca de Ellie.

— Se quiser viver, *chérie*, eu manteria a boca fechada.

Capítulo 20

A pedra atingiu a parede do outro lado da rua, causando um *ploc* satisfatório. Barrett olhou ao seu redor, em busca de outra pedra em que despejar sua raiva. Depois de todos aqueles meses, eles finalmente tinham vindo atrás dele.

— Aqui embaixo cheira a peixe podre. — Corbin tirou um impecável lenço do bolso da jaqueta preta e tampou o nariz com ar de desaprovação.

Uma pedra rolou sob os dedos do pé de Barrett.

— Essa é a sua única reclamação esta noite ou tem mais alguma?

— Peixe me dá ânsia de vômito.

— Então prenda a respiração.

A boca de Corbin se abriu, mas ele rapidamente a fechou e saiu dali às pressas. Já não era sem tempo. Barrett não estava com disposição para caprichos nem com paciência. Ele chutou a pedra. Ela atingiu a água que corria no esgoto e afundou. Sim, o lugar cheirava insuportavelmente a peixe, mas eles estavam vivos. O mesmo não se podia dizer dos pobres rapazes pegos no Stag. Sam. Ele voltaria a ver seu querido amigo? Barrett chutou a parede em ruínas, desesperado para encontrar mais pedras em que pudesse descontar o peso da sua frustração.

— Alguém está vindo!

Um silêncio sepulcral caiu sobre a antecâmara do esgoto quando a tampa que levava à escada deslizou para o lado e duas longas pernas desceram pela grade de metal. O ar foi sugado para fora do seu peito e o atingiu em cheio no estômago. Ele reconheceria aquela figura em qualquer lugar. Mas o que ela estava fazendo ali?

Abrindo caminho entre as pessoas, ele esperou até que ela estivesse ao alcance para tirá-la da escada e puxá-la ao encontro dele.

— Me solte!

— Calma, gata brava! — Os braços de Kat se agitaram enquanto seu pé procurava um ponto sólido da perna dele para chutar. Prendendo os braços dela, ele a girou para enfrentá-lo. — Que diabos você está fazendo aqui?

Terror, surpresa e, finalmente, uma sensação de alívio e exaustão se estamparam no rosto sujo dela.

— Barrett. — O nome dele saiu num soluço quando ela o abraçou.

— Está tudo bem, Papoula. — Ele acariciou seu cabelo sedoso, selvagem e solto, com uma ligeira ondulação por causa da névoa da madrugada. — Estou com você agora.

Os dedos dela se cravaram em seu peito como ganchos, agarrando-se a ele como se a ameaça de fora a tivesse perseguido escada abaixo para arrancá-la dele mais uma vez. Barrett a envolveu nos braços. Ele nunca deixaria isso acontecer. Os dias sem ela tinham sido pura tortura. Várias e várias vezes ele tivera o ímpeto de derrubar a porta daquele apartamento e levá-la embora, mas toda vez Sam o puxava de volta. Eric teria mandado prendê-lo e que bem isso faria a ela então? Sam estava certo, mas isso não impedia Barrett de querer socá-lo por isso.

Os dedos dela lentamente se soltaram do peito dele, enquanto ela respirava, acalmando-se. Ela virou o rosto para descansar a cabeça contra o ombro dele. Numa única noite, seu mundo tinha virado do avesso, mas agora, juntos, eles poderiam corrigir isso. Ele poderia consertar qualquer coisa abraçando-a assim.

O movimento na escada chamou a atenção deles. Tão rápido quanto ela tinha caído em seus braços, Kat se afastou para ajudar a irmã a descer os últimos degraus. A indignação mais uma vez espicaçou o coração de Barrett. Mais uma vez ela o deixara para socorrer a irmã, que nem conseguia cuidar de si mesma.

Pálida, tremendo e com o rosto com as marcas das lágrimas, Ellie desabou contra a irmã enquanto Kat colocava o braço firmemente em volta dos ombros dela.

Jean, o homem que ele enviara para cuidar das irmãs, puxou a grade do esgoto por sobre a cabeça e deslizou escada abaixo com a facilidade de um gato.

— Encontrei as duas atravessando a ponte. Elas devem ter vindo pelos fundos e não pela frente, onde eu estava escondido. Só me dei conta quando ouvi aqueles sapatos estalando na calçada. Com eles ficou muito mais fácil segui-las.

Kat franziu a testa para Barrett, por cima da cabeça de Ellie.

— Você estava nos vigiando?

— Eu coloquei um homem para ficar de olho nas coisas. Não queria deixar você sozinha, caso acontecesse alguma coisa — Barrett disse.

Jean enxugou o suor que escorria do rosto.

— Eu ia levá-las ao Stag, mas a rua estava apinhada de alemães. Achei que tinha acontecido alguma coisa e as trouxe para o ponto de encontro.

Barrett deu um tapinha no ombro do rapaz. Seus homens sabiam como se safar de uma encrenca.

— Você fez bem. Obrigado.

— Existe algum lugar onde possamos nos sentar? — perguntou Kat.

— Por aqui. — Barrett os conduziu a uma mesa improvisada com três cadeiras, encostada na parede de tijolos dos fundos. O fedor não era tão ruim ali.

Ele puxou duas cadeiras.

— Aqui, sentem-se.

Ellie se sentou do outro lado da mesa e Kat de frente para Barrett. A mão ainda não tinha largado a de Ellie. Lentamente, os olhos dela ergueram-se para os dele.

— Onde estamos?

— Uma fortaleza da Resistência vários metros abaixo do labirinto das catacumbas. Renauld, o líder da seção, teve a gentileza de oferecê-la como ponto de encontro, caso o bar fosse invadido.

— Eric sabe quem você é. Eu estava correndo para avisá-lo.

— Saímos bem a tempo. — Ele devia ter fechado as portas assim que as mulheres pararam de aparecer, mas, se Kat tivesse ido procurá-lo, ele não queria que ela encontrasse as janelas fechadas e ele em nenhum lugar à vista.

— Como você escapou?

— Eu tive um aviso de uma fração de segundo antes que a Gestapo invadisse meu escritório e me encontrasse. Consegui tirar alguns rapazes, mas não todos.

— Sam?

O nome do amigo o apunhalou como um atiçador quente. Ele pegou uma farpa no tampo da mesa de madeira compensada.

— Não sei.

— Oh, Barrett. Eu sinto muito. — Ela estendeu a mão, cobrindo a dele.

— Você se desculpa muito por coisas das quais não tem culpa.

— Só uma pessoa pode ser culpada por isso. — O rosto dela endureceu. — Eric.

A farpa estalou entre os dedos dele. Ele a jogou no chão.

— Deveríamos saber que ele estava por trás do encontro inesperado desta noite. Só não pensei que ele nos pegaria na mesma noite.

Ela olhou para Ellie e depois de volta para ele.

— Nossa participação não aconteceu só no calor do momento. Ele quase me obrigou, por assim dizer.

Ellie pôs os braços sobre a mesa e enterrou a cabeça neles com um gemido baixo. Barrett se levantou e fez sinal para que Kat o seguisse. Qualquer coisa que ela tivesse que dizer provavelmente não seria fácil ao lado de Ellie.

Ela se abaixou e alisou a cabeça loira de Ellie.

— Já volto. Prometo.

Num canto cheio de caixas de munição e equipamento de rádio, eles estavam mais afastados dos membros da Resistência agrupados, discutindo os acontecimentos e a melhor maneira de contra-atacar. Ele não iria recuar. Estava farto daquilo. Estava com as duas irmãs, e pela aparência de Kat, qualquer cobertura que tivessem tinha sido destruída. Ela estava com as pernas nuas, um traje de noite chique, que provavelmente estava muito mais bonito horas atrás, e o cabelo tinha a textura de algodão em volta do seu rosto pálido. Abalada, mas sem nenhum ferimento, ela estava prestes a desabar. Melhor que contasse tudo antes disso.

— O que aconteceu?

Ela começou a contar, hesitante no início, desde o momento em que ela o deixara na rua perto do apartamento, mais de uma semana antes. Depois seu tom aumentou de intensidade quando começou a narrar o confronto com Eric e a esposa. Ela estendeu a mão e pegou a mão dele entre as dela, amassando seus dedos enquanto falava de sua angustiante descida do prédio pela calha e do barco-patrulha sob a ponte. Seus dedos se enlaçaram aos dele enquanto ela estremecia, depois de explicar como Jean as encontrara na rua, apenas uma hora atrás.

A raiva ferveu nas veias de Barrett. Se pusesse mais uma vez os olhos naquele sujeito desprezível, ele o espancaria até que não sobrasse nem um resquício daquela sua vida inútil por torturá-la assim.

— Sim, eu diria que ele a obrigou a isso. Pena que você não o sufocou até a morte.

— Culpe minha última gota de compaixão humana.

— Como se o idiota merecesse. Eu coloquei Jean para vigiar o lugar desde que vocês voltaram para Paris. Pensei que um par de olhos extra viria a calhar. Agora descobri que estava certo.

Ele tinha ficado muito preocupado ao não receber notícias dela, mas Jean tinha garantido que ela estava segura e isolada dentro do apartamento. A garantia não fora suficiente para impedi-lo de acordar no meio da noite encharcado de suor, depois de um pesadelo. E se algo acontecesse e ele não conseguisse chegar até ela? Ele nunca se perdoaria.

Ela apertou a mão dele.

— Eu escrevi para você várias vezes, dizendo que estava tudo bem e para você não se preocupar, que eu o veria em breve. Eu esperava que você lesse nas entrelinhas, mas sei agora que os meus bilhetes nunca chegaram até você.

— Depois de vários dias sem notícias suas, soube a verdade pelos relatos de Jean sobre sua prisão. — Ele engoliu em seco ao lembrar da sensação de impotência que o afligiu daquele dia em diante. — Você olhava pela janela e pensei até em subir pela calha se não fosse pelos guardas armados na porta. Isso e a criadinha se esgueirando pelo quarteirão.

— Sylvie é judia. Eric a estava chantageando. — Os olhos dela se fecharam com um gemido. — Quando ele não precisou mais dela, mandou-a com a família para longe. Para algum tipo de acampamento.

Barrett praguejou.

— Campo de concentração.

— Que lugar é esse?

— Campos de trabalho que os nazistas tentaram esconder dos olhos do público. Eles estão cercando qualquer pessoa que consideram indesejável... Judeus, ciganos, dissidentes políticos... e deportando-os para guetos e outros lugares não melhores do que chiqueiros para prendê-los ali. Uma limpeza em favor da nova utopia ariana que eles querem criar. Em geral essas pobres almas são torturadas ou trabalham até a morte.

— Sylvie. — Lágrimas escorreram pelo rosto de Kat. — Como é que ninguém sabe disso?

— Os nazistas são espertos. Eles controlam quase todas os canais de notícias e só relatam coisas que querem que o público saiba ou acredite que sejam verdadeiras. Dessa forma, podem aprontar suas mazelas sem que ninguém saiba de nada.

— Que estupidez da minha parte pensar que eu poderia enganá-lo, e agora minha tolice arruinou a vida e a família dela. Nós podemos encontrá-los? Você pode resgatá-los?

— Uma tentativa de resgate está fora de nossas mãos.

— Podemos tentar.

— Nós falharíamos. — O apelo agonizante de Kat queimou como carvão em seu peito. Muitas vidas tinham sido destruídas. Ele não arriscaria a dela novamente. — Esse provavelmente era o plano de Eric o tempo todo. Ela provavelmente estava espionando Ellie há muito tempo antes de você chegar. — Desentrelaçando os dedos dos de Kat, ele virou as mãos dela. Ela tinha arranhões avermelhados nos punhos e vários hematomas preto-azulados nos joelhos, causados pela sua queda na ponte. — Ele não a machucou, não é?

Ela negou com a cabeça e apertou os dedos dele.

— Ele não ousaria fazer isso na frente de Ellie. Sinto muito por envolvê-lo nisso. Eu não consegui pensar em mais nenhum lugar para ir.

Estendendo a mão, ele limpou um pouco de cascalho grudado na gola dela. Ela quase tinha se matado tentando chegar ali. Para chegar até ele.

— Eu não gostaria que você fosse a nenhum outro lugar.

— Estou indo embora desta cidade. Eu não me importo com o que isso significa, mas vou pegar a minha irmã e ir para casa. — Lágrimas encheram seus cílios inferiores. Ela se virou e limpou o rosto. — Desculpe, por favor.

Antes que ela pudesse recuar e se recolher em sua dor, ele a puxou para mais perto, envolvendo-a nos braços e permitindo que ela o usasse como uma barreira contra o mundo.

— Aí está a minha garota destemida.

Então, a mulher que tinha sido forçada a ser forte e enfrentar a punição por conta própria abraçou-o como uma criança enquanto extravasava suas emoções. Ele a embalou, murmurando palavras com os lábios contra o cabelo dela, enquanto lágrimas quentes molhavam a frente da sua camisa. Os ombros delgados de Kat estremeceram quando ela pressionou o corpo ainda mais contra o peito dele, curvando-se para se moldar ao seu abraço. Ela o abraçou por muito tempo, mas aquela noite a deixara com o coração despedaçado. Pela primeira vez na vida, ele ficou feliz por ser o único ali para recolher os pedaços.

Na manhã seguinte, ele descobriria um jeito de juntar aqueles pedaços novamente. E ia começar tirando as duas de Paris.

Capítulo 21

Três dias se passaram antes que Barrett decidisse que era seguro saírem do seu ponto de encontro, na câmara do sistema de esgoto, e seguir para a zona rural. Um frenesi varria as ruas parisienses com a notícia de que duas inglesas da alta sociedade estavam desaparecidas. De acordo com Jean, Eric, enfurecido, estava fazendo o possível para abafar o caso, mas o escândalo era grande demais para ele encobrir. Principalmente quando a esposa foi vista na ópera ostentando um grande rubi que tinha pertencido a Ellie.

Mulheres. O que elas não fariam para enterrar as garras umas nas outras.

Barrett jogou a água morna do seu cantil no rosto, num esforço para se refrescar do calor pegajoso provocado pela barba falsa. Era nojenta e causava coceira, mas servia ao propósito de ajudá-lo a se misturar à multidão que fugia da cidade. Ele e suas "primas".

A poucos metros de distância, os arbustos farfalharam quando Kat (ou a prima dele, como provavam os documentos falsos) saiu de onde as duas mulheres tinham ido se refrescar. Como se fosse possível se refrescar usando aquele vestido de saco de batatas... Mas o importante é que era durável e os sapatos resistentes. A época de vestidos de noite e boas maneiras tinha acabado.

Por estar usando roupas comuns pela primeira vez, Kat se sentou à vontade na grama e estendeu a saia cinza de lã sobre os joelhos expostos, como uma rainha.

— Importa-se em me pôr a par do plano agora que estamos em segurança fora da cidade?

Fora da cidade, sim, era verdade. Mas em segurança? De maneira nenhuma. Ele olhou em volta, para o aterro inclinado, e de volta para a estrada empoeirada atrás deles. Os pássaros cantavam nas copas das árvores, alheios ao perigo que se aproximava de suas terras.

Kat suspirou com impaciência.

— Pelo amor de Deus. Não há ninguém aqui, a não ser nós.

— A primeira regra deste negócio é: nunca presuma que você está seguro. — Ele deu outra olhada rápida ao redor do perímetro antes de olhar para ela. O sol tinha deixado o nariz e as bochechas dela rosadas, mas nem mesmo o ar fresco podia afastar a palidez que abatia seu rosto.

— Você comeu?

Ela balançou a cabeça.

— Não estou com fome.

— Então, onde está a maçã que eu lhe dei?

Ela olhou para onde Ellie estava sentada, perto de um pequeno riacho, lavando o rosto.

— Eu dei para Ellie. Ela precisava mais do que eu.

Claro que ela deu. A mulher morreria de fome antes de deixar a irmã ficar sem comida. A irmã que não tinha dito uma palavra desde que a jornada começara, além de um suspiro quando descobriu as conexões dele com a Resistência. Sem mencionar aquele olhar de raiva e descrença que ela lançou para Kat por esconder isso dela.

Ele respirou fundo na tentativa de conter a irritação.

— Esta vai ser uma viagem difícil e com um suprimento limitado de comida. A última coisa que eu preciso é que você desmaie numa vala, por isso de agora em diante você vai comer a sua porção.

— Já acabou o sermão?

— Só vai acabar quando você parar de dividir a sua comida.

— Tudo bem. Agora, podemos voltar ao plano de fuga?

Enroscando a tampa do cantil, ele o enfiou na mochila de lona ao lado dele.

— Estamos indo para Salbris, uma pequena cidade perto de Bourges, onde a facção local de combatentes estará esperando por nós. Contanto que o mensageiro não leve um tiro no caminho.

Ela empalideceu e desviou o olhar.

— Como saberemos onde encontrá-los?

— Pelas pistas que eles vão deixar.

— Que são... ?

Ele balançou a cabeça.

— Quanto menos você souber, melhor, caso sejamos capturados. E, Kat, você tem que acreditar que essa é uma possibilidade muito real.

Ela arrancou uma folha de grama seca e a rolou entre os dedos.

— Eu sei disso, mas você tem que aceitar que estamos nisso juntos e se recusar a me contar tudo é tão prejudicial quanto me contar. Se você for pego, Ellie e eu ficaremos sozinhas, sem a menor pista de como encontrar um lugar seguro.

— Seu pai nunca lhe deu um plano B se o navio da Cruz Vermelha não desse certo? — Seu tom era mais áspero do que ele pretendia, mas um homem que lançava a própria filha numa situação de tamanho perigo, sem sequer um mapa, era digno de desprezo.

Olhos intensos com pupilas minúsculas perfuraram-no como pregos.

— Meu pai nunca teve uma palavra a dizer sobre os detalhes desta viagem. Foi tudo deixado para o SIS, e a única orientação que recebi foi de que eu me encontrasse com um homem chamado Crowder uma semana depois da minha chegada. Eu esperei quase quatro horas no ponto de encontro, mas ele nunca apareceu. Me disseram que, se isso acontecesse, era porque ele devia estar morto. — Soltando a folha de grama, ela estendeu a mão para ele. — Nós temos um acordo?

— Parece que fazemos muitos acordos.

— Você já ressaltou isso antes. — Os dedos dela se moveram no espaço entre eles. — Honestidade ou não?

Honestidade. A própria palavra atravessou as costelas Barrett e foi direto para o coração. A honestidade exigia que ele lhe dissesse que ela não passava de um cheque, um meio de sair das circunstâncias que ele detestava. Pelo menos no início era isso que ela significava. Agora, ela passara a significar algo mais que ele relutava em admitir em voz alta. Ele não estava pronto para tanta honestidade, não consigo mesmo e não agora.

— Farei o meu melhor. — Ele apertou a mão dela e a largou imediatamente para que o desejo de segurá-la não o persuadisse a dizer as palavras que ele estava tentando ao máximo esconder.

Uma brisa seca do meio da tarde agitou o riacho preguiçoso no fundo do aterro. O cheiro doce de grama e de terra pairaram no ar de início de setembro. Na terra natal dele, o outono era a estação que arrancava o roxo da urze ondulante e o substituía pelo vermelho e o dourado da copa das árvores. Os lagos estariam muito frios para um mergulho matinal rápido, e as noites frias e frescas cintilariam com a geada. Como ele sentiria falta. Um aperto oprimiu seu peito. Como ele sentiria falta de outra coisa em particular...

— Eu vivi minha vida inteira tentando fazer o que era certo, o que esperavam de mim, mas vejo agora que foi por medo de decepcionar que eu concordava com tudo. Eu deveria ter dito não a muitas pessoas ao longo do caminho.

— Você deveria ter dito que a deixassem em paz.

Os lábios dela desenharam um sorriso.

— Olhando em retrospectiva, muitos deles provavelmente mereciam que eu dissesse não. Mas você nunca foi uma dessas pessoas que eu tentei agradar para obter favores. Posso ser eu mesma sem medo de represálias. Uma situação que eu raramente vivenciei, mas que vivo com você.

— Já teríamos fugido há muito tempo se eu soubesse desses seus sentimentos por mim.

Corando, Kat dobrou as pernas e enfiou os pés sob a saia.

— Será que algum dia sairemos deste lugar, eu me pergunto? Minha casa parece tão longe daqui, tão distante. Será que, ao voltar, a sensação será a mesma depois de ter visto tudo isso?

— Não vai ser a mesma, mas não é ruim começar de novo.

— Como nos Estados Unidos? — Ele se contraiu, mas não se recompôs rápido o suficiente para ela não perceber. — Vi os cartões-postais no seu escritório e você disse que não tinha motivo para voltar para Glasgow.

— É um lugar tão bom quanto qualquer outro. — *Não há nenhum demônio para me assombrar por lá.*

— Nenhum passado para acorrentá-lo. Isso parece bom.

— Venha comigo. Tenho certeza de que lá eles não se importam se você tem sangue azul ou é um *barman*. — Ele apertou os dentes de trás para segurar um gemido. O que ele estava falando? Uma mulher como ela ir para um lugar estranho com um pé-rapado como ele? O sol devia estar lhe causando uma insolação e fazendo-o delirar. — A menos que você esteja cansada de mim agora. Sei que eu estaria se fosse você.

— Estou muito grata por ter você. Não que eu *tenha* você... só quero dizer que você está sempre aqui. Sempre comigo. Quer dizer, ninguém está sempre comigo. — O rubor se espalhou pelo rosto dela. — Estou me atrapalhando toda, não estou?

— Um pouquinho. — Uma mecha loira cobriu sua bochecha em chamas. Sem pensar, ele estendeu a mão para segurá-la, enrolando-a entre os dedos como se fosse uma fita de cetim. Na semana anterior, tal impropriedade a teria feito pegar o grampo de cabelo mais próximo para domar o cabelo rebelde e fazê-lo voltar ao lugar. Ou apunhalá-lo, dependendo do humor dela e de quem estava por perto.

— Não se preocupe, moça — disse ele, com um sotaque escocês exagerado. — Seu segredo está seguro comigo. Não vou contar a ninguém que você não é uma mocinha comportada o tempo todo.

Ela se virou, tirando o cabelo dos dedos dele.

— Continue com esse sotaque debochado — disse ela, imitando-o — e eu não vou gostar nadinha.

Ele sorriu.

— Estou me lembrando de uma certa senhorita inglesa com o nariz empinado que me avisou para não me meter em seus assuntos particulares. Já era tempo de você começar a apreciar minha utilidade.

— Eu era bem insuportável no início, não era?

— Só no início?

Ela tirou uma folha de grama seca da saia com um movimento rápido da mão.

— Como se você tivesse sido um anjo de candura o tempo todo.

Ele se apoiou nos cotovelos, esticando as pernas e cruzando-as na altura dos tornozelos.

— Já me disseram que sou um anjo de candura. Você simplesmente não está acostumada com aqueles engomadinhos que normalmente encontra em suas salas de estar perfumadas lhe dizendo as coisas na cara.

— Não. Eles são educados demais para isso, mas no final a verdade sempre vem à tona.

— Por acaso eles não tinham inteligência suficiente para mantê-la entretida? Só mais uma desvantagem dos ingleses quando comparados aos robustos escoceses. — A pobre tentativa de fazer piada não deu certo e lhe rendeu apenas uma modesta contração dos lábios dela.

— Receio dizer que talvez seja o contrário.

— Está dizendo que o escocês aqui é que está em desvantagem. Ah, sim, eu tenho uma lista de reclamações com um quilômetro de comprimento.

Ela baixou os olhos e puxou lentamente um fiapo da costura enquanto tentava ao máximo esconder o que sentia, mas seu rosto impassível era desolador. Ele sabia a dor que ela carregava no peito, como se a tivesse declarado em voz alta. Ele tinha colhido informações suficientes com base nos comentários dela para juntar as peças e compreender o que ela vivera e isso o fazia querer espancar aquele homem que a usara em interesse próprio.

— Quem perdeu foi ele, Papoula.

— Perdeu o nome e os contatos importantíssimos dos Whitford. Sim, foi uma grande perda.

— Ele não era homem suficiente para você. — Ela inclinou a cabeça para um lado e para o outro, como se pesasse as palavras dele, até que soltou uma leve bufada, rejeitando a ideia.

— Você não acredita em mim.

— São tempos difíceis os que estamos vivendo. Os homens querem uma garota com quem possam sair, se divertir e esquecer os problemas. — Ela arrancou um dos fiapos cinza da saia e jogou-o na terra. — Eu sou a garota comportada e entediante que você leva para casa antes da meia-noite.

— Você me mostra uma garota comportada e entediante que consegue escalar paredes e espancar soldados nazistas em becos escuros, e eu lhe mostro uma *coo* falante de três pernas.

— Eu não sei o que é uma *coo*.

— É uma vaca das Terras Altas, com chifres grandes e pelo desgrenhado. O que eu quero dizer é que só um moleque faz coisas assim. Um homem de verdade vê o tesouro diante de si e luta com unhas e dentes para ser digno dele. Não importa quanto tempo leve.

"Digno", isso era algo que nunca o acusariam de ser. O oposto era mais verdadeiro, em todos as situações da sua vida. Ser o filho bastardo do bêbado da cidade não era algo que inspirasse muita confiança numa criança, mas brigas de rua com os valentões, sim. Ele tivera que conquistar cada grama de respeito, uma briga por vez, mas nunca conseguiria conquistar respeito suficiente para estar nos mesmos círculos sociais que Kat Whitford. Nem que passasse a vida inteira tentando, não conseguiria provar que era digno dela.

Ela olhou para a água corrente abaixo, o céu azul e nuvens brancas espessas refletidas em sua superfície. A calma serenou suas feições, mas a decepção que tivera ainda dava voltas nos seus pensamentos por trás do seu olhar penetrante. Por fim, ela se voltou para ele.

— Você realmente tem uma vaca falante?

Ele bufou.

— Você sempre se sente incomodada com elogios? Para uma mulher que prefere a verdade, você certamente não os aceita bem.

— Verdade é uma coisa, falsa bajulação é outra.

— Você realmente não vê, não é? — Frustração e raiva se estamparam no rosto de Barrett. Ele ficou de pé. — Você realmente não vê que mulher incrível você é só porque alguns otários ficaram muito intimidados com o desafio. Você conhece um homem que pensa diferente e não acredita nele. Você não acredita em mim.

— Fui iludida por homens que afirmaram dizer a verdade, mas, no final, as palavras se transformavam no cenário que eles queriam. Nunca no que eu queria. Nunca no que eu precisava. Mas, como uma idiota, aceitei porque queria acreditar que ele me queria bem.

A voz dela fraquejou quando ela disse "ele" e isso o perfurou como uma flecha, enchendo-o de raiva.

— Seu pai armou tudo, não foi? O otário, o noivado. Tudo porque ele precisava de algo do rapaz. O que era? Um título, terras, investimentos?

— A família Richmond perdeu a maior parte de sua fortuna após a Grande Guerra, mas o nome deles é um dos mais respeitados e ricos do condado. O casamento com uma família poderosa, como a minha, poderia tirar a família dele da ruína. Eu pensei que Marcus gostava de mim até que encontrei o contrato assinado entre ele e meu pai uma semana antes da cerimônia. — O rosto dela se contorceu à lembrança da traição. — Meu pai não confiou que eu pudesse arranjar um noivo sozinha. Achou que tinha que fazer isso por mim.

— Eu não sou esse sujeito de Richmond, e tenho certeza que não sou seu pai. — A culpa nocauteou a raiva assim que as palavras saíram de sua boca. Claro que ele era como o pai dela. Ele estava naquela missão porque *sir* Alfred não acreditava que sua própria filha pudesse levar Ellie de volta sem a ajuda dele. A confiança dela fora traída novamente e ele pagaria o preço assim que ela descobrisse a parte dele nisso.

— Esses dois nunca viram o que eu vejo. — Abaixando-se, ele segurou as mãos dela e a puxou para cima. O desejo disparou pelo corpo dele, mas ele resistiu à vontade de puxá-la para perto e provar suas palavras até que ela não tivesse mais fôlego para recusar.

— Pela primeira vez, me poupe a dor de cabeça e concorde comigo.

A sobrancelha delgada de Kat se ergueu.

— Se eu começar a concordar com você agora, isso vai abrir um mau precedente. E temos um longo caminho pela frente.

— Renda-se.

Ela levantou uma sobrancelha, em dúvida.

— Estou surpresa que minhas dores de cabeça não tenham afastado você.

— Ainda não. — Só quando as palavras saíram da sua boca ele percebeu o quanto aquilo era verdade. Pela primeira vez na vida, ele queria ficar ao lado de alguém. Ao lado dela. E admitir isso quase o deixava apavorado. — E antes que você diga que não tenho escolha, deixe-me apenas dizer que qualquer outro sujeito com essa missão daria o fora assim que visse qualquer um dos problemas que você enfrentou. A estreia do filme, a estação de trem, o jantar de Hitler, pode escolher.

Ela o olhou por um longo momento.

— Tudo bem. Eu admito. Sua vida tem ficado exponencialmente mais problemática desde que nos conhecemos. Mas, se for para eu enfrentar problemas com qualquer pessoa..., prefiro que seja com você.

O sorriso esperançoso dela foi todo o incentivo de que ele precisava. Pousando as mãos em cada lado do rosto de Kat, ele acariciou com os polegares as bochechas rosadas, que esquentavam a cada segundo que passava. Em troca, a pulsação dele acelerou com o ardor por ela. Levantando o rosto, ela roçou os lábios nos dele para dar um beijo em sua bochecha. Ele sentiu a respiração suave dela sobre a pele e ficou arrepiado. Com uma lentidão torturante, os lábios dela traçaram o curto trajeto de volta até a boca, para pairar a centímetros de distância dela. Seus cílios se ergueram, liberando o ousado azul-esverdeado até alcançar sua alma e quebrar a fronteira entre eles.

Seu instinto de autopreservação aconselhou-o a se virar e correr, mas algo mais profundo implorou que ele ficasse e a deixasse se aproximar.

Ela fechou a distância, os lábios firmes e absolutos em sua necessidade, enquanto ela curvava a boca em submissão. As mãos dela massagearam a frente da camisa de algodão, passando os dedos entre os botões para acariciar a pele abaixo. Ele gemeu enquanto enterrava as mãos nos cabelos dela e a puxava para ele, até que não houvesse um milímetro entre seus corpos.

Ele tinha sonhado com ela tantas noites — o aroma do perfume, o calor do cabelo quando o sol batia, a forma como sua risada aquecia tudo ao redor dela. Sua imaginação estava muito longe da realidade dela em seus braços.

Ele deslizou um braço em volta da cintura de Kat, cada músculo se contraindo para mantê-la bem perto. Um suspiro de surpresa surgiu nos lábios dela quando o abraço possessivo forçou o ar a sair dos seus pulmões. Ele o capturou, inspirou-o fundo, até reduzir sua barreira de proteção a pó...

Um tiro explodiu no ar. Kat recuou.

— Por favor, me diga que isso não foi o que tenho certeza de que era.

Outro tiro atingiu o céu. Um rifle. E não qualquer rifle, mas um fuzil Mauser, de ação rápida, fabricado para o exército alemão.

— Receio que sim. Caçadores procurando um alvo fácil. Corra!

O capim alto batia na cintura deles quando agarraram Ellie e correram para longe das vozes invasoras.

— *Der hase! Diesen weg!*

Coelhos. Eles caçavam coelhos, mas isso não significava que iriam desperdiçar a oportunidade de dar um tiro certeiro nas costas de um civil. O campo aberto se estendia diante deles, oferecendo nada além de capim alto e amarelado e um bosque a uns duzentos metros de distância onde poderiam se esconder. O local perfeito para os vermes se acovardarem e uma bala perdida atingir um deles na confusão. Empurrando Kat e Ellie para a frente dele, Burrett as desviou para a margem do riacho.

— Pulem naqueles juncos ali!

Eles mergulharam atrás dos juncos verdes e grossos, assim que os três soldados alemães surgiram no topo da colina em que ele e Kat estavam sentados momentos antes. Os uniformes sujos e rasgados estavam folgados em seus corpos magricelos, os cabelos desgrenhados fora da regulamentação e o bigode de duas semanas cobria as mandíbulas. O medo percorreu Barrett e despencou no seu estômago. Desertores. O pior tipo de homem. Desonrosos o suficiente para deixar seus deveres e cruéis a ponto de fazer o que fosse preciso para sobreviver.

A mão trêmula de Kat roçou a dele.

— Não podemos ficar aqui.

Ele esquadrinhou a região com os olhos. Não havia nenhum lugar onde se esconder, exceto os juncos ao longo do riacho. Os homens carregavam cantis no cinto. Eles tinham que reabastecê-los e, quando fizessem isso, com certeza veriam o cabelo platinado de Ellie em meio à vegetação.

— *Was ist das?* — O mais baixo do grupo, com o cabelo acobreado, segurava um objeto branco esguio.

Do outro lado de Kat, Ellie engasgou.

— Meu pente.

Barrett prendeu a respiração. Talvez eles o colocassem no bolso e continuassem sua caça em outro lugar.

O rapaz de cabelo cobre jogou o pente para o alto e o pegou com um brilho perverso nos olhos. A respiração de Barrett sibilou. Ele conhecia aquele olhar e não era um bom presságio. O garoto cutucou os companheiros, fazendo gestos grosseiros com as mãos e apontando para o campo ao redor deles. Os outros acenaram com a cabeça, sorrisos maliciosos curvando seus lábios. O coelho não estava mais no cardápio.

Espalhando-se, os desertores vasculharam o terreno e o capim, com a ponta dos fuzis. A obsessão iluminava seus rostos ansiosos como o gosto da água fresca num deserto. Kat cravou as unhas nas costas da mão dele enquanto os soldados se aproximavam. Mais alguns metros e o rapaz de cabelo cobre os teria em seu ângulo de visão. Barrett virou a mão para apertar a de Kat. Ela não podia ficar ali. Ele precisava fazê-la se afastar, rápido. Se ele conseguisse pegar aquela Mauser, poderia ter uma chance.

Enfiando a mão no bolso, Barrett puxou seu canivete e pressionou-o na mão de Kat.

— Rasteje para trás e avance pela margem. Nadando, se preciso. Mantenha Ellie na sua frente. Não pare, não olhe para trás. Não importa o que aconteça, continue em frente.

— Você vai estar atrás de mim?

Ele sorriu com tristeza.

— Eu estarei em algum lugar mais atrás. Agora vá.

Fazendo apenas o mínimo esforço para segui-las, ele as assistiu se afastarem, o coração batendo forte na garganta enquanto a distância entre ele e Kat aumentava. A lama dificultava o avanço, mas ela não parou nem olhou para trás enquanto instigava Ellie à frente. Sentindo o ardor do olhar final que ela lhe lançou, ele parou e voltou para esperar sua presa.

Capítulo 22

Pedras lhe arranhavam a barriga enquanto Kat rastejava ao longo da margem. Ela cuspiu a lama que os pés de Ellie na frente dela chutavam para trás. Quanto já teriam se afastado? Elas deviam estar andando há pelo menos uma hora... um dia. Girando a cabeça, ela avistou o sol poente que mal se movia no céu laranja. Dez minutos seria um cálculo mais preciso. Ela puxou a perna de Ellie, fazendo-a parar. Silêncio total. Nenhum tiro, nenhuma voz, nem mesmo o sussurro do vento.

E nenhum movimento atrás dela.

A inquietação formigou na sua pele.

Ele tinha lhe dito para não parar, não se virar, mas o silêncio atrás dela soava como um anúncio de morte. Ela olhou para trás. Uma muralha de juncos as cercava. Ela se virou para a esquerda e para a direita, movendo freneticamente as hastes para conseguir um vislumbre dele. Barrett não estava em lugar nenhum. Um medo gelado se espalhou pelo seu sangue, congelando o ar em seus pulmões.

Ele tinha prometido ficar com ela o tempo todo. O medo atingiu seu cérebro. Não, ele disse *em algum lugar* atrás dela.

— Oh, Barrett. Você não está conosco.

Ellie se virou.

— O que foi? Onde está Barrett?

A angústia em seu coração ameaçou interromper as palavras antes que elas saíssem pela sua boca.

— Ele ficou mais para trás.

— O quê? Por quê?

Não importava. Tudo o que importava era tirá-lo do perigo em que ele tinha se colocado para que elas pudessem fugir. Kat ficou de pé e olhou por cima dos juncos. O pôr do sol afundava no céu laranja profundo, transformando o campo ao redor delas numa chama dourada. Mas nada mais se mexia.

Ele não iria deixá-la depois de uma decisão idiota e ela com certeza não iria deixá-lo. Tivesse ele tomado uma decisão idiota ou não.

Ela se voltou para Ellie.

— Fique aqui.

Ellie balançou a cabeça.

— Eu vou com você.

— Eu volto dentro de uma hora. — Colocando a mão no bolso, ela puxou o canivete que Barrett havia dado a ela e pressionou-a na mão de Ellie.

— Pegue isso.

Os olhos de Ellie se arregalaram de terror. Ela agarrou a mão de Kat.

— E se você não voltar?

O medo gelado conteve as palavras que estavam na ponta da língua de Kat. Ela as empurrou de volta.

— Eu vou voltar. Prometo.

Esgueirando-se para longe antes que Ellie pudesse se agarrar a ela, Kat examinou a área, passando os olhos por todo o campo, pelo pequeno vale que descia até o riacho e de volta, até onde havia um grupo de árvores a uns cem metros a leste. Filetes brancos espiralavam acima dos ramos verdes desbotados. Um incêndio.

Ela se curvou e correu em direção às árvores. Talos secos açoitavam seu rosto, fazendo arder suas orelhas, e eram esmagados sob seus pés. *Por favor, por favor, Barrett. Não faça nenhuma idiotice.*

Ela parou no meio do aglomerado de árvores. Com o coração acelerado, o sangue correndo para os ouvidos. Ela respirou longa e profundamente para acalmar a adrenalina, forçando-se a se concentrar nos arredores. Assim como o pai a instruía durante as salvas de tiro. O menor detalhe podia afugentar a caça, ele dizia. Mas também podia deixar o caçador à mercê dela.

Enquanto o fluxo do sangue diminuía em seus ouvidos, ela ouviu vozes ao longe. Ela abriu caminho através das amoreiras até que o brilho laranja do fogo apareceu. Na orla das árvores, um dos soldados estava agachado ao lado das chamas, atiçando-as. Os outros dois estavam curvados sobre um tronco com uma corda amarrada numa das pontas. A outra ponta da corda tinha sido jogada por sobre um galho de árvore. Kat rastejou até mais perto enquanto seu coração trovejava no peito. Onde estaria Barrett?

Os dois homens terminaram de amarrar a corda e se levantaram. O coração de Kat foi parar na garganta. Não era um tronco. Era Barrett.

A camisa estava rasgada na gola e com manchas vermelho-brilhantes, do sangue que tinha pingado do nariz. Hematomas rodeavam seu pescoço e, nos punhos, a pele tinha marcas avermelhadas deixadas pela corda. Encolhido no chão, em posição fetal, ele arfava com respirações irregulares.

Um soldado com o cabelo preto oleoso até bem abaixo das orelhas agachou-se na frente dele e sacudiu o pente de Ellie.

— *Wo ist die frau?*

Barrett balançou a cabeça.

O soldado deu-lhe um tapa na bochecha com o pente.

— *Wo ist die frau?*

Mais uma vez, Barrett balançou a cabeça, recusando-se a dizer onde estava a dona do pente. O homem de cabelo preto acenou para seu camarada, que puxou a outra ponta da corda, puxando Barrett para cima. Ele ficou de pé antes que a corda puxasse seus pulsos, distendendo as articulações, mas isso não impediu que os homens o puxassem com mais força para suspendê-lo no ar, até que apenas a ponta dos dedos roçasse no chão.

O homem com o pente circulou Barrett como um gato selvagem. Ao chegar na frente dele, deu um soco no estômago dele. Um gemido de dor atravessou os dentes cerrados de Barrett. Kat cravou os dedos na terra seca para evitar que saísse correndo e arranhasse os odiosos soldado até a morte.

Tirando uma faca do cinto, o homem de cabelo preto correu o polegar até a ponta e picou o dedo até arrancar dali uma gota de sangue. Com um sorriso podre, ele segurou a faca na garganta de Barrett. A pulsação forte de Barrett latejava contra a lâmina enquanto sua respiração sibilava entre os lábios arrebentados.

Embora falassem em alemão, o significado ficou bem claro quando ele correu a ponta da faca pela frente de Barrett, arrancando os botões da camisa com um movimento do punho. Ele separou os lados da camisa do escocês para revelar um peito musculoso e a barriga achatada, que se contraía para dentro e para fora com a respiração difícil. O soldado traçou uma linha desde a clavícula exposta de Barrett, diagonalmente, ao longo do peito forte e o estômago plano. Uma fina linha vermelha surgiu ali.

O coração de Kat afogou-se em agonia. Ela colocou a mão na boca para evitar que a ouvissem lamentar em desespero. Ele as fizera seguir em frente para ficarem em segurança e agora, com o sangue escorrendo do seu corpo maltratado, ele se recusava a entregá-las. Tudo o que ele fazia era para mantê-las a salvo e agora estava pendurado numa árvore para que os alemães não fossem atrás delas.

Ela mordeu o interior da palma da mão enquanto um soluço subia pela garganta. Oh, Barrett... Ela tinha errado tanto com relação a ele e tantas vezes. Por que ela tinha precisado vê-lo ser despido e espancado para que finalmente admitisse a verdade para si mesma? A verdade era que seu coração estava sendo despedaçado diante dos seus próprios olhos e ela tinha que tirá-lo dali antes que o perdesse para sempre.

O homem de cabelo cobre acocorado perto do fogo virava lentamente um longo pedaço de metal sobre as vorazes chamas alaranjadas. Uma baioneta. Próximo a ele no chão estava um fuzil.

A bile subiu pela garganta de Kat. Ela fechou os lábios. Não agora. Mais tarde, bem mais tarde, quando pudesse contar a tolice que ela estava prestes a fazer. Agarrando uma pedra afiada que tinha pego entre as raízes de uma árvore, ela a ergueu na mão. Isso serviria.

Andando agachada ao longo do perímetro, ela parou logo atrás do homem de cabelo acobreado para bloquear a visão dos outros dois e de Barrett. O mais silenciosamente possível, ela escorregou por entre os arbustos e se abaixou bem atrás do seu alvo. Com o ar preso nos pulmões, ela ergueu a mão e atirou a pedra na parte de trás da cabeça do soldado com um baque sólido.

Ele desabou, o sangue escuro escorrendo da parte de trás do seu crânio. A baioneta caiu ruidosamente na madeira em chamas, disparando faíscas. Os outros dois soldados se voltaram para trás enquanto a cabeça de Barrett pendia para o lado. Mais sangue se derramava do seu nariz, salpicando o peito nu.

Os lábios do homem de cabelos escuros se curvaram como os de um lobo quando ele viu Kat. Luxúria, quente e cheia de malícia, ardeu em seus olhos escuros. Ele passou o pente pela palma da mão.

— *Die wir hier Haven?*

A pergunta deslizou ao redor do pescoço de Kat, ameaçando asfixiá-la.

— *Français*. Eu falo francês.

Os olhos do soldado percorreram seu corpo como um homem faminto vendo um filé pela primeira vez.

— Meu francês é suficiente para você me obedecer quando eu disser o que quero.

As palavras sinuosas faladas num francês horrível adquiriram um tom mais opressor. Pontos pretos dançaram diante dos olhos dela.

— Última chance.

Ele deu um passo em direção a ela, esfregando o pente contra a coxa.

— Dou a você uma chance de baixar a saia.

— Eu vou matar você, se tocar nela! — gritou Barrett.

A corda puxou as mãos de Barrett, estrangulando as palavras dele. A veia em seu pescoço pulsou descontroladamente enquanto um vermelhão queimava seu peito e seu rosto.

Kat fixou os olhos nos dele. A expressão que ela encontrou lhe roubou a náusea e a pulverizou em fúria. Ela caiu de joelhos e pegou o fuzil. Rezando para que estivesse carregado, ela apertou o gatilho.

Bam!

O homem de cabelos oleosos caiu para trás, com a mão sobre um buraco aberto em seu ombro e uivando obscenidades.

Seu camarada largou a corda, fazendo Barrett cair violentamente de pé. Num *flash*, ele sacou uma faca, encostou na garganta exposta de Barrett e gritou em alemão.

A arma tremeu nas mãos de Kat. Os olhos deslizaram para os de Barrett. Uma raiva incandescente queimava nos olhos dele. *Atire nele.*

— *Nein, nein, meine lieben.* — A faca fez um corte na lateral do pescoço, respingando gotas vermelhas em seu colarinho rasgado.

A arma caiu dos dedos frios de Kat. Com os lábios retorcidos num horrível esgar, o homem bateu o cabo da faca no estômago de Barrett.

Barrett se dobrou no chão, ofegando por ar.

— *Treten die waffe weg.* — As más intenções sacudiam o corpo do desertor a cada passo que ele dava em direção a ela.

Barrett gemeu e rolou para o lado. O sangue pulsava nos ouvidos de Kat. Seus olhos vasculharam o chão, procurando qualquer coisa que servisse de arma. A ponta da baioneta brilhou ao lado do fogo faiscante. Pescoço, bíceps, estômago, virilha, rins. Pontos-alvo. Ela tinha falado a Barrett que não poderia fazer isso, mas o homem que caminhava em sua direção a forçava a abrir uma exceção. Ele estendeu a mão suja em direção a ela.

Deus amado. Me dê força. Com a mão dele a centímetros do pescoço dela, Kat se agachou e agarrou a baioneta, cravando-a na barriga do homem com toda força que conseguiu reunir. A lâmina perfurou pele, tecido e órgãos como uma faca na manteiga. O calor jorrou nos dedos dela.

O alemão caiu para trás, a boca feia entreaberta de surpresa enquanto ele tentava agarrar a lâmina espetada em seu rim. Ela juntou as mãos trêmulas junto ao peito. Lágrimas quentes escorreram pelas bochechas enquanto o homem gorgolejava até a morte.

Enxugando os olhos, ela se levantou e cambaleou enquanto pontos de vertigem começaram a tomar conta do seu cérebro. O movimento perto da árvore fez os pontos sumirem. Barrett agarrou a faca do homem de cabelos escuros e ficou em pé num movimento rápido, passando a lâmina no pescoço do soldado. Feito isso, os joelhos de Barrett cederam e ele desabou no chão.

Kat saltou na direção dele. Pegando a faca, ela cortou a corda que amarrava as mãos de Barrett e as prendeu entre as dela. Os punhos estavam vermelhos e em carne viva, mas a pele estava intacta. Tremendo incontrolavelmente, as mãos dela o escalaram, subindo pelos braços, passando pelo peito nu, subindo pelas laterais do pescoço e passando pelo rosto largo e anguloso. Lágrimas queimaram sua garganta e seus olhos.

— Você está bem? Barrett, está muito machucado?

— Além de todo este sangue e talvez um nariz quebrado?

Ela segurou o rosto dele e pressionou a boca contra a dele, forte e possessiva.

— Sim, além disso. Seu burro, o que você estava pensando?!

Ele levou a mão ao rosto dela, esfregando o polegar com força sobre a maçã do rosto.

— Em você, sua louca.

O fogo estalou e assobiou atrás deles, enquanto o homem de cabelo cobre tentava ficar de pé. O sangue lhe escorria pela nuca, manchando a jaqueta imunda de preto. Barrett se agachou rápido e puxou uma pistola do cinto do homem morto a seus pés. Com a mão livre, pressionou o rosto de Kat junto ao seu ombro.

Bam!

Barrett jogou a arma no chão.

— Vamos sair daqui antes que alguém decida vir investigar os tiros.

— Devíamos ficar com essa pistola.

— Se formos pegos com a Luger de um oficial alemão, é sentença de morte na certa. Provavelmente esses canalhas também a roubaram de alguém.

Sem se preocupar em virar a cabeça para ver o dano fatal atrás dela, Kat colocou o braço em volta da cintura dele. Barrett tentou se afastar.

— Não faça isso. Vai se sujar de sangue.

— Tarde demais para se preocupar com roupas estragadas agora. — Ela chegou mais perto, sem se importar que ele sangrasse sobre a blusa dela. Ele estava vivo e isso era tudo o que importava.

— Onde está a sua irmã?

Enquanto voltavam por entre as árvores, Kat apontou para o caminho por onde viera. Um céu noturno de um azul acinzentado e estrelas esfumaçadas mal iluminava os campos que se estendiam diante deles.

— Uns cem metros mais à frente. Eu não queria que... Isso seria demais para ela. — Mais lágrimas queimaram os olhos de Kat, obstruindo o fundo da garganta enquanto os últimos minutos afluíram para os seus sentidos como um maremoto.

— Eu matei aqueles homens.

Barrett a abraçou forte.

— Nós vamos lidar com isso mais tarde. Há uma pequena encruzilhada a cerca de uma hora de caminhada daqui. Deve haver algumas cidadezinhas aqui perto onde encontrar comida, talvez abrigo para passarmos a noite.

Ela estendeu a mão para tentar recompor a camisa retalhada dele. Ele estremeceu e apertou a mão ao lado do corpo enquanto o vermelho escorria da roupa. Ela tentou afastar os dedos dele.

— O que aconteceu aqui?

Ele balançou a cabeça enquanto seus lábios pálidos se torciam numa forma pouco convincente de sorriso.

— Nada além de arranhões, Papoula.

O mato alto roçava na altura da cintura dela enquanto percorriam o caminho sobre o terreno irregular, na direção de onde Ellie esperava.

— Não, Barrett. O que aconteceu lá atrás foram mais do que arranhões. — O braço dela apertou a cintura dele enquanto ela olhava para cima, o olhar fixo no dele. — Muito, muito mais.

Capítulo 23

Kat ficou na ponta dos pés e olhou para a placa desbotada. Por que não poderia ser noite de lua cheia?

— Troyes fica a vinte quilômetros e Chablis a seis. Em que direção devemos seguir?

Barrett apoiou a mão no poste que segurava a placa, a cabeça baixa.

— A que distância fica Chablis?

— Ellie estava ao lado dele, os braços cruzados, em silêncio.

— Seis.

— Chablis, Chablis. Esse nome me parece familiar. Como o nome de um amigo que eu conheci uma vez ou algo assim.

Kat baixou o olhar até ele.

— Talvez você tenha lido num mapa uma vez? Talvez seja um ponto de encontro para nós?

Ele balançou a cabeça.

— Talvez sim. Talvez não.

Kat franziu a testa. Ele normalmente não era tão incerto.

— Se parece familiar, então pode ser o caminho que devemos seguir.

— Ou não. — Levantando a cabeça, ele piscou várias vezes para ela como se tentasse focar os olhos. O suor escorria da sua testa. — Talvez estivesse na lista dos lugares indesejados. Quero dizer... lugares em que não somos bem-vindos... não, lugares para onde não queremos ir.

— Você está agindo de forma estranha. — Ela levou a mão à testa úmida dele. — E está ardendo em febre!

Endireitando-se, ele se afastou do poste, mas os pés tropeçaram um no outro e ele caiu antes que Ellie pudesse segurá-lo. O sangue vermelho brilhante tinha encharcado todo o lado esquerdo da camisa. Kat ajoelhou ao lado dele e puxou a camisa para revelar um corte do tamanho da sua palma.

— Por que você não me contou que tinha um corte deste tamanho?

— Porque não é nada. Só um arranhão.

— Um mero arranhão não causa febre, seu cabeça-dura. — Kat tirou sua anágua e pressionou a ferida aberta.

— Ellie, eu preciso da sua anágua também, para enrolar no corpo dele e estancar o sangue.

Sem dizer uma palavra, Ellie tirou a anágua de seda e a rasgou abaixo da costura, envolvendo cuidadosamente o torso de Barrett e amarrando as pontas com um nó. O que lhe restava do seu traje elegante estancou a hemorragia. Pelo menos por algum tempo.

Desatarraxando a tampa do cantil, Kat o pressionou contra os lábios dele.

— Você precisa beber.

Barrett balançou a mão para afastá-lo.

— Não, bebam vocês.

— Não. Precisamos baixar a febre e mantê-lo de pé. Não podemos arrastá-lo até a cidade e precisamos encontrar algo para desinfetar e enfaixar esta ferida antes que a infecção se espalhe. — Ela pressionou o cantil contra os lábios trêmulos dele. — Beba.

Ele cuspiu a água morna e empurrou o cantil para longe, sentindo arrepios percorrerem seu corpo. Rosqueando a tampa de volta, Kat pendurou a alça no ombro e passou um braço em torno de Barrett antes de acenar para Ellie ficar do outro lado.

— Eu não sou nenhum bebê.

Kat deslizou o braço dele por cima do ombro dela, tomando cuidado para não esbarrar no ferimento.

— Mas às vezes parece. Podemos avançar com mais rapidez e segurança se o sustentarmos de pé, não tropeçando atrás de nós.

Ele piscou, tentando focar a visão. Quanto mais cedo avançassem, melhor. Ele estava prestes a desmoronar como uma árvore e, se ele caísse no chão, ela tinha certeza de que não conseguiriam levantá-lo novamente. O medo oprimiu seu coração. Eles conseguiriam. Não havia escolha, mesmo que ela tivesse que arrastá-lo por todo o caminho.

Bang! Bang! Bang!

O punho de Kat doía de tanto golpear a porta de carvalho. Ellie estremeceu do outro lado de Barrett quando o ar da manhã varreu a esquina da construção de madeira.

— Não tem ninguém em casa.

— Mas é um bordel. Sempre tem gente em casa.

Bang! Bang! Bang!

Passos pesados golpearam o chão lá dentro. Vários ferrolhos e correntes deslizaram atrás da porta antes que ela se abrisse. Uma luz amarela cintilou pela fresta.

— *Qu'est ce que tu veux?*

— *Je suis désolé de vous déranger.* — Kat gesticulou para Barrett, com o corpo vacilante apoiado contra ela. — Ele está ferido e eu preciso fazer um curativo decente nos ferimentos dele.

A porta se abriu mais para revelar uma mulher de ossos grandes e pele grossa e flácida em torno do rosto e do pescoço. Os restos de um batom vermelho berrante ainda eram visíveis nos cantos caídos da boca e uma risca grossa de lápis preto delineava os olhos. Um xale preto com vários buracos cobria os ombros largos e a camisola encardida por baixo.

— Já passa das quatro da manhã. As meninas acabaram de ir para a cama.

— *S 'il vous plait*, ninguém mais vai nos ajudar.

Os olhos da senhora se estreitaram ao ver o pano com uma crosta de sangue, enrolado em torno do abdômen de Barrett, em seguida eles subiram lentamente até a cabeça reclinada do escocês. Seus olhos cheios de suspeita se arregalaram.

— *Mon Dieu!* Traga-o para dentro.

Ela deu um passo para o lado, enquanto Kat e Ellie ajudavam Barrett a entrar. A chama de um lampião tremeluzia sobre uma pequena mesa lateral, lançando sombras misteriosas sobre os sofás de veludo gastos e as pinturas desbotadas de moças dançando e tomando banho. À esquerda havia uma porta fechada e à direita uma escada de aparência instável, que conduzia a uma varanda do segundo andar. O cheiro de perfume barato, pó compacto adocicado, roupa de cama suja e cerveja velha permeava o ar.

Pegando o lampião da mesa, a senhora acenou para elas subirem.

— Por aqui.

Kat afastou o cabelo úmido que cobria os olhos de Barrett.

— Você consegue subir as escadas?

Ele assentiu com um calafrio. Ela precisava baixar aquela febre e rápido.

— Só não me deixe cair para trás.

A senhora esperou impacientemente no topo da escada enquanto Kat e Ellie ajudavam Barrett a subir. Quando chegaram ao topo, todos os três estavam ofegantes e arfando com o esforço. Eles seguiram a robusta mulher até o final do patamar e ela destrancou a última porta e entrou. Um lampião de querosene ganhou vida sobre uma pequena penteadeira ao lado da porta. Uma cama com estrutura de metal ocupava a maior parte do quarto, enquanto uma cortina de renda e um forro grosso cobriam a janela ao lado da cama. Um grande baú no canto era toda a mobília do quarto.

— A moça deste quarto morreu a semana passada, então vocês podem ficar com ele esta noite. Talvez até amanhã à noite também, se eu não conseguir encontrar uma nova garota até lá. Os lençóis estão neste baú. Façam vocês mesmos a cama. Estão um pouco puídos, mas eu os fervi com sabão de soda cáustica, portanto estão limpos. — A mulher deu uma olhada ao redor do quarto como se os desafiasse a encontrar defeitos nas acomodações oferecidas.

Ellie tocou o pé da cama.

— Do que ela morreu?

— Gonorreia, como todas as outras garotas que já morreram aqui. Uma lembrança da última guerra. — Os olhos da senhora se desviaram para Barrett.

O peso de Barrett caiu contra Kat. Ela dobrou os joelhos ao tentar sustentá-lo.

— Ellie, me ajude a colocá-lo na cama antes que ele desmaie.

A senhora não fez nenhum movimento para ajudar enquanto Kat e Ellie lutavam para colocar Barrett sobre o colchão. Consegui colocar a cabeça no travesseiro, mas os pés ainda ficaram para fora da cama.

— Traga esse lampião aqui para que eu possa enxergar melhor. — Kat tirou a camisa dele e viu o sangue vermelho brilhante vazando pelo tecido da anágua. Aquilo não estava nada bom. Ela cerrou os dentes para evitar que seu coração saísse pela boca enquanto desenrolava o tecido para ver a ferida aberta. Ela se voltou para a mulher parada em silêncio na porta, os olhos nunca se desviando do rosto de Barrett. — Pode nos arrumar uma faixa e água limpa para limpar a ferida?

— Vocês vão precisar costurar esse corte antes de enfaixá-lo novamente. — Dando meia-volta, a mulher desapareceu.

Kat mordeu o lábio enquanto olhava para Ellie. A mulher iria voltar? Barrett gemeu e seus braços e pernas estremeceram. Kat afastou o cabelo da testa dele.

— Está tudo bem. Vamos limpar essa ferida. Sua febre tem que baixar.

Ele pegou a mão dela e pressionou-a contra os lábios, em seguida, a deixou cair flácida ao seu lado.

Quando um minuto se transformou em dois, Kat se virou para a porta. Se a mulher não tinha intenção de voltar, ela ia bater em todas as portas até encontrar os suprimentos de que precisava.

Passos no corredor a detiveram. A mulher tinha voltado, com os braços carregados.

— Limpe a região para que você possa ver o verdadeiro estrago. Trouxe sulfa em pó para polvilhar sobre o corte. — A mulher jogou para ela um pacotinho, em seguida estendeu um punhado de panos brancos para Ellie. — Rasgue isso em tiras compridas. — Estendendo um carretel de linha e uma agulha, ela os segurou contra a luz ao lado de Kat. — Sabe costurar?

Kat passou um pano úmido no sangue seco na lateral do corpo de Barrett.

— Já fiz bordados em lenços. Não ficou muito bom.

A mulher grunhiu.

— Eu faço isso.

O pano sujo pendeu dos dedos de Kat enquanto ela olhava a mulher desenrolar a linha do carretel e manejar a longa agulha.

— Não deveríamos chamar um médico?

Os olhos da mulher cravaram nela como pregos.

— Não há médicos por aqui. Minhas meninas já levaram muitas surras. Você acha que não sei cuidar delas?

— Claro, sinto muito. É só que... — Kat mordeu o lábio para evitar que tremesse. — Só me diga o que você precisa que eu faça.

Quando os primeiros raios da manhã já espiavam pelas frestas da cortina, Barrett estava limpo, enfaixado e adormecido. Kat estava ao pé da cama, os braços cruzados, enquanto Barrett dormia diante dela. Olhando-o da cintura para cima, ela examinou cada centímetro dele em busca de qualquer outra ferida que precisasse de cuidados. Seu peito subia e descia em respirações profundas, o cabelo escuro brilhando de suor enquanto os músculos se retesavam na barriga lisa. A cabeça balançava como se ele fosse assaltado por sonhos. Haveria outros sonhos se a febre não baixasse logo e se não pudessem evitar que a infecção se espalhasse.

A garganta dela doía de tanto reprimir as emoções crescentes. Tinha sido preciso que ele ficasse à beira da morte para que ela percebesse que seu coração pertencia a ele, e agora ele estava escorregando por entre seus dedos como areia. Levando o coração dela junto com ele.

— Ficar olhando para ele não ajudará que se recupere mais rápido. — Kat se virou quando a senhora enxugou as mãos espalmadas nas pontas do xale preto. O lápis preto ao redor dos olhos já tinha afundado nos pés de galinha.

— Melhor descansar um pouco, como sua irmã. — Ela gesticulou para Ellie, desmaiada num canto, tiras de tecido cobrindo suas pernas.

Kat balançou a cabeça, soltando mais fios de cabelo dos grampos que mal os seguravam.

— Só mais alguns minutos até eu saber que a valeriana o ajudou a dormir mais tranquilo.

A mulher encolheu os ombros roliços.

— Como quiser. As meninas geralmente dormem até o meio-dia. Não tem muito o que comer além de um mingau simples, mas vocês são bem-vindas se quiserem. Parece que vocês passaram por maus bocados.

— A senhora tem sido muito gentil. Obrigado, Madame. Nem sei seu nome.

— Pode me chamar de Madame. — O olhar dela se fixou em Barrett. Pela primeira vez naquela noite, a expressão dela se suavizou. — Normalmente não deixo garotas entrarem aqui, especialmente as amáveis e educadas, já que muitas vezes elas nunca vão embora. Este não é um bom lugar para garotas como você e sua irmã. Eu fiz isso por ele. E a lembrança que ele me traz.

— O que está querendo dizer?

Os olhos dela perderam a suavidade.

— Cheguem ao meio-dia ou não vai sobrar mingau nenhum para vocês.

Capítulo 24

O fogo abrasava sua garganta, serpenteando para baixo e enchendo seus pulmões de fumaça. Preso em uma caixa de madeira, ele abriu a boca para gritar e se sentiu sufocado pelas cinzas que queimavam sua língua. O calor disparou para fora dele pela boca e deixou a caixa em chamas.

No canto mais distante, os vapores recuaram para revelar uma mulher deitada de lado, toda encolhida. Kat.

Ele encostou a cabeça dela em seu coração, desejando que sua respiração se fundisse com a dela. Mas ele estava muito atrasado. Ele a expusera ao perigo e tinha falhado em protegê-la enquanto ela perecia entre as chamas, levando sua alma com ela. Lágrimas escorreram pelas bochechas dele, caindo em suas mãos como cinzas, onde queimaram seus braços, seu peito, seu pescoço e seu rosto. Ele soltou o ar dos pulmões, pulverizando os últimos pedaços dela.

Ele agarrou as cinzas, desesperado para colocá-la de volta no lugar. Um lamento, profundo e primitivo, explodiu da sua boca para sacudir as chamas acima da sua cabeça. Com uma explosão final de calor, as cinzas desabaram em cima dele.

— Shh... — Uma voz, suave e baixa, puxou-o da pira. Dedos frios roçaram suas têmporas, apagando as chamas que o engolfavam. — Você está seguro, Barrett. Estou aqui com você agora.

Ele agarrou a mão para evitar que ela o deixasse morrer. Os músculos ao redor dos olhos se contraíram enquanto ele os abria. Só uma vez, um vislumbre dela para ter certeza de que ela era real. Eles se abriram e o rosto borrado dela surgiu diante dele. Ele estendeu a mão livre para tocar sua bochecha. Tão fresca, tão viva. Ele sentiu o gosto de cinzas na língua.

— V-você está b-bem. V-viva.

Ela levou as mãos dele aos lábios quentes, dando um beijo nos dedos.

— Sim, querido. Estamos bem agora.

O beijo queimou o braço de Barrett, incendiando sua cabeça mais uma vez. Os olhos dele se fecharam. Pelo menos se ele fosse morrer, ela era a última coisa que ele veria.

Flutuando na escuridão. A dor ardente diminuía com o vento fresco passando sobre ele. Cinzas circulavam acima dele. Afastando-se da escuridão que vagava abaixo, ele emergiu. Mas, em vez do mesmo rosto de antes, ele foi saudado por olhos escuros num rosto flácido. Um lampião tremeluzia na mesinha de cabeceira. Nenhuma outra luz permeava o quarto devido à cortina grossa bem fechada que cobria a janela.

— Quem é você? — A voz dele soou áspera como uma lixa.

A mulher não piscou.

— Ninguém importante. Mas você, por outro lado, é algo totalmente diferente.

Ele lutou para se sentar, mas ela balançou a cabeça.

— Não se mova ou vai estragar todo o meu trabalho. Essa pobre garota já sofreu demais. Ela não precisa entrar aqui só para descobrir que você está sangrando novamente.

Um vaso rachado cheio de lilases estava na mesa de cabeceira, preenchendo o ar com um aroma doce e a presença persistente de Kat.

— Onde ela está?

— Repousando. Finalmente. — Ela ajeitou a renda que mal cobria seu amplo decote. — Como você deveria estar fazendo, *Monsieur* Anderson.

A dor de cabeça martelava atrás dos olhos dele enquanto a escuridão se desenrolava mais uma vez ao longo das bordas da sua mente.

— Ela lhe disse quem somos?

A pena laranja e vermelha saindo do cabelo da mulher balançou para a frente e para trás quando ela negou com a cabeça.

— *Non*, mas ela não precisa.

Ele piscou rápido para deter a escuridão que se aproximava.

— Mas você me conhece.

Um lento sorriso curvou os lábios de um vermelho extravagante.

— *Oui*, e você me conhece também, *mon coco*. Só não se lembra.

As palavras se afogaram em sua garganta enquanto a escuridão enxameava sua cabeça, puxando-o para as profundezas mais uma vez.

— Onde você está? — Barrett cambaleou contra o corrimão, olhando para baixo, na direção da sala no térreo. Tudo estranhamente silencioso. Não era para um bordel estar cheio de risos e colchões de molas? O estômago roncou, incentivando-o a continuar.

Sua cabeça girou quando ele desceu as escadas rangentes.

— Papoula!

Abrindo a porta à esquerda, ele entrou em uma sala de jogos cheia de mesas, cadeiras forradas de veludo verde desbotado, cortinas felpudas e pinturas grosseiras de mulheres dançando juntas. Vozes vinham das frestas de uma porta na extremidade direita. O suor escorria pela sua testa. E se os nazistas os tivessem encontrado?

Kat! Deslizando entre as mesas, ele abriu a porta e arremessou-se para dentro da sala. Dez pares de olhos maquiados flutuaram até ele, colheres pingando um mingau descolorido penduradas no ar, a meio caminho de lábios cobertos de batom.

Kat se levantou do seu assento na outra extremidade da mesa da cozinha.

— Que diabos está fazendo fora da cama? Volte para cima, agora.

— Eu... em... — A mão dele gesticulou e caiu. — Não sabia que tínhamos companhia.

— Nós não, pois somos hóspedes aqui. — Ela correu até ele. Um vestido de algodão fino que era pelo menos dois tamanhos menor moldava sua figura, seu cabelo tinha sido lavado recentemente e fios úmidos balançaram sobre os ombros. — A senhora gentilmente nos permitiu ficar uma noite ou duas até que você estivesse bem para seguirmos viagem.

O olhar dele se desviou para a mulher mais velha na cabeceira da mesa. Ela encontrou o olhar dele sem piscar os olhos de íris escuras, assim como tinha feito na noite anterior. Teria sido apenas algumas horas atrás?

Os olhos confiantes dela inspecionaram os panos brancos que envolviam o torso nu de Barrett.

— *Bonjour, monsieur*. O senhor está parecendo melhor do que quando elas o arrastaram até aqui.

Por que ele não pensou em pegar uma camisa ou cobertor para se cobrir antes de correr até ali?

— Sim, estou me sentindo melhor com certeza. Obrigado por ter nos deixando ficar.

— Qualquer inimigo dos alemães é meu amigo. E não faço perguntas.

Ótimo. Kat não tinha dito nada a ela e a mulher não tinha perguntado. No entanto, como ela sabia o nome dele? A inquietação se agitou na mente dele. Barrett semicerrou os olhos em uma tentativa débil de se lembrar do rosto dela, sua voz, sua enervante presença. Nada.

— Gostaria que tivessem me acordado para ajudar a cuidar dessas feridas — disse uma garota magrinha sentada num canto, soltando uma risada. — Sou muito habilidosa com as mãos.

A garota ao lado dela deu uma risadinha quando a alça da combinação caiu do seu ombro.

— E eu sou boa com todo o resto.

A senhora bateu a palma da mão na mesa.

— *Silencieux*! Há senhoras aqui e eu não quero essa conversa indecente na frente delas.

Kat tocou o cotovelo de Barrett.

— Melhor você voltar lá para cima. Já vou levar uma tigela de mingau.

— Não, não consigo ficar naquele quarto nem mais um minuto. Eu preciso de ar.

— Há um banco ali nos fundos. Espere lá, eu me encontro com você num minuto. — Esticando o pescoço, ela deu um beijo na bochecha dele, para o uivante deleite da sala.

Ele não tinha intenção nenhuma de comer sentado lá fora, não com aquela senhora seguindo cada movimento dele, como se conhecesse os segredos que ele carregava. Mas ele não ia conseguir nenhuma resposta com dez pares de olhos encarando seu peito nu.

Lá fora, a fraca luz do sol se filtrava por entre nuvens carregadas. Uma brisa fresca agitava o ar enquanto os longos e quentes dias de verão se sobrepunham ao resfriamento do outono. Ele se sentou no banco e encostou as costas doloridas na parede, ignorando a madeira áspera que irritava sua pele. Cigarros e charutos pela metade estavam espalhados pelo pátio de terra, que se estendia ao redor do banco. Os restos de um celeiro inclinado ficavam cinquenta metros à direita, seus ocupantes e sua utilidade há muito tempo ausentes. Um carvalho imponente fazia sombra sobre a grama dourada mais adiante, com o que parecia ser um jardim florido germinando. Ainda mais longe, colinas baixas ondulavam com vinhas sinuosas, seus frutos colhidos semanas antes para a colheita.

Ele inclinou a cabeça para trás e respirou fundo. Fazia muito tempo desde a última vez que ele relaxara ao ar livre, livre da sujeira da cidade e dos nazistas.

O leve corte que ia do ombro ao quadril havia cicatrizado, mas suas costelas ainda doíam com a surra que tinha levado. Ele girou os punhos. As queimaduras provocadas pelas cordas serpenteavam ao redor deles. Mas ele estava vivo. Graças a ela, ele estava vivo. Barrett fechou os olhos.

Passos soaram na terra.

— Eu sei que minha camisa estava um pouquinho rasgada, mas espero que você pelo menos tenha encontrado um lençol para eu me cobrir. Não preciso que aquelas mulheres comecem a ter ideias antes que os clientes regulares cheguem. Além disso, tenho minha própria enfermeira, com a qual estou bastante satisfeito.

— Ela se dedicou ao máximo até ter certeza de que você estava se recuperando bem.

Os olhos de Barrett se abriram para ver Ellie parada na frente dele. Irmã errada. Ele se inclinou para a frente para cobrir o peito com os braços. Quando viu que a faixa de bandagens dificultava o movimento, desistiu. Não que ela já não tivesse visto um homem seminu antes.

— Apenas uns arranhões. Nada com que se preocupar.

— Mas ela se preocupa. Um hábito de toda a vida. — Ellie arranhou a terra com o dedo do pé.

O silêncio se estendeu entre eles. Barrett pigarreou.

— Saiu para fazer uma caminhada?

Ela confirmou com a cabeça.

— Queria um pouco de silêncio. O que é algo raro para mim, que costumo preferir agitação.

Mais silêncio e arranhões com os dedos dos pés. Barrett olhou para a porta fechada. Onde estaria Kat?

Ellie transferiu o peso para a outra perna e puxou o xale remendado para mais perto dos ombros. Ela também usava um vestido várias temporadas depois do seu auge.

— Ela... hã... Ela não me disse exatamente o que aconteceu quando voltou para buscá-lo. — Ela ergueu os olhos dos pés, mordendo o lábio. Sem toda aquela "pintura de guerra" cobrindo seu rosto, ela parecia uma jovem inocente. — Pela sua aparência, bem, eu consegui juntar as peças.

Ele encolheu os ombros.

— Nada de que eu não pudesse dar conta. — Ele poderia ter aguentado aquela tortura sozinho pelo tempo que fosse necessário, sabendo que era para manter Kat segura, mas no final ela é que o salvara. Ele devia tudo a ela, mas não tinha nada para oferecer em troca. Nada exceto ele mesmo. Que oferta lamentável.

— Eu sei que você voltou para nos salvar, por Kat.

Ele se mexeu desconfortavelmente no banco.

— É o mínimo que...

— Mas não foi o mínimo, foi? Muitas vezes durante o último mês, você mergulhou de cabeça para cuidar de tudo, mantendo Kat longe dos problemas mesmo quando ela dava vazão a todo seu temperamento forte, e depois nos tirou de Paris quando o verdadeiro Eric veio à tona.

Elas não estavam superfelizes antes? A garota estava mais iludida do que ele pensava.

— Olha, tudo isso faz parte do meu trabalho.

— Talvez no início sim, mas, se você não tivesse aparecido, eu provavelmente estaria carregando o filho de Eric enquanto ele prendia minha irmã em um daqueles campos de trabalho. Não estaríamos aqui hoje se não fosse por você. — As mãos pálidas dela torceram a ponta do xale. Lágrimas inundaram seus olhos. — Obrigada.

Se ele não estivesse sentado, teria caído, em estado de choque.

— Hã... de nada.

— E se eu fosse você, pararia de mentir dizendo que é apenas um trabalho. Um trabalho não exige o que você faz por ela, e o dever tem pouco a ver com o que ela faz por você. — Ela piscou para conter as lágrimas e ofereceu um sorriso vacilante. — Eu costumava pensar que sabia tudo sobre o amor. Que piada. Mas com vocês dois... Agora eu vejo o que o amor realmente é.

O queixo de Barrett caiu. Amor? Quem estava usando aquela palavra de quatro letras? Ele se remexeu no banco novamente quando o calor subiu para o seu peito, o sangue pulsando nas têmporas. Kat nunca lhe provocara um sentimento tão forte... Bem, exceto nas vezes em que ela se recusava a ouvir, o que era quase o tempo todo.

Mulher irritante, enlouquecedora e totalmente irresistível pela qual seu coração clamava. Ele baixou a cabeça tumultuada até as mãos. O que deveria fazer agora?

A porta se abriu e Kat saiu segurando uma tigela fumegante de mingau.

— Não é tão saboroso quanto bacon e ovos, mas enche a barriga e está quente... Isso é muito mais do que tivemos desde... O que há de errado?

Colocando a tigela no banco, Kat se ajoelhou na frente dele. As mãos dela percorreram os braços, o pescoço, o rosto de Barrett.

— Você está com dor? Tontura? Eu disse para ficar na cama. Ellie, me ajude a levá-lo de volta lá em cima.

— Não, não. É apenas, hã..., frio. — A cabeça de Barrett se ergueu e ele viu um cobertor em seu braço. — Muito bom, você trouxe algo para eu me cobrir. — Ele pegou o cobertor e jogou-o sobre os ombros para cobrir o peito nu.

Um pouco mais calma, ela dobrou as pontas do cobertor ao redor dele e sentou-se no banco também.

— Ellie, você não quis almoçar? Ou elas consideram isso um café da manhã? Embora sejam quatro horas, disseram que essa foi a última refeição antes de abrirem a casa para os negócios.

Ellie soltou uma risada.

— Nunca pensei que veria você dizer isso com essa expressão tão impassível... E, não, não estou com fome. Foi um almoço ou um café da manhã? O horário das refeições é meio maluco.

Barrett engoliu a risada junto com uma colherada do mingau insosso. Duas senhoritas inglesas debatendo a hora das refeições de um bordel não era uma conversa da qual ele quisesse participar.

Com o olhar oscilando entre a irmã e ele, Ellie chutou um pequeno seixo na terra com a ponta do sapato.

— Acho que vou ver se nossas roupas já secaram no varal. Não sei quanto tempo mais eu vou suportar ficar enfiada neste vestido.

Kat puxou para cima seu próprio decote profundo e acenou com a cabeça.

— Quanto mais cedo melhor.

O silêncio se instalou em torno deles enquanto Barrett devorava seu mingau como se fosse um bife com batatas fritas e Kat fitava em silêncio no pátio e as vinhas sem uvas, muito além. Acostumada a toda a agitação em que geralmente viviam, o perigo constante que os perseguia e as falsidades sempre presentes que precisavam manter, que paz era simplesmente se sentarem juntos sem palavras!...

Acabado o mingau, ele bebeu a caneca de água que ela tinha trazido. Ele pediria mais, mas, pela aparência das mulheres ali dentro, elas precisavam de mais nutrição do que ele. Mesmo que o mingau tivesse gosto de lascas velhas de madeira.

— Está satisfeito?

— Sim, embora deteste a ideia de tirar parte da comida daquelas garotas. Duas delas têm apenas 16 anos.

A tensão apertou o peito de Barrett. A mesma idade que a sua mãe tinha quando ele nasceu e provavelmente em um lugar muito semelhante àquele. Ele puxou o cobertor por cima do ombro quando ele escorregou.

— Precisamos partir ao anoitecer. É perigoso cobrir esse terreno à noite, mas mais perigoso ainda é andar pelas estradas durante o dia. Podemos chegar a Salbris em dois, talvez três dias.

— Mais do que isso, talvez três ou quatro. Não vamos embora esta noite. — Ela se virou de frente para ele no banco para enfrentá-lo. Havia círculos escuros sob seus olhos. — Eu não vou arrastá-lo por todos esses quilômetros até Salbris, porque você precisa de mais uma noite para descansar. Madame já deu seu consentimento, então é o que vamos fazer.

Ele ia retrucar, mas foi vencido pela respiração ofegante.

— Então é você que vai dar as cartas de agora em diante?

— Sim, e acho que gosto bastante da mudança. — Ela sorriu. O batom já tinha saído há muito tempo e os lábios estavam rosados. Delicados, perfeitamente desenhados, convidativos.

O desejo o consumia. Ele roçou o polegar sobre a bochecha acetinada dela. A pele era branca como leite e levou apenas um instante para que o sangue subisse à superfície e tingisse o rosto dela com um belo tom de rosa. Seus cílios negros roçaram as bochechas tão de leve quanto as asas de uma borboleta, ocultando o brilho esverdeado das profundezas dos seus olhos azuis-esverdeados. Ela inclinou a cabeça para receber os lábios dele, os cantos dos lábios dela se curvando para cima quando roçou os dele. Ele angulou a cabeça para lhe cobrir a boca... e bateu o nariz contra a bochecha dela.

Ele recuou e cobriu o nariz dolorido com a mão.

— Ai!

— Deixe-me ver. — Kat empurrou a mão dele para fora do caminho e tocou suavemente a ponte do nariz e a ponta. Ele tentou se esquivar enquanto a irritação ainda pulsava em seu cérebro. — Só fique quieto. Parece até que eu quero pingar remédio no seu ouvido.

— Não é você que está com o nariz quebrado.

— Não está quebrado, apenas machucado. — Ela baixou a mão e o corrigiu com uma sobrancelha levantada como uma criança furiosa. — Seria de se esperar que um homem como você, com tantas brigas nas costas, já soubesse a diferença.

— Ainda dói pra caramba.

Ela se aproximou, roçando o ombro no dele com uma mão no encosto do banco entre eles. Ele deixou cair o braço ao lado dela, para que as laterais das suas mãos se tocassem. Com unhas longas, pálidas e perfeitamente arredondadas, a mão dela destoava daquele lugar, descansando sobre o banco tosco, ao lado da mão tosca e calejada dele. Ele ergueu o dedo mínimo e o passou sobre o dela. Tão suavemente que, se ele não estivesse olhando diretamente para o próprio dedo, teria imaginado que estava tocando o ar. Seus outros dedos se levantaram para roçar os nós dos dedos dela e ao longo de cada um deles. Ele prendeu a respiração enquanto se perguntava se ela iria recuar diante da ousadia dele. Pensamento ridículo, considerando-se que ela o vira seminu, mas havia algo tão íntimo em tocar a mão de outra pessoa, roçar a pele dela, traçar as linhas da palma. Ele nunca tinha pensado muito nas mãos além de sua utilidade como uma ferramenta para comer, pegar coisas e lutar. Mas agora... De todas as vezes que ele a beijava, ele nunca tinha ficado tão nervoso como agora, quando tudo o que ele queria fazer era entrelaçar os dedos nos dela e compartilhar o fluxo do seu coração pulsante da sua palma para a dela.

Ela virou a mão e capturou os dedos dele entre os dela. Com um suspiro profundo, ela se acomodou em seu ombro. Ele fechou os olhos, grato pelo pequeno alívio que a companhia dela lhe propiciava e apenas por um instante tentou imaginar o mundo sem nazistas. A ironia era que justamente os nazistas é que os tinham feito se encontrar.

— Por que você fez isso?

Ele abriu um olho.

— Fez o quê?

— Voltar.

Seu outro olho se abriu.

— Eu precisei.

— Sem mim? Achei que estávamos nisso juntos. Sem mentiras. Você prometeu que nunca mentiria para mim. Você disse que estaria bem atrás mim. — Ela se virou para ele, a dor deixando seu rosto tenso quando a raiva atingiu suas palavras. — Você não estava lá.

— Eu disse que estaria em algum lugar atrás de você, e estava. Aqueles homens teriam pego nós três.

— Então você voltou para se fazer de isca.

A voz dela fraquejou e isso o atingiu como um machado. Ele apertou os dedos dela entre os dele.

— Fiz isso porque não tinha outra maneira de manter vocês seguras.

Os lábios dela se contraíram e ficaram brancos, como se ela tentasse conter uma onda ardente de fúria. Muito lentamente, ela puxou a mão e a pressionou na lateral do rosto dele. As unhas cravaram em sua pele.

— *Nunca* mais saia sozinho novamente. Está me ouvindo, Barrett Anderson? *Nunca mais.* — A outra mão dela se levantou, capturando o rosto dele num aperto. — Se você fizer isso, juro que não viverá o suficiente para se arrepender.

Ela o beijou, forte e rápido, para selar sua ameaça fatal.

A porta se abriu com um estrondo.

— *Excusez moi.* — Uma das meninas da casa, com muito delineador, encostou um quadril ossudo no batente da porta e deu uma longa tragada num cigarro. — Estamos prestes a abrir a casa. A não ser que vocês queiram se divertir conosco, *Madam* sugere que subam.

Capítulo 25

A manhã trouxe as notícias do bombardeio da RAF sobre metade de Berlim e a senhora de muito bom grado fechou a casa durante a noite para celebrar. Com sorte, aquele seria o começo do fim daquela guerra sangrenta.

Escolhendo uma mesa manchada de uísque e outras manchas desagradáveis, Barrett carregou-a através da sala enquanto seus pensamentos sombrios trovejavam como nuvens de tempestade.

"Não minta para mim."

Eu vou trair sua confiança.

"Não minta para mim."

Estou trabalhando com seu pai porque ele esperava que você falhasse na sua missão de tirar sua irmã de Paris.

"Não minta para mim."

Ele está me pagando o suficiente para recomeçar longe daqui e eu só vou conseguir receber se eu entregar você pessoalmente.

"Nunca minta para mim."

Eu sofro por você mais do que pela minha própria alma.

Barrett colocou a mesa no chão com mais força do que esperava. Duas garotas carregando xales coloridos como estandartes correram na direção dele, nas mãos uma enxurrada de preocupações com os braços e o rosto dele.

— *M'sieur, est-ce que tu vas bien?*

— Tudo bem, tudo bem. — Ele acenou para elas antes que Kat pudesse se virar e pegá-las em flagrante de novo. Sempre que ele fazia o menor barulho as garotas ofereciam seus serviços de enfermagem, prometendo que cada um de seus "pacientes" sempre saía se sentindo melhor do que antes.

De pé num canto, com o violinista examinando as seleções de músicas, Kat estava encostada contra a parede de madeira escura, em meio ao piso manchado e àquelas pobres moças, como um farol em uma noite escura como breu. Nem mesmo o vestido mal remendado e cabelo dourado amarrado para trás com uma simples fita cor-de-rosa poderiam diminuir o seu brilho. Ela olhou por cima do ombro para ele, um sorriso brotando em seu rosto que lhe provocou uma torrente de emoção quente. Mas a emoção esfriou. Um dia em breve, quando descobrisse sobre o acordo dele com o pai, ela não iria mais sorrir para ele daquele jeito. Não quando a traição dele a devastasse como antes, quando aquele homem a usara para obter o que queria.

Lá fora, o céu brilhava num cinza metálico. Caminhando pelo pátio, ele vagou encosta acima até a árvore alta e o pequeno jardim mais abaixo. Um fino trilho de ferro forjado percorria o terreno retangular com o portão pendurado por uma dobradiça. Todo o espaço estava coberto com ervas daninhas e folhas mortas, e uma única cruz de madeira torta reinava no centro. Há muito esquecida, a madeira estava desbotada e desgastada pelo tempo, com ervas daninhas mortas emaranhadas em seus braços. *Petite Colombe* estava esculpido no centro.

— Tentei manter as flores, mas não tenho o polegar verde; ele é preto como alcatrão. — Como uma enorme sombra, Madame apareceu ao lado dele, o xale preto em torno dos ombros volumosos. — Rosas, narcisos e lírios já cresceram aqui. Lindos, assim como ela.

A última coisa que ele queria era uma conversa fiada com a mulher. Mas considerando que eles estavam sob seu teto, ele precisava ser educado.

— Quem era ela?

— Só mais uma moça que veio parar aqui muitos anos atrás, como tantas durante a guerra. A família tinha morrido e ela estava com muita fome. Ela não pertencia a este meio, mas eu sabia que, se a expulsasse, os alemães iriam pegá-la.

O desespero vinha em muitas formas diferentes. Ele cruzou os braços e estudou a pequena cruz. Uma única cruz.

— Por que só ela está enterrada aqui?

— Porque ela era especial. Minha pombinha. Cabelo escuro, olhos de um azul profundo, voz suave e gentil como uma santa.

— O que aconteceu com ela?

— O que acontece com muitas meninas daqui. Uma vítima da ocupação e muitos soldados longe de casa precisando de um toque feminino. O médico declarou que foi tuberculose, mas acho que foi coração partido. — O olhar dela se desviou para ele, os olhos escuros e penetrantes. — Teve um *amoureux*, um homem que estava longe do seu país durante a guerra. Ele foi embora com a promessa de voltar para buscá-la.

— Ele nunca mais voltou.

Madame balançou a cabeça.

— *Non*, mas deixou um pedaço dele para ela sempre se lembrar.

Barrett voltou-se para a cruz e a triste história que ela marcava. Imagens do pai dele chorando até dormir por causa da perda do seu verdadeiro amor o assombravam.

— Talvez ele quisesse voltar, mas nunca tenha conseguido...

— Talvez. Eu acredito que eles se amavam, mas nunca apareceu na nossa porta novamente. Nem mesmo depois das inúmeras cartas que ela enviou a ele.

Barrett costumava voltar para casa e encontrar o pai sentado no chão frio, cercado pelas cartas do seu amor. Ele olhava para Barrett com o desespero irradiando dos olhos. *"Ela me escreveu, mas eu nunca soube. Elas foram entregues tarde demais."* Então ele chorava como um bebê, encolhido sobre o tapete.

Ele pressionou as mandíbulas.

— A culpa muitas vezes impede um homem de fazer a coisa certa.

— *Oui*, ela merecia um lar feliz, um bebê para amar.

Barrett podia sentir a franqueza do olhar penetrante no rosto da mulher. Ela gostava de perturbar a todos assim ou ele é que era sortudo?

Enfiando a mão no decote do vestido de franjas pretas, ela puxou algo. Ela cuidadosamente alisou o leve amassado das bordas e estendeu para ele.

— Você se importaria em vê-la?

Um tom estranho coloria as palavras dela. Alarmado, ele se virou para ver uma fotografia em seus dedos trêmulos. Claro que ela estava emocionada. A moça obviamente significava muito para ela. Barrett pegou a fotografia e examinou o rosto de dezesseis garotas, todas seminuas e empoleiradas na mesma escada frágil de dentro da casa.

— Terceira fileira do fundo, próxima à parede.

Ele parou no rosto indicado. Cabelos escuros e compridos, olhos redondos e brilhantes, nariz pequeno e arrebitado. O coração dele parou. Ele conhecia aquele rosto. Tinha ficado olhando para ele por quase trinta anos, desesperado para ligar de volta para a mulher que partira antes que ele tivesse uma lembrança dela. A mãe dele.

— Onde você conseguiu isso?

— Eu tinha que comemorar o fim da guerra. — O dedo gordo da senhora passou por cima da imagem, apontando para *ela*. A mãe dele.

— Ela estava grávida de quase três meses de você quando chegou aqui.

O coração dele acelerou, batendo forte em sua cabeça quando a raiva vil perfurou suas veias.

— E você ainda a pegou como prostituta? Uma mulher grávida?

— O dia em que ela descobriu que estava carregando você foi o dia em que desistiu desta vida. Ela cozinhava, limpava, remendava as roupas das meninas, qualquer coisa que pudesse fazer para ganhar algumas moedas. Ela guardou tudo para você. — O rosto dela endureceu quando a lembrança veio à tona. — Era seu último desejo ver você em segurança com seu parente mais próximo, então usei o dinheiro e comprei sua passagem para a Escócia. Uma freira da Casa da Misericórdia acompanhou você durante a viagem. Você não pertencia a este lugar, mas com certeza não merecia pertencer a gente como ele. — Ela cuspiu no chão seco.

A necessidade de defender o pai se chocou com a lembrança ardente do homem encurvado e chorando depois de uma longa noite de bebedeira. Barrett engoliu sua raiva.

— Meu pai era muitas coisas, e ser pai não era uma delas, mas ele não merecia que cuspissem nele.

O vermelho flamejou nas bochechas carnudas de Madame.

— Ele a deixou aqui. Sabendo como ela o amava, ele a deixou aqui. Você provavelmente não é o único bastardo que ele deixou para trás.

— Depois da guerra, meu pai era só a sombra de um homem. Ele passou a beber e nunca se recuperou. À noite, eu o ouvia chorando por causa *dela.* — Ele não conseguiu pronunciar o nome que tantas vezes tentara reprimir. — Por Marie. As cartas que ela escreveu nunca chegaram a ele até que fosse tarde demais, e logo depois eu apareci em sua porta. Sem aviso prévio. Ele estava sofrendo muito pela minha mãe para pensar em mim.

Embora proferidas com o máximo de veneno que podia, as palavras pareciam ter amenizado o ódio da mulher. Ela olhou de volta para a cruz abandonada. O rosto mais sereno.

— Você se parece muito com ele. Foi assim que eu soube quem você era quando apareceu na minha porta. Como um fantasma de um tempo distante. Tudo exceto os olhos. Você herdou a cor dos olhos de Marie.

Pela primeira vez em tantos longos anos, a tristeza apareceu. Ele a empurrara para longe, impedindo-a que fizesse parte da sua vida, mas a foto em sua mão trêmula quebrou a barreira da sua resistência. A saudade cortou sua alma. Desejando conhecer a mulher que sorria tão docemente para ele, que havia esfregado as manchas do chão de um bordel para mantê-lo alimentado, para lembrar uma vez do toque de uma mãe e do beijo gentil de boa noite, para encontrar alegria no sorriso dela quando olhava para ele. A dor aumentou até se tornar inimaginável. Ele estendeu a foto para a senhora antes que o sentimento o consumisse.

— *Non.* Você fica com ela — disse Madame. — Não preciso mais dessa imagem para me lembrar.

Não confiando na própria voz, ele acenou em agradecimento e dobrou com cuidado a foto, enfiando-a no bolso da camisa, logo acima do coração. Ele nunca mais veria a foto que guardava dela em sua caixa entalhada em Paris, mas essa... Essa ele nunca iria abandonar.

— Isso é seu também. — Pegando algo novamente dentro do decote, ela puxou um lenço amarelo-claro enrolado em algo redondo.

— Sua avó. Foi a única coisa que sobrou após o incêndio que consumiu a família da sua mãe. Ela ficou sozinha depois disso.

— Ela alguma vez falou da família? Onde moravam?

— Eu sei o que você está pensando, mas é inútil se apegar a isso. Ela só falou deles uma vez antes de bloquear suas lembranças para sempre. Não sei mais nada sobre eles que possa lhe trazer paz. Eu lamento.

A breve esperança de encontrar parentes vivos chamejou como fogos de artifício e queimou rapidamente, deixando apenas um brilho momentâneo espiralando no ar.

Barrett pegou o lenço e o abriu. Aninhado dentro dele havia um broche com uma grande pedra azul cercada por minúsculas pedrinhas verde-escuras. Ele rapidamente voltou a cobri-lo para evitar ver seu próprio reflexo, cheio de angústia, na superfície polida da pedra.

— Obrigado.

Ele se virou, dando as costas para o túmulo da mãe e para a tristeza indescritível que pesava em sua alma. O bordel estava diante dele. Desgastado, com os painéis de madeira empenados e remendos descoloridos no telhado. Ele tinha jurado derrubá-lo com as próprias mãos se alguma vez o encontrasse. Mas agora, com a imagem da mãe pressionada contra seu coração e o broche da avó pesando em sua mão, ele não tinha forças para isso.

A terra compacta sob seus pés era dura, implacável. Um tufo de ervas daninhas crescia sobre a sepultura simples, um final cruel para a mulher enterrada ali, enquanto o mundo continuava a dar voltas sem saber da existência dela. Ali ela vivera por toda a vida dele e ali ela permaneceria. Ter vindo até tão longe para encontrá-la, estar tão perto apenas para ser separados por uma eternidade adormecida de terra... Ele algum dia estaria tão perto dela novamente? Ele algum dia voltaria a ver todas aquelas pessoas que tinham sido arrancadas dele? A mãe. Sam. Ou Barrett estava condenado a seguir em frente apenas com suas lembranças fugazes para assombrar sua culpa? A vida dessas pessoas podia ter sido diferente se não tivessem sido afetadas pela maldição que ele carregava, a capacidade de causar a morte daqueles ao seu redor.

Ele não permitiria que o sacrifício dessas pessoas ficasse sem expiação. Se ele não pôde salvá-los, poderia salvar Kat. Ele iria levá-la para longe antes que ela também fosse vítima da maldição que perseguia a todos que se ligavam a ele. Aquele lugar imundo e a escuridão que reinava em seu caminho eram as únicas coisas que ele tinha para oferecer a ela. Ela nunca o desejaria agora.

— E obrigado por não nos mandar embora, mesmo eu lhe trazendo lembranças tão tristes. — Ele começou a descer a encosta, ansioso para fugir das dores do passado e temendo as dificuldades que o aguardavam no futuro.

— Ela ficaria orgulhosa de você. Salvando essas mulheres apesar de todos os sacrifícios que lhe custaram.

Barrett enrijeceu, mas continuou andando com a desolação rangendo os dentes atrás de si.

— Você foi a luz da vida dela.

As presas da angústia se cravaram em sua pele, arrancando dele uma única lágrima maldita.

Capítulo 26

— Tenho certeza de que ele foi só dar uma volta.

— Durante toda a tarde e à noite? — Kat examinou a sala pela enésima vez. A noite tinha caído fazia mais de uma hora e ainda nem sinal de Barrett. — Ele sabe como é perigoso ficar lá fora à noite com os nazistas patrulhando a área.

Ellie tinha de gritar para ser ouvida em meio ao barulho da música e dos pés dos dançarinos golpeando o chão, numa dança que se assemelhava a uma quadrilha.

— E eu tenho certeza absoluta de que ele sabe cuidar de si mesmo se o interpelarem.

Kat se voltou para a irmã.

— A essa altura, Eric já mandou estampar nosso rosto em cada pedaço de papel disponível na França e provavelmente na Alemanha. Nenhuma conversa inteligente ou documento falso vai impedir que sejamos cercados e atirados num buraco que a Gestapo cavou especialmente para nós. Com sorte, eles atiram em nós no local em vez de nos mandar para lá.

Ellie empalideceu, as mãos detendo o gesto de bater palmas.

— Você tem conversado muito com Barrett.

Talvez Ellie tivesse razão ou talvez aquela fosse a primeira vez que ela abria os olhos para o que realmente os aguardava lá fora. Eles não estavam seguros. Enquanto permanecessem em território ocupado, não haveria nenhuma garantia de que sairiam do país vivos. Mas assustar Ellie não ajudaria a melhorar em nada a situação em que estavam.

Ela deu um tapinha nas mãos pálidas da irmã.

— Esqueça o que eu disse.

— Como posso esquecer? Só consigo pensar em Eric. — Ela baixou os olhos para a saia recém-costurada, lavada e remendada, depois de terem sido obrigados a rastejar no chão. Eles finalmente estavam vestindo as roupas com que tinham chegado ao bordel. Um pouco piores pelo desgaste sofrido, mas pelo menos do tamanho certo. — Ele nunca vai parar de procurar por mim.

— Assim que estivermos de volta à Inglaterra, ele não terá outra opção a não ser desistir. Não poderá pôr as mãos em você quando estivermos lá.

— Talvez não, mas ele estará sempre aqui. — Ela apontou para a própria cabeça. Sem o uso constante do descolorante, as raízes escuras estavam começando a aparecer. — O rosto dele me assombra cada vez que fecho os olhos. Doce e gentil no início e depois com a mesma frieza assassina que demonstrou naquela noite em que atirou no homem.

Ela se encolheu com um arrepio. Kat passou o braço em volta dela.

— Vamos ficar bem. Nunca vou deixar nada acontecer a você. Acredita em mim?

Ellie olhou para ela e concordou com a cabeça.

— Claro. Você nunca falha, Kat. — Os olhos dela deslizaram por sobre o ombro da irmã. — E ele nunca falha com você.

Kat se virou e viu Barrett parado na porta da sala de jogos, que agora era um salão de dança. Se ele esperava passar despercebido, podia esquecer. Muito mais alto do que qualquer outra pessoa da sala apinhada e um dos meros quatro homens entre dezenas de mulheres, ele era como um farol aceso numa noite escura como breu. Seus olhos examinavam a multidão, procurando ao redor até pousarem nela por fim. Ela sorriu de alívio, mas ele não retribuiu o sorriso.

Quando os músicos passaram a tocar uma melodia mais lenta, as garotas se lançaram sobre Barrett. O padeiro, o sapateiro e o agricultor da cidade foram abandonados no meio do salão enquanto suas maquiladíssimas parceiras de dança competiam pela atenção do recém-chegado. Penas tingidas com cores vibrantes balançavam em seus cabelos cacheados enquanto matraqueavam em torno dele, mas Barrett apenas balançava a cabeça, recusando os convites com um rápido sorriso.

Uma garota baixa e gordinha, com uma pena amarela, cabelo vermelho-henna e vestido roxo abriu caminho em meio à multidão, pegou as mãos de Barrett e o puxou para o meio da pista de dança. Com o braço balofo em volta da cintura dele de um jeito possessivo, já que era muito baixinha para alcançar seus ombros, ela começou a bater os pés no ritmo da música, deixando Barrett sem escolha a não ser acompanhá-la.

Ao ver seu "prêmio" ser levado, as demais garotas buscaram outro par entre elas e voltaram a dançar. Nenhuma obviamente tivera aulas de dança, mas estavam felizes pela possibilidade de passar uma noite comemorando, sem ter que passá-la praticando seu ofício.

O padeiro, um homem alto e magro para tal ocupação, atravessou a multidão e parou na frente de Kat.

— *Puisje avoir cette danse, mademoiselle?*

A bainha das calças dele estava suja de farinha de arroz e ele tinha uma mancha atrás da orelha, mas Kat cumprimentou-o com a cabeça e pegou sua mão como se ele fosse um nobre de alta estirpe. Certamente os homens da Inglaterra, com todo seu vistoso refinamento e nariz empinado, nunca tinham olhado para ela com tamanha reverência e admiração.

— *Mon plaisir.*

Ele tinha dois pés esquerdos, mas manteve uma conversa animada sobre racionamento, a dificuldade de assar sem farinha e as flores que ele esperava plantar depois que os nazistas fossem embora.

Barrett girou pelo salão, cuspindo a horrível pena amarela que teimava em entrar na sua boca.

— Se divertindo?

Ele estava perto o suficiente para que ela pudesse tocá-lo, mas anos de aulas de dança a impediam de tirar a mão apoiada no ombro ossudo do parceiro.

— Claro.

— Você é o meu próximo par.

— Quem mais seria?

Seu parceiro balofo a girou antes que Kat tivesse tempo de decifrar o tumulto nos olhos dele. E já não era sem tempo quando o violino começou a tocar uma animada dança folclórica.

Barrett disparou através da multidão de mãos que tentavam agarrá-lo e capturou-a em seus braços, girando-a em volta do salão antes que ela tivesse a chance de recuperar o fôlego.

— Peguei você.

— Você não me deu nem tempo de colocar uma pena no cabelo.

— Sem penas, por favor. Vou ficar cuspindo fiapos por uma semana. — Os olhos dele passearam pelo cabelo dela, que Kat havia deixado solto, só com uma leve ondulação. — Além disso, gosto do seu cabelo assim. Não preso como um *socialite* inglesa.

— Mas eu sou uma *socialite* inglesa.

— Diferente de qualquer uma que eu já vi. — O braço dele a estreitou, puxando-a mais para perto. — Você não é como nenhuma mulher que eu conheço.

O desejo cintilou no azul-profundo dos olhos dele enquanto seu coração batia forte contra o peito dela. Estável e forte, ele acelerava o coração dela e ofuscava tudo ao seu redor. Os dedos dela subiram pelo pescoço de Barrett e roçaram na barba por fazer que cobria sua mandíbula. Com delicadeza, ela envolveu com a mão a lateral do rosto dele e ergueu os lábios num convite. O desejo surgiu nos olhos de tom azul-profundo quando ele se inclinou... e parou. Piscando, ele visivelmente reprimiu seu impulso e recuou o suficiente para colocar um espaço entre eles.

— Onde você aprendeu a dança escocesa?

Atordoada pela rejeição sutil, Kat sacudiu a cabeça e tentou se concentrar nas palavras.

— Eu... quer dizer, tivemos que aprender todas as danças para o nosso baile de debutante e para sermos apresentadas à corte. Muitas delas são extremamente antiquadas, mas os poderes vigentes acham que é melhor manter a tradição viva. — Com todos os olhos voltados para eles, com inveja de Kat e cobiça por Barrett, ela tinha que admitir que aquele poderia não ser o melhor lugar para um beijo. — Eu adoro as danças folclóricas, mas seus passos são um pouco diferentes dos que aprendi.

— Isso é porque você teve professores ingleses e eu tive aulas com escoceses de verdade, que passaram seu conhecimento de geração em geração até chegar a mim.

— Você me disse que não sabia dançar. É por isso que praticamos tanto antes da estreia do filme.

— Aquilo é dancinha de salão chique. A dança típica escocesa é outra coisa.

Será que ele percebia o quanto seu sotaque ficava mais pronunciado quando ele falava do seu país de origem? Ou como seu cabelo brilhava como mogno polido à luz dos lampiões? O quanto ela se sentia segura em seu abraço forte, com o perfume de algodão limpo e de brisa fresca atormentando seus sentidos? Que ela não conseguia pensar em nada além de querer pressionar o corpo contra o dele e beijá-lo?

Uma figura sombria sobre o ombro dele chamou a atenção dela. A dona do bordel observava tudo o que acontecia como um falcão, pousando seu olhar sobre eles a cada poucos segundos. Kat apertou ainda mais o ombro de Barrett.

— Onde você esteve durante toda a tarde?

Ele voltou os olhos para o topo da cabeça dela.

— Andando por aí.

— É perigoso.

— Eu fui cuidadoso.

— Não é essa a questão. Você está sempre nos dizendo que não podemos sair sozinhos. Este não é o momento de falar uma coisa e fazer outra.

Os olhos dele se voltaram para o rosto dela. Para a boca. O desejo acumulado despertou mais uma vez em seus olhos.

— Preocupada comigo?

— Sempre.

Arrepios espalharam-se pela pele dela, enquanto a mão dele acariciava suas costas e a curva do seu pescoço. As pontas dos dedos quentes tocaram a pele sensível atrás das orelhas, e a respiração de Kat ficou presa na garganta, ameaçando explodir com a pressão que aumentava dentro dela. Ela levantou a mão e roçou um dedo na boca generosa de Barrett, os lábios quentes sob seu toque trêmulo.

— Kat — disse ele, a voz rouca. — Há algo que eu preciso...

Uma garota com uma pena vermelha o arrancou dos braços dela. Kat ficou ali parada, no centro da sala, com a mão ainda no ar, a impressão dos lábios quentes dele ficando cada vez mais fria em seu dedo. O calor inflamou seu rosto, ameaçando incendiá-la ali mesmo. Virando-se, ela correu para a saída.

Sem muita gentileza, Barrett afastou os braços da mulher maquiada do pescoço e se dirigiu para a porta, atrás de Kat. Ele tinha chegado muito perto de deixá-la convencê-lo de que tudo ficaria bem, que eles pertenciam um ao outro. O desejo queimando nos olhos dela tinha acendido o desejo dentro dele. Ela pressionara o corpo contra o dele. Certamente tinha sentido seu coração bater enlouquecido. E, quando ela roçou o polegar nos seus lábios, ele poderia tê-la beijado ali mesmo.

Mas eles não pertenciam um ao outro. Nunca poderiam ficar juntos. Cada obstáculo bloqueava sua felicidade, assim como aquele lugar miserável em que ele tinha nascido. Ela podia ser capaz de ignorar isso, mas ele não, e nunca deixaria a cargo dela essa decisão. Ela não merecia ter que escolher. Mas o pai dela... Ela precisava saber. E era a traição final que aquilo representava que selaria o destino dos dois. Era o que faria com que ela o odiasse e o condenaria a uma vida inteira de tristeza sem ela ao seu lado.

Ela não estava na sala, nem no andar de cima nem na cozinha. Isso o fez procurá-la do lado de fora. Ele correu pela cozinha, esbarrando no banco torto, e abriu a porta. O ar fresco da noite soprava no pátio. Ele tinha dito a ela e a Ellie um milhão de vezes para que não saíssem à noite. As patrulhas alemãs estavam sempre naquela região e só porque a Madame tinha fechado as portas aquela noite isso não significava que um deles não procuraria o bordel em busca de divertimento.

Tirando a lâmina do bolso, ele contornou a esquina e parou. Com as costas pressionadas contra a lateral do prédio, Kat ergueu o rosto para a lua pálida. Sua pele brilhava como alabastro.

Ela virou a cabeça na direção dele, os lábios entreabertos. Cada pensamento e toda determinação que havia dentro dele despareceram.

Guardando a faca de volta no bolso, ele eliminou a distância entre eles com três passadas insuportavelmente longas. Esmagando-a contra ele, Barrett encontrou sua boca sem hesitar, com um beijo feroz e possessivo. Os braços dela envolveram seu pescoço e o pressionaram contra ela até que não restasse oxigênio entre eles. Os lábios frios de Kat adquiriram um calor aveludado sob o toque dos dele, marcando-os. Ele sentiu o intenso desespero irradiando nele, envolvendo-lhe a alma e implorando para se juntar à dela. Os dedos dele emaranharam-se nos cabelos loiros, enquanto a rendição completa o atingia como dardos de fogo atingindo o chão e incendiando tudo ao redor eles.

Não era o suficiente. Mesmo que os braços dele a prendessem com força, mesmo que o coração dela batesse desesperado contra o dele, ela não estava perto o suficiente. A alma de Barrett ansiava por se agarrar à dela.

Os dedos de Kat se enterraram nos cabelos dele, massageando o couro cabeludo e ateando fogo por todo o corpo dele. Ela o marcara. Ele era dela para sempre. E ele... ele a queria mais do que qualquer coisa que ele um dia quisera. Mais do que sua própria liberdade, mais do que o ar que respirava, mais do que a própria vida.

Deslizando os braços em volta da cintura dela, ele afastou a boca e beijou a pele acetinada da bochecha dela, a orelha, deixando um rastro de fogo na curva delicada da mandíbula e da garganta, que ela oferecia. Ela tinha o aroma de água de lavanda, doce e fresca. Ele beijou seu pescoço, demorando-se sobre o recuo raso na base, antes de ir para o lado oposto. O pulso dela batia descontroladamente e ele podia ouvir o trovejar do seu próprio coração, eclipsando o dela. Kat saberia o quanto ela significava para ele?

As mãos dela massagearam os ombros largos dele.

— Barrett...

A voz rouca, chamando seu nome, o obrigou a reivindicar os lábios dela mais uma vez. Desta vez não com tanta intensidade, mas ainda com uma avidez e paixão capazes de cegá-lo para tudo, exceto para ela. Ela suspirou contra ele enquanto uma mão escorregava para cobrir sua bochecha. Dedos longos e macios acariciaram a barba por fazer em sua mandíbula. Ele sentiu os lábios dela se curvarem num sorriso. Tirando a mão dela, ele entrelaçou os dedos entre os dela e pressionou o rosto contra sua palma, beijando-a.

Ela baixou a cabeça até o peito dele e suspirou novamente.

— Nunca me deixe partir.

A palavra "nunca" tropeçou na ponta da língua dele.

"Você não vai dizer isso pela manhã."

Ele se odiava pelo que estava prestes a fazer. Os braços dele a enlaçaram com mais força, saboreando a sensação e o aroma do corpo dela uma última vez. Nos próximos dias e anos, quando o ódio ardendo nos olhos dela não o ferissem tanto, ele se lembraria daquele momento e da perfeição que existia entre eles.

— Kat — O nome dela explodiu na voz áspera dele. — Eu tenho algo que preciso lhe contar. Algo que venho guardando há muito tempo.

Ela assentiu com a cabeça, fazendo cócegas na parte inferior do queixo dele com o cabelo. Ela inclinou a cabeça para cima, mas não se afastou.

— Eu tenho guardado uma coisa também. Acho que já sabia há muito tempo, mas não queria admitir para mim mesma. — Um sorriso tímido curvou os lábios dela lindamente inchados pelos beijos. — Barrett, eu...

— Temos que sair daqui agora! — A voz de Ellie cruzou os ares como a explosão do tiro de um rifle. Correndo em direção a eles, ela agarrou os cotovelos dos dois e os puxou.

Eles não se mexeram.

— Vocês não me ouviram?

Barrett afastou a névoa que toldava seus pensamentos. Só então percebeu o terror no rosto de Ellie.

— O que aconteceu?

— Soldados alemães bateram na porta do bordel exigindo se juntar à festa.

Ellie ofegou e olhou por cima do ombro.

— Madame atrasou-os por tempo suficiente para eu pegar a trouxa que você fez, mas temos que ir *agora*! Eles estão lá dentro enquanto falamos.

Barrett reprimiu o medo que crescia em sua garganta.

— Quantos?

— Três, mas eles disseram que mais alguns estavam a caminho. Os outros tiveram que parar nas casas ao longo do caminho. Para revistá-las.

Kat agarrou o braço dele, quase cortando a circulação.

— O que eles estão procurando?

— Nós.

Capítulo 27

Kat abaixou a cabeça para se desviar do galho baixo. Era o quarto na última hora que quase a decapitava. Drogas de nuvens que encobriam a lua... Aquela noite, de todas as noites, eles precisavam da luz do luar.

Ellie bufava na frente dela enquanto se apressavam para acompanhar o ritmo extenuante de Barrett. Só se elas tivessem asas conseguiriam ir mais rápido. Isso ou uma tocha. Ou um fósforo ou algo próximo que propiciasse alguma luz para ver o chão.

Ellie tropeçou, seu gritinho de surpresa quebrando a quietude da noite. Kat estendeu a mão para ajudá-la, mas Ellie a dispensou.

— As pedras estão contra mim esta noite.

A cabeça de Barrett chicoteou para trás com um brilho repreendedor que exigia silêncio, antes de continuar. Kat engoliu sua vontade de também xingar as pedras, que rolavam sob seus pés. O ar úmido da noite atravessava a blusa e a saia de lã fina, que a gelava até a medula dos ossos. A exaustão entorpecia a sua mente. Ela lutava contra o cansaço extremo, desesperada para manter a lucidez e sobreviver àquela noite.

Eles se arrastavam por campos gramados, colinas onduladas e ao redor de troncos traiçoeiros, com nada além de suas respirações irregulares para pontuar a quietude da noite. Ninguém se atrevia a se queixar em voz alta, tamanho era o medo que sentiam de que isso denunciasse sua presença às feras que os perseguiam. Mas agora o ruído dos passos esmagando a grama morta e a terra compacta tinha sido suavizado por gorgolejos. Os ouvidos de Kat se aguçaram com o barulho suave. Água corrente. Abrindo caminho no mato na altura dos joelhos, eles encontraram as águas escuras ondulando em torno de uma curva rochosa. Barrett ajoelhou-se no pântano, inclinou-se e colocou um punhado da água enlameada na boca. Concluindo que estava limpa o bastante, ele rapidamente reabasteceu o cantil e o enfiou de volta na mochila pendurada no ombro.

— Precisamos atravessar. — Ele apontou para algumas pedras e um tronco úmido pontilhando a superfície do riacho raso. O riacho tinha dois metros de diâmetro no máximo. — Não é fundo, mas a última coisa que precisamos é de pés molhados.

Ágil como um cervo, ele saltou sobre as rochas e acenou para que Ellie o imitasse. Braços estendidos como um gato sobre a água da banheira, Ellie cambaleou na ponta dos pés enquanto ela cronometrava cada passo até a próxima pedra como um passo de dança. Seu pé tocou o tronco. Com um estalo, ele cedeu. Ellie cambaleou para a frente, agitando os braços, e Barrett a agarrou, ajudando-a a saltar para a outra margem, antes que caísse de bruços na lama.

Ele esperou até que ela se firmasse no chão e se voltou para Kat.

— Você vai ter que saltar a última etapa.

O pé direito dela deslizou para a frente ao dar o primeiro passo. A culpa era daqueles ridículos sapatos com tachinhas nas solas. Por que ela não os tirou antes? Na pedra afiada seguinte, ela tentou firmar o pé para não escorregar. Um, dois, três. Ela parou para avaliar a distância até o outro lado e os braços estendidos de Barrett.

Ela calculou mal.

Os dedos dos pés dela afundaram na água, quase tocando a lama no fundo. O braço de Barrett serpenteou em torno da cintura dela e a puxou para fora antes que seus calcanhares tivessem uma chance de pousar no chão.

O rosto dele pairou sobre o dela, a poucos centímetros de distância.

— O que eu disse sobre pés molhados?

Ela enrolou os dedos na frente da camisa dele, mergulhando-os no calor do seu corpo, enquanto o ar noturno ameaçava congelá-la.

— Que bom que você me pegou, então.

Ele deu um leve sorriso, que logo desapareceu. Endireitando o corpo, ele a colocou de pé e deu um passo para trás. O calor evaporou, deixando o frio mais pronunciado do que antes.

— Continue andando.

Barrett virou a cabeça para a esquerda e para a direita enquanto subiam a encosta do riacho. Ela não via mais o homem carinhoso de algumas horas antes, que a segurara tão apaixonadamente em seus braços, beijando-a com a urgência de um moribundo. Diante dela, agora estava um homem com uma missão. Mas alguma coisa tinha mudado e isso não era devido aos nazistas em seu encalço. Ele só a segurara por um breve instante depois que ela quase tinha escorregado na água, seus braços fortes ao redor dela e sua boca relaxando num sorriso que fizera seu coração dar cambalhotas. Mas o sorriso tinha desaparecido cedo demais. Como se ele tivesse fechado uma cortina de ferro entre eles, para separá-los. Um vento soprou forte e levantou sua blusa. Ela segurou o frágil material mais perto do peito, desejando que tivesse tido tempo para pegar um par extra de... de quê? As garotas do bordel não tinham nada além de roupas leves para oferecer. Ela estremeceu. Barrett estava tão quente. Certamente o frio ou a adrenalina da fuga haviam distorcido a percepção dela. Ele nunca iria afastá-la, não agora, não quando eles tinham ousado revelar suas necessidades mais íntimas um para o outro. Não quando um "eu te amo" reverberava no coração dela.

Um vinhedo deserto se estendia no vale abaixo. Videiras mortas e emaranhadas, fileira após fileira do que certamente já tinha sido um dia uma valorizada colheita de uvas. Uma lembrança de dias comuns não muito tempo antes desmoronava sob a marcha interminável de botas de cano alto.

Como cobras retorcidas e enrodilhadas, as vinhas propiciavam uma pausa do vento, mas enroscavam nos fios da blusa e da saia dela. Kat arrancou uma folha morta ainda agarrada a um dos galhos. Ela não sabia muito sobre vinho, exceto qual era adequado para beber com cada tipo de prato, mas a folha era um único lembrete da generosidade uma vez produzida ali. Talvez as uvas fossem de uma das garrafas que enfeitavam a mesa do pai. A desolação morta que se estendia em fileiras, de cada lado dela, lhe assegurava de que elas nunca saberiam.

Nazistas. Eles matavam tudo, tanto pessoas quanto ideais, até os prazeres mais simples da vida.

Perto do fim do vinhedo, Barrett ergueu a mão para que parassem.

— Há uma estrada aqui. Vou até mais à frente para ver se há uma placa que diga onde estamos.

Ellie se agarrou ao braço de Kat. Ela tremia da cabeça aos pés.

— Com sorte já estamos bem longe daqueles alemães.

Kat esfregou a mão sobre a da irmã para devolver o sangue às extremidades geladas.

— Estamos caminhando há três horas, então estamos a cerca de quatorze quilômetros de lá.

— Só isso? Estou surpresa que os nazistas não tenham nos alcançado. Você acha que a Madame nos entregou? Ou uma daquelas garotas?

Kat bateu os pés para evitar que congelassem dentro dos sapatos. O que ela não daria para transformar aquela vinha em um inferno ardente naquele mesmo instante.

— Ela me garantiu que todos naquele lugar eram leais à *la liberté française*.

— Os nazistas têm maneiras de fazer as pessoas reconsiderarem sua lealdade.

— Ela nunca nos entregaria. Nunca. — As palavras veementes de Barrett cortaram o ar como uma espada, não permitindo mais discussões. — Fiquem aqui.

Ellie puxou Kat para o chão ao lado dela e se aconchegou perto da irmã. O frio atravessava sua saia de lã, mas suas pernas suspiraram de alívio com a pausa no movimento constante.

— Qual é o problema com seu namorado?

— Estamos sendo caçados como coelhos. O que mais você acha? — Kat chegou ainda mais perto, desesperada pelo calor de um corpo. Do outro lado da estrada de terra, Barrett se dirigiu até o contorno tênue de uma placa de estrada. — E ele não é meu namorado.

— *Beau*, pretendente, paquera. Chame como quiser. — Um hálito nebuloso soprou pelos lábios de Ellie. Ela tinha bebido mais de um copo do vinho oferecido pela Madame, e a doçura da bebida se misturava com o bolor da terra não arada. — Como eles me encontraram tão rápido? Este é um país enorme.

— Tenho certeza de que Eric colocou todos os perdigueiros do país nessa busca, mas ele não está só atrás de você. Barrett sozinho vale uma fortuna por todas as suas conexões. — Ellie encostou o queixo no ombro de Kat. Respirações curtas na parte de trás da orelha de Kat. Alguns segundos se passaram antes de ela sentir o ranger revelador dos dentes de trás. — Fale logo antes que transforme seus molares em pó.

Mudando a posição do queixo pontudo, Ellie respirou fundo e soprou o ar gelado na nuca de Kat.

— Eu só... Eu não tenho um bom pressentimento sobre isto.

— Estamos morrendo de frio no meio do nada, com alemães armados atrás de nós. Claro que você não tem um bom pressentimento. E eu estou a ponto de vomitar.

— Não. É algo mais do que isso. — Ela se sentou ereta, cravando os dedos no ombro de Kat. — Eu não acho que isso possa acabar bem. Eric vai nos encontrar, não importa aonde formos.

Kat agarrou a mão da irmã antes que sua clavícula se partisse em duas.

— O que ele quer ou deixa de querer já não importa.

Ellie balançou a cabeça lentamente. O medo que ela tinha sentido tão forte em seus olhos momentos antes tinha sucumbido a algo infinitamente mais perigoso. Resignação.

— Você não o conhece. Ele não vai me deixar ir.

Em alguns aspectos, Kat concordava com Ellie. Ela o conhecia bem o suficiente para saber que ele não iria desistir sem lutar, e a ideia de se envolver em tal confronto só contribuía para deixá-la mais enjoada. Ela inclinou o rosto na direção do céu noturno cheio de nuvens e sorveu o ar com um tremor. O frescor desceu pela sua garganta e diminuiu a acidez que a consumia. Ela precisava acreditar que eles escapariam. Apenas mais alguns dias e aquele pesadelo seria coisa do passado.

— Por que você veio para cá, Ellie? Porque, convenhamos, escondidas num vinhedo com o inimigo nos caçando não é mais um momento para mentiras irreverentes.

Ellie afrouxou a postura ao lado da irmã.

— Eu estava sufocando. Cada dia naquela casa era uma morte lenta. Claro, adorava o dinheiro e as roupas, mas nunca quis todas as responsabilidades que acompanhavam tudo isso, assim como você. Eu queria poder fazer minhas próprias escolhas. Se eu quisesse sorvete no almoço, então, caramba, isso é o que eu queria comer. Não a sopa e a salada que mamãe havia providenciado. Eu queria uma chance de ver coisas novas e conhecer novas pessoas e saber que eram meus amigos porque gostavam de *mim*, não por causa do nome da minha família.

— Eu também quero essas coisas. — Kat falou num tom de voz suave, mas todo o seu coração gritou com a confissão.

— Então por que você não fez algo a respeito?

— Eu nunca tive a sua coragem. Recebemos nossos papéis ao nascer e eu tenho representado o meu durante todos esses anos, para ser a filha perfeita, para me moldar à imagem da nossa família. Então você foi embora, abandonando tudo que eu sentia que deveria ser muito importante para nós. Me senti traída porque você não parecia se importar.

— Isso não é verdade, Kat. Eu nunca quis magoar você. Nunca. Eu sinto muito. Tenho sido uma péssima irmã.

— Eu é que tenho sido uma péssima irmã, tentando forçá-la a voltar a se moldar a algo mesmo contra a sua vontade. Mas agora acho que talvez seja a hora de mudarmos nossos moldes. Eu fiz tudo que podia para mantê-la segura e, apesar das dificuldades, todo esforço valeu a pena. Só acho que não podemos voltar ao que éramos.

Ellie apertou a mão de Kat entre as suas.

— Isso não é tão ruim. Eu até gosto dessa nova e ousada versão das irmãs Whitford.

Kat apertou os dedos da irmã e um sentimento de leveza recaiu sobre ela, se sobrepondo aos fragmentos de amargura enraizados em seu coração.

— Quer saber? Acho que eu gosto também.

Fracas luzes amarelas surgiram no vale. O azedume aumentou na garganta dela. Faróis. E as únicas pessoas que podiam sair após o toque de recolher eram os alemães.

Kat rastejou até a beira da estrada e sibilou.

— Barrett! *Barrett*!

Os faróis piscaram ao longo das fileiras de videiras. Barrett não estava em lugar nenhum.

— Barrett!

Rezando para que ele visse o carro se aproximando, Kat mergulhou de volta no esconderijo sob as vinhas e pressionou o corpo contra o chão ao lado de Ellie. O bolor de folhas mortas era intenso sob seu nariz, cada vez que ela respirava. As luzes desfocadas vinham pela estrada, prendendo-se entre os galhos retorcidos. A distância dos faróis diminuindo, cada vez mais... até ela ouvir o ronco do motor à sua frente e um fio de fumaça saindo pelo escapamento. Kat ergueu a cabeça e contou dois jipes com quatro soldados cada. Quando os faróis iluminaram a placa da estrada, ela viu as bocas mortíferas de metal brilhante sobre as laterais dos veículos. Estavam procurando coelhos em que atirar.

As luzes iluminaram mais à frente e os caçadores partiram, não deixando nada além de uma nuvem de poeira para pousar sobre as presas. O coração de Kat recuou lentamente da garganta e se alojou outra vez no peito, pesado como uma pedra. Minutos se passaram antes que elas ousassem levantar a cabeça.

Uma sombra escura moveu-se ruidosamente na direção delas. Kat rolou para o lado enquanto o objeto cambaleava e caía entre ela e Ellie.

— Vocês estão bem?

Kat pressionou a mão no peito enquanto seu coração ameaçava sair pela boca.

— Não me assuste assim. Eu tentei avisar você.

— Me escondi atrás de um arbusto quando eles dobraram a esquina. — Barrett estendeu a mão e puxou Ellie para que ela ficasse de pé, em seguida, ofereceu a mão para Kat. — Eles seguiram na direção de Clamecy, mas isso não significa que não haja outros espalhados pela região.

Ao ficar de pé, Kat tentou entrelaçar os dedos nos dele mas ele se afastou e esfregou a mão na lateral do corpo. Uma expressão séria transformou sua boca numa linha fina.

— É o seu machucado? Você não abriu os pontos, não é? — Kat tentou se aproximar para examinar a bandagem, mas ele afastou as mãos dela.

— Só estão repuxando um pouco, mas estou bem. — Ele se afastou dela e apontou para o leste. — Precisamos encontrar abrigo antes do amanhecer. Descansem e se preparem para continuar novamente ao anoitecer.

Espanando a poeira das mangas, Kat tentou esconder sua decepção com a distância repentina.

— Quando chegaremos a Salbris?

— Nesse ritmo, podemos chegar lá antes do amanhecer. — O olhar dele passou por ela sem se deter e voltou para a estrada. — Não adianta desperdiçarmos mais tempo aqui.

Capítulo 28

Não era um hotel de luxo, mas nada se comparava ao alívio que aquele velho celeiro decrépito oferecia. A tinta branca descascava nas paredes, teias de aranha se agarravam às vigas e a luz cinzenta do amanhecer se infiltrava através dos buracos no telhado de ripas. Madeira molhada, feno mofado e pelos de animais misturados numa receita antiga lhes garantia que a estrutura não era usada desde bem antes da guerra.

— Nunca pensei que um monte de palha mofada fosse parecer tão convidativo.

Ellie olhou para uma das baias desertas e torceu o nariz.

— Tente resistir. — Kat procurou algo na mochila que tivesse a aparência de uma refeição. Uma fatia de pão de arroz e uma maçã. O estômago dela gorgolejou em desafio à oferta precária.

A porta lateral se abriu e Barrett entrou, embainhando sua faca no cinto.

— O perímetro está seguro.

Kat mostrou o pão e a maçã.

— Quase não temos comida.

Ele passou a mão pelo cabelo, deixando os fios arrepiados. Círculos escuros rodeavam seus olhos sem brilho.

— Vou pedir suprimentos ao contato quando encontrá-lo.

— Como ele vai saber que estamos aqui?

— Amarrei uma tira de pano branco no portão do cemitério como me instruíram. Espero que uma hora ele o veja. Prefiro não passar o dia todo me escondendo atrás de lápides, caso ele não veja o sinal.

Kat notou o tecido rasgado na parte inferior da camisa dele. Pelo menos ele havia tido bom senso suficiente para não usar as bandagens.

— Por que ele não nos encontra aqui?

— Como existe o risco de os alemães estarem nos observando, prefiro não trazê-los aqui. — Ele não se incomodou em reprimir um bocejo. — Não sei quando vou voltar, mas, se eu não estiver aqui até o pôr do sol, vocês saberão que fui pego. Fiquem escondidas até o anoitecer, depois vão direto para a igreja. É do outro lado da cidade, então vocês vão ter que andar por aí, atravessar os campos. Perguntem pelo padre Lucian. Compreenderam? — O medo cresceu no peito dela. Ela acenou com a cabeça. — Ainda tem aquele seu bastão?

Ela deu um tapinha no bolso. O objeto não a ajudava a se sentir mais corajosa.

— Claro, mas não vou precisar, porque você estará de volta em breve.

Um músculo pulsou na mandíbula dele enquanto a analisava com os olhos semicerrados. Os dedos se contraíram sobre o cabo da faca.

— Lembre-se. Padre Lucian.

O medo oscilante a espicaçou e se espalhou como óleo, sugando o ar dos seus pulmões.

— Por favor, pare de dizer isso como se você não fosse voltar. Chegamos tão longe, Barrett. Vamos sair desta juntos.

O músculo pulsou com mais força, fazendo uma veia saltar no pescoço de Barrett. Quando ela disse o seu nome, ele olhou para ela. Pela primeira vez desde que tinham fugido de Chablis, ele realmente olhou para ela. O cansaço pairava em seu rosto e seus ombros estavam curvados. A luz provocadora que tantas vezes dançava nos olhos dele tinha sido sufocada sob as ondas avassaladoras de tristeza.

O desespero dele a tocou.

Ela estendeu a mão, desesperada para acalmar a tristeza dele, mas ele recuou como se ela fosse queimá-lo. A cortina de ferro estava de volta, separando-os. Girando nos calcanhares, ele marchou para a porta.

— Espere! Leve isso com você.

Ele olhou para a maçã e o pão que ela empurrou para ele e sacudiu a cabeça.

— Não estou com fome.

— Mentiroso.

Lutando consigo mesmo por um segundo, ele finalmente grunhiu e pegou o pão, enfiando-o na boca.

— Fique com a maçã. Nunca gostei muito mesmo. — Engolindo o pão, ele a fitou com um olhar que poderia congelar a água. — Fiquem fora de vista.

A porta do celeiro bateu na cara dela. Sua finalidade resoluta ecoou no barracão vazio e nas paredes em ruínas e a atingiu por trás com uma força de sacudir os ossos. Jogando a maçã na mochila, ela correu atrás dele, cruzando a porta.

— Qual é o seu problema?

Ele se virou, os ângulos do rosto duros como aço à luz do amanhecer.

— Eu disse para você ficar lá dentro.

— Nos últimos dois dias você mal falou comigo, nem uma vez olhou para mim e se encolhe todo quando vou tocá-lo, como se eu fosse uma leprosa. O que aconteceu, Barrett? Por favor me diga, porque eu não aguento mais esse silêncio.

— O que aconteceu? Você não percebeu os nazistas em nosso encalço? Tenho feito tudo o que posso para nos manter seguros e sair daqui, então me desculpe se eu estive um pouco preocupado demais para uma longa conversa ao pé do fogo.

— É mais do que os nazistas, mais do que apenas sair daqui. Eu o conheço bem o suficiente agora para saber quando algo mais profundo incomoda você. Seja lá o que for, começou quando você voltou daquela longa caminhada em Chablis. — Ela deu um passo em direção a ele, implorando. — Você não vai me dizer o que você está escondendo no seu coração?

— Você tem o péssimo hábito de se intrometer onde não é chamada. Pare de pensar que todos precisam da sua orientação o tempo todo, porque isso não é verdade. Sua irmã que o diga.

Ela tentou ignorar a farpa quando as palavras duras a atingiram no alvo.

— Eu me intrometo porque me importo.

— Você não deveria.

— Bem, sinto muito. Eu me importo demais com você. Mais do que já me importei com qualquer outra pessoa.

A veia na lateral do pescoço dele saltou em aviso.

— Volte para dentro, Kathleen.

— Não até que você me diga o que está acontecendo.

— Nada está acontecendo, exceto sua recusa categórica em me ouvir para o seu próprio bem. Agora, faça o que eu digo e entre.

As palavras dele a atingiram como um açoite. Um açoite que ela tinha sentido durante toda a sua vida, embora empunhado por uma mão diferente. A mão do pai, que insistia em pensar que sabia o que era melhor para ela. Ela já estava farta daquele absurdo.

— A única coisa que me recuso a ouvir são suas mentiras o tempo todo. Eu sei que algo aconteceu naquele dia. Algo que mexeu com você e agora está me repudiando por causa disso. Você acha que vai me afastar como uma sombra assustada? Estou falando sério, Barrett Anderson, eu não vou a lugar nenhum.

— Você deveria. Deveria fugir para o mais longe possível de mim.

— Não.

A raiva brilhou nos olhos dele, as mãos se fechando ao lado do corpo.

— Você não entendeu ainda? Eu sou perigoso para você. Cada segundo perto de mim ameaça você e eu não quero vê-la em meio a toda sujeira que envolve a minha vida a ponto de não ter nenhuma esperança de escapar. — Ele cerrou a mandíbula, reprimindo a raiva abrasadora. — Me deixe rastejar de volta para o buraco de onde vim.

— Barrett, eu sei que há muitos fantasmas no seu passado e os caminhos que você trilhou não foram os mais louváveis, mas eles não influenciaram o homem que vejo diante de mim. Um homem bom, forte, inteligente e honrado.

Ele deu um salto para a frente, o rosto duro como granito.

— Eu não sou nada além do que o meu passado me fez. Um bastardo. O filho de um soldado e de uma prostituta. Eu nasci naquele bordel imundo em Chablis. Aquela mulher que cuidou das minhas feridas é a mesma que jurei destruir com minhas próprias mãos se um dia eu a encontrasse.

A mão de Kat voou até a boca para abafar o grito de cortar a alma. Egoísta com suas próprias lutas, ela nem tinha reparado na angústia que o sufocava. Ela estendeu a mão para ele.

— Oh, Barrett.

Afastando-se, ele se virou para olhar os campos cobertos de mato ao redor deles. Além de uma cerca de madeira, os dedos nebulosos de um sol apagado cutucavam o horizonte. Quando ele falou novamente, seu tom estava carregado de desilusão.

— Meu pai morreu bêbado porque não podia viver com a mulher que amava, a mesma mulher que está enterrada sob um monte de mato atrás de um bordel. Portanto, seu honrado homem já era.

— A honra não nos restringe ao nosso passado, apenas ao que fazemos no presente. — O coração de Kat sangrava por ele. Ele carregava o peso insuportável da falta de dignidade, imposta por circunstâncias além do seu controle. Mas o pior de tudo aquilo era que ele acreditava. — Minha família, nossa história e nossa posição social têm sido a minha única identidade desde que nasci, muito em meu detrimento, enquanto você vive sem família ou sem uma história. Nós merecemos nos libertar dessas amarras.

— Eu acho que muitos do seu círculo social não aceitariam isso.

— Aqueles almofadinhas endinheirados nunca reconheceriam um verdadeiro homem de valor. — Ela estendeu a mão e a pousou na bochecha dele. Compaixão, desejo e esperança tremiam através das ponta dos dedos dela. — Eles nunca chegariam aos seus pés.

Com uma expressão de escárnio, ele desviou a cabeça.

— Você vive num mundo de fantasia e é para ele que precisa retornar e esquecer tudo isso.

O medo oscilante se transformou numa dor insuperável no peito dela quando as palavras dele a empurraram para mais longe ainda.

— Eu não vou voltar para aquele mundo, nem para qualquer lugar onde você não esteja.

— Não tenho nada a oferecer a você, exceto mãos sujas e bolsos vazios.

— Não se preocupe com essas coisas. Isso é o que me preocupa. — Ela colocou a mão sobre o coração dele. — Isso é o que eu procuro.

— Temo que vá viver uma vida de decepções, então. Volte para dentro, Kat.

No ar escuro da manhã, ela não conseguia distinguir nenhuma centelha de luz nos olhos dele, como se olhasse para um poço negro sem fundo. Com os ombros caídos, ele se virou. Cada passo a atingia como um martelo golpeando o coração dela, dilacerado pelo sentimento de derrota.

— Você não me quer mais?

Ela não conseguiu evitar que a voz falhasse ao pronunciar a última palavra, mais do que poderia impedir o mundo de girar sob seus pés. Impotente, ela estendeu os braços e os deixou cair, sem esperança.

Os passos dele vacilaram. Olhando o campo à sua frente, ele curvou os ombros ainda mais com um suspiro pesado.

— Sim. — Ele se virou para encará-la. O desespero apareceu em seu rosto. — Deus me ajude, sim, eu quero você.

Diminuindo a distância entre eles, Kat colocou os braços em volta de Barrett até que o ar lhe escapasse dos pulmões. O batimento cardíaco irregular era forte contra a orelha dela, enquanto ele permanecia rígido enquanto ela o abraçava. Ela pressionou a boca contra a dele, derramando cada gota do amor que estava sentindo.

Timidamente, os braços dele a envolveram como se ele estivesse com medo de confiar em si mesmo. Ele não retribuiu o beijo, mas também não a afastou. Ele pousou a mão atrás do pescoço dela e gentilmente puxou a cabeça loira contra seu ombro.

— Você não deveria fazer isso. — A voz dele soou rouca em seu ouvido.

— Mas você queria que eu fizesse.

Ele acenou com a cabeça, enroscando os dedos no cabelo dela.

— Sim.

Inclinando-se para trás, ela olhou para o rosto dele.

— Isso é tudo que importa. Sua família, a minha, eles não têm influência nenhuma sobre a nossa felicidade.

Ele bufou, despenteando os fios que emolduravam o rosto dela.

— Falou agora como uma legítima sangue-azul.

— Sangue-azul ou não, não faz diferença. Esta guerra mudou tudo. Limites como esse não existem, não mais, não quando as pessoas estão lutando pelo direito de simplesmente viverem em paz.

As mãos dele escorregaram da cintura dela e se fecharam em punhos nas laterais dos quadris. Um V profundo se formou entre as sobrancelhas escuras.

— Vamos voltar para a Inglaterra e isso é tudo o que importa. Com guerra ou não, alguns limites nunca deixarão de existir.

— Então, vamos embora. Vamos para os Estados Unidos, onde não existe esse tipo de divisão para nos compararem. Comece de novo, sem fantasmas assombrando a cada passo. Uma nova vida toda nossa. Não é isso que você sempre quis? — Assim que ela expressou a ideia, ela se tornou, no mesmo instante, a única coisa que ela queria fazer. A promessa de um novo começo, juntos.

— Estados Unidos. — Ele sussurrou a palavra como se ela representasse um sonho em meio à neblina. Algo se agitou sob a desesperança nos olhos dela. — Você quer ir para os Estados Unidos comigo?

— Sim, eu quero. Apesar do que as pessoas possam acreditar, na verdade eu posso pensar por mim. Mas, se você continuar fazendo declarações ridículas como essa, então terei de mudar de ideia. — Ela segurou o rosto dele, atraindo-o até que ficasse a centímetros do dela. Sem mais se esconder. — Quem quer que fôssemos antes e de onde quer que viemos não importa mais. É só você e eu, Kat e Barrett.

A mão dele se fechou sobre a de Kat, dedos quentes deslizando entre os dela e levando o frio da manhã das suas extremidades. No fundo dos seus olhos azuis, algo ousou se agitar, ousou escapar de suas restrições e se desnudar para ela. Ela o reconheceu por um instante quando a mesma esperança brotou no peito dela. Unidos e testados pelo fogo abrasador da guerra, seus destinos tinham sido selados. Não eram mais duas peças defeituosas, mas uma entidade sólida, que ficava mais forte quando estavam juntos.

— Você realmente está falando sério? Você e eu, sem sobrenomes, sem linhagens, sem passado? Podemos começar de novo?

— Quantas vezes eu tenho que dizer isso? Sim, estou falando sério.

Ele segurou as mãos dela com força.

— Há algo que preciso lhe contar. Já deveria ter feito isso, não posso mais esconder de você. Chega de segredos. — Levando as mãos dela aos lábios, ele deu um beijo firme nos nós dos dedos dela e ergueu seu olhar suplicante para ela. — Eu tenho que encontrar nosso contato primeiro, mas, quando eu voltar, vamos conversar.

Uma leve preocupação lhe roubou o sentimento pleno de alegria, mas ela a afastou. Nada que ele pudesse dizer superaria o pesadelo das mentiras e horrores que eles tinham vivenciado. Fosse qual fosse a confissão, eles iriam superar juntos. Como sempre faziam.

Ela sorriu para Barrett com todo o amor transbordando do seu coração.

— Sim, vamos conversar. Volte depressa.

Apenas mais algumas horas e ele finalmente colocaria um ponto final naquela maldita história. Seu contato, um homem forte com o odor de metal queimado de ferreiro impregnado no macacão desbotado, delineou o plano em menos de uma hora. Eles esperariam até o anoitecer, então o encontrariam num pomar de maçãs a três quilômetros ao norte da cidade, onde um avião da Lysander pousaria um pouco antes da meia-noite, para levá-los de volta para a Inglaterra sob o manto da escuridão.

— Simples assim, hein? — Barrett tinha dito.

O ferreiro encolheu os ombros.

— Contanto que os *Boche* não nos vejam e você pegue aquele avião na hora certa. Não espere por nenhum homem, ou, no seu caso, nenhuma mulher.

Acomodando no ombro o saco de suprimentos que o ferreiro havia lhe dado, Barrett se apoiou na ripa superior da cerca quebrada e saltou. Do outro lado do campo, estava o celeiro decrépito. E Kat.

Os apelos dela martelavam na muralha que ele havia erigido para mantê-la segura. Tinha sido preciso até o último resquício de defesa para não ceder à paixão do beijo dela, mas tinha sido a esperança brilhando nos olhos dela a sua ruína. Ela não se importava com as origens dele nem com o fato de ele não ter nada a oferecer a ela. Ela não tinha ilusões quanto a que tipo de homem ele era e ainda assim o queria.

Ele sentiu uma comichão na lateral do corpo enquanto o ferimento provocado pela facada começava a cicatrizar. Ele fechou as abas do paletó para refrear a vontade de coçar e estragar o trabalho árduo de Kat para mantê-lo vivo. Ela merecia coisa melhor do que ele poderia ter a esperança de lhe oferecer. Mas nenhum homem poderia cuidar dela do jeito que ele cuidava. Nenhum homem poderia (ele engoliu em seco ao sentir a tensão se acumulando em seu peito) amá-la do jeito que ele amava. Sim, ela era a dona do seu coração agora e para sempre.

Barrett começou a cruzar o campo, os passos mais leves do que nos dias anteriores, em que ele caminhava sem esperança. Os Estados Unidos eram o seu sonho, mas ela o transformara. Sem ela, o país não passava de um pedaço de terra, de uma desolação que se estenderia indefinidamente até o dia da sua morte. Só ela oferecia a ele a esperança e o descanso que ele tanto desejava, e ele poderia passar o resto da vida dando a ela o amor e a lealdade que ela tanto merecia.

Exceto que ainda havia aquela questão com relação ao pai dela. Os pés dele vacilaram. Antes de qualquer coisa, ele tinha que contar a ela toda a verdade. Se a traição lhe custasse o amor dela, então... Ele reprimiu o peso que aumentava em seu peito. Ele lidaria com as consequências mais tarde, quando tivesse uma garrafa de uísque à mão.

Empurrando a porta do celeiro, presa por sua única dobradiça, Barrett piscou várias vezes para ajustar os olhos à escuridão. Com nuvens de aço cobrindo o céu, a luz ali dentro não era muito diferente da noite lá fora. Um silêncio assustador o cumprimentou. Com o sangue correndo rápido nas veias, ele estendeu a mão até a faca em seu cinto. Palha seca e terra suja sob as botas, enquanto avançava.

— É você. — Kat e Ellie surgiram de trás de uma tina enfiada num canto, nos fundos. — Voltou tão rápido!

Embainhando a faca, ele respirou fundo para acalmar o batimento cardíaco.

— O contato estava me esperando quando cheguei.

Ela tirou pedacinhos de feno seco da saia com um movimento preciso da mão.

— Vamos partir em breve?

— Vamos encontrá-lo após o anoitecer, quando um avião estará esperando para nos levar de volta para a Inglaterra à meia-noite.

Ellie se aproximou da irmã, os olhos arregalados em seu rosto pálido.

— Isso significa que vamos para casa? — Quando Barrett fez que sim com a cabeça, Ellie gritou e jogou os braços ao redor de Kat. — Finalmente vamos embora!

Os braços de Kat envolveram a irmã, mas seus olhos brilharam apenas para Barrett. Uma boas-vindas à felicidade entre eles.

— Sim, é maravilhoso. — Afastando os braços de Ellie, Kat se moveu em direção a ele. Ele quase podia sentir o beijo dela roçando em seus lábios enquanto se aproximava. — Obrigada.

A porta atrás dele se abriu fazendo a dobradiça enferrujada ranger.

— Não agradeça a ele ainda.

O sangue de Barrett congelou. Eric os havia encontrado.

Capítulo 29

O uniforme cinza metálico de Eric se misturava à faixa cinza do céu atrás dele, a severidade pontuada pelos botões de prata brilhando em seu peito. Uma Luger em sua algibeira.

Entrando no celeiro, ele olhou ao redor para as vigas caídas e ferramentas agrícolas quebradas com uma expressão de desagrado.

— É neste mundo que está vivendo desde que me deixou em Paris, *ja, schatz*?

A cor sumiu do rosto de Ellie.

— Eric. O que você está... Como você...

Eric sorriu com o tremor na voz dela.

— Eu acho que o que estou fazendo aqui é bastante óbvio. Eu vim reivindicar o que me pertence. E como cheguei até aqui? Digamos apenas que você devia ter mais cuidado com os lugares onde deixa as suas coisas, *schatz*.

Colocando a mão no bolso, ele tirou dali um pente feminino. Sujo, com alguns dentes faltando, e visto pela última vez nas mãos de um homem em que Barrett tinha aberto um corte.

— *Tsk, tsk*. Eu dei isso a você, Eleanor. — Eric balançou o pente lentamente. Os dentes dele brilhavam como lâminas às luzes que cruzavam o telhado, enquanto seus olhos frios se moviam para Barrett. — Com todo o sangue que você deixou para trás, não pensei que o encontraria vivo. Deve ter tido uma boa enfermeira para cuidar de você. Foi só uma questão de procurar nas cidades próximas até que, por puro golpe de sorte, eu o vi cruzando o campo até aqui. A propósito, estou surpreso com a rapidez com que você caminha com esses ferimentos. E com duas mulheres.

Barrett se moveu para bloquear a visão de Eric das mulheres.

— O que você planeja agora, Schlegel?

— Vim buscar o que me pertence, não me ouviu? Talvez sua cabeça esteja muito cheia de notícias da Resistência para compreender qualquer outra coisa.

Sorrindo, Barrett cruzou os braços sobre o peito para acalmar a respiração. O que ele não daria para ter uma arma e dar um tiro fatal naquele homem.

— Já era hora de você perceber que eu não era um dono de bar qualquer que servia bebidas para viver.

— Eu já sabia há algum tempo. Você realmente não achou que eu permitiria alguém da sua laia nas nossas festas, muito menos na casa do *Führer*, sem um bom motivo, não é?

— Você tinha outra razão que não fosse fazer Ellie feliz?

O sorriso sinistro de Eric se transformou em um segundo de vulnerabilidade.

— A felicidade dela está em primeiro lugar em meus pensamentos e atitudes.

— Algo que você mostrou muito bem quando me trancou naquele apartamento por uma semana. — Ellie passou por Barrett para enfrentar Eric. — Um rubor se espalhou pelas bochechas pálidas dela. — Ou você define minha felicidade por quantos herdeiros de cabelos loiros e olhos azuis vou parir para aquela sua esposa horrorosa? Acha que aquela medalha feia seria o suficiente para me confortar quando nenhum homem decente mais me quisesse?

Eric engoliu em seco.

— *Eu* quero você.

As mãos de Ellie se fecharam nas laterais dos quadris.

— Bem, eu não quero você. Não mais. Não agora que sei quem você realmente é.

— Lamento ouvi-la dizer isso, mas com o tempo vai se sentir diferente.

Passando pelo outro lado de Barrett, Kat ficou ao lado de Ellie.

— Enfie nesta sua cabeça dura de uma vez por todas: minha irmã não quer mais nada com você. Nada no mundo vai mudar isso.

— Muito menos você, a querida irmã dela. — O ódio queimava como uma labareda azul nos olhos de Eric. — Se você nunca tivesse aparecido, tudo teria sido perfeito. Você contaminou a mente dela com suas palavras venenosas.

— Você fez isso por si mesmo, *Sturmbannführer*.

O ódio chamejou nos olhos dele, fulminando Kat.

— Honestamente, não entendo o que você viu nela, Anderson. *Sir* Alfred deve estar pagando um bom dinheiro para mantê-lo perto dela por tanto tempo.

As costas de Kat ficaram rígidas.

— O que meu pai tem a ver com isso?

— Você realmente não acreditou que este homem ficaria babando atrás de você se não fosse seu pai financiando tudo, não é? — Ele zombou. — Oh, céus. Você realmente acreditava nisso.

— Basta, Eric.

A reprimenda de Ellie estalou com animosidade quando Eric desviou o olhar de Kat de volta para ela.

— Eu vou perdoar as palavras da sua irmã por sua causa, mas pare com esse absurdo imediatamente, Eleanor. Volte comigo.

Ellie balançou a cabeça com força o suficiente para soltar o cabelo da fita que o amarrava.

— Você é louco? Não percebe tudo o que eu fiz para ficar longe de você?

Eric alisou a frente do uniforme com a mão trêmula.

— Algo que estou disposto a perdoar se voltar comigo agora.

— Sua compaixão é sua ruína, marido.

Uma sombra se afastou da porta para ficar ao lado de Eric.

A esposa dele.

Apontando uma pistola de prata para a cabeça de Ellie, os lábios vermelho-sangue de Hildegarde se dividiram num sorriso.

— O tempo para negociações acabou.

Barrett gemeu. Aquela reunião estava ficando cada vez mais interessante. A ponta dura da faca pressionava seu quadril. Não adiantava muito no momento. Um movimento e ele teria duas balas no peito sem nenhuma maneira de proteger as mulheres.

A coluna de Eric se endireitou, o uniforme rangendo com rigidez.

— Eu disse para esperar no carro, Hildegarde.

— Quanto tempo leva para pegar uma garota simplória? — Num tom de zombaria, Hildegarde afofou a gola de pele com uma mão enluvada enquanto a outra permanecia em seu alvo. — Eu deveria saber que você não poderia vir sozinho para cumprir essa tarefa. Com certeza, eu o pegaria implorando como um cachorro para a *sua Englisch hure*.

A dureza enrijeceu o rosto de Eric quando ele se moveu para ficar entre ela e Ellie.

— Ela não é uma prostituta.

— Prostituta, amante, vadia. Nomes diferentes para o mesmo desempenho na sua cama. — Hildegarde passou por ele e segurou a arma a distância de um braço na têmpora de Ellie. A amargura queimava em seus olhos escuros. — Eu não vim até este lugar esquecido por Deus para ficar num celeiro e ver minhas roupas caras impregnadas com o fedor de porcos. Entre no carro. Ou melhor ainda, no porta-malas. Você cheira a esterco.

Com uma sacudida violenta de cabeça, Ellie deu um salto para trás, esbarrando no ombro de Kat.

— Você está fora de si, senhora, se acha que vou a qualquer lugar com vocês.

— Hildegarde, eu disse a você para me deixar cuidar disso sozinho, sem confusão. Agora, abaixe a arma. De que adianta ela para você e nosso legado se estiver morta?

Hildegarde riu, um ruído frio e agudo como uma grade de metal sobre o cascalho.

— Ela ou alguma outra garota, não faz diferença. Não é muito difícil encontrar uma barriga. Mas você insiste nessa daí. Quantas vezes eu disse que seu sentimentalismo seria sua ruína?

— Estou avisando, Hilde. — A mão de Eric pousou sobre a Luger em sua algibeira, o metal preto lustroso acentuando a brancura dos seus dedos.

— Tudo bem. Faça do seu jeito. — As órbitas escuras da mulher se reviraram com desgosto. — Ela apontou para Kat. — Esta não deve importar tanto para você e vai me dar um grande prazer acabar de uma vez com essa língua solta.

— Se há alguém que merece levar um tiro é você.

Ellie saltou para a frente e agarrou a arma, mas Hildegarde se desvencilhou e golpeou-a na boca com a coronha da arma.

Ellie caiu para trás com sangue escorrendo do lábio.

Um ar sombrio de vitória surgiu nos olhos de Hildegarde quando ela mirou outra vez em Ellie.

— Não importa o que Eric pense, você merece morrer. E o melhor é que será pelas minhas mãos. — Ela riu enquanto Ellie lutava para se afastar. — Olhe para você. Senhorita Plena e Poderosa, rastejando no chão como um porco à minha mercê. Vou me lembrar dessa visão patética para sempre.

— Afaste-se dela, Hildegarde. — A pistola sacada de Eric não vacilou nas costas da esposa.

A cabeça de Hildegarde virou-se para ele.

— Ou você vai o quê? Atirar em mim? Você não teria coragem. Nunca teve coragem. Se não fosse por mim, você ainda estaria num escritório em Berlim. Você nunca conseguiu nada por si mesmo. Não sabe fazer nada sozinho.

A mão de Eric tremia enquanto o vermelho subia pelo seu pescoço.

— Último aviso.

Sem olhar para trás, Hildegarde puxou o gatilho.

Bam!

Ellie caiu para trás, flácida como uma boneca de pano. Kat gritou.

Os dentes brancos de Hildegarde rangeram como os de um gato selvagem contra a arma de Eric ainda apontada para ela.

— Você não teria coragem...

Bam.

Uma mancha vermelha brilhante se espalhou de um buraco no peito de Hildegarde. De boca aberta e olhos escuros arregalados, a arma caiu de seus dedos. Ela caiu de joelhos, desfiando as meias de seda, e se dobrou no chão, em cima da arma, enquanto o vermelho manchava sua blusa creme. Dois suspiros finais escaparam dos seus lábios e ela ficou imóvel, olhando para o teto.

Com um grito, Kat caiu ao lado de Ellie e puxou a cabeça da irmã para o colo. O sangue escorria pela camisa da moça, tornando impossível dizer onde ela tinha sido atingida. Kat esfregou o rosto da irmã.

— Ellie. Ellie, você pode me ouvir? Abra os olhos! — Lágrimas escorriam pelo rosto de Kat enquanto ela olhava para Barrett. — Ela não está se mexendo.

O horror encharcava o rosto de Eric. Seus olhos ricochetearam de Ellie para a esposa.

— O que eu fiz?

Eric tropeçou na esposa e caiu de joelhos ao lado dela. A Luger escorregou da sua mão. Ele pressionou as mãos trêmulas sobre o buraco de bala, entrelaçando os dedos como se tentasse tampá-lo, mas o sangue passava através deles e escorria pelos punhos, manchando as mangas do uniforme.

— O sangue... É muito. — Ele pressionou o ferimento. — Não vai parar. É demais.

Barrett estendeu os braços e passou na frente das mulheres. O pulso acelerado.

— Ela se foi, Schlegel. Deixe-a ir.

— Eu não posso parar... É tanto sangue... — Eric ergueu diante do rosto as mãos cobertas de vermelho. A cor era drenada das bochechas à medida que a pulsação no pescoço acelerava cada vez mais. Seus lábios pálidos tremiam tanto que o estalo dos dentes batendo preencheram o silêncio. — O que eu fiz?

Com a cena lhe revirando as entranhas, Barrett agarrou-se às palavras, a quaisquer palavras, esperando ganhar tempo. Ele precisava afastar Kat e Ellie daquele homem transloucado.

— Calma, agora, Schlegel. Tenho certeza de que você não quis fazer isso.

— Mas eu fiz. Eu queria assustá-la, fazê-la parar de dizer aquelas palavras caluniosas. — Eric passou as mãos ensanguentadas pelo cabelo, manchando os fios loiros. Com o branco dos olhos brilhando como bolas de bilhar, ele fitava o corpo estático da esposa. — Ela me transformou num monstro.

— *Você* se transformou num monstro! — Kat gritou, com lágrimas escorrendo das bochechas em torrentes de raiva. — Que Deus amaldiçoe sua alma enegrecida!

Barrett lhe lançou um olhar silencioso. Eles precisavam manter Eric calmo antes que ele pegasse a arma e explodisse a cabeça de outra vítima.

Ele respirou fundo para conter o fluxo de sangue nos ouvidos e voltou a atenção de volta para Eric.

— Você só queria proteger Ellie.

— Não adiantou muito. — A voz dele enfraqueceu num soluço. — Minha Eleanor. O que eu fiz para você, Ellie, *liebling*?

Levantando-se, Eric cambaleou até Ellie e caiu ao lado dela. Ele pegou a mão da amante e acariciou-a suavemente, deixando estrias vermelhas na pele pálida. A arma de Eric estava a vários metros de distância, mas Barrett não ousou deixar Kat por um segundo. Qualquer movimento, qualquer contração, e ele golpearia com o punho o rosto do nazista, até arrancar sua cabeça do pescoço.

— De pé, Schlegel.

— O que eu fiz? — Lágrimas escorriam pelo rosto de Eric enquanto ele olhava para Ellie sem piscar. Lentamente, ele balançou a cabeça. Seus olhos se voltaram para Kat. — Não, não. Não o que eu fiz. O que *você* fez.

— Não sou eu que tenho sangue nas mãos. Não toque nela! — Kat tirou a mão de Ellie da dele. Os lábios dela se arreganharam como os de um lobo na lua cheia. — Ninguém aqui tem culpa além de você. Eu vim aqui para salvar minha irmã das suas garras e agora ela sangra diante dos meus olhos por sua causa. *Você* fez isso. Você e mais ninguém.

Eric balançou a cabeça. Os dentes cerrados, a respiração ofegante.

— Nós éramos felizes. Então você apareceu e estragou tudo. Isto é culpa sua!

Ele se lançou para a frente, agarrando o pescoço de Kat e lançando o corpo sobre o dela. Ele teve apenas um instante antes de Barrett se lançar nas costas de Eric e arrancá-lo de cima de Kat. Cabeça baixa, ombros para a frente, Barrett atacou e acertou o homem bem no estômago. Eles tombaram para trás, chutando e golpeando com os punhos. A fúria percorria as veias de Barrett e movia seus punhos enquanto ele esmurrava o nariz, a boca e todos os músculo de Eric. Mas o desespero do alemão o fazia lutar como um gato selvagem, batendo com violência nas orelhas de Barrett e mordendo as mãos dele. Fechando os punhos, Eric os lançou contra o estômago de Barrett.

Barrett rolou enquanto seus músculos abdominais se contraíam de dor. Lutando para ficar de pé, Eric correu de volta para o corpo da esposa e recuperou a pistola onde ele a deixara cair. Apontou para Barrett.

— Não se mova ou arranco sua cabeça e, em seguida, faço o mesmo com a sua amante. Ele engatilhou a arma. — Ou melhor ainda. Vou mantê-la viva para você observar a vida se esvaindo dos seus olhos com o conhecimento de que ela provocou tudo isso. Não há nada mais doloroso na vida do que assistir um ente querido morrendo.

Decidido a não morrer ali no chão, como um cão implorando pela vida, Barrett se colocou de pé com dificuldade, esperando um segundo de distração para desarmar o sujeito enlouquecido.

— Se você me matar, vai realmente se tornar aquele monstro que nunca quis ser. Pelo bem de Ellie, não faça isso. Ela nunca iria querer vê-lo assim.

Eric tropeçava, enquanto andava em círculos, as lágrimas escorrendo pelo rosto. Ele gemeu e pressionou o punho na testa como se os pensamentos girando em sua mente fossem demais para que ele pudesse controlar.

— Como eu posso ter feito isso? Eu só queria amar Ellie, cuidar dela. E agora ela se foi, levando com ela tudo que eu queria, tudo que eu esperava ter com ela.

— Abaixe a arma, Schlegel. Antes de ferir mais alguém.

— Ferir? — O branco dos olhos de Eric brilhou quando ele olhou para baixo, em direção a Luger. Passou um dedo manchado de sangue pelo cano da arma. — Eu só puxei o gatilho quatro vezes na minha vida. Todas as vezes com precisão, com a intenção de matar. Mas não ela. Nunca ela.

Eric gesticulou com a pistola para o corpo imóvel de Ellie. Kat ofegou, cobrindo a cabeça da irmã com os braços. Barrett se lançou para a frente, na tentativa de bloquear a mira da arma.

— Me passe a arma, Eric.

— Ela nunca vai me amar agora. Este monstro. — Ele olhou além de Barrett, para Ellie. Mais lágrimas escorreram pelo seu rosto. — *Ich liebe dich.*

Ele apontou a pistola para a própria cabeça.

Bam.

Capítulo 30

— Ela ainda está respirando. — Kat ergueu o rosto da boca de Ellie. — Mas perdeu muito sangue.

Barrett agachou-se ao lado dela e afastou cuidadosamente o pano avermelhado do ombro de Ellie.

— A bala atravessou o ombro, mas temos que deter o sangramento.

Kat tirou às pressas o casaco e o enrolou no ombro da irmã. A cabeça de Ellie pendeu para o lado e Kat tirou o cabelo das bochechas dela.

— Ellie? Você pode me ouvir? Preciso que você acorde.

Ellie gemeu enquanto seus cílios tremiam.

— Não.

— Você tem que acordar. Por favor, vamos. Fale comigo. — Kat olhou para Barrett com pânico nos olhos. — Temos que encontrar um médico.

Barrett olhou para os corpos imóveis e ensanguentados atrás dele.

— Precisamos sair daqui. Alguém deve ter ouvido esses tiros e prefiro não esperar para ver quem vai aparecer. Passando as mãos por baixo dos ombros de Ellie, ele a ergueu nos braços. — Pegue nosso saco de suprimentos. Não deixe nenhuma evidência nossa que eles possam encontrar.

— Aonde nós vamos? Não podemos carregá-la pela cidade.

— Vamos ao nosso ponto de encontro no pomar de maçãs. O mato deve ser alto o suficiente para nos esconder, então eu posso ir buscar ajuda. Agora, depressa!

O coração de Barrett trovejava a cada assobio do vento, a cada galho de árvore que passava e a cada pedra esmagada sob seus pés, enquanto eles atravessavam um bosque num passo rápido. Felizmente, o sol continuava encoberto por uma espessa camada de nuvens. Para que pudessem fugir do banho de sangue atrás deles no celeiro e enfrentar os perigos que viriam, a luz do sol brilhante de nada serviria.

Por fim, chegaram ao pomar. Barrett gentilmente colocou Ellie no chão, encostada no tronco de uma macieira, depois se ergueu para examinar a área. Os últimos frutos da estação já tinham sido colhidos das árvores. As fragrâncias antes doces que enchiam o ar agora davam lugar ao mofo das folhas secas. Os pássaros faziam algazarra nos galhos, enquanto os esquilos vasculhavam a grama em busca de quaisquer sementes que restassem. Quando a quietude do lugar o envolveu, Barrett respirou fundo para acalmar o coração acelerado. Estavam seguros por enquanto, mas não tinham saído do arvoredo ainda. Faltavam muitas horas até que o avião chegasse.

Ele se ajoelhou perto de Kat, que estava ao lado da irmã, e tomou o pulso de Ellie. Lento e instável. Ela precisava de um médico.

— Vou sinalizar para o nosso contato novamente. Ele com certeza deve ter um *kit* de primeiros socorros ou conhece alguém em quem possamos confiar para cuidar dela. Eu voltarei assim que puder. Assegure-se de que vocês...

— Eu sei o que fazer. Vá.

A fragilidade na voz dela fez pouco para acalmar a mente de Barrett. Ele tocou as marcas avermelhadas de dedos em torno do pescoço de Kat, que incitaram uma nova fúria em suas veias.

— Kat. O que aconteceu lá atrás...

Ela se afastou dele, os olhos nunca deixando a irmã.

— O que aconteceu lá atrás está feito. Não desejo falar sobre isso. Pare de me mimar enquanto minha irmã morre na minha frente.

Ela estava em choque. Ele rezou para que estivessem muito longe da França quando as emoções dela viessem à tona. Dando um beijo na cabeça dela, ele ficou de pé.

— Voltarei assim que puder, Papoula.

Ela não deu mostras de perceber a saída dele.

O Lysander deslizava pela escuridão. Nem um pontinho de luz para guiar sua descida, apenas o ronco baixo de um motor para marcar sua proximidade. A respiração irregular de Kat enchia os ouvidos dela com a antecipação da sua liberdade. Mas, por dentro, seu coração estava se partindo. Outra ilusão de felicidade abatida pela mão autoritária do pai. O amor oferecido por ela tinha sido arremessado contra as rochas por um homem que o considerava indigno de sua atenção. Pelo menos de uma atenção que fosse além do dinheiro. Assim como Marcus.

Ela mordeu o lábio para conter as lágrimas. Não importava. Em algumas horas, eles estariam de volta à Inglaterra e ela nunca mais teria que pôr os olhos em Barrett Anderson novamente.

Tocando o pulso de Ellie com os dedos, ela descobriu que ele estava fraco, mas estável. O contato deles, Madon, tinha trazido um *kit* de primeiros socorros e começado a trabalhar imediatamente, limpando e enfaixando a horrível ferida. Contanto que eles não precisassem pular do avião, ela conseguiria sobreviver.

— Mais um pouco, Ellie, e eu colocarei você em lençóis limpos e com um travesseiro de penas para combinar.

Ellie apertou levemente os dedos em resposta.

Barrett se agachou ao lado dela e verificou o pulso na garganta de Ellie, assentindo com aprovação.

— Madon diz que deve demorar cerca de três horas para pousamos. Em comparação com os últimos meses, vai passar num piscar de olhos. — Barrett tocou o cotovelo de Kat. — Sua irmã vai ficar bem.

Normalmente tão calma, a voz dele rasgou os nervos dela como dardos ardentes. Ela se desvencilhou do calor que ele emanava através da blusa dela.

— Sim, ela vai.

— Não pensei que nenhum de nós fosse sair vivo daquele celeiro. — Ele acariciou a bochecha dela, incendiando sua pele. — Eu pensei que ia perder você hoje.

Virando o rosto, ela cravou as unhas nas palmas das mãos e lutou contra o poço de lágrimas em sua garganta.

— Sim, imagino que terrível perda isso seria para o seu bolso.

Ele enrijeceu.

— Do que você está falando?

— Não se faça de tonto comigo. Eric viveu o suficiente para contar sobre seu acordo secreto com meu pai. Pagando você para fingir interesse por mim. — Uma risada, seca como o vento de inverno, arranhou sua garganta. — Eu sou uma tola. Como não vi antes? Um homem com a sua atividade clandestina deveria ter ficado bem longe de nós, mas você se aproximou cada vez mais. Meu pai deve ter pago muito bem. Ele sempre escolhe meus pretendentes.

— Eu nunca fingi meu interesse por você.

— Não me diga que ficou loucamente apaixonado.

— E se fiquei?

— Então eu diria que você está mentindo.

Ele se aproximou o suficiente para ela ver um aviso de perigo piscando nos olhos dele.

— Eu disse desde o início que sou muitas coisas, mas mentiroso não é uma delas.

Ela se inclinou para a frente para dar a ele uma visão completa das suas próprias ameaças se formando nos olhos dela.

— Então, como você chama essa missão em que está desde o infeliz dia em que nos conhecemos?

— Precisamente isso. Uma missão para manter você e sua irmã seguras a todo custo, porque seu pai não confiava que você ficaria longe de problemas por conta própria. Eu ia contar tudo a você, mas Eric chegou antes que eu pudesse ter uma chance.

— Sim, ele fez todo o trabalho sujo, abrindo o jogo em seu lugar. Se você tivesse um pingo de vergonha na cara, teria me dito logo de início, em vez de me enganar.

— Eu jurei não contar, por mais que quisesse.

— Mentiras de novo.

Enquanto suas vozes se elevavam acima do zumbido do avião, o contato deles, Madon, ergueu os olhos de onde mantinha a vigilância perto de Ellie. Barrett agarrou o braço de Kat e puxou-a alguns metros para longe. O ar sibilava por entre os dentes dele:

— Tenho trabalhado para o SIS exatamente como eu disse a você. Dias antes de você chegar a Paris, recebi uma proposta do seu pai. Um trabalho paralelo para trazer você e Ellie de volta para a Inglaterra.

Ela tentou afastar os dedos dele, mas ele a segurou com mais força.

— Um cheque irresistível demais para você recusar.

— Não tão irresistível assim se eu soubesse que teria de aturar o seu gênio forte. — Um meio sorriso curvou seu lábio. Seu aperto diminuiu. — Você está realmente tão chateada porque seu pai queria vê-la segura?

Ela desviou o olhar quando a pontada de inadequação a atingiu com força.

— Ele não confiou em mim, nas minhas habilidades para fazer o trabalho sozinha, antes de se precipitar como sempre.

— Talvez sim, mas foi por amor que ele fez isso.

Ela apertou os lábios enquanto sua garganta doía com o acúmulo das lágrimas. Ela engoliu a fraqueza.

— Suponho que ele tenha oferecido mais algumas moedas extras para você me beijar. O que mais ele prometeu a você? Um cargo no Parlamento? Terras? Seu melhor cavalo?

— Nenhuma dessas coisas importa para mim.

— Então o que importa para você?

— Uma passagem para recomeçar nos Estados Unidos. E você. Acima de tudo, você. Segurando o rosto de Kat, ele pressionou a boca contra a dela. Severo e exigente, tentou possuir seus lábios.

Ah, como ela queria. Seu corpo traidor suspirou com o toque, ansiando por mais. Mas a traição era demais para seu coração suportar. Ela o empurrou.

— Os planos que fizemos esta manhã pertencem ao passado. Antes de Eric, antes do sangue, antes das mortes. Desde o início, você deixou claro que não temos como ficar juntos. Nós nunca deveríamos ter permitido que isso mudasse.

— Você tem razão. Não há nada neste mundo que nos mantenha juntos. Eu fiz tudo que podia para acreditar nisso, mas parei de mentir para mim mesmo. E para você. Nada solidifica uma ideia mais rápido do que uma arma na cabeça.

— Com arma ou não, isso não muda os fatos. Muito nos separa. Tudo que Eric fez foi colocar a questão numa perspectiva mais ampla.

— Não estou prestes a reconhecer que um assassino nazista nos fez um favor, mas quase perder você me fez perceber que sou um tolo em pensar que posso libertá-la do meu próprio ser.

Ele estendeu a mão para ela, mas ela recuou quando a raiva veio à tona.

— Não faz diferença agora.

— Por quê? Com medo de ter um homem de verdade desejando você, cuidando de você, ajudando-a a assumir os fardos que carregou por tanto tempo sozinha?

As palavras ardentes dele queimaram dentro dela, mas elas não eram páreo para a fúria ardente que ela sentia.

— Se algum dia eu desejar um homem assim, que seja alguém que se aproxime de mim por vontade própria e não por querer esvaziar os bolsos do meu pai.

Uma expressão dura esculpiu o rosto dele.

— Não quero esvaziar os bolsos de ninguém, nem mesmo do poderoso *sir* Alfred. Foi um trabalho oferecido e aceito para levá-las em segurança de volta à Inglaterra.

— Se era apenas um contrato de trabalho, por que não me contou antes?

As palavras diretas dela foram como uma borrifada de água fria no rosto dele. Virando o ombro para ela, ele passou a mão pelo cabelo e depois pela nuca.

— Tive medo.

Ela cruzou os braços sobre o peito, controlando a fúria que estava muito perto de explodir.

— Medo de quê?

— Disto. É exatamente isto que eu temia. — Ele se voltou para ela. O desespero guerreava em seus olhos. — Você me confundir com todos os outros cafajestes que a decepcionaram antes. Pela primeira vez na vida eu queria estar ao lado de alguém. De você.

— E você estava. Assim como prometeu fazer ao meu pai.

— Me desculpe por ter escondido as coisas de você. Eu de fato lamento muito. Mas se você está determinada a se esconder atrás dessa parede fria de orgulho ferido todas as vezes que alguém mostra que não é perfeito, então vai viver a vida inteira sozinha. Ninguém para amar e ninguém próximo o suficiente para retribuir esse amor.

O coração dela gritava para que engolisse aquele orgulho ridículo, o perdoasse e caísse naqueles braços fortes, desejando abraçá-la. Mas as feridas do passado infligidas por Marcus, até mesmo por seu próprio pai, ainda estavam em carne viva, sangrando. Ela tinha confiado neles um dia, procurado abrigo em seus braços, mas não encontrou conforto no final.

Uma rajada de vento açoitou a saia dela enquanto o avião deslizava para baixo no ar e pousava. Ele não parecia ter tamanho suficiente para conter todos os passageiros, muito menos o piloto. Não importava. Ela entraria naquela caixa de fósforos se ela fosse levá-la de volta à Inglaterra. E longe do turbilhão de emoções que ela não queria demonstrar.

— Vamos, sr. Anderson. — Jogando os ombros para trás, ela falou no tom mais frio que conseguiu reunir em sua voz. — É hora de receber seu pagamento.

Capítulo 31

Barrett amassou o chapéu nas mãos, tomando cuidado para não tocar em nada. O piso de nogueira reluzente, retratos de pessoas vestindo fantasias e paisagens coloridas revestindo as paredes cobertas de painéis de madeira, cortinas de veludo ao redor das dezenas de janelas com vista para o gramado verdejante e o cheiro de móveis encerados com cera de abelha eram todos lembretes bem claros do mundo de onde Kat viera. Um mundo do qual ele não fazia parte.

Três dias antes, eles tinham deixado os horrores da França para trás, enquanto voavam pelo Canal da Mancha para pousar no que parecia ser um campo de aviação abandonado, em algum lugar de Dorset. Dois automóveis cheios de soldados armados estavam à espera deles. Um levara as mulheres enquanto o outro jogara-o no banco de trás e saíra às pressas noite adentro. Ele havia passado horas num quartel-general militar sendo interrogado. Tinha implorado por notícias de Kat e Ellie, mas nenhuma lhe fora dada. Não até que um convite com um único nome foi apresentado a ele no final do interrogatório.

— *Sir* Alfred o verá agora. — De nariz empinado, o mordomo recuou-se a olhá-lo nos olhos. Ele se espremeu contra a porta na esperança de que os germes de Barrett não saltassem sobre seu uniforme de pinguim engomado, quando ele passou.

Uma sala longa e espaçosa de madeira escura o cumprimentou. Três paredes estavam forradas com estantes de livros do chão ao teto, repletas de volumes mofados. A quarta parede, de janelas, dava para um jardim formal, de sebes verdes e pardais bicando o solo. Na outra extremidade da sala, situada atrás de uma mesa enorme com pilhas de papéis, estava sentado o próprio *sir* Alfred Whitford.

Marchando pelo tapete grosso, Barrett não diminuiu o ritmo até que a ponta dos sapatos batesse na mesa opressora.

As sobrancelhas finas e cinzentas de *sir* Alfred se ergueram. Ele não se deu ao trabalho de se levantar para cumprimentá-lo.

— Sr. Anderson, finalmente nos encontramos.

Barrett agarrou seu chapéu para não dar um soco no rosto aristocrático do homem.

— Sim.

Dedos rombudos tamborilavam na superfície da mesa imaculada, enquanto vincos profundos marcavam o rosto do homem enquanto ele estudava Barrett sem piscar. Barrett imaginou quantos homens já tinham se encolhido sob aquele olhar.

Embora todos os ângulos do rosto endurecido fossem desconhecidos, aquele olhar era total e completamente de Kat. Ele reprimiu a pontada repentina de dor no coração.

Os dedos pararam de tamborilar.

— O acordo era para você trazer minhas filhas de volta em segurança.

— Como eu fiz.

— Como você fez? — Os dedos de *sir* Alfred se fecharam em punho. — Minha filha mais velha chega em casa com hematomas no pescoço e a caçula com um buraco de bala no ombro.

Um sentimento de amargura, rápido e incandescente, correu pelas veias de Barrett como uma bala pronta para explodir do cano de uma arma.

— Elas se feriram defendendo-se de um homem louco.

— Um louco com que você deixou que elas passeassem alegremente por toda a Paris e por metade da Alemanha. Apenas para ele atirar na esposa e em si mesmo num celeiro.

— Ellie se recuperou?

— *Eleanor* vai se curar agora que está em casa, o lugar a que pertence. Diferente dos lugares para os quais você a arrastou. — *Sir* Alfred torceu a cabeça para o lado enquanto o vermelho subia pelo seu pescoço. O volume da sua voz aumentava a cada palavra. — Dançar com o *Schutzstaffel*, beber com estrelas de cinema. Jantar em festas com Hitler. Que tipo de homem é você?

— O tipo que você e seus comparsas do governo pagam para andar com aquelas serpentes. Fiquei enojado enquanto assistia Kat sendo obrigada a se rastejar ao lado daqueles monstros.

O punho de *sir* Alfred bateu na mesa.

— Não se atreva a arrastar o nome dela para essa sujeira. Eu queria que minhas filhas voltassem imediatamente, mas meus "comparsas", como você os chama, agiram pelas minhas costas e as mantiveram lá. Duas semanas atrás eu descobri que minhas filhas estavam se escondendo pelo interior da França com você na frente, abrindo caminho.

A raiva que Barrett mal tentava conter irrompeu. Se a justiça fosse rápida, aquele homem desprezível diante dele se afogaria no próprio veneno.

— No entanto, aqui está você, o próprio pai dela, atrás da proteção da sua poderosa mesa. Enviando outros para fazer o trabalho sujo por você.

— Você não sabe nada sobre mim.

Inclinando-se para a frente, Barrett cravou os nós dos dedos na mesa. As palavras sibilavam entre os dentes cerrados.

— Eu sei o suficiente para ter certeza de que você não teve coragem de ir pessoalmente a Paris. Você mandou sua própria filha direto para as mãos dos inimigos sem a menor esperança de ser resgatada. Não que ela precisasse de muita ajuda. Essa mulher enfrentou Hitler sem uma aljava. Ela tem mais estrutura, mais integridade do que você, com todas as suas medalhas do exército.

Sempre o estrategista político, *sir* Alfred não deu nenhuma indicação de humildade ou de que estaria envergonhado.

— Você não achou que ela tinha muita chance quando aceitou a minha oferta.

Fotos emolduradas enchiam a estante de livros atrás da mesa. *Sir* Alfred apertando a mão de Winston Churchill, montando cavalos da cavalaria, nas cordilheiras dizimadas de Verdun e ao lado da família, sem ao menos um sorriso no rosto. A maior imagem de todas era de Kat empertigada sobre um banco de pedra, no meio de um jardim de flores. A perfeita senhora inglesa. Mas não a mulher que ele passou a amar.

A pontada em seu coração se estilhaçou numa dor paralisante. Amar, mas nunca reclamar para si.

— Levei menos de um minuto para perceber o valor dela, algo que você não conseguiu descobrir durante toda a vida. Ela é a mulher mais destemida e altruísta que já conheci e é boa demais para gente como você. Para gente como eu também.

— Eles me disseram que você era um dos melhores, mas não mencionaram seu temperamento intratável. — Os olhos de *sir* Alfred se estreitaram. — Não deveria ser uma surpresa, sendo você um escocês.

Sorrindo, Barrett se endireitou.

— E eu ouvi dizer que você era um herói de guerra, um homem de verdade. Engraçado como nós dois parecemos ter sido enganados.

— Assim parece. — Os dedos rombudos tamborilaram mais uma vez na mesa reluzente. Um suspiro passou pelo nariz do velho. — Se você já tiver acabado de me insultar, vamos ao que interessa.

Abrindo uma gaveta inferior em sua mesa, *sir* Alfred puxou um talão de cheques e o abriu na primeira página. Ele mergulhou a ponta do tinteiro antiquado e rabiscou uma quantia e sua assinatura embaixo. Arrancando-o do talão, agitou o cheque até que a tinta secasse, depois o empurrou sobre a mesa para Barrett.

Era mais dinheiro do que ele esperava ter na vida. Uma passagem para os Estados Unidos, uma entrada para uma vida nova e muito mais para levar uma vida muito confortável. Tudo em seu nome, sem nenhum ônus. Mas o espanto logo deu lugar ao nojo.

— Eu não quero o seu dinheiro.

As sobrancelhas de *sir* Alfred se ergueram quase até a linha do cabelo grisalho.

— Não? Depois de tudo isso, de ser lançado no covil dos lobos, dos ataques de faca, de ter de rastejar pela lama? Meu dinheiro não é bom o suficiente para você?

O olhar de Barrett se voltou para a foto de Kat.

— É bom demais.

— Certamente você pode usá-lo para alguma coisa. Vai precisar começar de novo.

— Sim, vou começar de novo. Mas vou fazer isso como o meu próprio pai. — Recuando, ele deu um breve aceno de cabeça. — Tenha um bom dia.

De costas retas para que seu coração não desabasse ainda mais, ele marchou para fora da sala. Para longe de *sir* Alfred, do seu dinheiro sujo de sangue, da imagem de Kat e do futuro que nunca teriam. O mordomo esperava por ele com a porta da frente aberta. Fechou quase antes que ele colocasse os dois pés do lado de fora.

Um leve movimento à sua direita chamou sua atenção. Kat. Num vestido rosa suave e um colar de pérolas, cabelos elegantemente penteados para trás, numa nuvem de perfume, ela era mais uma vez a imagem perfeita de uma mulher da alta sociedade. O coração dele se comprimiu.

Barrett colocou o chapéu na cabeça e se permitiu um último vislumbre daqueles lindos olhos azuis-esverdeados. Então, enfiando a mão no bolso, ele tirou dali o broche embrulhado de sua avó. Incapaz de olhar para a pedra brilhante, ele a pressionou na mão da única mulher digna de tal joia. Sua própria joia.

— Sentirei sua falta por toda a minha vida.

Depois desceu os degraus até sentir seu coração se partir.

Seria possível ouvir um coração se partindo, depois de assisti-lo indo embora sem olhar para trás?

Kat pressionou a bochecha contra o assento do banco enquanto lágrimas quentes se derramavam sobre a pedra fria, o vazio em seu peito era um maldito lembrete da sua solidão. Ela tinha esperado por ele nos degraus, cada segundo uma eternidade, até que a porta se abrisse e ele saísse. Quando ela olhou em seus olhos, suas pernas tremeram tanto que ela pensou que desmaiaria, mas, em vez da paixão usual, ela encontrou apenas tristeza e isso apunhalou seu coração. *Sentirei sua falta por toda a minha vida.*

Ela bateu o punho contra a pedra, mas permaneceu inflexível e imune à sua dor. Vida. Que vida teria sem ele? Toda a sua vida tinha sido gasta indo a uma reunião social atrás da outra a mando dos pais, falando com as mesmas pessoas estúpidas aqui, financiando uma instituição de caridade ali. Só em Paris ela tinha encontrado um sentido para o seu caminho bem traçado. E então Barrett tinha surgido e a desviado para uma direção completamente diferente. Ela devia tudo isso a ele.

Suas unhas se agarraram à pedra. Mas ele não queria o que ela oferecia. Ele a aceitou como um trabalho. Nada mais.

No entanto, não havia como confundir o desejo nos olhos dele, que pulsava no mesmo ritmo que o dela. Não havia como negar o amor.

O barulho das rodas rolando pelos ladrilhos alcançou seus ouvidos. Kat levantou do chão para se sentar no banco. Ela passou seu lenço amarelo pálido sobre os olhos e cruzou as mãos no colo. Sobre o broche.

— Não é bom, filha.

Kat endireitou os ombros e olhou através da sebe baixa do labirinto do jardim.

— Eu não sei o que o senhor quer dizer.

— Eu vivi entre mulheres toda a minha vida. Sei quando uma de vocês chora.

Kat mudou de posição no banco quando a cadeira de rodas do pai parou próxima a ela. A poliomielite o havia deixado paraplégico, mas os braços e ombros ainda eram vigorosos graças aos seus anos como soldado. O olhar direto do pai a perfurou, deixando pouco espaço para discussão.

— Não sei o que deu em mim. Nunca fui de chorar.

— Há uma primeira vez para todos nós. — Inclinando-se, ele puxou as pernas magras dos apoios para os pés. — Tire-me desta geringonça.

Levantando-se, Kat se moveu para colocar o braço do pai em volta dos ombros dela e ajudá-lo a se sentar no banco. Ela cuidadosamente arrumou os pés dele no chão antes de se sentar ao seu lado. Acima, as nuvens tinham se dissipado, para revelar o glorioso sol no céu azul-claro. O ar do final da manhã cantava com pássaros, que voavam de árvore em árvore. Tudo isso estava muito longe do seu humor.

O pai se remexeu no banco, esfregando a mão na coxa magra. Kat notou o tremor em seu punho.

— Quer que eu vá buscar um cobertor?

Ele fez uma careta.

— Pare de me mimar. Você é muito parecida com a sua mãe. Aquela mulher vai levar todos nós a uma morte prematura.

— Não inclua Ellie. Ela adora ser paparicada.

Meu pai bufou.

— E sua mãe está deixando-a muito satisfeita. Não vai deixá-la fora de vista por um bom tempo.

— Você pode culpá-la?

— Eu poderia tê-la acorrentado à cama. Veja se ela fica em casa e longe de problemas por um tempo.

— Acho que o senhor pode ficar despreocupado. Ellie está diferente. Paris... a amadureceu. Todas as coisas pelas quais ela passou, ela saiu daquilo melhor.

— Isso só o tempo dirá. — O pai pigarreou. — Por enquanto, vocês duas estão em casa.

Kat enfiou o lenço encharcado de lágrimas entre os dedos, a umidade fria em sua pele.

— Sim.

— E isso não graças a você.

A cabeça dela se ergueu para encontrar os olhos do pai.

— Corrija-me se eu estiver errada, mas não foi o senhor quem contratou alguém pelas minhas costas porque pensava que eu seria incapaz de concluir a tarefa sozinha?

— Eu teria pago um batalhão inteiro para resgatar vocês duas, se fosse preciso. — Ele bateu com a mão na perna. — Malditas pernas que me impediram de ir por mim mesmo!

Kat olhou através do topo do labirinto para a vegetação verde brilhante, apesar do frio que varria o ar. Ela tinha brincado ali muitas vezes quando criança. O pai correndo atrás dela e de Ellie enquanto as duas gritavam entre risos. Os dias despreocupados da juventude. Sem expectativas, sem ligações com o dever, sem restrições de classe ou ganhos políticos. Quando ela confiava no mundo e em todos nele.

— O senhor não deveria ter feito acordos sem o meu conhecimento, pai. Não outra vez.

— Não vou me desculpar por enviar alguém para trazer minha própria carne e sangue de volta em segurança para casa. Incompetente você? Não, Kathleen. Isso nunca. Afinal, você é *minha* filha.

— Então o senhor deveria confiar mais em mim. Em todos os aspectos.

— Você é muito jovem. Não conhece o mundo ainda. Um dia, quando tiver seus próprios filhos, vai entender as decisões que tive de tomar para o próprio bem de vocês. — Ele juntou as mãos nodosas sobre as pernas finas. Um corpo antes tão forte agora reduzido a um décimo da vitalidade de antes; no entanto, a submissão à atrofia tinha apenas aguçado a sua mente de aço. Mente que obrigara Kat a aguçar a sua própria para fazer valer a sua vontade.

— O nosso bem ou o bem da família?

— Para mim são a mesma coisa.

— Mas não para mim. — O broche pesava em sua mão, um sólido lembrete de tudo o que tinha acontecido. Da mulher que tinha forjado sua própria inteligência e força de vontade. Ela havia mudado e isso não tinha volta.

— Quando eu estava na França, vi famílias dilaceradas por causa dos seus sobrenomes. As pessoas colocavam de lado suas diferenças e se uniam em espírito, em nome do que realmente importava. Fui forçada a me tornar o que nunca imaginei ser, mas, ao fazer isso, descobri o que é realmente importante para mim. E não é dinheiro nem posição.

— Mas é esse dinheiro e essa posição que tem lhe dado proteção a vida inteira.

— De certo modo sim, mas em outros sentidos representam uma prisão. Uma prisão perpétua ao que não queremos.

O pai, comandante de tropas e detonador de canhões durante a Grande Guerra, estremeceu.

— Eu só fiz o que achei certo. Para você e Eleanor. Para lhes dar apoio e segurança. Embora, como qualquer bom comandante, eu tenha que assumir a culpa por minhas táticas. — O azul-escuro dos olhos dele, num perpétuo estrabismo pelos anos que passou olhando através de binóculos em direção à linha inimiga, estudou-a sem piscar. Por fim, um longo suspiro desceu pelo seu nariz arredondado. — Talvez você esteja certa. Eleanor não estaria aqui, e duvido seriamente que ainda estivesse viva, se não fosse pela sua bravura. — O bigode eriçado do militar aposentado se contraiu. — Você me deixou muito orgulhoso, filha.

Lágrimas arderam nos olhos dela mais uma vez, quando as palavras amenizaram a dor que oprimia seu coração havia anos. Ela engoliu em seco para evitar que as lágrimas transbordassem, como se ele já não pudesse ver que ela estava chorando. Não importava o sentimento do pai, ela não podia negar a verdadeira fonte da sua sobrevivência. Mas falar o nome dele e lembrar de tudo o que eles tinham feito e passado juntos... Ela podia muito bem dar vazão aos seus sentimentos e deixar a tristeza fluir livremente.

Kat virou o rosto antes que o pai visse a fraqueza surgindo na superfície.

— Garanto que nem tudo foi graças a mim, pai.

— Não foi o que eu ouvi.

— O senhor sabe melhor do que eu que não podemos acreditar em tudo que ouvimos.

Ele concordou com a cabeça, fixando o olhar nas sebes que se estendiam diante deles.

— Sim, uma vida inteira de política me ensinou isso. Mas de vez em quando você conhece uma pessoa que lhe lança a verdade na cara, sem rodeios. Tal como o homem que conheci esta manhã.

Barrett. Com o coração acelerado, ela cravou os dedos nos joelhos.

— Com certeza ele não conseguiu manter a boca fechada quando veio pegar seu cheque.

— Só digo o seguinte: se eu ainda fosse militar, eu teria mandado prendê-lo pelas suas duas palavras iniciais. Nunca na minha vida falaram comigo daquela maneira.

— Suponho que, com os bolsos agora carregados de dinheiro, ele se sentiu no direito de falar com o senhor da maneira que quisesse.

— Deve ser muito bom viver assim. Falar o que se pensa sem medo de represálias. Dificilmente funcionaria no nosso círculo social. A aristocracia se orgulha muito do que só fica nas entrelinhas. — O braço dele roçou no dela. — Talvez eu esteja envelhecendo, mas estou descobrindo que o nosso maior arrependimento é, na maioria das vezes, pelo que deixamos de dizer.

Kat franziu a testa.

— O senhor não está sendo muito claro.

O pai espremeu os lábios numa linha fina da mesma maneira exasperada que fazia diante dos seus soldados mais inexperientes.

— Esse rapaz que me repreendeu esta manhã é uma boa pessoa e você é uma tola por não ir atrás dele.

A surpresa deixou Kat boquiaberta. Palavras tropeçaram em sua língua, mas nenhuma delas fazia sentido.

— Mas como... O quê?

— Você é uma Whitford. E nenhuma Whitford fica sentada chorando, de olhos vermelhos, como uma adolescente boba. Nós vamos para o ataque e nunca desistimos até conseguir o que mais queremos. — Ele mudou de posição com um grunhido, curvando seus ombros rígidos. — Eu tentei de todas as formas fazer o que é melhor para você, sua mãe e sua irmã. Às vezes nem sempre pensava no que *vocês* poderiam estar querendo, mas garanto que minha única motivação era lhes dar tudo que merecem. Sinceramente, nunca pensei que um homem poderia estar à sua altura. Hoje eu vi que estava errado.

Aquilo tinha sido o mais próximo que o pai já tinha chegado ou chegaria de um pedido de desculpas. E Barrett era o responsável por aquela mudança na atitude dele. Balançando a cabeça, ela torceu o broche em seu colo. As esmeraldas cintilavam à luz do sol, enquanto reflexos de um azul profundo saltavam da pedra central. Azuis como os olhos dele.

— Ele mentiu.

— Porque eu o fiz prometer que não diria nada, o que faz dele um homem de palavra.

Não havia uma promessa que Barrett tivesse feito e não houvesse cumprido. Ela tinha confiado sua vida a ele e faria isso novamente sem hesitação. E o coração dela? A bagunça que ele tinha feito dentro dela? Ele não tinha mexido com seus sentimentos e o feito bater mais depressa? Ele havia acalentado o coração dela tão perto do dele que eles tinham acabado se fundindo e se tornando um só. Quando ele a deixara nos degraus, ela ouviu o coração de ambos se partindo. Mas o coração dela partiu com ele e ela tinha certeza de que era o coração dele que batia dentro dela agora.

O pai tocou o braço de Kat.

— Kathleen, ele não aceitou o dinheiro.

Ele não aceitou o pagamento!

Ele tinha feito tudo sem reclamar um centavo para si. Ela pressionou a mão trêmula na bochecha enquanto o início de um sorriso se formava em seus lábios.

— O que você ainda está fazendo sentada aí, garota? Vá atrás dele.

Capítulo 32

— Sou da Destilaria Glennmoore. Trouxe as caixas que vocês encomendaram.

Barrett colocou a caixa no ombro. Era a última entrega do dia e seus músculos doíam de tanto esforço. Não que os clientes tivessem parado de enviar pedidos nas últimas duas semanas, mas aquele era o primeiro para as docas.

O comissário do navio, um homem baixo e de óculos redondos, correu a ponta do lápis pela sua prancheta.

— Nome?

— Destilaria Glennmoore. Vocês encomendaram seis caixas.

O lápis pairou com impaciência.

— O *seu* nome.

— Anderson.

— B. Anderson?

O canto da caixa afundou em seu ombro.

— Sim.

Fazendo um visto na prancheta, o homem acenou com a cabeça.

— Me siga.

— Eu deixei os outros pedidos nas docas...

— Os carregadores vão cuidar deles. Me siga.

Barrett olhou para a lateral altíssima do *Ulisses* e para as suas centenas de pequenas vigias redondas. Ele nunca se importara muito com navios. Caixas de metal flutuantes não eram nada mais do que uma tentação para o destino. Se ele fosse morrer, preferia que não fosse preso num daqueles, com quilômetros de oceano gelado ao redor.

Procurando superar a apreensão, ele subiu a bordo. A plataforma rolou suavemente sob seus pés enquanto ele seguia o comissário pelos labirintos de corredores e vários lances de escadas estreitas. Homens e rapazes em uniformes brancos agitavam-se de um lado para o outro, pressionando o corpo contra as paredes com uma facilidade praticada, quando eles passavam. Barrett conseguiu evitar os tetos baixos, com sua carga volumosa sobre o ombro.

Torcendo a maçaneta de uma pesada porta rebitada, o comissário conduziu Barrett para um lugar que só poderia ser o convés principal dos passageiros. Espaçoso, com madeiras escuras, tapetes coloridos, palmeiras em vasos e cadeiras com encosto de couro. Cada pedaço de mobiliário fino estava pregado na área coberta.

— Por aqui. — O comissário fez um gesto com a prancheta para que ele o seguisse por um lance de escadas de mogno, com um grande relógio no patamar. — Depressa, agora. Estão quase concluindo o embarque dos passageiros.

— Eu pensei que todos os navios hoje em dia estavam sendo usados para transporte das tropas do exército.

— A maior parte da nossa lista atual é de feridos, soldados e médicos, mas alguns civis às vezes vêm a bordo quando há espaço disponível. Por estarmos em guerra, temos nossas prioridades. — O comissário parou no topo das escadas e olhou para a caixa equilibrada no ombro de Barrett.

— Fazemos o máximo para manter o ânimo deles elevado.

— Glennmoore tem a honra de ser útil.

— Hmm, veremos.

As passagens eram mais largas e menos tortuosas perto das cabines. Tapetes cobriam o chão e os painéis de madeira brilhavam de tanto polimento. Damas cobertas de joias e homens com gravatas brancas um dia deviam ter deslizado por aqueles corredores enquanto os da laia dele desciam para a terceira classe.

Damas como Kat.

O canto da caixa bateu numa parede. O comissário virou a cabeça para trás e o encarou com um olhar feroz. Mais arranhões em sua prancheta.

— Desculpe. — Barrett ajustou a carga no ombro. Não era a primeira vez que Kat o distraía. No trabalho, em seu apartamento de um cômodo, o rosto dela nunca o deixava durante o sono.

Antes que ele pudesse causar mais danos, o comissário finalmente parou na frente de uma porta, no meio do navio, e encaixou uma chave de latão na fechadura. No interior, paredes de cerejeira, papel de parede verde e dourado profundo, um tapete com padrões complexos e móveis finos de um *design* sofisticado, tudo sob medida para a vida que os ricos apreciavam.

Ele olhou para o outro lado da cabine, através das grandes janelas, na direção de uma varanda privativa e a vista para o mar, mais além. Não, não apenas pessoas ricas. Ele poderia aprender a apreciar as coisas boas da vida.

— Aham.

O pigarro do comissário o trouxe de volta à realidade. A realidade em que ele precisava vestir roupas de trabalho e sapatos gastos, e tinha uma caixa de uísque suspensa no ombro.

— Onde você quer que eu deixe isto?

O homem apontou o lápis para a lareira de mármore.

— Perto da lareira. Cuidado com as flores.

Sim, as flores. Somente os ricos desperdiçariam dinheiro num vaso cheio de lilases e lírios dispostos sobre uma lareira falsa. Colocando a caixa no chão, ele a encostou na parede para que não derrubasse um par de sapatos elegantes. O cheiro de lilases flutuava sob o seu nariz.

Kat sempre exalava aquele aroma de lilases.

Ele deu um salto para trás quando percebeu que toda a cabine estava cheia de horríveis lembretes, todos com pétalas em tons de creme e roxo.

— Um pouco demais para uma viagem marítima.

— É para uma festa de casamento.

O estômago dele embrulhou. Claro que sim. Atraído para uma armadilha de lembranças, por que ele não tentava encontrar evidências mais dolorosas de coisas que ele nunca teria? Foi até a porta aberta que dava para a varanda.

O ar salgado e picante o envolveu, abafando o aroma das flores.

— Espere um instante aqui enquanto as outras mercadorias são trazidas. Você vai precisar verificar o conteúdo e assinar a entrega — disse o comissário. — Volto logo.

Era possível ver a distância as cristas brancas das profundas ondas azuis-esverdeadas. Será que, se ele semicerrasse os olhos, conseguiria ver a Estátua da Liberdade e tudo que ela prometia? Ou ela era mais uma dama que ele não conseguiria conquistar?

Kat tinha esperado por ele nos degraus da escada aquele dia. Os olhos dela diziam a ele, imploravam, para que ele a tomasse nos braços e a beijasse até que não houvesse mais nada entre eles, exceto suas almas nuas. Talvez em seu mundo perfeito isso pudesse ser possível, mas aquilo estava longe da verdade. Havia uma grande barreira entre eles. Ele soube disso assim que o pai dela assinara seu nome naquele cheque. Ela era seu coração. Nenhuma quantia de dinheiro poderia comprar isso.

Batendo no batente da porta com o punho, ele se afastou do oceano que combinava muito com os olhos dela. Os lilases voltaram a assaltá-lo.

— Por que todas essas lembranças hoje?

Passando a mão pelo cabelo, ele circulou pelo cômodo em busca de um local seguro. A porta da cabine adjacente estava aberta. Uma jaqueta cinza-escura pendurada nas costas de uma cadeira ornamentada. Ele franziu a testa. Ele não tinha uma jaqueta igual àquela?

Espiando por cima do ombro para se certificar de que não havia ninguém olhando, ele marchou para a outra cabine e pegou a jaqueta da cadeira. Os mesmos botões, os mesmos punhos. Enfiando os dedos no bolso interno, ele pescou o ingresso da luta de boxe da semana anterior a que ele tinha assistido com um colega de trabalho.

A porta se fechou atrás dele. Uma chave girou na fechadura.

Ele enfiou a passagem de volta no bolso.

— É melhor você ter uma boa explicação para o que minha jaqueta está fazendo aqui.

— Achei que você pudesse precisar.

De todas as pessoas do mundo, ele nunca pensou que ouviria aquela voz novamente. A voz *dela*. Cada centímetro do corpo dele ficou gelado, depois se abrasou, enquanto o sangue subia para a cabeça. Ele agarrou as costas da cadeira para se manter estável.

— O que você está fazendo aqui?

— Pensei que era óbvio. Eu vim por você — disse Kat, atrás dele.

— Você me atraiu aqui sob o falso pretexto de trazer o uísque.

— Funcionou, não é?

— Sim. Funcionou. — Ele engoliu em seco contra o enjoo que o assolava. Um casamento, o comissário havia dito. — O que agora? Devo servir o uísque? Arrumar a cama para você e seu noivo?

— Ainda não. — A garganta dele se apertou com o sorriso na voz dela. — Ajudaria se você se virasse e olhasse para mim.

Essa era a última coisa que ele queria fazer, mas não podia continuar ali, olhando para a parede. Preparando-se, ele se virou lentamente.

Mil anos nunca o teriam preparado para vê-la novamente. Vestida de azul-celeste, com o cabelo dourado cacheado em torno do rosto e o broche da avó dele preso à lapela, ela brilhava como o anjo dos seus sonhos. Ele lutou para liberar o ar preso nos pulmões.

— Você se importa em me dizer o que está planejando fazer com isso? — Ele levantou a jaqueta num gesto acusatório.

— Achei que você gostaria de levá-la conosco.

Conosco. A palavra soou nos ouvidos dele como um sino.

— Não estou com humor para joguinhos. Tenho trabalho a fazer. Com licença.

Kat se apoiou contra a porta trancada.

— Não até que eu termine de enfiar um pouco de bom senso nessa sua cabeça dura.

— Que bom senso pode haver nisso? É uma crueldade você me trazer aqui para servi-la no seu casamento. Sem dúvida com algum capitão de exército, com medalhas reluzentes por ter sido alvejado no campo de batalha.

— Ele levou um tiro, é verdade. Também foi esfaqueado. Mas não é nenhum capitão. Nem é do exército. — Inclinando a cabeça para o lado, uma luz brilhou nos olhos dela. Muito mais azuis do que as águas do mar. — Olhe em volta, Barrett. Você não percebeu?

Ele olhou ao redor da cabine. A mala pequena dele estava ao pé da cama, ao lado de uma outra mais cara, enquanto seu pente e sua pasta de cabelo estavam sobre a penteadeira, ao lado de um conjunto de escovas de cabo de prata e um espelho. Um frasco de vidro lapidado do *Doux parfum de Lilac* brilhava ao lado de um vaso cheio de flores roxas. Girando ao redor da cabine, ele notou seu próprio pijama ao pé da cama enquanto uma camisola leve, com estampa de renda, flutuava na porta do guarda-roupa.

Os pulmões dele se contraíram.

— Você perdeu o juízo.

— Provavelmente, mas, se eu tivesse juízo, teria ficado longe de você um tempo atrás. O problema é que... Eu não consigo. E não quero. — Afastando-se da porta, ela se aproximou dele. — E nem você.

— O que há com vocês, Whitfords, e sua necessidade constante de fazer todo mundo se curvar aos seus caprichos e intrigas? Achei que você desistiria disso depois de sofrer tanto na mão do seu pai, mas parece que a semente não caiu muito longe do poderoso carvalho.

— Sua teimosia ridícula não me deu outra escolha.

— A não ser me sequestrar. Você não vê a ironia disso?

— Se é assim que você prefere encarar a situação... Mas o sequestro geralmente envolve uma parte que não coopera. Tenho certeza de que esta noite você vai estar mais do que disposto a cooperar.

— Duvido que sua família aprove tais relações com um qualquer como eu. As filhas de Whitford não estão acostumadas a andar apenas com almofadinhas, com botões dourados e um título de nobreza?

— Ellie está muito ocupada dirigindo um abrigo para ex-prostitutas em Londres para encontrar um almofadinha para ela e eu descobri que os enfeites brilhantes são superestimados.

Ele balançou a cabeça, mas as teias de aranha das antigas lembranças eram muito grossas.

— Não daria certo. Obstáculos demais.

— Apenas aqueles que nós mesmos colocamos. Tudo bobagem. — Ela abriu os braços, inconformada, enquanto a seriedade brilhava em seus olhos. — Eu deixei meu orgulho arruinar a melhor coisa que poderia acontecer na minha vida, e agora estou aqui. Pedindo que você aceite o resto de mim de volta, porque você já tem meu coração.

— Você me chamou de mentiroso.

— Outro na minha longa lista de erros. Dificilmente o último, devo dizer.

— Você também me acusou de falta de honra.

— Se você vai continuar enumerando todos os meus erros, então temos uma longa vida pela frente para resolver isso. — Ela deu mais um passo em direção a ele. — Eu sei que você não aceitou o dinheiro.

Cada músculo do corpo dele enrijeceu, enquanto a delicada fragrância de lilás flutuava no ar.

— Eu não sou o homem certo para você. Trabalho duro para ter apenas dois xelins no bolso. Minhas roupas estão gastas e meu nome carece de qualquer tipo de influência.

Ela se aproximou e passou os braços ao redor do pescoço dele, enquanto um sorriso se formava em sua boca carnuda.

— Você é exatamente o homem que eu quero para mim.

Os lábios dela roçaram nos dele, formando uma espiral de fogo em suas veias. Ele recuou.

— Não. Encontre outra pessoa.

Ele foi até a porta, pronto para derrubá-la se necessário. Ele não suportava estar no mesmo cômodo que ela, muito menos dividindo o mesmo ar.

Algo duro atingiu sua nuca.

— Ai! — Ele se virou e viu o pente de cabo de prata aos seus pés.

A escova na mão dela estava pronta para vir em seguida.

— Não me faça derrubá-lo com esta aqui. Foi um presente de aniversário e prefiro não amassá-la na sua cabeça dura.

— *Minha* cabeça dura? Eu não sou ridículo a ponto de pensar que qualquer coisa entre nós poderia funcionar. Olhe à sua volta. Eu não posso pagar nada disso. Estaríamos na cozinha descascando batatas para pagar qualquer coisa aonde quer que este barco esteja indo.

Jogando a escova de volta na penteadeira, ela suspirou e cruzou os braços.

— Em primeiro lugar, isto é um navio, não um barco. Em segundo lugar, esta cabine é um presente de casamento que vai nos levar para os Estados Unidos e para a nossa nova vida.

Presente de casamento. Estados Unidos. Vida nova. Ele tinha lutado por tanto tempo para mantê-la fora da cabeça, mas a cada segundo ela encontrava uma nova brecha por onde entrar.

— Vou recomeçar nos meus próprios termos. Quando fizer isso, será sem uma noiva, e certamente sem uma noiva que eu não possa sustentar.

— Você será capaz de *nos* sustentar muito bem, pois já temos um investidor.

Os olhos dele se estreitaram.

— Seu pai.

— Não. Ele queria nos ver partir, mas é difícil manejar aquela cadeira de rodas pelos passadiços do navio. Aquilo, sim, é um obstáculo, além do fato de ele não gostar dos olhares.

O queixo de Barrett caiu.

— Seu pai usa cadeira de rodas?

Ela acenou com a cabeça.

— Poliomielite. Não pode andar há mais de seis anos.

Depois de todos aqueles meses odiando o homem, ele percebeu que estava caluniando um homem aleijado. Barrett engoliu um gemido de desgosto consigo mesmo. Não era de admirar que *sir* Alfred nunca tivesse se levantado de sua mesa para bater nele, depois da tempestade de insultos, naquele dia em seu escritório.

A raiva ferveu, mais de si mesmo do que dela.

— Você devia ter me contado.

— Ele não gosta que as pessoas saibam, que sintam pena — disse ela, baixinho.

— Eu não sou como a maioria das pessoas.

— Não, você não é. — Um leve sorriso curvou os lábios dela, enquanto ela polia as unhas na manga do vestido. — Agora que já esclarecemos isso, precisa saber que o Banco da Inglaterra nos concedeu um empréstimo com uma taxa de dois por cento de juros e um longo prazo de dez anos para pagar. Um negócio justo no mercado de hoje.

Ele se virou para a porta.

— Eu gosto de fazer as coisas do meu jeito.

— Seu tolo teimoso.

Segurando-o por trás, ela enganchou o pé no dele e lhe deu uma rasteira. Ele tombou para trás e caiu no chão.

Ajoelhando-se, ela se inclinou sobre o peito dele e o prendeu no chão.

— Olhe aqui, eu tenho uma licença especial assinada pelo próprio arcebispo e vou me casar hoje. Com você. Seria muito mais fácil se você cooperasse, mas também estou preparada para fazer isso da maneira mais difícil.

Toque-toque.

Uma chave virou na fechadura e a porta se abriu, batendo no ombro de Barrett. O comissário enfiou a cabeça para dentro.

— Oh, perdão. Não sabia que o capelão já tinha feito o casamento.

Kat balançou a cabeça.

— Ele não chegou ainda.

A suspeita enrugou a testa do homem enquanto ele apontava o nariz pequeno para o casal.

— Então, sugiro que vocês se recomponham até que ele chegue. Este navio foi batizado pelo próprio rei e não quero que nenhuma travessura estrague sua excelente reputação.

Ele girou nos calcanhares e se afastou sem fechar a porta.

O olhar de Kat voltou a se concentrar em Barrett. O tom azul-esverdeado dos olhos dela escureceu enquanto os lábios pairavam a centímetros dos dele.

Ele segurou as bochechas dela, roçando a pele delicada com a ponta dos dedos. Como seda quente. Seu coração batia forte como um martelo.

— Por que você me quer tanto?

— Porque eu te amo.

Uma palavra tão estranha para Barrett que ele poderia ter pensado que estava sonhando se não fosse pelo peso suave do corpo dela pressionando o dele. Ele tinha esperado uma vida inteira para ouvir aquilo e ter conseguido isso pelos lábios daquela bela e corajosa mulher era mais do que sua alma podia desejar.

Segurando o rosto dela, ele se levantou para se aproximar um pouco mais.

— Eu amo você.

Os lábios sorridentes dela encontraram os dele numa onda de paixão. Eles se moldaram aos dele, buscando e possuindo tudo o que tinham a oferecer. Ele cravou os dedos nos cabelos encaracolados, enroscando os cachos atrás das orelhas. Ela suspirou, fazendo seu coração bater mais forte num abandono imprudente, enquanto ele aprofundava o beijo.

Como ele poderia ter pensado em deixá-la ir?

A mão dela subiu pelo braço dele, causando arrepios, até encontrar a abertura no colarinho da camisa. Ela roçou os dedos na pele exposta, inflamando-a ao seu toque. Ele pertencia a ela apenas. E para sempre.

— Oh, céus! Eu já estive nesta cabine antes? Às vezes, fico meio perdido com todos esses soldados partindo.

A cabeça de Barrett clareou por tempo suficiente para notar a gola de capelão sob o uniforme naval.

— Não, padre. O senhor ainda não esteve nesta cabine.

— Oh. — O alívio curvou os lábios do capelão. Empurrando os óculos com aro de aço de volta no nariz, a expressão dele azedou com uma carranca. — Então vou pedir que você libere esta jovem até que eu tenha realizado os ritos necessários.

Sorrindo, Barrett pôs-se de pé e ofereceu a mão a Kat.

Um tom rosado tingia as bochechas dela enquanto alisava a saia amassada.

— Pode nos dar um momento, padre? Ele ainda não fez o pedido.

— Não fez o pedido? Que pedido? — O olhar do padre oscilava entre os dois até que seus olhos se arregalaram por trás dos óculos.

— Pelo amor de Deus! Vocês nem mesmos estão noivos e agindo assim... como eu nem sei o quê. Seja rápido, rapaz. Eu odiaria pensar no que pode acontecer se eu não voltar em dez minutos. Ou antes.

Sozinhos outra vez, Barrett puxou-a para os braços dele.

— Você tem tanta certeza de que quero me casar com você...

Ela enrodilhou os braços no pescoço dele, acariciando os cabelos da nuca.

— Sim, certeza absoluta.

— Não sou eu que decido se quero me casar ou não?

— Não.

— Não posso nem mesmo pedi-la em casamento do jeito apropriado? Pedir que seja a minha esposa pelo resto dos meus dias? Porque eu quero você. Não só para que possamos viver juntos, mas para que possamos fazer essa vida valer muito a pena. — Ele prendeu os braços atrás da cintura dela, trazendo-a mais para perto. — Eu não sei onde estarei daqui dez ou cinquenta anos, mas sei onde meu coração estará. Estará com você.

Ela o beijou ao longo do queixo.

— Não vai estar com alguma mulher que fique babando em cima de você e o deixe fazer tudo o que quer?

— Alguém que não brigue tanto comigo até que seria uma boa troca.

— Se é assim que prefere...

Ela fugiu do abraço dele, mas ele a pegou pela cintura e a puxou de volta. Prendendo-a pela cintura, ele a segurou apertado de encontro ao peito e inspirou o aroma de lilases. Tocando a testa dela com a dele, Barrett mergulhou no azul de seus olhos e se deixou afogar naquelas profundezas.

— Não. É você que eu prefiro.

Ele aproximou a boca dos lábios dela, exigindo que ela fosse dele. Para sempre.

Ouviram passos na porta.

— Oh, melhor eu começar logo este casamento! Meus caros noivos, estamos reunidos aqui hoje...

Agradecimentos

Em primeiro lugar, eu gostaria de agradecer ao Pinterest, pela grande inspiração que você é. Sem percorrer as inúmeras esquisitices históricas e referentes à moda, enquanto eu deveria estar fazendo algo mais produtivo, nunca teria encontrado uma foto das irmãs Mitford. Seis glamorosas *socialites* inglesas, com jeitos totalmente diferentes de abordar a vida e de trilhar seus caminhos para a felicidade e a tristeza. Kat e Ellie não existiriam sem você (ou o programa de TV Vikings, mas essa é outra história).

A jornada deste livro não teria sido tão incrível quanto foi sem a equipe da Thomas Nelson. Vocês todos me surpreenderam muito com a imensa dedicação e entusiasmo que demonstraram em cada página e em tudo o que vai além das páginas. Um obrigada muito especial e sincero a Jocelyn Bailey, minha editora, que acreditou em mim e nesta história, me tirou de um ou dois perrengues enquanto eu o redigia e levou esses personagens e sua situação a grandes alturas. Não posso expressar o quanto sou grata por ter sido incluída na família dessa editora.

À minha maravilhosa, robusta, corajosa, ousada e tenaz (no melhor dos sentidos) agente, Linda. Todos esses anos você nunca desistiu de mim. Houve momentos em que duvidei de que algum dia chegaria tão longe, mas você nunca duvidou. E olhe para nós agora! Este sucesso pertence a você tanto quanto a mim. Kim. Minha escrita não chegaria aonde chegou sem você, ou é mais provável que ela estivesse em alguma vala verbal, em desespero, em algum lugar. Você é a outra metade do meu cérebro e eu não teria conseguido de outra maneira. Quanto ao meu coração, ele pertence ao meu pequeno unicórnio e Viking em treinamento. Vocês me mantiveram com os pés no chão quando eu precisei e me ajudaram a criar asas quando eu quis voar. Amo todos vocês.